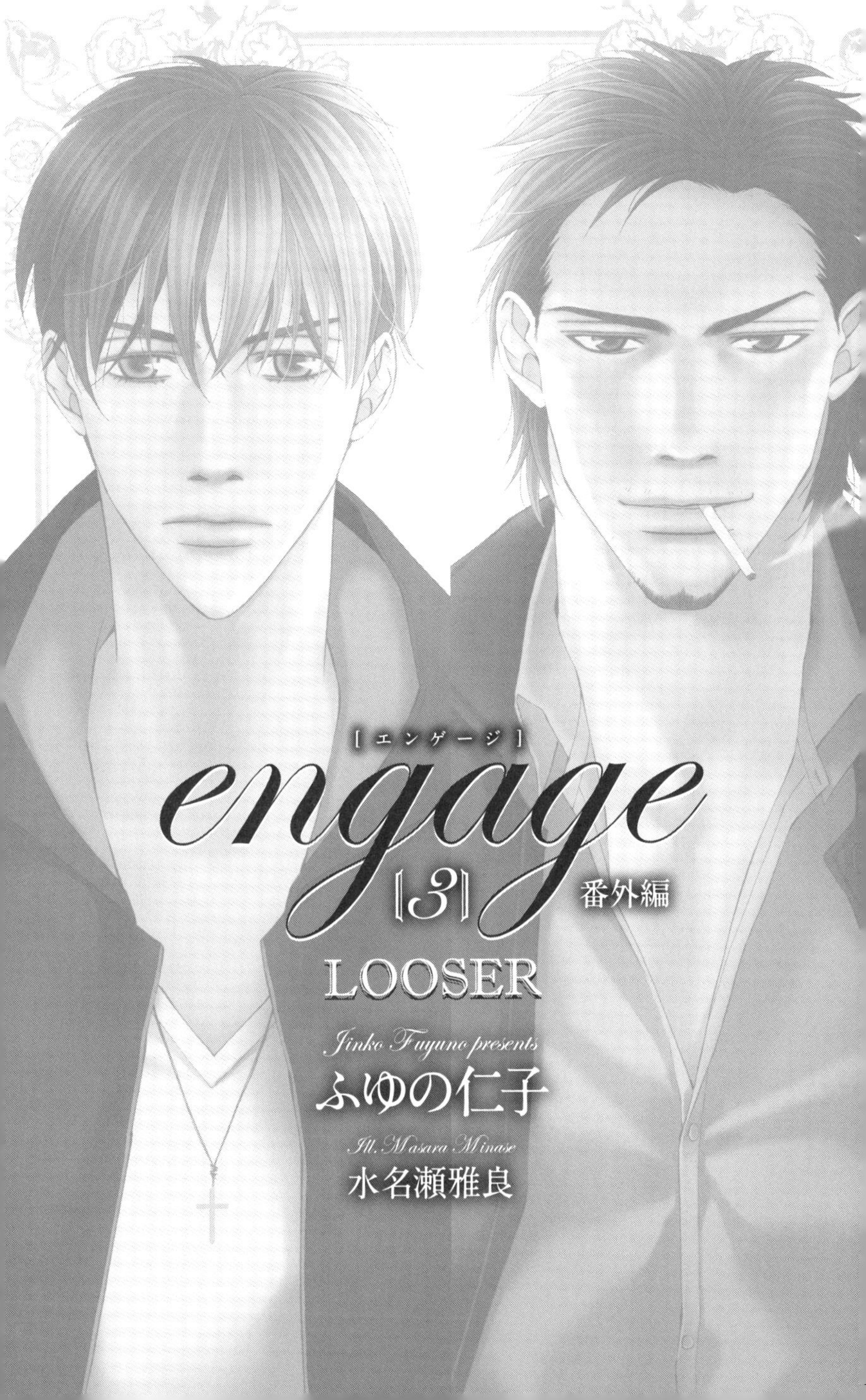
[エンゲージ]
engage
[3]
番外編
LOOSER
Jinko Fuyuno presents
ふゆの仁子
Ill. Masara Minase
水名瀬雅良

Contents

engage3 番外編 LOOSER

-人物紹介-

永見と同期で、電報堂情報宣伝部のカメラマン。本当の気持ちとは裏腹な行動をしてしまう潮の様子を見て、父親のような包容力を見せ、いつの間にか彼と関係を持ってしまうようになるが…。

児童劇団出身のモデル兼俳優。話題作りのためだけに伊関のライバルに仕立て上げられたが、実際は彼の大ファンで、思慕している。その気持ちを悟られて来生に利用され…。

小劇団出身の実力派新人俳優。代役として立った舞台で永見に見いだされデビューする。永見と想いを通じ合わせ、恋人関係になるが…。

広告業界トップである『電報堂』の情報宣伝営業部企画課課長を務めるエリート社員。誰に対しても心を許さず、一歩引いて接していたが、伊関と結ばれたことで変わり…。

潮がワタセエージェンシーに移籍した後のマネージャー。

元・グランデール化粧品広報部の社員で、永見とは因縁の過去があり…。

-Main characters-

-周辺人物-

松田美咲

潮と同じ劇団出身の実力派新人女優。潮の友人。

吉田昭久

伊関の凄腕マネージャー。
元電報堂『子会社』の営業であり、永見から信頼されている部下でもある。

永見正恭

永見潔の7歳上の兄。永見に執着心を持っている。

館野雄一

関西に本社を置く最大手の電気メーカーである『杉山電機』の広報部の部長。

渡瀬美穂

元·電報堂広報担当で、永見の同期。
現在は伊関の所属する事務所『ワタセエージェンシー』のやり手所長。

杉浦優子

国営テレビの歴史ドラマで主役を演じるほどの実力派女優。溝口と親しい。

高田聖周

溝口の叔父。ニューヨークに住んでいるカメラマン。

孝一

溝口の元恋人。

-*Sub characters*-

Illustration
水名瀬雅良

engage3 番外編 LOOSER

LOSER

prologue

――――暑い。


　空調設備が整っているホテルの中にいながら、東堂《とうどう》潮《うしお》は暑くて暑くてどうしようもなかった。

　会見場と称された場所に入ってからずっとカメラのフラッシュがたかれ続けているため、目はチカチカしている上に、緊張しているのか肩も凝っている。

　必死の思いで笑顔を作ったもののの情けなくも、唇の端が痙攣《けいれん》している。

　限界が近い。

　動物園のパンダのように好奇な目に晒《さら》されたまま、いつまでこうして立っていればいいのだろうか。

「それでは撮影はここまでに致しまして、当社新製品のご紹介とＣＭの制作発表記者会見に移りたいと思います」

　潮の心のぼやきが聞こえたのか、司会進行役の男の言葉で前に出ていたカメラマンたちは後ろの席へと下がる。同時に潮は用意されていた席に移動を許される。

　ところは、溜池山王《ためいけさんのう》に位置する、ホテルの宴会場だ。

　上座の壁には、米国資本の家電メーカーであるヤスダ・コーポレーションのトレードマークが大きく掲げられ、その下に『ヤスダのニュープロジェクトＣＭ制作記者会見』と銘打った垂れ幕がかかっている。

　横一列に並べられた机には、ＣＭのイメージキャラクターを務める東堂潮のほか、音楽を担当するロックバンドのＭ・モーション、さらにヤスダの社員やＣＭ制作を担当する広告代理店である秋沼《あきぬま》アド株式会社の人間が顔を並べていた。

「それでは最初に、ヤスダ・コーポレーションより、今回のニュープロジェクトについての具体的な説明をします」

　潮の横に座っていた、ヤスダの広報部部長である高《たか》梨《なし》が、書類を手に立ち上がる。

「お忙しい中、弊社の記者会見にお越しくださったことに御礼申し上げます。会見の主旨は、あらかじめ受付にてお配りしました資料にもありますように、弊社の新商品の発表説明および、ＣＭの制作発表でございます」

　高梨は説明を始めるが、記者たちの視線は潮に注がれたままだった。どうやら会見が終了するまで、潮には気を休める時間は訪れないようだ。

「……次に八月よりオンエア予定のＣＭの制作発表会に移ります。秋沼アド株式会社の須田《すだ》様、お願いします」

指名された須田に促され、潮、そしてM・モーションのメンバーも立ち上がると、会場がざわめき出す。

「既にご存知のように、今回、東堂潮氏をイメージキャラクターに起用し、一五秒と三〇秒のCMを二パターン制作致します」

その瞬間、再びフラッシュがたかれる。

「音楽は、先頃ヒットしたドラマ主題歌でも有名な、若手ロックバンドであるM・モーションが担当し、CDは本日、CMに先駆け発売となりました」

須田から、潮にマイクが渡される。ぐっと腹に力を入れて軽く会釈をしながら頭を上げると同時に、潮は長めの前髪をかきあげた。

目鼻立ちのはっきりした顔を正面に向け、すらりと伸びた手足に、少々華奢《きゃしゃ》ではあるものの、均整の取れた恵まれた容姿の持ち主が、そこにいるすべての人の視線を集める。

「こんにちは、東堂潮です」

威嚇《いかく》するように、強い視線を会見場に向ける。

「大きな仕事にとても緊張していますが、精一杯やりますので、よろしくお願いします」

少し舌足らずな印象のある口調で簡単な挨拶を済ませた瞬間、また凄まじいフラッシュが光る。

この光の意味がわからないほど、潮は子どもではない、だが割りきれるほど大人でもない。

それでも潮は平然を装い、マイクを隣に回す。

心臓は激しく鼓動し、机の下にある足も小刻みに震えていた。会場に入ってからずっと感じているむっとするような暑さは、ピークに達している。前に座っている記者が人間のそれに見えない。そのぐらい舞い上がっていた。できるものならすべてを投げうって、この場から逃げ出してしまいたかった。

M・モーションの挨拶が終わると、記者からの質問に移る。あらかじめ質問は提出されてはいたが、緊張しきった今、冷静に答えられる自信が潮にはなかった。

天井からぶら下がったシャンデリアが眩《まぶ》しい。舌が乾き、喉が渇く。

貧血を起こしかけているのかもしれない。

少しでも気を紛らわそうと、視線を会場の中にさまよわせてみる。でも誰もが同じようにしか見えなかったが、やがて入り口付近の壁にもたれかかった長身の男を見つけた。

濃紺の背広に身を包み、右の目尻にある傷痕を隠すように濃い色のサングラスをかけている。

その男の唇の右端が微かに上がっていることで、彼の表情がわかってしまう。明らかに笑っている。

瞬間、足のほうへと下降していた血液が、一気に逆流する。あの男に、これ以上弱みを見せたくないという衝動が生まれた。

心の中で大きく深呼吸してから、まっすぐ前を見据える。そうすることで記者席の人々の顔が徐々に鮮明になってくる。中には、見慣れた顔もあることで、少しずつ落ち着いてくる。

「それでは、質疑応答に移ります。ご質問のある方は挙手していただき、所属とお名前をお願いします」

司会の言葉であちこちで手が挙がる。

「○×新聞の大谷です。イメージキャラクターを起用するというのは、以前、杉山電機が採用したCMに似ていると思うのですが」

「M・モーションは、杉山が起用したルナテイクと同じ生楽器を使用するバンドですが、それは意図されてのことですか？」

「週間女性本位の佐藤です。現在、杉山でも新しいCM制作に入っているという噂ですが……」

杉山電機とは、関西に本社を構える家電メーカーの最大手である。昨年、他の家電メーカーに先駆け、『マルチメディア』と銘打って、独自のパソコンを含めた家電製品の一大プロジェクトを発表したばかりだ。

CMの制作を担当したのが、広告代理店業界トップである、株式会社電報堂情報宣伝営業部に所属する、広告代理店の申し子と謳《うた》われ、クリエイティブディレクターとして半ば伝説と化している永見潔《ながみきよし》という男だ。

当然のことながらこのCMはオンエアと同時に大評判を呼び、商品のみならずテーマ曲まで大ヒットした。杉山のイメージキャラクターとして芸能界に衝撃的なデビューを果たし、一躍スターダムにのし上がったのが、伊関拓朗《いせきたくろう》である。

それまで東京にある小劇団の一俳優にすぎなかった伊関は、その後も確かな実力と強力なバックアップのもとでトップ街道を歩み、現在は押しも押されもせぬ実力派俳優として、日本中にその名が知れ渡っている。

広告業界のみならず、あらゆる業界にセンセーションを巻き起こした杉山電機のCMは、人々の頭の中に『マルチメディア』という名前を印象づけることに成功し、一年以上経った今でも鮮明な形で人々の記憶に残っている。

本日記者会見を行っているヤスダ・コーポレーションは、若年齢層をターゲットにした、音楽関係の製品に力を入れてきた。

家電業界三位に位置し、これまでにコンピューター業界に参入していなかった。それが突然マルチメディア宣言をし、あるコンピューターメーカーを吸収合併したのが、半年前のことだ。

ヤスダが杉山を意識し、模倣しつつも対抗しているのは明らかで、記者の質問がそこに終始するのもやむを得ない。

「杉山電機さんだけを意識しているつもりはありません。弊社はコンピューター分野に関しては新参者で、意識していると言っては天下の杉山電機さんに失礼になります」

予め用意されたヤスダの担当者の返答に、潮は笑いたくなった。

潮の知るかぎり、ヤスダの内部で行われている制作会議では、杉山を意識し、『敵』とまで言っているのだ。昨日の会議でも、「何がなんでも杉山には負けない」と息巻いていた。

「東堂さんの起用についても特に意図はないということですよね？　東堂さんも劇団出身の俳優で、正式な芸能界デビューがCMだったということもあり、何かと伊関さんと比較対照されていますが」

芸能ニュースでお馴染《なじ》みの、小太りで粘っこい喋りが特徴の男が、思わせぶりに質問する。

「ええ、もちろんです」

須田もまた顔色ひとつ変えずに応じる。

「東堂くんは中高生の少女たちから圧倒的支持を得ていますが、我々のような中年と呼ばれる年代の人間から見ても実に魅力的です。あらゆる年齢層の人に好印象を与える将来性のある青年であると言えるでしょう。このみずみずしさ溢れんばかりの若さは、弊社の求めるイメージに合致しております。こういった理由から東堂くんの起用に至ったのであり、伊関拓朗氏の好敵手として注目されているという点は、まるで意識しておりません」

当然、その瞬間にカメラは潮に向けられる。

潮は児童劇団に所属していた当時から、天性ともいえる演技力があり、舞台に立って十分栄える恵まれたプロポーションの持ち主だった。しかし整いすぎた顔と全体のアクが強すぎるため、主役をもらったためしがなかった。

それが今は、『すべての人に好印象を与える』と言われるのだ。当時の劇団のお偉方に聞かせてやりたい。

「それでは東堂さんに直接おうかがいします」

「はい、どうぞ」

質問を振られ、潮は顔を上げ、少し自虐的な気分で笑顔を作る。

「東堂さんは伊関さんと比較されることについてどう思われていますか？　ライバルだと思っていますか。そう言われることに、プレッシャーを感じたりしませんか?」

続けざまにたかれるフラッシュに、相手がどんな答えを期待しているかもわかる。

杉山電機とヤスダの明らかな対立関係と、伊関拓朗に対する潮のライバル宣言。口にせずとも明白なそれを、潮の口から聞きたいのだ。

今の立場は本意ではない。

だがどんな理由であれ、スタートラインに立ってしまった。今さら逃げられない。何を言ったとしても、どう解釈されるかは目に見えている。

それなら、待っている言葉をはっきり口にしたほうがせいせいする。

潮は少し椅子を後ろに引いて長い足を組む。横柄と思われたら成功だ。

「プレッシャーなんて全然感じていません。伊関さんなんて、別にたいしたことない人ですよ」

挑戦的な笑みを浮かべた途端、記者会見場は蜂の巣をつついたような騒ぎになった。

「東堂さん、それはどういう意味ですか?」

「伊関さんに対して、反感をお持ちなんですか?」

横から眉を顰《ひそ》めた須田が潮を肘で小突いてくる。小心な男は、予定にない潮の発言に内心ひどく動揺している。


「以上で制作発表記者会見を終了します」

司会の言葉でヤスダ関係者は立ち上がる。潮も彼らにつれられ会見場を後にすべく立ち上がる。

「待ってくださいよ、まだ質問は終わってないじゃないですか」

「東堂さん、質問に答えてください!」

扉の手前で、潮は振り返ってニヤリと笑う。

「僕の発言は皆さんのお好きなように取ってくださって結構ですから」

背中を須田に押されながら言った潮のその一言と微笑みに、記者たちは圧倒され、一瞬だけではあるが、皆押し黙った。

それだけで潮は十分だった。


「まったく、余計なことを言ってくれたもんだ」

控え室に戻ってすぐ会見に同席した高梨や須田は頭を抱えた。

しかし、会場の後ろで傍観者を決めこんでいた、二八歳のフリークリエイティブ・ディレクターの肩書きを持つ来生澄雄《きすぎすみお》は平然としていた。

「今回の会見はあくまで穏便に済ませ、表立って杉山と電報堂を敵に回すつもりはなかったんだ。それなのに、困ったことを……」

高梨は大きく息を吐いて、潮の顔を横目でちらりと睨《にら》む。

「別に何も口止めされてなかったので」

椅子に深く座り、足を持て余すように組んだ潮は、悪びれた様子もなく返す。

一八歳の若者の横柄な言葉に、高梨は顔を紅潮させ、汗の浮かんだ額をハンカチで拭う。

「面倒見きれん……私はもう知らんよ。須田くん、来生くん。あとのことは君たちで勝手にやってくれ」

そう早口で言うと、彼は大股で身体を左右に揺らし、扉を勢いよく開けて部屋を出て行く。

「まずい。完璧に高梨さん、怒ってるよ。俺、追いかけるから」

須田は同席している来生に目配せすると、慌てて彼を追いかけるべく部屋を出る。

「あんな奴、放っておけばいいのに」

扉が閉まるのを待って来生は笑う。

潮は来生とは意識的に視線が合わないように椅子の背に顎をのせて窓の外を見ていたが、全身で肌にまとわりつくような彼の視線を感じていた。背広の内ポケットから煙草を取りだし、少し猫背になって火を点《つ》ける姿まで思い浮かぶ。


「潮」

名前を呼ばれ視線を部屋の中へ戻すと、磨かれて光る一歩踏みだされた革靴が視界に入る。

「今の会見は素晴らしかった。さすが僕が見込んだ男だ。誰が何を言おうと、君のすることには絶対に邪魔はさせないから、安心しなさい」

長身に見合った大きな手が肩にかかると、潮は無様なほど身体を震わせる。うなじを指の腹で撫《な》でられると、全身に鳥肌が立つ。

来生はサングラスを外してから、手で潮の後ろの部分だけ刈りあげられた髪を下から上に向かってすき、頬を通り顎を指で掴《つか》む。

そのまま顔を自分のほうに向かせると、煙草臭い唇を潮の唇に押しつけてくる。

長い舌が唇を割って口中に入り、しつこいほどに口腔内を愛撫される。上顎をつつき歯の裏を嘗《な》め、溢れそうになるどちらのものかもわからぬ唾液を強引に飲まされる。

わずかに開いた目の端に、来生の指の間にある長くなった煙草の灰の、床に落ちる様が映る。

一度火の点いた煙草は空気に触れて赤く燃え、白い煙を上げて灰となり、やがて崩れ、もとの形を成さなくなる。

床に落ちて風に消える灰は、まるで今の自分のようだと思う。

視界が微かにぼやける。そして、鼻の奥がツンと痛くなった。

首筋に下りてくる唇の感触に、以前の自分には戻れないのだと今さら実感して泣きたくなるが、涸《か》れ果ててしまった涙は、一滴も零《こぼ》れてこなかった。

ＩＳＥＫＩ　ＴＡＫＵＲＯ　伊関拓朗

劇団『桐』は東京に五つの稽古場を持つ、数多くの子役をドラマや舞台、ＣＭ等で世の中に送り出している、日本でも有数の児童劇団である。

下は乳飲み子から上は二〇歳まで、幅広い年齢層の研究生を多数抱えている。

ここ最近の出世頭は、数多くのドラマやＣＭに出演した、松田美咲《まつだみさき》である。

今は表向き高校受験を前にしていることを理由に仕事を控えているが、実際は劇団の全面的なバックアップで改めて売り出しをかける準備をしている。


東堂潮が『桐』に入団したのは、小学二年生のときだった。

芸能界好きの母親と、年の離れた二人の姉が、本人の意見など聞かずに潮の履歴書を送ったところ、書類選考を通ってしまったのだ。

入団当初は劇団という場所が何をするところかよくわかっていなかった。演劇に関する興味も特になかったものの、最初のうちは物珍しさもあって、潮は自分から率先して通った。

しかし、すぐに地道で単調な練習に飽きてしまった。やがて仲間とともに、練習をサボったり抜け出すようになり、それを怒られると劇団をやめたいと言った。

成長するにつれ、もとからよかった潮の容姿はさらに見栄えのするものになった。

線の細かった身体は少しずつではあるが逞《たくま》しい印象に変化し、身長もまだ伸びるだろう。

入団当初より劇団の主催者側は、その容姿から潮に期待を寄せていたものの、いかんせん、本人にやる気がなければ話にならない。

おまけに練習に出なければたとえ才能があり将来性があっても、他の劇団員の手前もあり、年に二回の定期発表会で重要な役は与えられず、結果的に台詞ひとつない端役しかできない。まさに悪循環だ。

練習に出ない自分が悪いのだとわかってはいる。

潮は素直でない自分自身の性格を、嫌というほど理解している。ほとんど呆れ返りながら、でもどうにもできないまま、自分で自分を持て余していた。


そんなある日潮は練習を途中で抜け、細身のジーンズのポケットに手を突っ込み、夕暮れに染まる空を見上げながら歩いていた。手元にチラシを差し出されたのは、駅の裏側にあるデパートの近くを通りかかったときだ。

「観てってください」

近くにある小さな劇場と言えるかどうかもあやしい場所で上演されている演劇のチラシだった。普段はこういったものを無視するのに、たまたま手に取った。

「何時間やるんですか?」

チラシを配っている童顔の女性に尋ねると、彼女は潮の顔を見て頬を赤く染めた。

「だいたい一時間半です」

潮は袖をまくって腕時計を見ると、六時を少し回ったところだった。

こんな時間に帰ったら、母親に練習をサボったことを自ら白状するようなものだ。

一時間半の上演時間なら暇を潰すにはちょうどいい。

「『新宿五番街』って、聞いたことがあったような気がするんだけどな……」

練習嫌いでも役者の卵である。演劇自体に対する興味も抱いているし、面白さも知っている。

それゆえチラシにある演出家の安念昌知《あんねんまさとも》の名前も見たことがある。確かマニアックなテーマを用いたオリジナルの脚本を作成し、さらに一風変わった演出をすることで、ごく一部で非常に有名だったからだ。『桐』の頭の固い演出家は安念のやり方を頭から否定していたが、潮は以前から密かに興味を持っていた。

「行ってみるか……」

そして訪れたカビ臭い劇場には、思っていたより人が入っていた。

舞台と、ござの上に座布団が敷きつめられているだけの客席の間は、ロープで仕切られているだけで段差もない。

それなりの収容人数を保つ劇団所有のホールでしか演技したことのない潮には、天井が低くて薄暗く、濁った空気が満ちている場所が、ひどく新鮮だった。

こんなにも観客が近くにいては、周囲が気になってろくな演技などできるわけがないようにも感じられた。

開演予定時刻を五分ほど過ぎて劇場の客電が落ちる。

舞台の袖から出てきたドライアイスの白い煙で、客席に緊張感が漂う。続いてものすごい効果音が劇場中に響き渡る。

「ふざけるんじゃねえ！」

そして聞こえてくる声で一瞬にして空気が変わる。

畳六枚分もないであろう狭い舞台は、男性ばかり五人が立っていた。その中の他の四人より頭ひとつ飛び抜けた長身の男に、潮の目は引きつけられる。

顎の線までまっすぐ伸びた髪に覆われる輪郭は、面長で端整な面差しで、瞳は飢えた獣のようにぎらぎらした強く印象的な光を放つ。

一八五センチは軽く超しているだろう長身に、男である潮ですら惚れ惚れするほどの容姿をしていた。

役としてはたいして重要ではなく、それこそ人数合わせでいるようなものなのだけれど、なぜか彼から目を離せない。

ストーリーを追うどころの騒ぎではなく、彼が右に行けば視線も右に動き、左に移動すればそちらを見てしまう。テノールの声が、耳にやけに残る。

いつの間にか正座をしていたらしい。劇が終わって客電が点いても、足が痺《しび》れて立ちあがることができなかった。強く握り締めていた掌《てのひら》はぐっしょりと汗をかき、爪の跡まで残っている。

潮は上着のポケットに突っ込んでいたチラシを取り出し、改めて配役を確認する。

安念の脚本には、役に名前がない。劇中でも役者たちは互いを名前で呼び合わない。それでもストーリーには違和感が出ない。それが安念のすごいところだ。

細い字で書かれた配役を指で辿《たど》って、ようやく目当ての人間の名前を見つける。

「……伊関拓朗って言うんだ」

長年捜し求めていた人物を見つけたかのような気分になった。

軽く目を閉じ、先ほどの役者の顔を思い出す。

伊関拓朗伊関拓朗伊関拓朗……。

頭の中に、名前と顔と声を刻む。

「よし、これでＯＫ」

ようやく痺れのおさまった足で立ち上がると、不意に後ろから肩を叩かれる。

「う、わあっ！」

驚いて変な声を出し、前につんのめりそうになった。何をするのかと怒鳴ろうと振り返って、潮はさらに驚いた。

「東堂くんだよね？」

背後にいたのは、肩までの柔らかそうな髪をゴムで軽くひとつにまとめ、ジーンズにフードつきの大判トレーナーを細い身体にざっくりと羽織った女性は、笑顔で語りかけてくる。度が入ってなさそうな丸眼鏡を掛けたその女性は、『桐』の同期生である松田美咲だった。

「どうしてこんなトコにいるの?」

首を傾げ、不思議そうに大きく目を見開いた。丸眼鏡と薄い唇に塗られた桜色の口紅が、実際の年齢よりも上に見せている。

どうしてここにいるのか。それはこっちが聞きたいと思いながら、潮も呆然と美咲を見つめた。

MATSUDA MISAKI 松田美咲

「あたしは半年ぐらい前から『新宿五番街』に通ってるの」

劇場を出ると、どちらからともなく駅前のファーストフード店に入った。

混雑する一階を避けて、二階の隅の客席を選んだ。美咲は、口紅と同じ色のマニキュアを塗っている爪でストローを突く。

「なんで?」

「前から小さな劇団がすごい好きで、時間のあるときは結構あちこち通ってたの。雑誌で調べて、気になるところがあったら、当日券を買って突然行ったりしてね。『五番街』は元々安念さんの演出に興味があったけど、劇自体にはあんまり期待しなかったんだ」

美咲は美人というより可愛いという形容が似合う。少し上を向いた鼻は愛嬌があり、美人すぎないところが大衆の受けがいいらしい。

「それで?」

「実際に観て、正直、話や安念さんの演出自体は『桐』の先生たちの言っているとおりかなって思った」

「だったらなんでそのあとも通ってんの?」

潮も『五番街』の演出に対し、着眼点は面白いが、それ以上興味は抱かなかった。

「実はね、東堂くんは覚えてないかもしれないけど、『五番街』にいる伊関拓朗って俳優がすごい好きなの」

美咲が頬を赤く染めながら瞳を輝かせて口にする名前を聞いて、潮は納得する。

やはり、美咲も同じだったと、興奮する。

「顎ぐらいまで髪を伸ばしたすごく背の高い人、覚えてない? 今日はね、確か……」

「風来坊役の人?」

でもわざと素っ気ない言い方をする。

「そうそう。よく覚えていたね」

潮が役柄を言うと、美咲は目を見開いた。

「目立ってたから」

「でしょ？　今までもずーっとたいした役はついてないけど、毎回、あの人を観ちゃうの。今日はドーラン厚塗りしてたから、顔立ちなんかきちんと見えなかったかもしれないけど、すごく格好いいのよ」

目を輝かせる美咲を見ながら、潮は彼女に対して抱いていた認識を改めていた。

いつもつんとすまして、取り巻きとともにいる、劇団子飼いの高飛車女優。猫可愛がりされている、世間知らずのお嬢さん。

これが、今まで抱いていた、松田美咲像である。

だが、目の前で自分の好きな俳優について語る美咲は、年相応の気さくな普通の少女にすぎない。

「……っと、ごめん、あたしばかり話してて。東堂くん、興味ないよね」

潮の視線に気づいて、美咲は恥ずかしそうに口に手をやる。

「そんなことないよ」

不器用に潮が笑うと、美咲ははっとした。

「もしかして東堂くん、伊関さんのファンになった？」

身体をテーブルの上に乗り出し、おもむろに潮の手を掴む。

言葉の内容をきちんと理解する前に、正直すぎる潮の顔は、真っ赤になってしまう。

「やっぱり」

美咲はしたり顔で微笑む。

「やっぱりってなんだよ、やっぱりって。俺は一言も伊関拓朗のファンになったなんて言った覚えない」

図星を指された恥ずかしさと悔しさで早口に言い、手を振り払う。だが美咲にはまるで効果がない。

「いいじゃない、隠さなくたって。絶対伊関さんって格好いいし、すごい人だと思うの。あの人の演技を初めて観て、それでファンになったって不思議なことじゃない。これまで色んな役者さんを見てきたけど、あれだけ人の目を引きつける俳優なんて、伊関拓朗だけよ」

子役時代からテレビドラマや舞台に数多く出ている美咲は、たくさんの大物俳優と共演している。その美咲にここまで言わせる伊関拓朗という俳優は、一体何者なのか。

がぜん興味が湧いた。

「ねえ、東堂くん。あなたも伊関さんを目で追ったでしょう？　あたし、東堂くんのこと見直した。伊関さんに目をつけるなんて、すごい！　偉いよ」

「目をつけるなんて、別に……」

「隠さなくてもいいよ！」

何か少し違う気はしたのだが、美咲の勢いには勝てず、潮は困ったように少しだけ眉間に皺《しわ》を寄せた。

さらに一時間ほど『新宿五番街』の話をしてから一緒に駅へ向かう。ホームに入ってくる電車を見ながら、美咲は潮を振り返った。

「今日のことは内緒ね」

右目を綺麗に閉じて、唇に人差し指を立てる。

「打ち合わせ、身体の調子が悪いからって嘘をついて抜けてきたの。サボってここに来ていたのがばれたら、大目玉を食らうんだ。だから、お願い」

美咲が舌をちらりと出して頼む様子は妙にコケティッシュで、潮の怒る気力は瞬時に消え失せる。

「いいよ。わかった」

笑顔で応じると、美咲は安心したように扉が閉まりかけた電車に飛び乗る。そして電車の中から、ホームにいる潮に向かって手を振り続けていた。

つられて潮も手を振り返す。

電車の姿が見えなくなってから突然自分の行為が恥ずかしくなった。

振っていた手をズボンに擦《こす》りつけながら、やってきた電車に乗る。


椅子に座ってから、もう一度チラシを開く。

小さな小さな文字で書かれた伊関拓朗という名前。

チョイ役でありながら、観ている者に強烈な印象を与える俳優だった。演技を思い出すだけで気持ちが高揚してくる。心の中に「彼のように演じたい」という衝動が生じる。

演劇をやっていてよかった。そうでなかったら安念の名前など知らず、今日こうして伊関に巡り合うこともなかった。

伊関の素晴らしさに気づくこともなく、いつか彼のように演じたいと思うこともなかっただろう。

退屈だったこれまでの日々が、突然有意義なものに思えてきた。家路へ向かう足取りが軽いのけ、気のせいではない。

家に帰ると、喜びのまま「母さん」と呼びかける。

「なあに？」

久しぶりに機嫌のよさそうな息子の声に、母も愛想よく返す。

「劇団に入れてくれてありがとう」

階段の手前で短く言うと、潮はそのまま恥ずかしそうに自分の部屋へと駆けのぼる。

部屋に入った潮は、成り行きで定期購読していた演劇雑誌と、劇団で配布されるミニコミ誌に隅から隅まで目を通し、伊関に関する記事を探した。

するとここ一年の雑誌には、小さい記事だが『新宿五番街』の名前は数多く出ていた。

安念が若手演出家として注目されていることは、この記事の多さからも明らかだ。でも、肝心要の伊関の記事はない。写真も『五番街』のメンバー全員が写った中に、かろうじているることがわかる程度のものしかない。

それでも潮はそれらの記事をすべて切り抜き、スクラップブックに貼る。成り行きであれ演劇雑誌を購読していた自分を、偉かったと褒めたくなった。


次の劇団の練習日に、潮は稽古場に入るとすぐに美咲の姿を捜す。

フロアの奥で何人かと談笑する美咲が顔を入り口のほうに向けたのを見て、潮は軽く手を振る。彼女はすぐに潮に気がついて笑顔で返し、唇だけ動かして「あとで」と言う。それに応じるように潮は親指と人差し指で丸を作る。

これまで単調で退屈だと思っていた発声練習が、不思議と楽しく感じられる。伊関のような声を出すためには、やはり日々の練習の積み重ねが大切なのだとやっと理解したのだ。


二時間休憩なしの練習をこなすと、全身に汗をかく。休憩時間になって水を飲んでいると、美咲が手を振りながらやってくる。

「この間はどうも」

「こちらこそ」

板張りの床に、二人して膝を立てて座る。

「来週の日曜日にまたあるんだ。『五番街』の公演」

「本当?」

潮の声は期待で僅かに上擦《うわず》る。

美咲は潮の反応に満足そうに笑い、唇の前に指を立てて声を潜めるように合図する。

「ごめん。でもなんで知ってるの?」

「『五番街』のメンバーズに登録していて、一昨日《おととい》、葉書が来たの。今回は希望者には練習風景も見せてくれるんだって」

「メンバーズなんてあるんだ……」

羨ましそうに言う潮の顔を覗き込み、美咲はおかしそうに笑う。

潮がそうであったように、美咲も自分がこれまで知っていた東堂潮像と、今こうして自分が話している潮は、まるで違うと思っていた。

東堂潮と言えば、練習には真面目に参加しない。でも、演技力がある上に外見も並以上。

『格好つけで嫌い』

友人の意見はおおむねこれだった。

だが、いざ実際こうして話してみると、噂とは違って素直で感情がすぐ表に出る、実にわかりやすいタイプだ。

確かに顔は整っているが、成長期の途中なのかまだ身長はそれほど高くなく、おそらく身長一六五センチの美咲より若干高いぐらいだろう。

「東堂くんも入れば？　手続き簡単だし」

「そうする。教えてくれて、ありがとう」

ぱっと明るく笑い、素直に礼を言う。邪気のない笑顔に、これだったら仲良くやっていけそうだと美咲は安心した。

美咲はこれまでにも、何度か伊関のよさを友達に教えたいと思ったことがある。

だが、教える前に躊躇した。

理由はふたつある。

ひとつめは、せっかく紹介しても、伊関を気に入らなかったら悲しいから。

ふたつめは、逆に気に入ってしまって、自分より伊関のことを好きになるのが嫌だった。

矛盾していると思いつつ、伊関はいずれ、嫌でも日本中に知れ渡ってしまう存在だと思う。

これは予想ではなく確信だ。

だったらそうなる前は、少しでも知らない人が多いほうがいい。伊関が有名になったときに、自分だけが昔の顔を知っているという優越感を味わうのは、さぞかし気分がいいだろう。

だから最近は割りきって、一人で楽しんでいた。

でも潮の場合は違う。美咲に、潮に対する嫉妬心を抱かせない。

相手が男だからではない。きっと潮だからだ。

横にいて嬉しそうな横顔を見ながら、なぜだろうかと不思議になった。が、不意にその理由に気がついた。

「あ、そうか」

「……何？」

美咲は思っていたことを口にしていたらしい。潮に尋ねられ、なんでもないと慌てた。

それから心の中で呟く。潮は自分と同じなのだ。美咲が伊関を見つけ追いかけはじめた頃に、とてもよく似ている。潮は冗談半分興味半分で伊関が好きなのではなくて、本質を見抜き、心底惹かれている。

美咲もかつては今の潮のように、伊関の名前を聞くだけで興奮していた時期がある。だから、自分の過去を思い出して微笑ましくなり、頑張れと声をかけたくなる。

潮の気持ちが手に取るように理解できる。

「あれ、でも確か来週の日曜日って、練習があったよね？」

思い出したように言う潮を、「しー」と戒《いまし》める。

「だから声を潜めているんじゃないの。むやみに大きな声を出しちゃ駄目」

潮を叱りながら、美咲の目元は笑っていた。

「ごめん。でも、僕はその他大勢だからいいけど、松田さんは準主役だよね。休むとまずいんじゃないの？」

「美咲って呼び捨てにしていいよ。あたしも潮って呼ぶから」

ひそひそ声で潮に呼び方を訂正してから、美咲は先を続ける。

「そこが一番の問題なんだ。いい加減、口実も使い果たしてるのよね。親類も殺し尽くしちゃったし」

美咲は可愛い顔をして平気で物騒なことを口にする。

「この間なんて、死んだおばあちゃんを間違えて生き返らせちゃって、大変だったんだ」

「それ、本当？」

「本当本当」

潮が目を丸くすると、笑いながら肯定する。

「だから今回諦めようと思ってたんだけど、もしよければ、あたしの代わりに観てきて様子を教えてくれないかな」

「美咲がいいならもちろん」

願ってもない申し出に、潮は二つ返事で承諾する。これだけ早々に、再び伊関に会うチャンスが舞い込んでくるとは思ってもみなかった。

招待状代わりの葉書を次の練習日にもらう約束をして、その日の休憩は終わった。


美咲からもらった葉書を手に、潮は日曜日に『新宿五番街』の練習場へと向かった。そこでまた演劇に対する見解を改めることになった。

『桐』とは雲泥の差がある、古ぼけた二階建てのプレハブで、一階部分にある板張りの稽古場の床は、歩くたびにぎしぎし鳴り、今にも底が抜けそうだった。窓もサッシではなく、当然、冷暖房設備はない。夏は暑く冬は寒いであろうこの場所で、劇団員は練習に励んでいる。

潮の他に稽古風景を見にきていた人間は六人しかいなかった。

おまけに、潮以外は演劇に興味があるというより、現在『新宿五番街』の看板俳優として売っている男のミーハーファンらしい。

初めのうちは時々囁《ささや》かれるひそひそ話が耳障りだっ

た。でも途中からまるで耳に入らなくなった。

額を流れる汗が綺麗で、稽古場に満ち溢れるぴんと張った空気が気持ちいい。

演劇が好きなのだと、演じることが好きなのだという熱気と気合いが、空気を通して伝わってくる。

中でも伊関は圧巻だった。

他の劇団員より三〇分ほど遅れてやってきた伊関は、かったるそうな表情でしばらく床に座っていた。膝を抱えぼんやり練習を眺めていたが、やがて自分の出番が近くなると目つきが厳しいものになる。人を寄せつけない雰囲気を醸《かも》し出し、ゆっくりと立ち上がり練習に加わる。

彼の演技のひとつひとつが、見ている者の息が詰まりそうなほどの迫力に満ち溢れている。

目線の配り方にまで気を遣い、指先の動きも繊細だ。

壁際に座っていた潮は、完全に伊関に魂を奪われてしまった。彼を見つめていると、手も足も動かず、瞬きすらできない。ともすれば呼吸すら忘れてしまいそうになる。

パイプ椅子に座って腕組みをしていた安念は様子を眺めているだけだったが、その視線が伊関を追っていることに潮は気がついていた。

次の公演で、もしかしたら伊関はかなり重要な役を演じるのかもしれない。練習後の簡単なお茶会で安念の話を聞いて漠然と思った。


「それで、そのお茶会で、伊関さんとお話ししなかったの？」

「それでって、何が？」

数日後の練習のあとに会った美咲は、お茶を飲みながら潮を睨みつけてきた。

美咲の発言に、潮は顔を真っ赤にする。

「そんなのできるわけないだろう。一緒の場所で同じ空気を吸ってるだけで息が止まりそうだったのに」

潮は水から上げられた金魚のように、動揺して口をぱくぱくさせる。その慌てぶりに、美咲は大袈裟に息を吐きだした。

「まったく、潮ってばしょうがないわね。せっかくのチャンスをみすみす逃すんだから。呆れちゃうわ」

「なんだよ、その言い方」

潮は唇を尖らせ、美咲に突っかかる。

「お茶会なんて、普段話せない俳優さんとお話しするために企画されてるものよ。一緒の場所で同じ空気吸ってるだけで十分なんて、ただの自己満足」

「自己満足で何が悪いんだよ！」

潮は怒鳴ってからお茶会の場面を思い出す。

確かに、すぐそばに伊関は立っていた。それこそ手を伸ばせば届く範囲で、息遣いまで聞こえた。

でも舞台の上の伊関とは、何かが違っていたのだ。

演技しているときは自信に満ち溢れ輝くばかりの光を放っていた。

でもいざ終えてみたらひどく退廃的に見えたのだ。無気力で、瞳には生気がなく、酔っているのか、隣にいた女優にしなだれかかる。舞台に立っていた伊関と同じ人物だとは思えない。

だから、声をかけられなかったというのが正しい。でもこんなことはさすがに美咲には言えない。

「見ているだけなんて、あたしは絶対に嫌」

美咲は強い口調で言うと、鞄の中から定期入れを取りだし、中に入っている写真を机の上に載せて潮の方に押しやる。

潮は訝《いぶか》しげな表情でそれを取り、写っているものを確認して、驚きに目を見開く。

「去年、一緒に撮ってもらったの」

無言の問いに、美咲は言う。

写真には、舞台がはねたあとらしい伊関、安念、そして『新宿五番街』の女優と美咲がいた。

「演目はカフカの『変身』。伊関さんのデビュー作になるわ」

潮は改めて写真に目を落とす。伊関は今より髪が短く、一見すると誰かわからないほど若々しい。

「あたしは、伊関さんの近くに行くから」

美咲の言葉に、潮はゆっくり顔を上げる。

「今は小さな劇団の中に埋もれていても、あの人は絶対、有名になる。実力もカリスマ性も、いい意味で強いアクもある。そのアクをうまく生かせる人さえ現れれば、誰の手も届かないスターになる。これはファンの欲目なんかじゃない」

潮は美咲の言葉に強く頷く。

先日の様子では、安念は伊関の実力を認めている。だからこそ伊関に主役が回ってくる日はそう遠くないだろうと潮も思ったのだ。

「でも安念さんじゃ駄目」

潮の考えがわかったかのように、美咲はぽつりと言った。不思議そうに向けられた潮の視線に答えるべく、美咲は続ける。

「安念さんは伊関さんの実力がわかっているだけで生かす術《すべ》を知らない。それにね」

声が潜められる。

「近々あの劇団を抜けるの。他のもっと大きな劇団から引き抜きがあったんだって」

憎々しげに囁かれた秘密に、潮は言葉を失った。

はっきり言って、『新宿五番街』は安念がいてこその劇団だ。潮や美咲が認めていても、まだ伊関は世間一般に周知されている俳優ではない。

看板演出家がいなくなった小劇団のこの先の運命など知れたことだ。

「とりあえずは新しい演出家を入れるって話なんだけど、そのあと『新宿五番街』がどうなるかは誰にもわからない。でも、伊関さんはこれぐらいで埋もれる人じゃない。どんな障害があってもあの人を必要とする時代が絶対に訪れる。あの人を世の中に引き出す人が現れる。それは間違いない。あたしは伊関さんに関することだけは自分の直感を信じられる。だからそのときまでに、彼に似合う人間になってみせる」

「どういう風に……?」

「四月から始まる素人女子高校生を集めた情報番組に、レギュラー出演することが決まったの。すぐに歌手デビューもするわ」

テーブルの上に置かれた美咲の拳は、微かに震えている。でもまっすぐに自分の未来を見つめる瞳には迷いがなく、揺るぎのない強ささえある。

「あたしは伊関さんが来る日を、自分を磨いていい女になって先に行って待ってる。潮は?」

「俺……?」

「このままでいいの? 伊関さんと同じ空気を吸えるだけで我慢するの? その他大勢で終わるのよ。それでいいの? そんなつもりはないでしょう?」

たて続けに投げかけられる問いに萎縮しつつも、少しずつ自分の心が固まっていく。

その他大勢のファンという立場でなく、一人の人間として、伊関の前に立ちたい。

伊関の前に立って恥ずかしくない人間になりたい。同じ空気を吸うだけでなくて、同等の場所に立ちたい。

そのためには、どうすればいいのか。

見えてきた未来と突きつけられた現実との大きすぎるギャップが、潮の目前で交差する。

混乱し、困惑し、戸惑う。

明確に望む未来が見えたところで、美咲のように開かれた道が自分には用意されていない。作る努力もこれまでにしてきてもいない。

「俺は、俺は……」

自分の立場を理解した今、潮にとって美咲の存在は眩しすぎる。情けなくて泣きだしたい気分でいる潮の肩に、柔らかい手が置かれる。

「焦る必要なんてない」

躊躇《ためら》いがちに顔を上げると、美咲は目を細めて笑っていた。

「偉そうな言い方かもしれないけど言わせてもらうよ。潮は素材は悪くない。見栄えもいい。ただ練習に出てこなくてやる気が見えなくて、先生たちも手をこまねいていただけ。だから潮がその気になればいくらでも道は開ける。頑張って、一緒に伊関さんの近くへ行こう。あの人と将来同じ舞台に立てるよう、自分を高めていこうよ」

「そんなこと、できると思う?」

「できるできないじゃなくて、やるのよ!」

弱々しい潮の言葉に、美咲は自信に満ち溢れた口調で応じる。

「あたしだって、こんな強気なこと言ってるけど、本当は不安で一杯なの。でも、夢があるから頑張ろうと思える。だから潮も頑張ろう。ね」

潮は美咲の言葉に力づけられる。これまで劇団に対しても先生に対しても期待も信頼もしていなかった。でも美咲に言われるとなんとかなるかもしれないと思えてくる。

「近々あたしは『桐』を退団する。そうしたらたぶんもう『新宿五番街』の公演も観に行けなくなると思う。でも、これからもずっとあたしは伊関さんのファンでありつづける。潮、お願い。あたしの分もたくさん伊関さんを観て。それで、いつの日にか二人で一緒に、伊関さんと同じ舞台に立とう」

伊関と同じ舞台に立つ。

途方もない夢物語だが、実現することだと信じたい。自分の肩の上にある美咲の手に自分の手を重ね、潮は何度も頷いた。

知らず潮の目から涙が零れる。他人の、それも女の子の前で泣いている、とわかっていても、恥ずかしくなかった。

こうして心から泣けることが嬉しい。それをわかってくれる相手がいることが嬉しい。

「頑張ろうね」

互いに互いを励まし合った日からそれほどの日を置かず、松田美咲は『桐』を退団した。


美咲がレギュラー出演する、四月に始まった素人という名目の女子高校生を集めた番組は、平日の夕方五時からという時間にもかかわらず、常に高視聴率をキープした。

何人もいる女子高校生の中で、一人独特な雰囲気を醸し出している美咲はすぐに注目を浴び、歌手としてソロデビューも果たし、歌番組にも頻繁に出演するようになった。

デビュー曲のシングルCDはオリコン初登場五位を

記録し、瞬く間にトップアイドルへの階段を駆けのぼる一方で、テレビの学生向けトレンディドラマにも出演した。

一六歳とは思えぬ貫禄と落ち着きのある演技は評判を呼び、二本目のテレビドラマでは主役を演じることが早々に決まった。

美咲が表舞台で脚光を浴びる一方で、潮は地道に『桐』で演技の練習に精を出していた。前向きに取り組むようになったことで顔立ちも変わり、必然的に周囲にいる人間も変わった。

アクの強い演技ゆえ主役は無理にしろ、少しずつ公演で重要な役がつくようになり、雑誌のモデルとしての仕事がぽつぽつ入るようになった。

ほぼ同じ時期に、満を持したように、時代の寵児《ちょうじ》とも言える伊関拓朗が、杉山電機のマルチメディア戦略という大々的なCMキャンペーンのイメージキャラクターとして、芸能界に強烈かつ印象的なデビューを果たしていた。

NAGAMI　KIYOSHI　永見潔

「ねえねえ、あれ……！」

学校帰りに新宿駅東口近辺を歩いていた潮は、周囲のざわつきに何事かと振り返った瞬間、その場に凍りついた。

新宿駅前にある大型ビジョンにデカデカと映し出されているのは、伊関拓朗その人だった。生楽器を用いたであろうエキセントリックな音楽が、真っ暗な画面を盛りたてるように奏でられている。

特大ビジョンの中にいる彼は、小刻みに切られたロングショットで、颯爽と瓦礫《がれき》の街中を風を切りながら走り、徐々に前、つまり画面を見ている人のほうへと向かってくる。

間に入るどこかグロテスクに見える映像は、配線を露《あらわ》にしたコンピューターの基盤だろう。

そのコンピューターの映像と伊関本人が一致した瞬間、画面はフェイドアウトする。

真っ暗な画面にCMのコピーが一文字ずつ現れる。


『イマジダイガメザメル。

マルチメディアノシンチヘイヘ。

Presented by SUGIYAMA』

カタカナで現れたそれは、次に漢字に変換される。

マルチメディアの新地平へ。

『今　時代が目覚める。

杉山電機』

そして画面はフェイドアウトする。

ビジョンに見入っていたわずか三〇秒のＣＭが、ものすごく長く感じられた。

それはまさに、伊関拓朗という人間を世の中に初めてその存在を知らしめた、永遠に近い劇的な一瞬だ。

誰もが息を呑んで見つめていたアルタビジョンには、既に他の映像が流れている。一瞬にして終わった謎のＣＭに、見ていた者は完全に心を奪われた。

「今の、誰？」

「なんのＣＭだった？」

街中がざわついている。

身体中から不思議な興奮が湧きあがっていた。

無意識に拳を握りしめ、唇を噛む。

ＣＭのコピーのとおり、まさに時代が伊関拓朗という人間に目覚めたのだ。

潮は目頭が知らず熱くなる。かぶっていた黒いキャップを目深にして、シャツのポケットに無造作に突っこんでいた丸いサングラスを慌ててかけた。

代役であったにせよ伊関が『新宿五番街』の舞台で主役を務めたのは、今から三か月前のことである。自分の仕事で忙しかったため、潮はその話を美咲から聞いて初めて知った。

『なんで観に行ってないのよ！』

真夜中にかかってきた電話で思いきり怒鳴られた。

『本当はあたしだって行きたかったんだから。あんた、それぐらいの暇なら作れるでしょう？　明日が楽日なんだから、絶対に行きなさいよ』

演出家が変わって以降、『新宿五番街』はメジャー志向になり、観客動員数は増えたものの、同時にアクの強すぎる伊関の出番は減っていた。

それでも、伊関に注目する人間は確実に増えている。演劇のミニコミ雑誌で月に一度は必ず記事が載るようになり、業界関係者らしい人物を公演で見かけるようになった。

「もう明日が楽日？」

潮は美咲の言葉が信じられなかった。疑うような声を上げると、電話の向こうで美咲がさらに大きな声を出す。

『そんなことで潮に嘘言ってどうするのよ。いい？　何があろうと絶対に観に行ってきて。それでどうだったか、報告してね』

スタッフらしき人間に呼ばれたらしく美咲は、潮の返事も聞かずに電話を切ってしまった。

美咲はデビュー以来順調にアイドルの道を歩み、多忙を極めているらしく、なかなか会えない。潮から連絡しても捕まえることはほとんどできず、向こうからの電話を待つだけのつき合いになっている。

もちろん電話でするのは、いつも伊関の話ばかりだ。潮が観た『新宿五番街』の話を美咲に伝えるのが常だった。

つい先日、週刊誌に出ていた美咲のゴシップ記事を読んだ。事務所の社員との熱愛と書かれた記事を見て、美咲が変わってしまったかもしれないことを憂えた。

でも伊関のことで熱くなるところは、以前と何も変わっていないようにも思える。

翌日言われるままに訪れた『新宿五番街』の公演会場前には、貼り紙があった。

『出演者変更のお知らせ。主役を演じておりました伊関拓朗、急病のため本日、代役……』

伊関目当てで来ている人間が多いのだろう。入り口前でスタッフと押し問答している客の姿もあった。潮は応対する係りの者の歯切れの悪さで、伊関がこの劇団にすでにいないであろうことを悟る。

彼ほどの役者が、急病ぐらいで大切な楽日を放棄するわけがない。

何かが、あったのだ。それも楽日に出られないほどのことだ。

となれば、劇団を抜けたこと以外、考えられない。確信だった。

「美咲になんて言われるかな」

潮は買った当日券を指で細かく裂くと、それをばらまく。

通いつめた劇場に背を向ける。

ここを訪れる機会は二度とないだろう。そう思ったときから三か月後、潮は伊関の姿を目にしたのである。


『桐』でも、話題は例のＣＭの話に集中していた。

「一時になった途端、駅貼りポスターが一斉に新しいのに変わったんだよ。どうやら杉山電機のコンピューターの宣伝らしいんだけど、これがすごいんだ。コンピューターなんてほとんど映ってなくて、でかでかとそのモデルの顔がまん中にあるんだよ。それでコピーが……」

興奮気味に頬を紅潮させて語る友人が見たポスターは、潮がアルタで見たＣＭと同じものだろう。

女性だけでなく、男性にも強烈に印象に残る衝撃的なデビューを果たした伊関の存在に、潮は今さらながらに感動する。

「あれ、誰だろう」

明日になれば、ワイドショーの話題はＣＭに集中して、素性も明らかになるだろう。そうすれば、伊関拓朗という俳優であることも日本中に知れ渡ることになる。潮はほんの少しの優越感に浸っていた。

今の時点で、自分だけが彼が誰であるかを知っている。昔の彼を知っている。

優越感が明日までのことだと知っていても、嬉しい。この喜びを美咲と分かち合いたくて休憩時間に何度か携帯電話に連絡したが、出ることはなかった。

予想どおり、翌日の朝刊に一面広告が掲載され、伊関の注目度は決定的になった。

大手電機メーカーである杉山電機はこれほどまでに大々的な広告を企画しながら、事前に制作記者会見を開いていない。

見事に思惑が当たったと言えよう。

朝一番で都内のホテルに用意された記者会見場には、杉山電機の広報部部長である、館野という四〇代の男と、ＣＭにイメージキャラクターとして登場している伊関が現れた。

肩ぐらいまであるまっすぐな髪を首の後ろで軽く縛りサングラスをかけ、第二ボタンまで外したシャツにジーンズという、非常にラフな格好だった。

促されて椅子に座った彼が俯《うつむ》き加減にサングラスを外すと、テレビを見ている者の目がちかちかするほど大量のフラッシュが一斉にたかれる。

詰めかけた報道陣の多さにまったく怯むことなく、伊関は黙ったまま堂々と前を見つめていた。

前を向いた視線。引きしまった口元。内なる炎を秘めた瞳に、潮は心がときめいた。

姿を見ているだけで息苦しくなる。

やはり、伊関だ。

これこそ、潮が、そして美咲がずっと見てきた伊関拓朗なのだ。

会見で伊関自身はほとんど口を開かなかった。それでも、番組を見ている人に、強烈なインパクトを与えていた。

「伊関くんはもはや一個人ではありません。杉山の商品だけでなく、杉山電機という会社のすべてのイメージを担う存在であると同時に、これから日本が、そして世界が迎える二一世紀が具現化した存在です。彼を見出した人間である電報堂の永見氏が、自信を持って来るべき新世紀を唱えています」

会見の最後に杉山電機の館野が口にした、ＣＭの制作担当者であり伊関を見出した人間の名前に、場内が騒然とする。

広告代理店の業界の筆頭に位置するのが、本社を銀座に置く株式会社電報堂である。

永見潔はエリート集団と言われる情報宣伝営業部企画課の課長職に就いている男だ。

理系の国立大学卒業という異色の経歴を持ち、政界に圧倒的な影響力を及ぼす祖父を持つ彼が広告業界に華々しくデビューしたのは、今から八年前に遡《さかのぼ》る。入社一年目にして制作した自動車のＣＭはその斬新さで注目を浴び、その年のあらゆる広告に関する賞を独占し、一躍永見潔の名前を世に知らしめた。

当時幼かった潮でさえ、このＣＭの内容ははっきり覚えている。

これ以後永見が制作に関わったＣＭは軒並みヒットし、クリエイティブ・ディレクターとしてその名前は不動のものとなった。

課長になり前線から退《しりぞ》いた今も、業界に対する影響力は絶大だと聞く。

今回のこの杉山電機のＣＭに、広告業界の申し子とも言われる、いわば伝説と化した永見が、久々に前面に出ている。

家電メーカー最大手であり、株式一部上場している杉山電機、さらに永見が全面的にバックアップする伊関の将来は、実に輝かしい。

「伊関さんの今後の活動は？」

興奮気味の記者の質問に、館野は満足そうな笑みを浮かべた。

「徐々に明らかになるでしょう。楽しみに待っていてください」

手際よく、かつ有無を言わせぬ圧倒的な力を持った会見に、いつもはハイエナのようにタレントに群がる記者も、手も足も出せない。

出てくるときと同様、館野と共に会見場をあとにする伊関に対して、ワイドショーの達人とも言える芸能レポーターもさすがに何も聞くことができずに終わった。

「すげー……格好よすぎる……」

テレビの前で、潮はいつの間にか正座をして、膝の上で固く拳を握りしめていた。

舞台で姿を見なくなって三か月経っている。その間に圧倒的な迫力が伊関には備わっていた。

潮は永見という人物のすごさを実感する。

あのCMは伊関の本質を理解し、伊関のためだけに作られたものだ。魅力を最大限に引き出し、それでいて決して視聴者に媚《こ》びていない。商品をアピールし、キャラクターも存在づける、見事なコマーシャルだ。

かつて美咲が『安念では力不足だ』と言っていたことを思い出す。彼は伊関の実力を知っていても、引き出す術を知らない。それはとどのつまり、自分や美咲と大差ないということだ。

伊関が素晴らしい実力を持っていることを知っていても、自分たちの力ではどうにもならない。せいぜい陰ながら応援していくことが精一杯で、歯痒《はがゆ》い思いをした。

でも伊関は表舞台に立った。つまり、伊関の実力を知り、魅力を引き出すことのできる人間が現れたということだ。

それは間違いなく、CM制作者である永見だろう。

嬉しくもあり悔しくもある。

こうなったら伊関はもはや潮の手の届く存在ではない。美咲などよりも早く、トップにまで上りつめるだろうことは明らかだ。

伊関のそばに行くためには、自分もそれに見合った位置まで上らなければならない。

潮は改めて自分の目的を認識し、汗の滲む掌を握る。


直後、やっと美咲から連絡が入った。

美咲はこちらが声を出す前に、「見た？」と、自分が誰だとも言わずに聞いてきた。

普段より一オクターブ高い声で、興奮の度合いがわかった。

「もちろん」

「話したいことはたくさんあるけど、今は諦める。新しい情報を仕入れたらメールするからね」

移動中だったのだろう、やけに雑音がうるさかった。

一方的に自分の言いたいことだけ言って電話を切るのは美咲の常套手段だった。

でもさすがに今回はかなり辛かった。

新しい情報を仕入れたらと、美咲は言った。

トップアイドルの地位を確立した美咲なら、テレビ局に集まる情報を仕入れることが可能なのだろう。

そして知りたいと一言言えば、血眼《ちまなこ》になって探してくれる人間も数多くいるだろう。

美咲はそれだけ伊関に近い場所にいる。自分の目標を実現するために、強い意志と決意で盲進している。

伊関のそばに行きたければ、美咲のように、口だけでなく実際に行動しなければどうにもならない。そのことを潮も痛感している。

子役専門の劇団で準主役クラスを演じ、ティーンエイジャー向け雑誌でモデルをしているくらいでは、とうてい伊関には追いつけない。

では、伊関と同じ舞台に立つためにはどうすればいいのか。

そこまで考えて、考えは止まる。

一人で足掻《あが》いたところで、チャンスは簡単に掴めるものではない。もしチャンスがあったとしても、それを掴むだけの実力が今の自分にあるのか。

再度現実に直面して、途方に暮れる。一人で思い悩んで落ち込んだ。

落ち込んで落ち込んで、これ以上下がない場所まで行き着いてやっと気がついた。

実力がないのだとして、諦められるのか？

考えなくても、決まっている。答えは、否だ。

諦められない。諦められるわけがない。

伊関に出会ってから、正確には伊関拓朗という役者の演技を知ってから、潮の生活は彼を中心にして動いてきたようなものだ。

人生のすべてが伊関に会うためにあったのだと思えるほど、潮の生活は充実していた。

毎日が楽しいと感じたのも、自分の周りにいる人間とつき合えるようになったのも、すべて伊関のお陰だと思っている。


その感情を、『思慕』と名づけている。

『恋とか愛の間違いじゃないの？』

かつて美咲に何度も揶揄《からか》いのネタにされたが、決して潮は譲らなかった。

正直なところ、自分でもそうかもしれないと疑ったことがあるのだ。

これまでに、何人かの女性とつき合ったことはある。彼女たちは口を揃えたように「好きだ」と言う。「愛していると言ってくれ」と、どこかで聞いたことがあるような台詞を潮にせがむ。

雑誌に載った影響でもらった手紙でも、頻繁に恋という言葉が使われた。

『好きです。恋しています。そして、愛しています』

人間の一番深い愛情を表す言葉のはずなのに、安っぽく使われることによって世間での価値が下がり、潮にとってはいつしか一瞬のもので、永遠ではなくなってしまった。

それこそ、冷めてしまえば終わってしまうものと化した。

でも、潮の伊関に対する思いは決して終わるものではない。それならば、愛や恋であっていいはずがない。尊敬だと思ったことがある。思いながら、違うと否定する。

潮の少ない語彙の中で見つけ出した、伊関に対する感情にふさわしい言葉が、思慕だったのだ。

いつの日にか伊関に自分の思いを伝えるために、潮は決意する。絶対に、追いついてやる。チャンスだって、なくても作ってやる。

実際に作れるかどうかなど、知ったことではない。そう思わねばやっていけないほどに、潮は追い詰められていた。

KISUGI　SUMIO　来生澄雄

「君、いい顔してるね」

それは突然にして偶然の出会い。

六本木のクラブで、おもむろに自分の横に座り、笑顔を見せてきた男の声に潮は驚かされる。

「それは、どうも」

短く返して視線を戻そうとするものの、男は自分の顔を潮の前に移動させる。

「言われるでしょう、色々な人に。いい顔してるって」

潮は度の入っていない伊達《だて》眼鏡を鼻のところで押し上げ、目の前にいる男を見返す。

年は二〇代後半だろうか、七対三に分けられた髪型、スタンダードな背広に身を包みながら、漂ってくる雰囲気はどことなくあやしいものがある。おそらく普通に会社勤めをしているサラリーマンではないだろう。

男は比較的整った顔をしていた。

野生に生き、獲物を狙うキツネを思わせる、一重のつり目の右目尻にある何かで切られたような傷痕が、その顔を印象的なものにしている。醸し出す雰囲気は柔らかいが、瞳の中に飢えた獣のような色が見えるのは気のせいではない。

「ええ、言われますよ。色々な人にね」

潮は妙に男に興味を覚えた。

「これでも一応タレントなんです。テレビの全国ネットのCMにも顔を出している。ご存知ありませんか?」

わざわざ自分に声をかけてきたのだから知らないわけはないだろうと思いつつ、相手を探るつもりで、嫌味な言い方をしてみる。

伊関の衝撃的なデビュー以来、潮はがむしゃらに仕事をした。

高校も中途退学し、入ってくる仕事すべてをこなして、演劇の練習にも力を入れた。

素質はあると言われていた。誰にも負けない舞台度胸と高いプライドもある。本人がその気になりさえすれば、周囲が放っておくはずがない。

雑誌などのモデルの仕事のため、正式にテレビＣＭでのデビューが決まったのは、それから少ししてからだった。

潮が出演したのは若者向けのスポーツタイプの自動車のＣＭで、ソフトで軽いイメージで売り出しをかけた。

雑誌のインタビューでも軽い受け答えをして明るく振る舞っていながら、なぜか『劇団に所属していてＣＭでデビューした』という理由だけで、伊関と比較されるようになっていたのだ。要するにそれだけ伊関が注目されているということだ。

比較されて、嫌だと思ったことはない。伊関に追いつきたいと、それだけを願ってしゃにむに走ってきた。伊関と近い位置に自分がいるのだと思わせてくれる確かな言葉だが、ライバルと言われるのは御免だった。そんな実力はないと、自分がよく知っている。

潮の所属事務所のスタッフは、潮が伊関の大ファンだということをあらかじめ知っている。と言うよりはむしろ、伊関と一緒の仕事を近い将来に絶対実現することを餌に、俳優としてしかデビューしたくないと強情を張る潮を宥《なだ》め、アイドル的な売り出しをかけた。

その際、いくつか条件を課した。

絶対に人前で伊関のファンだと口にしないこと。

もとより伊関に会うためにこれまで努力していた潮だったが、差し出された餌につられて簡単に話に乗ったわけではない。さんざん悩んだ揚げ句、これ以上今の場所に踏みとどまっていても先には進めないことを悟ったのだ。

だから開き直り、とりあえずモデルとしてデビューし、現状を打破することを選んだのである。

そしていざデビューしてみると、思っていた以上に順調に人気を得ることになった。

もちろん、伊関はそれ以上のスピードで出世街道を突っ走っている。すぐに二人の間の距離が縮まるわけもない上、最近はライバルなどという、潮にはとんでもないとしか言いようのない根も葉もない噂がまことしやかに流れている。

伊関と自分を仲違《なかたが》いさせようとしているとしか思えない芸能ニュースや雑誌の記事を見るたびに、ため息をつく。そして、芸能界という、独自の価値観のみが通用する世界がほとほと嫌になっていた。

自分のところへやってきた男も、そういったニュース欲しさに違いないと、潮は初めから決めてかかっていた。

だが男は、潮の予想していた返事はしない。にやりと唇の端だけを器用に上げて笑うだけだ。

「存じあげておりますよ、もちろん。でも、それとは関係なく、東堂くんとお話をしてみたかったんです」

男は人の神経を逆撫でする方法を心得ているかのような、やけにカンに障る話し方をする。

潮は怪訝な顔を向ける。とりあえず人のあとをつけ回す、単なるこうるさい芸能レポーターではなさそうだが、それよりもっとタチが悪そうだ。

嫌な予感がした。

理由などない。ただの直感だ。

頃合を見計らって逃げようとすると、男は見透かしたように潮の手を捕まえる。

「逃げなくたっていいじゃないか」

ふと気を抜いて聞くと、やはり伊関拓朗の声にどこか似ている。

潮の心がぐらりと揺れる。

「別に取って食おうとしているわけではない。もう少し話をしていたいだけなんだ」

伊関に似た、通るテノールの声で優しく宥めるように囁かれ、胸は苦しくなる。

囚われたままの自分の手を眺め、ゆっくり視線を上げると、男が笑った。

「そうそう。いい子だね」

男は幼い子どもに話すように柔らかく言う。

「僕の望みを聞いてくれたお礼に、何か一杯奢《おご》らせてもらおう。何がいいかな…っと、君はまだ未成年だったね。そうするとやっぱりソフトドリンクかな」

男は気障《きざ》な素振りで店員を呼び止め、オレンジジュースをひとつ注文した。子ども扱いされたことにむっとはしつつ、潮は真正面から男の顔を凝視した。

目尻にある傷はかなり前にできたのだろう。新しい皮膚に覆われた傷は笑うと引きつれる。

「気になる？　この傷が」

潮の不躾な視線に、男は小さく笑い、ガラスに薄くブルーが入った眼鏡を外した。

「これはね、昔の恋人につけられたんだ。それもナイフでね」

指を目の横にやり、明るい口調でそのときの様子を再現する。ほんの数ミリずれていれば、視力を失っていたかもしれない。

そんな重大な話をこともなげに自分に話すことが潮には理解できない。

「本当に君は綺麗な顔をしているよ」

男は眼鏡をかけ直して、細くて綺麗な指を潮の顎に伸ばしてくる。

潮は無意識に身体を震わせる。

「ここを切った男の顔に似ている。プライドの高そうな顔。筋の通った鼻。意思の強い火を宿している瞳。薄い唇。どれを取ってみても、君は彼によく似ていると思う。そう……それに、もうひとつある」

顔に傷をつけた昔の恋人を『彼』と言ってのけながら、潮の反応を気にすることもなく、夢を見るような瞳で先を続ける。

「伊関拓朗に惚れている。君もあの男も。これが一番重要なところだ」

憎しみの籠った言葉に、潮は自分の耳を疑った。口にされたのは、誰の名前だったか。驚きのあまり見開いた目で、必死になって男を睨む。

この男は、通りすがりの男などではない。

明らかに潮に近づく意図をもって、この店にやって来たのだ。

膨れ上がった警戒心が潮の心を覆う。ぴくりと震えた手に男は喉の奥で笑う。

「警戒する必要はないと言ってるだろう。だが、怯《おび》えた顔はもっと似ている。見ているだけでぞくぞくしてくる」

冷たい掌が、潮の頬を軽く撫でる。

男が何をしようとしているのかがわかっても、薄く青みがかった眼鏡のガラス越しに見えるきつく冷たい視線に魅入られたかのように、潮は逃げられなかった。

やがてかさついた唇が潮の唇に触れる。それから僅かに開いていた間をぬって、舌が口腔内を軽く撫でて通る。

目を見開いたままでいた潮に、男は唇を離すと思わせぶりに笑い、潮の額にかかった前髪をかき上げ、しみじみと頷いた。

「彼が君ぐらいの年だった頃は、同じように可愛らしい顔をしていたんだろうね」

潮の顔に誰かを重ね合わせた男は、遠くを見つめた瞳の中に悲しげな色を浮かべ、ため息をつく。呆然としたままの潮の唇にもう一度軽い口づけをして、背広のポケットから取りだした名刺をテーブルの上に滑らせた。

「知らないのだろうから、あとでショックを受けないように教えてあげよう。君が大好きなあの男はゲイだ。恋人もいる。相手の名前も、たぶん聞いたことぐらいあるだろう。伊関拓朗の事務所をバックアップしている電報堂の課長で、例の杉山電機のＣＭで伊関を捜し出した永見潔という男だ」

「嘘だ……」

伝票を手に立ち上がる男の背中に、潮は訴える。

その声に、男はゆっくり振り返る。

「そんなの嘘だ。嘘に決まっている」

必死に頭に浮かんだ言葉や情景を打ち消すように続ける。

他人に言われなくても、伊関のCMを作った人間である永見潔を忘れたことはない。

伊関が有名になればなるほど、顔も何も知らぬ男のことが気にかかって仕方がなかった。彼になりたいと、心底思った。

もし自分が永見であれば、伊関に会うために四苦八苦して、こうして見当違いのことをせずに済む。そして無条件に伊関から愛してもらえたかもしれない。伊関の本質を見出し、何もないところから今ある地位まで引き上げたのだ。

伊関という人間のすべてを知り、彼からも信頼されていなければ不可能なことだろう。

伊関への思いが愛ではなく思慕だと名づけた当初より、それを裏切っている自分の気持ちに潮は気がついていた。

でもそんな気持ちが後ろめたかった。よこしまな想いからではなく、純粋で綺麗な気持ちで伊関を慕っているのだと、自分に言い聞かせてきただけだ。


昨夜かかってきた久しぶりの美咲からの電話が、その気持ちを決定的にした。

『あたし、伊関さんと仕事ができるかもしれない』

詳しいことは聞いていない。だが、おそらく確実に一緒に仕事をすることになる。内々の話ではあるが、すでに美咲はここ数か月の予定を押さえられたらしい。

『ここまで頑張ってきた甲斐があった!』

美咲の嬉しくて仕方がない様子は電話からも伝わってきた。いつもの調子で、一方的に喋り一方的に電話を切られ、潮は完全にキレた。

羨ましいという気持ちと、望みが叶えられたことで美咲と一緒に喜びたい気持ちと同時に、激しく嫉妬する気持ちが渾然一体として存在した。

これから仕事を一緒にする美咲に対してあれだけ嫉妬した心に、今またさらにわけのわからない感情が渦巻いていく。

「嘘だ」

何度も繰り返す。

つまり伊関の恋人が永見であると信じそうになるから余計に、嘘だと何度も言い聞かせた。

「嘘か本当か、自分の目で確かめればいい」

動揺する潮に男はあっさりと言い放つ。

「どうやって?」

そんなことができるものならとっくにしている。でも伊関の家は完全なトップシークレットで、耳聡《みみざと》い芸能レポーターですら知らないらしい。

だから潮は自嘲気味に言った。

「方法はいくらでもある。自分で確かめる勇気はないか？」

鋭い視線と伊関に似た声が、潮の揺れる心を促す。

躊躇しながらも潮が首を横に振ると、「強情だね」と言ってから唇の端でくすりと笑う、それから上着の内ポケットから手帳を取り出すと、ボールペンでそれに何かを書き込み、先ほど置いた名刺の横に滑らせる。

「明日もこのクラブで君を待っている。何かあったらおいで」

男はそう言って出口へと歩いていく。

「別に待ってなくたっていいよ」

成長期が訪れて男の身体へと変化した自分より、さらに広くて逞しい背中を見て、潮はぼやく。

男の置いていった名刺とメモに視線が釘づけになる。

「嘘だってわかってるけど、あいつが誰かぐらい名前を確かめたっていいよな」

言い訳してから、名刺とメモを手元に引き寄せる。

『来生澄雄、クリエイティブ・ディレクター』

ということは、永見と同じ仕事をしているのだ。会社名のないその名刺に書かれている住所と電話番号は、おそらく彼自身の自宅、もしくは事務所のものなのだろう。都内二三区内にあるマンション名を見て、ため息が出そうになる。

本格的に仕事をするにあたり、潮は家族との生活時間の違いから家を出て一人暮らしを始めた。家賃のことも考え、少々不便ではあるが二三区内に住むのは諦めたのだ。

「広告を作っている人間って、そんなにもうかるもんなのかな」

潮は名刺を指でぴんと弾いて、もう一枚のメモに手をかける。見るか見ないか思い悩んで、最後に残った好奇心に負けて結局手にした。

そこには、癖の強い細い字で、場所と時間が書かれていた。

港区高輪。時間は明日の夜七時。

最後につけ足しのようにメッセージがある。

『駐車場で隠れていてごらん』

あらかじめ、潮がそこに行くことがわかっているかのようなメッセージに、潮の頭に血がのぼる。

「だから、なんなんだよ、これは」

話の流れから、そこに伊関が住んでいるだろうことは明らかだった。

潮は読み終えて、手の中でぐしゃりとメモを握り潰す。初めから行くつもりなどない。

灰皿の中にそれを入れて、いつも持ち歩いているライターで火を点ける。赤い炎を放ちながら燃えていく様をぼんやり眺め、名刺だけは財布の中に入れる。

最後に飲んだ水割りの代金を顔馴染みの店員に払うと店を出る。

そして渋谷駅へ向かって六本木通りを歩きだした。

終電はとっくに終わり、始発が動きだす時間はまだ遙か先だ。都会の空に星は少なく、街のネオンが輝いている。

潮は冷えきった東京の空気に、首を竦めた。

TODO USHIO 東堂潮

「それじゃ、東堂くん。また明日」

現在潮の所属する事務所のマネージャーである五十嵐《いがらし》は、撮影場所の最寄り駅まで来ると、ホームに入ってきた電車にいきなり飛び乗った。

「い、五十嵐さ、ん?」

潮は明日の予定も告げずに帰ろうとする相手に慌てて手を伸ばすが、すでに遅い。就職活動中の学生が着るような背広に身を包んだ男は、電車の窓から手を振っていた。

「こ、こんなのって、あり?」

呆然と自分の前を通りすぎる電車の後ろ姿を見送りながら、潮はぽつりと呟いた。

今日の仕事は深夜近くまでかかるはずだった。だが、なぜか順調に進み六時には終わった。

そして普段は何かとプライベートにまで口を出すうるさいマネージャーは、潮を置いてさっさと帰ってしまった。

この状況は、まさに潮に『さあ、昨日メモにあった場所に行きなさい』と言っているようなものだ。

「で、でも、きちんとはマンションの名前と住所を覚えていないし」

ぶつぶつ言いながらも、潮は山手線の渋谷品川方面の電車に乗り込む。

別に自分は昨日の来生の言葉を鵜呑みにして、高輪の伊関のマンションへ行こうと思っているわけではない。そう言い訳しつつ、乗り換えを確認してしまう。

昨夜はなかなか寝つけなかった。頭の中に残った、来生の声が穏やかな眠りを妨げた。

伊関がゲイか否かは、本質に惹かれた潮にとってたいしたことではない。気になって仕方がないのは、恋人が永見だということだ。

やがて電車は高輪台に着く。

地上に出ると、国道一号線、いわゆる第二京浜が目の前を走っていた。

潮は黒いレザーのリュックを肩にかけ、特に方向を決めずに歩き出す。

春は近くまで来ているはずなのに、遠くにあるように感じられるのはなぜだろうか。

やがて潮の足は何かに引き寄せられるように、いわゆる高級マンションが建ち並ぶ場所へ行き着いていた。そして目の前に覚えのあるマンションの名前を見つけてしまう。

「嘘……マジ?」

レンガ色の外観が見事に高級感を醸し出すそのマンションこそ、昨日のメモの場所だった。時間はまるで計ったかのように、指定された七時の少し前だ。

潮は大きく深呼吸をしてから、駐車場の入り口を探し、中に侵入する。防犯カメラが作動していたらどうしようかとかなりドキドキしながら、4WDの車の陰に隠れるように立つ。

人の影が目に入るたび、身体が震える。

顔を上げていられず、冷たいコンクリートの上にしゃがみ、立てた膝の間に額を押しつけた。

「何をやってるんだろ、俺……」

言い訳は頭の中に山と用意されているが、本音は違うところにある。

伊関に会いたい。

伊関の声が聞きたい。

誰かに見つかるかもしれないとビクビクしながら、息を潜めて駐車場の隅で身体を小さくしているのはそのためだ。

そして七時を少し過ぎた頃、一台のメタリックシルバーのメルセデスベンツSLクラス車が、滑るようにして駐車場へ入ってきた。時を同じくして、エレベーターホールに通じる扉が開く。

開いた扉から出てきたのは、まぎれもなく伊関拓朗その人だった。

ずっと慕いつづけている男の姿に、無意識にその場に立ち上がり、名前を叫びたくなる衝動を、必死に堪える。

テレビのブラウン管を通してでなく、生で伊関を見ている。その事実に潮は興奮していた。

伊関は車の陰に人がいることなどまるで気づかず、一目散にメルセデスベンツ目がけて走っていく。運転席から人が降りるのを待つ間も、伊関は満面の笑みを浮かべている。

これまで見たことがないほど、蕩《とろ》けてしまいそうな優しすぎる瞳に潮の胸が疼《うず》く。そしてその眼差しが向けられる相手に対し、言いようのない感情が身体の中を走り抜けた。

見ないほうがいい。見たら駄目だ。相手の顔を見たら、じっとしてなどいられない。正気を保てない。だが、どうしても足に力が入らず、立ち去ることができない。目も閉じられない。

頭の中で警戒音が発せられる中で、潮は車から降りてきた伊関の相手の男の顔をはっきり認識してしまう。

素人目にもわかる、仕立てのいい上質のグレーのスーツに身を包んでいた。フレームレスのツーポイントの眼鏡をかけた、ギリシャ彫刻のように整った横顔は、息を呑むほどに綺麗だがどこか冷たい印象がある。

でも伊関と視線を合わせて微笑んだ途端、そんな印象は綺麗に消え失せる。

「お帰り、潔」

心から渇望していた他の男の名前を口にする伊関の声が、潮の耳に届く。

これまでに聞いたことのない、慈しみが込められている声だった。

細く華奢な腰を抱き締め、幸せそうに永見の頬にキスをする伊関の顔など、一生見たくなかった。

見るべきでは、なかった。

二人の姿が見えなくなってやっと、潮は呼吸することができた。

腰からへなへなと力が抜け、4WDに背を預けたまま地面にしゃがみ込む。強く握っていた拳は指が強張ったように動かず、がちがちと聞こえる妙な音が自分の歯の音だとしばらくの間わからなかった。

天井の剥き出しになった配管を眺めているうちに、目の前が歪んでくる。ぽろりと頬に零れ落ちた涙を握ったままの手で拭うと、次の涙が落ちる。

堪えていた悲しみと想いが、体中から溢れ出す。

唇を噛み締め震える両手で顔を覆う。潮は泣いた。

泣くことは、自分の負けを認めることだ。泣くことで、自分の気持ちを認めることになるのが嫌だった。

だからと言って、溢れだした涙は、止まることはない。拭うそばから涙は溢れる。

こんなにも伊関拓朗が好きだったのだと、改めて潮は実感する。

潮は懸命に伊関の本質を理解しようとしていた。だから、表情ひとつ、仕種のひとつで、伊関の感情のすべてがわかってしまった。

伊関が永見のことを想っている。これは真実だ。

「畜生……」

顔を覆っていた手を、冷たいコンクリートに打ちつける。傷ついたそこから血が滲む。

「畜生、畜生、畜生！」

泣いても泣いても泣いても、涙は止まらなかった。


それからどう歩いたのかは覚えていない。ただ気がついてみたら、昨夜、来生に出会った六本木のクラブの前まで来ていた。

中に入るのを一瞬躊躇したが、だからといってそのまま帰るのも癪《しゃく》だった。

来生の言葉にまんまと嵌《は》まったのは自分だ。行かずにいることも可能だったが、最終的に選んだのは自分だった。でもきっかけを作ったのは来生だ。来生に選ぶように仕向けられた。

来生に責任転嫁をすることに決めた。

慣れた足取りでフロアに入ると、様々な色を照らしているミラーボールの光を避けて目を凝らす。だが暗闇に目が慣れず、人の顔がすぐには判別できない。

「もしかして、僕を探しているのかな？」

やがて聞き覚えのある声が、背後からかかる。実際の伊関の声を聞いてしまえば似ても似つかないはずなのに、やはりどこかで似ているのだと思ってしまう。

潮はゆっくり振り返る。

来生は昨夜と寸分変わらぬ嫌味な笑みを浮かべて、ゆったりと柔らかいソファに身体を埋《うず》めていた。

「その様子だと、行ったね」

長い足を組み、膝の上に高価な時計をした腕をのせた姿を目にした瞬間、頭に血がのぼる。

潮はとっさに傷ついた手を振り上げ、何をするつもりか認識する前に、来生の頬をテーブル越しに力一杯はたいていた。

鈍い音が、静まっていたフロアに響き渡る。

「お客様？」

「気にしないでくれ」

異変に気がついてそばに寄ってくる店員を来生は手で追い返し、赤く腫れてくる頬をそのままに、ゆっくりとソファから立ち上がった。

潮は痺れる掌を軽く押さえ唇を噛んで肩を震わせる。

「ばかだね、君は。どうして泣きたいのに我慢をするの？」

来生の口から、思いも寄らず優しすぎる言葉。潮の頭が次第にガンガンと痛み、霞む視界に気がついて下を向く。

視線の先にある毛足の長い絨毯に沈む磨かれた革靴が潮の足の前で止まる。

来生は血の滲む潮の両手を掬《すく》い上げ、傷口にそっと唇を当てる。驚く間を与えずに身体を引き寄せて、頭を自分の胸に押しつけさせた。

「泣きなさい。僕の胸の中なら誰にも見えないから」

後頭部を優しくポンポンと二回叩くと、これが合図となって潮の目から涙が零れ落ちた。

泣きなさい。そう言った来生の言葉が呪文のように、潮の頭の中をゆっくりと駆け巡る。先ほど涸れたと思った涙が再び溢れ出してくるのを感じた。そして、たくさんの人がいることも忘れ、声を上げて泣いた。

あとは、来生に促されるままだった。

涙が止まったことを確認すると、来生は伝票を握り、糸の切れたマリオネットのようになった潮の肩を抱いて店を出る。

六本木通りを走るタクシーを止めて乗り込むと、「恵比寿」と告げる。どこへ行くのかと目で問いかける潮に、来生は笑顔を見せる。

「いいから、少し眠っていなさい」

男にしては細くしなやかな指が瞼《まぶた》に軽く触れると、突然の睡魔が潮の身体に広がっていく。

「君はいい子だよ、本当に」

肩にもたれかかってくる潮の髪の毛をすく来生の目は、冷めた色をしていた。そのことに、眠りに落ちた潮が気がつくわけがなかった。


柔らかい感触が肌に触れる。優しく穏やかな気持ちになる。このままずっと眠り続けたい。

そんな願いとは相反するように、身体は少しずつ目を覚ましていく。

覚醒して自分の手を認識する。両手に巻かれた包帯は来生が巻いてくれたのだろうか。

ぼやけた視界の隅に、背中を丸めて煙草を吸う来生の姿を見つける。

ここはどこなのだろうか。そんなことを思いながら柔らかいスプリングのベッドの上に起き上がると、来生が潮が目覚めたことに気がつく。

「もっと眠っていていいのに」

吸いかけの煙草を灰皿でもみ消し、身体を潮の方に向ける。

風呂から上がったばかりなのだろう。前髪は額にかかり、バスローブを素肌の上から無造作に羽織っている。眼鏡を外した顔は細く、光の加減か頬がこけているように見えた。

名刺にあった住所には、恵比寿と書いてあった。

だだっ広いフローリングの部屋の中央に置かれた特大ベッドに、革張りのソファ。

壁際にはオーディオセットが揃えられている。

「ここは来生さんのお部屋ですか？」

尋ねると、「そうだよ」と頷く。

潮の部屋とは比べものにならない豪華さに、ため息が出てしまう。

「一緒に住まないか？」

「……え？」

ぼんやりと来生を見つめていた潮の耳に、とんでもない言葉が飛び込んだ。

「ここは一人で住むには広すぎる。隣の部屋は少し狭いが、ベッドや家具を入れるスペースは十分にある」

ベッドの脇に腰を下ろした来生は、布団の上に置かれている包帯を巻いた潮の手を取り甲に唇を当てた。

「き、来生さんっ！」

身体中に電流のように熱が走る。潮は手を引こうとするが、来生は放そうとはしなかった。

自分があまりに無防備すぎたことに、今さらながら気づく。

遅い。遅すぎる。

「だから、君は可愛いって言っているんだよ」

来生は潮の些細な抵抗などものともせずに、自分のほうに力一杯引き寄せる。

「ここまで来ておいて逃げるなんて、そんな野暮なことを言うのはなしだ」

寝かされるときに、シャツと下着だけにされていたらしい。来生は自分の腕の中にある潮の肌に、シャツの下からそっと手を伸ばす。

「……ヒッ！」

冷たすぎる指の感触に声を上げる。肌をまさぐる指の動きを止めようと、シャツの上から来生の腕を押さえつけようとするが、逆に空いている手に捕らえられてしまう。

「邪魔な手はこうしてしまおうか」

来生は楽しそうに言いながら自分のバスローブの紐を解き、潮の両手を頭の上で巧みに結び取った。

「やめてください」

六本木で泣いている潮を優しく抱き締めてくれたときの慈しみに満ちた瞳は、もうどこにもない。今の来生は、飢えた獣のように目が血走り、残忍な気配を漂わせている。

「細いね、本当に。あいつよりもっと肌理《きめ》の細かい肌をしている。ほら、こうしていると、指に吸いついてくるようじゃないか」

シャツのボタンをひとつずつ外しながら、まだ足掻こうとする潮の足を跨《また》いで座り、一気に露にした肌に指を伸ばしてくる。

「来生さん！」

震える声で助けを求めても、来生は聞く耳を持っていなかった。

腰をくねらせて身体を捩《よじ》って抵抗すると、楽しむようにゆっくりと指でいたぶってくる。

鎖骨の部分にまず指を伸ばし、徐々に下方へ移動させる。胸元を通り、色の違う部分を丹念に指先で刺激し、存分に反応を楽しんでから腹を掌で撫でた。

女性との経験はあるにもかかわらず、そのときとは違う微妙な感触にすぐに昂ぶりそうになった。潮は込み上げる快感を唇を噛んで堪える。

この状態で目を閉じたところで、来生の声は伊関の声に聞こえない。

「これは邪魔だね」

来生の気配が僅かに移動する。

何事かと開けた目に、刃先を長く出し、銀色に光る手持ちの部分に綺麗な細工を施された果物ナイフが飛び込んでくる。

来生はそれを舌で嘗めながら潮の下半身へ移動させてくる。あまりのことに潮は声も出ない。

「怯えなくていいから」

歌うように来生は言う。

「別に君の綺麗な身体を傷つけようなんて思っているわけではない。ただ邪魔で無粋なこの布を切ろうと思っただけだ」

来生は左手の人差し指を下着と肌の間に差し入れ肌から引き離すと、薄い布に刃先を突き刺してきた。潮が恐怖に身を竦ませると、来生はくすりと笑う。

「心配しなくても大丈夫。傷つけるつもりはないと言っただろう？」

そう言いながらビリビリと音を立て、下着を部分的にふたつに裂いていく。外気に触れ、恐ろしさのあまり萎縮した潮を、来生は刃物を持ったままの手で軽く握ってくる。冷たい無機質な感触に血の気が引いた。

「力を抜きなさい」

来生は握った指に少し力を込めながら、潮の顔を覗いてくる。

「潮」

吐息が唇に触れ、昨日と同じでかさついた来生の唇が潮の唇に重なってくる。

煙草の匂いのするキス。逃げる舌に絡みついてくる来生の舌。

たった一度、それも昨夜したばかりの口づけをすでに覚えている。

指の動きも巧みで、縮み込んでいた潮を少しの時間で生き返らせ、確実に快感へと導く。身体中の神経を来生の指に握られているような錯覚に陥りそうになる。

「あ……嫌ッ……！」

来生は天を仰ぐ塊の先端を指で強く押さえた。

「そう簡単に達《い》ってもらってしまってはつまらないんだよっ！」

来生は強い語調で言うと、持っていたナイフを床に下ろし、潮の胸を丹念に愛撫する。

「やめて……くだ、さ、い」

最後の理性を繋ぎとめ、必死に訴える。できるかぎり体を捩り、愛撫から逃れようとする。

「もうこんなに感じてるくせに、抵抗するのはやめなさい。これ以上わがままを言うようなら、僕も手加減するのをやめるよ」

「……っ」

胸の突起に歯を立てられ、潮は息を呑んだ。そして昂まったまま達することを遮《さえぎ》られていた場所が、我慢できずに堪えていた思いを解き放つ。

「ああ……っ！」

どくんと強く疼いた。若いそれは来生の指を濡らし、潮の腹も汚した。

「若いね、まだ」

来生は自分の指を嘗め上げる。

一瞬だけ、来生から解放される。

潮は無我夢中で起き上がると、自由にならない手をそのままにベッドから転げ落ちるようにして逃げた。

先ほど来生が床に下ろしたナイフを不自由な指で握ると、バスローブの紐を切るために手首を曲げた。

「何をしている」

来生は行為の最中に解けてきた血に赤く染まったバスローブの紐を見て、驚きの声を出す。

手首の縛《いまし》めを切る際、潮は自分の胸にいくつも傷を作った。

「そばに来ないでください！」

近寄ってこようとする来生に向かって、声を張り上げる。自由になった手でバスローブの紐を取り、血で汚れたナイフを来生に向ける。

「冗談はもう終わりにしてください」

潮はひとつ大きな深呼吸をした。

「泣く場所を作ってくれた貴方《あなた》には感謝しています。でも俺は、こんなことをしたいわけじゃない」

震える手で胸を押さえ、上目遣いで来生を見つめる。

「伊関さんが他の男と一緒にいるのを見て、ものすごくショックだった。どうにもならないほどに胸が痛くて、相手の男に対して嫉妬した。でもだからといって俺は他の人に慰めを求めたりしない。伊関さんに他に好きな人がいても、俺はやっぱり伊関さんだけが好きなんだ」

来生に向かって叫びながら自分の気持ちを理解する。伊関が誰を好きであれ、自分が彼を好きなことに変わりはない。

伊関を好きなら、他人に逃げ道を求めてはならない。自分の心を偽ってはならない。

一瞬だけ、来生にすべてを押しつけてしまおうとも思った。でも伊関を好きな自分の気持ちが、それをよしとしなかった。

「ごめんなさい」

本心から来生に対して謝った。だが顔を上げ来生の目を見た瞬間、潮は初めて自分が大きな失敗をしでかしてしまっただろうことに気づいた。

「同じか……」

潮を見ているはずの来生の目には生気がなく、宙をさまよっている感じがした。

ぼそりと呟いた来生の声は低かった。

「そうやってお前も離れようとするのか？　俺はこれほどまでにお前のことを想っているというのに」

ゆらりと、来生の身体が揺れる。

はっきりと発音されない声。

焦点の合わない視線。

バランスの崩れた歩き方。

明らかに尋常ではない様子に、潮は小さく息を呑む。

「どうしてだ？」

甲高いヒステリックな声で叫ぶ。

「もう仕事の片がついたからか？　俺はお前にとって用なしなのか。俺はこんなにお前のことを愛しているのに、あれだけ激しく抱き合ったのは全部仕事のためだったと言うのか。誘ったのはお前だ。俺に抱かれて声を上げたのもお前なのに、全部嘘だったというのか」

現実と過去が、記憶の中で錯綜しているだろうことが、傍から見てもわかる。口にされる事柄は、潮の身に覚えのないことばかりだった。

「ナイフを返しなさい」

差し伸ばされる手に、潮は強く首を左右に振る。

「危ないから、返しなさい」

強引に手首を掴まれるが、必死になって来生の手を振り払った。

「嫌だ！」

ぱらりと何本かの髪の毛が床に落ちる。

潮の手にあったナイフは、来生の額を掠め、前髪を切り落としていた。

「あ……」

　来生の額についた細い線のような傷から、血が滲む。それを見た潮の手から力が抜け、ナイフがカタンと音を立ててフローリングに落ちる。そして床の上を滑り来生の足元へ移動する。

　来生はまるで表情を変えることなく切れた額に手を伸ばす。すっと拭った指先が血に赤く染まり、眉毛に小さな血溜《ちだま》りができる。

「ごめ、んなさ、い……」

　刃物で来生を傷つけてしまった。その事実に潮は混乱していた。ナイフを握っていた手はそのままの形で固まり、膝の力が抜ける。

　来生はしばらく自分の血を眺めていたが、唇の端で笑い、ナイフを拾った。

　血塗られた刃をそのままに、潮のもとに向かってくる。

「堪忍袋の緒が切れた」

　しゃがみ込んだ潮の前に来生は膝を立て、刃を潮の頬に当てる。

　冷たい感触に身体を竦ませるのを、実に嬉しそうに眺めている。

　空いている手を潮の首の後ろに回し、そこをすっと撫でられると、潮の全身に鳥肌が立った。

「お前はあの男と同じだ。僕の顔に傷をつけておきながら、涼しい顔をして今はお前の愛しい男と一緒にいる、永見と同じだ」

「違います」

　永見という名前に反応して、潮は首を横に振る。

「何が違う？　お前は僕の手を振り払って伊関を好きだと言い、さらにはあいつと同じように俺に刃を向けたじゃないか。そして同じように僕を責める。いったいどこが違うんだ。言ってみろ！」

　怒鳴った来生は、持っていたナイフを勢いよく、上から下に振り払う。

「痛っ……！」

　痛みと同時に潮の白い胸元に赤い線ができて、血が滲み出てくる。

「綺麗な顔には傷をつけないであげる。これは美を愛する者としての最低限の礼儀だ」

　来生は傷から目を背ける潮の首元にナイフの刃を当てて、細く流れる血に舌を伸ばした。

「……っ」

　身体にピリつく痛みが走る。

　もう、来生を見られなかった。『僕』と『俺』が交互に言葉に出る来生の正気は、どこにあるのだろうか。

　潮と永見を重ね合わせ、わけのわからないことを唱える。もう何を言っても無駄なように思えた。

抵抗でもしようものなら、本気で潮の身体にナイフを突き立てるだろう。

だが本当に恐れているのは、現実に迫る危険ではない。狂気の瞳の中に見える自分の姿であり、来生に重なる自分自身だった。

ナイフが潮の心臓に突き立てられた瞬間、そこに見えるものはなんだろうか。伊関を尊敬し、愛する純粋な気持ちだけではないだろう。

伊関に愛され、伊関を愛し、伊関を見つけこの世にその存在を知らしめる立場にいる男を妬み、憎み、羨ましいと思っている。

認めたくない、心の裏側の、醜い真実だ。

絶対に、逃げられない。

血を味わう吸血鬼と化した来生の舌を傷以外の場所で感じながら、潮は心を閉ざす。

肌を乱暴にまさぐられ、時にナイフを当てられながら、何も考えてはならないのだと自分に言い聞かせる。

腰の奥底に熱くて火傷しそうな肉棒を突き立てられても、決して声を上げなかった。

たとえようのない激しい痛みも呑み込む。

これは夢だ。現実なんかじゃない。

目が覚めたらすべて何もなかったように、落ち着いた世界に戻っているはず。

「……っ」

貫かれる衝撃に上げそうになる声を堪え、強引に頂上へ導かれて放り投げられる己の無力さを忘れ、ただひたすらに時がすぎるのを待つ。

朝が来れば、夢から覚める。

そして、強引に連れていかれた何度目かの頂上を見たとき、ようやく意識を手放すことができた。

白濁する記憶の中で、自分が涙したことを潮はぼんやり感じていた。

LOSER　負け犬

「ええ、そうです」

聞こえてくるのは、男の声だった。

やがて潮の意識が覚醒し始める。同時に、身体中に様々な痛みも目覚め、悲鳴を上げる。

「予定どおり、東堂潮に接触しました」

聞こえてくる言葉の内容を潮はまだ眠たいとぼやく頭で考えてみる。そして声の主が来生澄雄であることを認識し、昨夜の出来事をゆっくり思い出す。同時に激しい吐き気を覚えた。

「これで何もかも上手くいくでしょう。私の思惑も、貴方の仕事も」

仕事、という言葉で吐き気を忘れる。

受話器を下ろした来生は、ベッドの中で身体を反転させる。

「起きたみたいだね」

タヌキ寝入りをしようとしても無駄だった。

「目覚まし用にコーヒーでも淹《い》れようか？」

昨夜のことが嘘のように来生の声は優しい。

「今の電話の話、聞こえていたんだろう？」

しかし変化する口調に、潮は全身に力を入れる。

「別に返事はいらない。僕は勝手に話す。だから君も勝手に聞いているといい」

ギシリとベッドのスプリングが軋《きし》む。

来生はベッドから降りると、ソファに腰を下ろして煙草に火を点けた。

天井に上った煙は、部屋の中に広がる。

「ヤスダ・コーポレーションという会社を知っているだろう？」

潮に考える時間を与えるように、来生は一度そこで言葉を切る。

ヤスダ・コーポレーションと言えば、若年層を対象に音響製品に力を入れていることで有名な家電メーカーだ。潮の持っているオーディオセットは、すべてヤスダの製品だ。

「今度あの会社が本格的にコンピューター業界に参入することになった。あの杉山電機と同じ業界だ」

潮は身体をびくつかせる。

杉山といえば、伊関がデビューしたＣＭの会社だ。

表だって杉山に宣戦布告はしないが、実際は同じことだ。広告制作は業界二位の秋沼アド。イメージソングは杉山が使ったルナテイクと比較されているＭ・モーション。これだけあてつけがましくすれば、いやでも喧嘩を売られていることに気づく。

ヤスダは以前から、物真似の上手い会社だった。

独自の商品について、かつてヤスダ以外の電機メーカーから総スカンを食らい、手痛い目に遭ったことが理由のひとつだろう。どの会社より一番に研究開発している製品があっても、他社が売り出すまでずっと息を潜めている。

業界の様子と流れを掴んでから念入りなマーケティングリサーチをもとに、二匹目のどじょうを狙うべく売り出しにかかるのが最近のやり方である。それで実際売り上げを伸ばしているのが、ヤスダの強みだ。

「最近になって、杉山も新たな商品開発をして再び宣伝にかかることが判明した。スタッフは前回とほぼ同じだが、永見潔が全面的に表に立ち、制作のすべてに関わることになるらしい」

来生の声に自嘲の色が混ざる。

「僕はね、この機会を待っていたんだよ。永見を相手にして真正面から戦争をしかける。彼の作ったCMよりさらに素晴らしいものを仕上げ、彼を今の地位から引きずり落とし、僕の前に跪《ひざまず》かせる。この何年かそれだけを考えて生きてきた。そしてやっとその機会が訪れた」

長くなった煙草の灰が、フローリングに落ちるのを、来生はまるで気にしない。

「永見潔のあの整って冷たい顔をこよなく愛していた。特に屈辱に歪んだ表情が一番好きだったんだ。形の良い細い眉を顰め、薄い唇を血が出んばかりに噛み締める。強い炎のゆらめく瞳に映されているのは僕だけ。想像するだけで、たとえようのない快感が身体中に満ちていく」

昨夜、潮の身体をナイフの鋭利な刃と己の身体で蹂躙《じゅうりん》した来生は、永見の名前を何度も口にした。そのお陰で永見について余計な情報が増えた。

永見が来生に抱かれたという話はにわかに信じられるものではなかったが、あまりにリアルで詳細な仕種や反応の説明に、認めざるを得なかった。

愛していると言い、殺してやると囁いた。

来生の瞳の中に、永見の名前を口にしたとき、強い光が宿った。

「プライドの高いあの男は、自分が傷つけられてもダメージを受けない。なぜなら、命に対する執着がないからだ。これまで弱点のない男だったが、今は違う。自ら自分の弱みを公衆に対し全面に晒け出している」

くくと喉の奥で笑う。

「つまり伊関拓朗を痛めつければ、あっという間に降参する。愉快な話だと思わないか」

「伊関さんを痛めつけるって、どういうことですか?」

的中してしまった自分の考えに耐えられず、潮はその場に起き上がる。

傷ついた身体のあちこちが悲鳴を上げ、塞がりかけていた場所が裂け鮮血が流れ、白いシーツを赤く染める。

「無理はしないほうがいい」

身体を心配し、伸びてくる来生の手を振り払う。誰がこんな傷をつけたんだ、怒鳴りたい衝動を、潮はぎりぎりで堪える。

「さっきの電話で、俺に接触したって言ってましたよね。あれはどういう意味ですか。まさか、貴方のその計画に、俺が一枚噛んでるなんてことはありませんよね？」

　伊関を傷つける計画に荷担するなど、冗談ではない。彼を傷つけるぐらいなら、自分がぼろぼろになったほうがずっとマシだ。痛む身体を堪えて、気力を振り絞り来生を睨みつける。

「その、まさかだよ」

　平然と返す、冷静な来生の様子に、神経が逆撫でされ、腹の奥底に怒りが湧き上がり身体が震えてくる。

「何考えてんだ……っ」

「何をそんなに怒っている？」

　顔を紅潮させる潮の様子に、来生は唇の端でふっと笑う。

「君は伊関の大ファンじゃないか。彼のことが好きで好きでたまらなくてこの業界に入ったんだろう？　隠しても駄目だよ。違うと言っても、事前に調査済みだ。君がデビューするにあたって事務所は伊関に会えることを条件にしたということも知ってる。まったくとんだ子ども騙《だま》しだ。あんな身長ばかりで木偶《でく》の坊のどこがいいのか、理解に苦しむ」

「伊関さんのことを悪く言わないでください！」

　頭に血がのぼった。来生は言葉だけで謝罪する。

「これは失礼。でもね、君の大切な伊関は、このままでは永見潔のそばから離れないんだよ。あの何にも執着しなかった男が、伊関には病気と言えるほどに執着して、完全に彼をガードしている。伊関が本当に自分から望んでその状況の中にいるのかは、私にもわからない」

　昨夜見た伊関の笑顔が、潮の脳裏に蘇る。

　見たことのない幸せそうな笑顔で永見を迎え、蕩けそうな甘い声で名前を呼んだ。二人の間に流れる空気が、その関係の親密さを物語っていた。

　考えるだけで、胸が痛くなる。思い出すだけで切なくなる。素手で心臓を握られたような感じがして、呼吸が苦しくなった。表に出ない痛みに耐え、潮は胸の部分を服の上からぎゅっと掴む。冷たくなった指先が震える。

「悔しいだろう？　このままだと、確実に伊関はあの男だけのものになってしまうんだよ」

　来生の言葉に煽《あお》られる。

「君がどう足掻こうともね。この間も言ったが彼らの仲は業界では知る者も多い。だが誰も手だしができない。それは、今は完全なガードがあるから。でも、今回僕は強い味方をつけて相手に挑むことができる」

　来生は悠々と新しい煙草に火を点ける。ふうと白い煙を天井に向かって吐き出してから、再び口を開く。

「僕の計画に賛同して、あの男に勝つだけの力を持った人間がバックについた。もう恐れるものは何もない。持ち駒も完璧に揃った。あとは、実行するだけだ」

実行するのは、伊関を使い永見を追い詰めること。来生の表情には、満面の笑みが浮かぶ。

「なぜそこまで永見さんを目の敵にするんですか?」

静かに尋ねると、ちらりと潮の顔を見ながら来生は煙草を吹かす。

「僕はかつて、永見が広告を担当した化粧品会社の、ライバル会社で広報担当の職に就いていた」

語られる話に潮ははっとする。

「永見は電報堂の社員である自分の立場を利用し僕に近づき、巧みに誘って情報を引き出しておきながら、仕事が終わった途端、あっさり僕の前から姿を消した」

来生の手の中の煙草の長くなった灰が、揺れてフローリングの上に落ちる。

「もちろんすぐ追いかけたが」

小声で続け、その先は黙った。

昨夜の話から、おおよその予想がつく。

永見はおそらく復縁を迫ろうとする来生を邪険に扱い、怒りを買ったのだろう。そして潮のように、最終的にナイフを手にして、来生の前に立ったに違いない。

逆の可能性もある。

永見が来生を拒絶したことで、来生は狂気に至ったのかもしれない。憶測にすぎないが、そう考えるほうが話がわかりやすい。

だが来生に同情すべき点があるにしても、伊関を傷つけることに関しては納得がいかない。

「俺は嫌です」

だから拒絶の意思を示す。

「来生さんの気持ちもわからなくはないです。でもだからと言って直接の原因である永見さんではなく、伊関さんに何かをしかけるなんて変です。僕そんなこと、絶対にしたくありません」

「やれやれ。本当にどうして君は、どうしてプライドが高いところまであの男に似ているんだろうね。既にそんな悠長なことを言っていられる段階ではないと、まだわからないのか?」

来生は呆れたように笑い、吸い差しの煙草を灰皿に置いて立ち上がり、テレビの電源を入れＤＶＤをセットする。

何事かと、潮はテレビの画面に視線を移していると、ノイズが走ったあとで画面に現れたのは、この部屋だった。そして聞こえてくる声に、潮は目を見開き来生を見据える。

「……いったいこれはなんですか？」

戸惑いに身体が震える。

流れている画像に映し出されたのは、昨夜の潮だった。来生に組み敷かれ、貫かれ悲鳴を上げる姿が鮮明に映っている。

昨夜はまるで気づかなかった。

「僕は自分の情事を撮って相手と一緒に見るのが好きでね。比較的よく撮れてはいるが、せっかくの綺麗な君の肌の色の映りが悪いのは、照明が足りないせいだろうか」

ぎりぎり奥歯を噛む潮に、来生は勝ち誇ったように告げる。

「最低だな、あんた」

潮は唸る。これほどまでの怒りは初めてだった。

来生の顔を二、三回殴ってやりたいところだった。だが、思っていた以上に身体が痛む。

上半身を起き上がらせているだけでも、苦しいぐらいだった。

「なんとでも言いなさい。別に僕は、これをネタに君を脅そうなんて卑怯なことを考えているわけじゃない。君がどう捉えるかも知ったことではない。もちろん警察に持っていって強姦罪や傷害罪で訴えてくれても構わないよ。君が望むなら」

握った掌に爪が食い込む。

「そうしたところで状況は変わらない。すでにヤスダのメンバーとして、君の名前は杉山側に知られている。伊関の敵に回ったことは消えない事実なんだよ」

背筋がひやりと冷たくなった。

「どうしてこんなことに俺を巻き込んだんですか？」

「巻き込んだつもりはないよ。君は僕が永見を痛めつけるための持ち駒にすぎない。たまたまいい札を持った君が、近くにいただけのことで……」

「冗談じゃない！　勝手にあんたの持ち駒になんてされたくないっ」

怒鳴って来生の声を遮る。あまりの悔しさに、涙がぼろぼろと零れてきた。

「じゃあ、僕を殺すしかない」

来生は顔色も変えずに言うと、ベッドサイドにあるナイフを潮の手元に投げて寄越した。

血糊がこびりついた刃先が目に入る。

「殺、す……？」

来生の言葉に、潮は全身を硬直させる。

「僕は君を自分から手放すつもりはない。だから、どうしても嫌だというなら、それ以外方法はないだろう。この状況で君が僕を殺せば……正当防衛にはならないが、情状酌量が認められて、執行猶予がつくかもしれない。それでも君の経歴に傷はつくし、もちろん伊関たちにも余波は及ぶだろう。それはそれで愉快かもしれない」

来生は嬉しそうだった。まるで自分が殺されることを待っているかのような口ぶりに、かえって潮の身は竦む。

悔しさと恐怖が交ざり合って、指一本動かせない。

じっと視線を落としたまま身動きひとつしない潮を眺めて、来生はゆったりと立ち上がり、ベッドの上のナイフを拾う。

「君と永見の大きな違いを見つけた」

潮の顔を覗き込んで、来生は不敵に笑う。

「甘すぎるんだよ、君は！」

叫んだ次の瞬間、来生は握り締めたナイフを、潮の手を目がけ、思いきり振り下ろしてきた。

言葉で表現できない鈍い音が部屋の中に響く。

信じがたいことに、潮の右手の甲に、ナイフが垂直に突き立てられている。

「……………っ！」

声もなく叫びながら刃の突き刺さった右手にもう一方の手を添える。僅かな動きにも反応して、指の方にもどす黒い血がどくどくと流れる。

まるで手の甲に心臓があるかのように、激しく脈動している。

「は……あっ……！」

あまりの痛みに大きく息を吸い、短い悲鳴を上げる。

「痛いだろう？」

流れる血を眺めて、わかりきっていることを来生は潮に尋ねる。痛いなんていうものではない。あまりの衝撃に、潮は言葉が出てこなかった。

「痛いだろう？　刃というものは、こうして人の身体を傷つけるためにある。でも君はナイフで人を傷つけるのを恐れている。自分が危ない目に遭っているにもかかわらず、躊躇してナイフを手に取らなかった。でも永見は違う。あいつは確かに、僕の心臓にカッターナイフを突き立てようとした」

来生のきつく噛みしめられた奥歯がギリギリと音を立てる。

「そのときについたのが…」

「そう、この傷だ」

来生は目尻を指差してから、さらに深く潮の肉を抉《えぐ》るようにしてナイフを引き抜き、濃赤の血が滴《したた》る刃先に、同じように赤い舌を伸ばした。

「う……っ！」

血走った来生の、飢えた獰猛な獣を彷彿させる眼は、それだけで潮を十二分に威嚇する。

「このナイフは、かつて永見から贈られたものだ。愛し合っていた時期に、海外土産として買ってきてくれた。そのナイフで、君の手に僕の所有の印をつけることができるなんてね、素敵なことだと思わないか」

来生は歌うように言って、手の中にあるナイフを大事そうに撫でる。

血液がどくどくと脈を打ちながら流れていく。それに合わせるように脂汗が溢れる。

「君はもう逃げられない場所にいる」

来生はナイフをソファに投げ捨て、真っ青になった潮の髪を掴んで激しいキスを仕掛けてくる。

開いた唇の間から舌を差し入れられ、痺れても解放されることなしにしつこく絡み合わせてくる。血に塗れた潮の手を美味しそうに嘗め上げ、汚れた指先で白い肌に絵を描いていく。潮の身体には抵抗するだけの力はもう残っていなかった。

「綺麗だよ」

陶酔したような声で囁かれたときには、このまま壊れてしまえればいいのにと思った。

けれど目の前にいる男を見る潮の意識は、あまりにも冷静だった。

「本当に君は綺麗だ。このまま僕の言うとおりに動いてくれさえすれば悪いようにしない。それどころか、君の夢だって叶えてあげられる。どうだ。悪い話ではないだろう？」

潮の夢は伊関と同じ舞台に立つこと。そして彼の近くへ行くこと。

こんな屈辱的としか思えない状況で聞かされても、潮にとって甘美な響きを持っている。

来生は疲弊しきってだらりと伸びた潮の腕を自分の肩に強引に回させ抱き上げた。そして身体を思うままにいたぶり、快楽と痛感を間断なく与え続ける。

「あ……や、ん……っ」

慣れた身体はすぐに快感を覚えてしまう。

乾ききった涙の代わりに、潮の身体から赤い粘りのある体液が流れる。傷口は乾いても、少しでも触れられれば、いつでも血は噴き出す。

これまで築いてきたすべてが、崩れていく。理性も常識も、信じていたものですら、来生という男の前では脆《もろ》かったことを知る。

不敵な笑みを浮かべ巧みな話術を駆使する男には、周囲を圧倒する強烈な個性がある。卑劣な手段を講じながらも、彼が口にした何もかもが実現すると信じてしまう。

いつしか潮は自ら来生の身体に手を伸ばし、強い力を求めていた。

身体の奥底で静かに何かが目を覚ますのを感じながら、来生に貫かれることで、痛みではなくもたらされる甘い感覚に身体を委ねる。

艶を含んだ喘ぎとわかる声が潮の口から漏れるのを知り、来生は唇の端で笑みを浮かべる。

そして柔らかい耳朶《じだ》を甘く噛んでこれ以上ないほどの挑発的で煽動的な声音で囁く。

「やはり、君は僕が見込んだだけのことはある」

満足げな来生は潮の太股を高く抱え上げ、終わりのない激しい律動を繰り返す。

最後の瞬間に脳裏に浮かんだのは伊関の顔だったか、潮にはもうわからなかった。


ヤスダの仕事は、ポスターの制作から始まった。

明らかに杉山のポスターを意識した作りに潮は苦笑を禁じえない。

それでも昼間は愛想のいい笑顔を振り撒いて、カメラマンに言われるままにポーズを取る。そして夜には、来生のマンションで、彼の身体に組み敷かれて声を上げさせられた。

来生との行為に慣れた身体は、痛みではなく快感を得る術を覚えていた。

けれど感情はついていけない。

来生につけられた手の甲の傷は、神経に傷がついていなかったのが幸いした、今は新しい皮膚で覆われていた。

でも潮の心にぽっかりと空いた大きな風穴は、簡単に塞がりそうにない。

何をしていても常に涙を流し血を噴き出し、心の奥底にある理性がこの状況から逃れることを願っている。

今さらそんなことはできはしないのだとわかっていても、心の中で涸れた涙を流し続けた。

泣いて泣いて泣いた。そしてどれだけ泣いても、決して負けてはならないのだと思った。

来生に負けてはならない。そして何より、自分自身に負けてはならない。負け犬になんかならない。

理由はどうであれ、この状況を受け入れたのは自分なのだ。

伊関に愛されることはない。

もちろんその可能性を捨てはしないが、伊関が潮の好きな伊関である以上、ほとんど皆無に近い。だからと言って諦められるものではない。

諦められるのであれば、初めから好きになんてならなかった。

そうして悟った結論がある。愛される代わりに憎まれればいい。

愛している相手と同じくらいの感情の深さで憎んでくれれば、それこそ本望だ。

そして、自分が伊関に対して抱いた感情が、来生の永見に対する感情と同じということに気づく。

愛するがゆえに、相手を憎む――殺したいほどに、愛している。

だが万が一伊関を殺すのであれば、自分もともに死ぬ道を選ぶ。そんな考えを持った自分に自嘲しながら、潮は長い前髪を指でかき上げる。

最近、何気ない仕種が来生に似てきていることに、潮自身は気がついていない。

EPILOGUE

ヤスダ・コーポレーションは、本日、ホテルのパーティールームにおいて、宣伝用ポスターの公開、新製品紹介とCM制作記者会見を同時に行う。

その場所に、イメージキャラクターとして東堂潮も出席することになっていた。

「僕は後ろで見ている」

背広姿にサングラスをかけた来生は、関係者の目を盗み、潮の頬を撫でた。

「君は自信を持っていけばいい」

ヤスダのお偉方と秋沼アドの責任者に挨拶すると、来生は手を上げて控え室を出ていく。

長身を嫌っているのか、少し猫背になる後ろ姿を眺め、潮は中指を立てて周りには聞こえないような声で呟いた。

「クソ食らえっ！」

心の中で毒突きながら、潮の目には来生の背中が少しだけ寂しそうに思えた。

愛する人に裏切られ、それによりその相手を憎むということでしか己の感情を表現しえない不器用な心が、手に取るようにわかってしまう。だから潮は来生を憎みきれないでいる。

数分後、控え室の扉が開く。

「それでは記者会見を始めますので、係の者のあとについて会場のほうにおいでください」

扉の先に用意された記者会見場のざわついた雰囲気が、ここまで伝わってくる。

心臓が不規則な鼓動を打ち、顔が熱くなる。

「東堂くん。どうしたの？」

潮の様子を訝しんだ秋沼アドの須田が振り返る。

「なんでもありません」

潮は軽く手の甲を押さえた。

何かを思い出すように、そして何もかも忘れるために、来生のつけた傷痕に触れる。この場は、潮の決意を表す場であり、たったひとつの真実だった。

伊関さん、と、愛しい者の名を心の中で呼ぶ。

嫌っても憎んでもいいから、無視だけはしないでほしい。


泣きたい気持ちを封じ込めて心の中で唱えてから、これから先へと続く困難な道への、最初の一歩を踏み出した。

LOOSER

eve　前夜祭

耳元で囁かれた言葉に東堂潮は思わず目を見開いた。

「今……なんて言いましたか？」

聞き間違いであることを願い、震える声で尋ね返す。

年相応の身体でありながらどことなく痛々しさが拭えない肩に手を置き、潮の横で寝転がっていた男は上半身をゆっくり起こした。

「君の耳は、自分に都合の悪いことになると、聞こえなくなるみたいだな」

語尾が微妙に上がる、耳に残る嫌な癖の喋り方をする男は、ふっと鼻で笑うと煙草を取るために潮の前に身体を伸ばす。

無意識に潮の身体がびくつくのを、男、来生澄雄は見逃さなかった。

「私が怖いか？」

取った煙草を一本口に銜《くわ》え先端に火を点けてから、ゆっくり潮の顔を覗き込む。

口にあった煙草を挟んだ指で長い潮の前髪をかき上げ、煙を顔に吹きつける。

応と答えても否と答えても、おそらく反応は同じだ。

潮は唇をきつく噛み、首を横に振る。

「怖くありません」

来生はにやりと笑った。

「怖くない？　身体を前に動かしただけで身体を震わせたくせに？」

わかっているなら、なぜわざわざ聞いてくるのか。

心の中で文句を言いながらも、声には出さない。

来生の吸っている煙草の灰が長くなり、タオルケットの上に落ちてそこを焼き、嫌な臭いが部屋の中に漂う。それでも当人は気にする様子を見せない。

「さっき私が何を言ったか尋ねていたな」

来生は座ったまま身体をずらそうとする潮の細い首に空いている手を持っていき、喉元へ指を当てて首を掴むようにする。

力を入れると、潮は呼吸することができなくなる。

「別にたいしたことではない」

来生は身体を前に進めると、自分の手を添えた潮の首元を嘗め、煙草を持った手を鎖骨の辺りまで近づける。

「ヤスダのCMから君が降ろされたと言っただけだ」

再び長くなった灰は鎖骨の窪みを掠め、そのまま胸元を辿って太股に落ちる。肌に触れた灰が、実際は熱くもないのにまだ熱を持っているように感じられる。

「……降ろされたって、どうしてですか？」

ねっとりとした来生の舌は、落ち着いたばかりの潮の肌を徐々に刺激していく。堪えようとしても堪えられない刺激に、どうしても言葉は途切れてしまう。だが中途半端な形で話を終わらせたくなかった。

ヤスダ・コーポレーションは、アメリカ資本の家電メーカーで、若者を対象に音響製品に力を入れてきた会社だ。昨今のマルチメディアブームに便乗し、他の家電メーカーと同様に、新たにパーソナルコンピューター機器業界に参入を図ろうとした。

これまでパソコン分野において、日本国内ではそのシェアのほとんどを関西に本社を置く杉山電機が占めていたが、ヤスダは表立ってその杉山に宣戦布告をした。

第一弾としての新製品のＣＭで、すべて杉山とは対立する立場にある会社や人間を起用した。イメージキャラクターとして起用された潮も同様だ。

年齢的にもキャリア的にも劣っているにもかかわらず、潮はデビュー当時より伊関拓朗のライバルと目されている。

すでに何枚かポスター撮影も済ませ、ＣＭも絵コンテまで出来上がっていたのだ。それを、今になってなぜ降ろされなくてはならないのか。

「裏で永見が動いたらしい」

永見潔――広告代理店業界トップである株式会社電報堂の、半ば伝説と化している男の名前を聞いて潮は起き上がろうとした。しかし腹に移動していた来生に邪魔をされた。

来生は一方の手を潮の首に回し、もう一方には短くなった煙草を挟んだままだった。煙草が燃えている箇所は指の位置まで達しそうだったが、平然とした表情を崩さない。

「広告代理店の一社員にすぎない男に、どうしてそんなことができるんですか？」

巧みな動きをする来生の細い指に若い牡を触れられながらも、潮は必死に言葉を紡ぐ。だが敏感な下肢を指の先で弾かれると、小さい喘ぎを漏らしてしまう。

「あ……っ」

「なんだ、知らないのか？」

己の指の動きで身体を震わせる潮の様子に、来生は満足そうに微笑む。

「永見の祖父だよ。すでに引退しているが、政界に絶大な影響力を及ぼす国会議員だった。永見忠正《ただまさ》という名前ぐらいは聞いたことがあるだろう？」

「確か、政界の最長老だったか何かだった……」

かなりの白髪でありながら、背筋が常にぴんとしていたのを覚えているが、顔の造作までは覚えていない。

自慢ではないが、演劇に夢中になって以来、世情に疎《うと》くなった。朝夕の新聞はテレビ欄しか目を通さず、ニュースを見る時間もない。

移動のときに車の中でラジオのニュースを聞くだけで精一杯の潮の頭ではあっても、来生の言った国会議員の名前は、かろうじて記憶の片隅に残っていた。

つまりは、かなりの大物ということだろう。

「そうだ」

「あ……っ」

来生に褒美のように胸の突起を指先で摘まれ、高い声を上げて腰をくねらせる。

「しかしその祖父を使って正面切って制作の取りやめを言ってきたわけではないだろう。おそらくあちこちに圧力をかけてきたに違いない」

「まさか、新製品の製作までやめたわけじゃありませんよね？」

「さすがにそれはない。圧力がかかったのは、潮の出演するＣＭだけだ。しょせんは一方的なキャンセルだから、こちらには金銭面での痛手はない。実際、私としてはこの結果に満足している。あの永見が、わざわざ身内の力を借りてまでこちらの仕事を妨害してきたのだ。効果としては十分と言えるだろう」

来生の本来の目的はＣＭ制作とは別のところにある。

しかしＣＭがなくなったことで、潮の露出度は大幅に減る。

特にヤスダのＣＭにはかなりの期待を寄せていて、今の時期の仕事のほとんどを蹴って打ちこんでいた。だから事務所としても相当の痛手を負うだろう。自分が来生の持ち駒のひとつにすぎないと知っていても、すべて納得できるというわけではない。

「それで……引き下がったんですか？」

「引き下がったわけではない。話がついただけだ」

抑揚のない返事で、潮は頭に血がのぼる。

「不服か？」

奥歯を音が出るぐらい強く噛み締めて頷くと、来生は唇の端で笑う。

「そうか……不服か」

喉の奥で含み笑いが聞こえた次の瞬間、じりじりと音がして、言葉ではなんとも表現しがたい肌の焼ける臭いが鼻をつく。

「……来、生さ……んっ！」

持っている来生の指まで焼きそうなほど短くなった煙草の先端が、潮の胸元に押しつけられていた。熱いというより、激しい痛みに似た感覚が身体中に広がる。

「君は本当に可愛いよ」

潮の反応に来生は満足したように頷き、新しくできた血を滲ませた場所に唇を当て、肌に押しつけていた煙草を灰皿でもみ消した。

「心配しなくても、ヤスダのＣＭが潰れたぐらいでは、私の計画自体になんら変更は生じない。もちろん君の役目も終わったわけではないよ」

来生の言葉の真の意味がわからなかった。

何をしようとしているのか、どうしてＣＭが潰されたことに対して、なんの怒りも見せないのか。怒るどころか、それを待っていたかのような余裕の態度を見せている。

恵比寿駅近くにあるこの高級マンションに来生と暮らし始めてから、二か月になろうとしていた。

元々このマンションは、来生が永見と暮らすため購入したものだと知った。来生は都内に他にもマンションを所有していて、仕事のタイミングよりけりで、そちらで過ごすことも多い。つまり同居しているとはいえ、潮はまるで来生という男のことがわからない。

一緒にいても仕事をしているときにはろくに話す間もなく、部屋に帰ってきても、大半の時間はセックスに費やされている。

そして話す時間があったとしても、話題の中心は常に永見、もしくは伊関に関連したことばかりだ。

来生にとって潮の存在は、永見に復讐するために必要な持ち駒のひとつにすぎない。

全部、わかっている。

来生の、そして事務所のバックアップがなくては、自分は何もできない。

伊関の好敵手とワイドショーで言われていても、月とスッポンほどの差がある。人気の上でも実力の上でも、自分が伊関に敵《かな》うかどうかなど、嫌というほど理解している。

比べるのが間違っている。いずれ役者として伊関と対等になりたいと思っている自分にとって、いまだ相手は高い位置に君臨している。

それはさながら、帝王のごとく。

伊関を目標にしていても、その日は一生訪れないのかもしれないと思い始めていた。

現在の地位になったらもちろんではあるが、ここに至るまでの間にも、伊関には表立った妨害としての嫌な噂やスキャンダルがまるで立たなかった。それこそこの先も、スキャンダルとは縁のない役者なのかもしれないと思っていた矢先、驚くべき情報が潮の耳に届いた。

『伊関拓朗と松田美咲の熱い夜』

写真週刊誌に載ったぼんやりとした写真には、潮もよく知る松田美咲と伊関拓朗の二人の姿が映っていた。

美咲は、潮にとっていわば同志だ。

劇団時代から伊関に注目し、一緒の舞台に立つことを目標にしてきた。高い目標を目の前に掲げそれを目指し、休むことなくひたすら突き進んだ美咲は、自分の手で真っ向からそのチャンスを掴んだ。

『あたし、伊関さんと仕事ができるかもしれない』

以前、子どものようにはしゃぎながらかけてきた電話の声を、潮は忘れていない。

そんな美咲も、風の噂に聞くかぎり、決して穏やかな日々を送っていたわけではなかったらしい。

週刊誌で様々な芸能人やディレクターとの仲を噂されていた。真偽のほどは定かでないが、中絶の話まで出ていた。

デビューしてからそれほどの時間が経っているわけでもなく、所属事務所も小さいところではない。けれどしばしばマスコミに叩かれ、そのたびに強い大人の女性へと変化していった。

テレビのブラウン管を通して見る美咲の表情は、すでに潮が知っているものではない。どこか冷めた視線を持つ美咲と、瞳の奥を輝かせて伊関の名前を語った美咲は、もはや違う人間だ。

その後のワイドショーでも伊関側は一切口を閉ざし、美咲も記者たちから逃げている。

来生の言葉を信じるならば、伊関は男を愛する人間だという。それなのに、美咲を抱くことができるのだろうか。それを、恋人である永見は許したのだろうか。

伊関が潮の好きな伊関であるなら、美咲を抱くはずがない。永見を見つめたときの、幸せそうで蕩けそうな瞳は、今も鮮明な記憶として残っている。

どうしてあの瞳の先にいるのが自分ではないのだろうか。どうして、自分は永見ではないのだろうか。

「……畜生っ」

諦めと哀しみが胸の中で広がるタイミングで、緩まっていた指の動きがゆっくり再開され、思考が中断され、徐々に身体は熱くなっていく。堪えようとしても、慣らされた身体は貪欲になる。

「ん、……ふ、ん……っ」

いやだと思っていても、快感は消えてなくならない。来生からもたらされる快感を、もっと欲しいと思ってしまう。

潮の肌には、いくつもの傷がある。爪で抉られた傷は治る前にかさぶたを剥がされ、何度も同じ場所を傷つけられている。

だから、いつまで経っても血を流し続けている。

一番ひどい痕は、右手の甲に残るナイフで傷つけられた時のものだ。甲から垂直に突き立てられたナイフは、掌の寸前まで達した。あのときのことを思い出すと、今でも身体が竦む。背筋が凍り、恐怖ゆえに身体が動かなくなる。幸いなことに神経を傷つけることはなかった。けれど、心に受けた痕は永遠に残るだろう。

来生はそんな、自分で作った傷にこのうえない優しさで触れてくる。その傷は、すなわち所有の印でもある。来生の意に添って動き持ち駒となることを示した、契約の印——潮にとっては、己のプライドを捨てた証でもある。

「……潔」

やがて来生はかつての恋人の名前を口にする。

「潔……潔……潔……」

違う男の名前を耳元で呼ばれていると、自分が別の存在になっていくような錯覚に陥る。来生が抱いているのは、記憶の中にいる永見なのだ。

潮の知っている永見の姿は、愛しい男の笑顔と共にある。電報堂の永見は、かつて無表情で冷徹なイメージしかなかった。

しかしその男は、潮の畏怖と尊敬と憧憬と愛情と憎悪のすべてを担った男である伊関拓朗のキスを受け、このうえなく幸せそうに笑っていた。ほんの一瞬の光景だったにもかかわらず、あのときの光景は、今も潮の脳裏に刻まれている。

愛すべき対象と憎むべき対象が明らかになった瞬間は、一生忘れられないだろう。

「ああ、潔。潔……いいよ……」

来生の尖った犬歯が首元に突き刺さる感触が、潮の意識を現在に引き戻す。両方の足を顔に着くほど上げられ、来生の楔《くさび》を埋め込まれる感覚に身体が悲鳴を上げる。

「や、め……て……痛い。痛い……っ」

瞬時にして慈しみが消え、一方的な欲望を発散する動きに変わった。

どれだけ懇願しても、来生は絶対に許してくれない。己の欲望を満たすべく潮の身体を蹂躙し、組み敷いていく。

左右に大きく開いた足の中心に打ちつけられた灼熱は、貫いた場所から火傷しそうに熱い濁流を全身に広げる。来生を包んだ内壁が捲《めく》り上げられ、激しく擦られることで生まれる熱が、無理やりに快感を生み出すのだ。

「もう、やめ、て……」

叶えられることのない願いを口にして目を閉じる。荒い呼吸をしながら潮を抱く男の声は、少しだけ、本当に少しだけ伊関に似ている。

煽られ嬲《なぶ》られる感覚を忘れ、耳に残る声だけを探す。

そうすれば少しだけ幸せになれる。慣らされた行為で昂ぶっていく自分の身体のことを忘れ、夢の中に堕ちていける。

「あ、あ……っ」

生理的に上り詰める快感が頂点に達し、身体の奥で何かがどくんと疼く。

痛いだけだった乱暴な律動が明らかに違うものへと変化したのを、身体の反応で知る。

「……拓朗……さん……っ！」

今自分を抱いているのは伊関だ。正気を失った来生の耳に聞こえていないことを願いながら、潮は愛しい男の姿を頭に浮かべ――欲望を吐き出した。


ヤスダのCMの仕事がなくなったことは、翌日事務所の所長から正式事項として聞かされた。

「来生くんがなんらかの手を考えてくれているから、すぐ次の仕事も入る。ただ、今日明日ぐらいは新しく入る仕事もないから、久しぶりのオフだと思って休んでいなさい」

どこか怯え、慌てた感じのする所長の様子に、何も追及する気は起きなかった。

実際問題として、事務所にとっては大いなる誤算だ。潮に直接の理由がないにしろ小言のひとつも言いたくなるだろうに、どうも立場が逆転しているように思うのは気のせいではない。

潮はとりあえずマンションに戻り居間のソファに腰を埋め、ぼんやりとテレビを眺める。

伊関と一緒の仕事ができることを条件に潮の芸能界入りを推し進めた事務所は、ランクで言えば中堅どころだった。

大きな仕事は持ってこない代わりに、無茶なこともさせない。最近は潮を本気で売り出そうとしているのか無理な部分が見え隠れしていて、あまり信用を置けずにいた。

自分の仕事さえすればいいといった、サラリーマン気質のマネージャーである五十嵐とはぶつかってばかりで、ヤスダの仕事が入る直前頃には、必要最低限の言葉しか交わさなくなっていた。

悪い人間ではないのだが、潮とは人種が違う。潮の実力はまるで認めていないし、仕事への情熱も感じられない。

やむを得ないかもしれないと思うものの、投げやりな言葉遣いや態度を見せられると、潮自身の仕事に対する意欲も削られてしまう。

だからヤスダの仕事が入り、来生が潮の仕事と身辺一切の面倒を見ると事務所の所長に言い放ったときには、心底ほっとした。

来生に対する不満は多々ある。思惑や考え方には納得できないことばかりだし、いまだ脅迫の理由となった自分との情事を録画したＤＶＤも見つかっていない。だが、仕事に対する手腕は見事としか言いようがなく、驚かされっぱなしだ。

分刻みの目まぐるしい仕事を巧みにこなし、不本意な仕事はさせず、そしてさらにどこからか新たな、以前よりもよほど割のいい仕事を手に入れてくる。

己を崩さなければ、間違いなくエリート街道を歩んでいただろう。

さらに潮との出会いも違っていれば、来生に対する感情も異なっていただろうと思う。

だが現実は現実だ。やるせないため息をついた瞬間、潮の視界の隅をテレビの映像が掠める。

何かを頭で認識するよりも前に、全身に鳥肌が立っていた。潮はソファから身を乗り出し、誘われるようにテレビに歩みより画面にしがみついた。

「……伊関……さん？」

画面に映し出されるのは、瓦礫の中から現れた伊関のアップだった。

トレードマークとも言える肩までの髪がなくなっているが、伊関に間違いない。そして最後にワンカットだけ美咲が映った。

三〇秒のＣＭの中に凝縮された、壮大な物語の序章が描かれていた。その世界を、さらに先の物語を、物語のベースになった商品を期待される、完璧なまでのコマーシャルだった。

二年前に伊関がその存在を世間に知らしめたＣＭを思い起こさせる映像が、今また新たな姿で人々の前に現れたのである。

震えが止まらない。誰よりも格好いい。誰よりも光っている。やはり伊関は、潮の中で一番の存在だ。その事実を再認識させられる。

けれど自分は、と思ったところで、潮は伊関の顔が映っていたテレビ画面に手を伸ばしていた。

「伊関さん……」

喉の奥から絞るように、その名前を何度も口にする。顔を見ただけで胸が締めつけられるほどに愛しい。伊関との距離は、足掻けば足掻いただけどんどん広がっていく。同じ目標を掲げていた美咲は、同じ映像の中にいた。

テレビの画面を撫でる手の甲にある、来生につけられた傷を目にした瞬間、慌てたように画面から手を外す。汚れた手で伊関には触れてはならない。たとえ、テレビの画面の中にいる存在に対してでも許されない。

「くそ……っ」

すべてはここから始まった。胸元に残る傷も背中にある引っ掻き傷も、すべて来生につけられたものだ。これらが身体から消えない限り、自分にとっての聖域である伊関に近づいてはならない。

でもその傷が消えることはない。つまり伊関には一生近づけない。

ぽたりと涙が零れ落ちる。声を上げるのが嫌で唇を噛んだ。強く強く噛み、それでも零れそうになる嗚咽を殺すために、額を手の甲に強く押し当てて頭が痛くなるまで泣き続ける。泣いてもどうにもならないとわかっていても、圧し掛かってくる運命に抗《あらが》う術がない己の立場に、涙が流れ続ける。

窓の外ではうるさいぐらい、油蝉が鳴いていた。


鍵の開く音が聞こえる。来生が帰ってきたのだろう。だが瞬きすらできないほど脱力していた潮は、居間の床の上に寝転がったままでいた。何もしたくない。何も考えたくない。

「潮?」

廊下を歩いて居間まで辿り着いた来生は、明かりを点けた。

少し掠れた声で呼ばれ、自分はそんな名前だったかとぼんやり考える。

ソファの前に寝転がっている潮を見つけ、来生は少し驚いたような顔をする。窓まできっちり閉められた部屋の中は、暑さと湿気でむっとしている。じっとしていても汗が滲む。形のいい眉が上がり、口元が引きしまる。

焦点の定まらない視線で相手の顔を見て、潮はふっと笑う。

「お忙しいクリエイティブ・ディレクター様は、なんのお仕事をしていらしたんですか?」

口から出てくる言葉が、まるで自分のものではないように思えた。天井がぐるぐる回っているうえに、呂《ろ》律《れつ》が回っていない。

「わけのわからないことを言ってないで、起きなさい」

来生は眉間に皺を寄せ、服を着替えるべく寝室へ身体の向きを変えるが、すぐに足を止めて振り返る。

両手両足を投げだしている潮の横で大きな息を吐いて、その場に腰を下ろす。右目の目尻にある傷を隠すようにかけているサングラスは、背広の胸ポケットに入れられている。

表情はむかつくほど涼しげだ。

「何時ですか」

「九時だ」

来生は短く言うと、潮の腹辺りに手を置いた。九時。潮は半日近く、この場所にいたらしい。

「何を拗《す》ねている」

ジーンズからシャツを引き出しながら、来生は汗ばんだ潮の肌を露にする。

「別に拗ねてなんかないです」

「ずいぶん汗をかいている」

細い指が淫らな動きを始めるのに気づいて、潮は慌てて服を押さえた。

「やめてくださいっ！」

「ようやく、らしくなったな」

潮の反応に、来生はにやりと笑う。

「どういう意味ですか」

怒鳴った潮の言葉に重なるように、腹がぐうと鳴った。来生は眉を上げる。

「腹がへってるのか？」

抑揚のない口調で尋ねられ、頬が一気に赤く染まる。どうしようもない恥ずかしさに顔を背けて立ち上がろうとすると、腕を捕まれた。

「すぐに着替えなさい。私も夕食はまだだ。一緒に外へ食べに行こう。六本木まで出れば、まだどこかしら店はやっているだろう」

予想もしなかった言葉に、潮はしばし呆然とする。来生はそんな潮の様子を気にすることなく立ち上がると、車の鍵を手に取った。

「どうした。行かないのか？」

甘いと感じられる、優しい声色で聞いてくる来生は笑っていた。目を細め、唇まで綻《ほころ》んでいる。毎日見ているはずの、永見に執着する来生の象徴のように見える目尻の傷から、潮は目が離せなくなった。

「潮？」

改めて名前を呼ばれてはっとする。

「すぐ着替えてきます」

慌てて言って自分の部屋へ走った。

背中の後ろで、来生が動く気配が感じられる。振り向きたい衝動に駆られながらも扉を思いきり閉めると、そこに背を押しつけた。

頬が熱くなり、さらに呼吸が速くなる。不必要な動揺に潮は焦っていた。

「何……考えてるんだ……俺」

ほんの一瞬ではあったが、来生の笑顔を見て、心臓が痛いほどに高鳴った。これまで一度たりとも見たことがなかった笑顔だったから、驚いただけのことかもしれない。そう思おうとするが、瞼の裏に蘇る来生の表情に、再び動悸が激しくなる。

「落ち着け」

開いた掌の中に顔を埋める。瞼を閉じても、頭が混乱しているせいで目の前がチカチカした。

「俺があんな奴の笑っている顔を見て、なんで動揺しなくちゃいけない？」

あの男は、憎むべき相手だ。目的を達成するためだけに潮を手の内に引き入れ、己の欲望のはけ口として抱き続けている。その相手がたまたま笑って優しい言葉をかけたからといって、なぜ心臓が高鳴らなくてはならないのか。

顔を覆っていた手をずらし、頭を抱えてしゃがむ。

「落ち着けよ、潮。落ち着け」

静かになると、うるさいほどに激しく鼓動する心臓の音が聞こえてくる。震えは治まらない。落ち着いて考えようと思えば思うほど、頭の中は混乱する。

「俺が好きなのは……伊関さんだ」

必死に言い聞かせる。来生に何度も抱かれた。けれど、そこに感情と名のつくものは存在していない。常に動物と同じ性欲という本能だけがあった。抱かれ、貫かれ、突き上げられ、何度も声を上げている。射精している。でも、それだけだ。

唇の端で笑う男に対し、憎しみ以外の感情は抱いていない――はずだ。

「潮」

背中をつけたままの扉がノックされ、潮の名前を呼ぶ声が聞こえる。

不意打ちを食らって身体が大きく震えた。

「どうした。まだ着替えは終わらないのか？」

どんどんと、続けて二回扉が叩かれる。その振動が、扉に押しつけた背中から伝わって潮の心臓を揺らす。出そうと思った言葉は喉の奥で詰まり、掠れた声だけが零れる。喉を押さえ、小さく深呼吸する。

「すぐ用意します。だから……あと少しだけ……待ってください」

「……わかった」

わずかな間を置いて来生が応える。足音がして、扉の前から離れていく。けれど心臓の音はおさまらず、耳にまで響く。自分でもわけのわからない感情に、潮は泣きたい気分になっていた。


それからの日々を、潮は混乱したまま過ごす羽目になった。そんな潮とは逆に、来生はかなり落ち着いているように思えた。

平日はほぼ毎日朝早い時間に仕事へ向かい、だいたい夜は八時から九時近くに帰ってくる。食事は外で済ませていて、まず風呂に入る。出てから居間で酒を飲み、新聞に目を通す。それから持ち帰った書類を読む。

部屋にはいつも、クラシック音楽がかかっている。来生は膨大な、多種多様のジャンルの音楽ＣＤを所有している。クリエイティブ・ディレクターという仕事柄かもしれない。だが、部屋に流れているのはほとんどクラシックだ。潮などは学校の授業でしか耳にしなかった、それこそ眠ってしまいそうな音楽だったが、頻繁に聴いていると耳に馴染んでくる。

元々来生は口数の多い人間ではない。潮も自分からわざわざ好んで来生に話しかけることもなかったから、音楽だけが部屋の中に広がっていた。

しばらくはその沈黙が気づまりだったが、次第に慣れてきた。嫌なら自分の部屋にいればいいことで、居心地の悪い空気が流れていたわけではない。

潮の頭の中は、依然として混乱したままだ。何を混乱しているのかさえわからないほど、ごちゃごちゃになっている。うだるような夏の暑さが拍車をかけた。

結局ヤスダのＣＭ降板をきっかけに、潮は事務所を移った。

すべて来生が手続きしたので、詳細についてはよくわからないが、新しい事務所もそれほど大きくないらしい。

でも状況が変わっていた。少し前までは、素顔で街中を歩くことができた。多少の視線を感じても、それで終わっていたのだ。数本のテレビＣＭや雑誌のグラビアを飾っているぐらいでは、昨今の業界の中ですべての人間の注目を浴びるまでには至らない。だからこそ、伊関拓朗のすごさを実感する。日本のみならず海外にまで名前が知られているという事実は、生半可なことではない。

そんな伊関に対し、ヤスダのＣＭの記者会見で身分不相応なタンカを切り、さらにそのＣＭから降ろされたという話題が出た途端、潮は渦中の人となった。実際にはほぼ同時期より撮影の始まった新しいＣＭが放映されたことで、潮もまた注目を浴びたにすぎない。

潮本来の実力や人気とはまるで関係のない場所で、噂だけが広まっていく。

真相を掴もうとマンションを張っているしつこい記者もまだいる。これ以上のスキャンダルを避けるため、事務所は空いてしまったスケジュールを埋めようとはしない。

忙しくしている来生も、仕事については何ひとつ口にしない。

スキャンダルひとつで、容易に堕ちていった知り合いが何人もいる。友達すらいない世界に、潮はたった一人で立っている。

その危うい立場を知りながら、これまでその位置をできるかぎり見ないようにしてきた。自分が立っている場所が一本の細い線の上だと気づいてしまったら、足が竦んで身動きすら取れなくなることがわかっていた。

その事実に気づいてしまった今、実際に予想どおりの展開になってしまった。

最後の頼みの綱が、悔しいことに来生だったのだ。

精神的にも、実際の仕事をするうえでの問題でも、すべてが来生にかかっている。世間を知らない潮に仕事を取ってこられるわけもない。

そして夢を叶えるためにと思いつつ揺らぎそうになる自分を、ぎりぎりのところで繋ぎ止めていたのが、来生への憎しみの感情だった。

けれどどこの間から、その感情が薄れている事実に気づいている。繰り返し否定しようとした。何度も、自分はまだ来生を憎み続けているのだと言い聞かせた。笑顔を見せられ、優しい声をかけられたからと言って、それだけで揺らぐ気持ちが許せない。

来生がどんな男であるか、誰を愛しているか知りながら、潮の気持ちは急速に傾きつつある。来生と同じように、憎しみと表裏にある感情がひとつの形を作りながら、このまま来生の目標が達せられたときに、捨てられるかもしれないことを恐れている。

伊関を潰し、永見の目を自分に向かせる。それが来生の目標であり、生きるための糧《かて》。その目標を達成するため、来生の毎日は動いている。

グランデール化粧品の広報部ホープであった来生の人生は、永見潔という類《たぐ》いまれなる端整な顔立ちと頭脳を持ち合わせた男に完全に狂わされてしまった。

潮は潮で伊関拓朗という男を知り、近づきたいと思う気持ちが、これまでの日々を成り立たせてきたのだ。

一人の人間によって人生を変えられてしまった。この点において二人はとてもよく似ている。

来生を嫌う理由は、同族嫌悪なのだ。来生のようにはなりたくないと思いながら、どんどん感情の面でも仕種の面でも似てきてしまった。

来生の、前髪を頻繁に指でかき上げる癖が、いつの間にか潮にも移っていた。最初はただの真似に過ぎなかった。でもその癖に気づいたときにはもう、自分が来生と同じように他人を愛してしまっていたのだ。

自分から言い出したほうがいいのだろうか。

来生から最後通牒《つうちょう》を突きつけられる前に、自分から逃げる。そのために、まずこのマンションから出る。

先のことを考えるのはそれからだ。

役者の仕事を諦めるつもりはなかった。今も、演技したいと思う。伊関と同じ舞台に立つことを目標に掲げることで、演技する楽しみも知った。

打算も駆け引きもいらない。ただ演技する場所があればそれでいい。

ふとテレビに目を向けると、伊関のCMがオンエアされていた。杉山電機の新しい商品のコマーシャルで、二パターンが二週間単位で次のものに変わるらしい。

全部で一二話あるというCMには、前回のCMから続く一貫するテーマがありながら、それぞれが確立した物語を持っている。台詞のない情景だけが流れる画面の中で、伊関は雄弁に語っている。

目で、視線で、表情で、仕種で、そして指一本の動きで、何をしようとしているのかがわかるのだ。圧倒的な存在感と印象的なそのいでたちは、一度見たら忘れられない。

共演している美咲も、負けていない。

もちろん比較したら絶対的な差はある。

だが、美咲は美咲なりの良さを前面に押し出し、自分自身をアピールしている。

このCMによって、美咲の評価は大幅に高くなっているらしい。元から演技派ではあったが、アイドルとして売り出したことと、度重なるスキャンダルから、軽く見られがちだった。

けれど、この先美咲の地位が大きく変わることは間違いないだろう。

でも潮の中に、美咲に対する嫉妬心は湧いてこない。自分を嫌というほど知ってしまった今、絶対的に自分の負けなのだ。

潮は内側から滲みでる強い光を持つ伊関の表情に負けて、テレビを消す。

「……駄目だ……」

部屋の中には寒いほどに冷房が効いている。半袖のシャツの上からパーカーを羽織った潮は、窓ガラスに手を置いて下の道路を眺める。アスファルトを照らす強い光に、目が眩しくなった。

今日来生が帰ってきたら、話をしよう。思っていることを口にすることで、彼が怒ったらそれはそれだ。

身体さえ求められず、ただ生殺しになっている状態では、呼吸することすら苦しい。

自分が生きていることを実感したい。このまま水だけ与えられて育つ、植物のようにはなりたくない。自分は自分として生きていきたい。来生の持ち駒ではなく、一人の人間として。

潮はカーテンを閉め、身体の向きを部屋の中へ変える。すべてが終わってしまえばいいと思いたくなっている自分が、哀しくなった。


来生が帰ってきた深夜、潮は居間のソファに座ったまま、明かりも点けずに部屋の中で待っていた。

「……なんだ、まだ起きていたのか」

仕立てのいいスーツに身を包んだ来生は、部屋の明かりを点ける。

「今日、ある人から私に連絡があった」

来生はそう言って、潮の横に腰をどかりと下ろし足を組んだ。スプリングが上下し、来生が普段吸っている煙草の匂いが潮の鼻をつく。

「君の次の仕事が決まった。伊関拓朗の映画の共演だ」

「映画の……共演？」

大きく見開いた目を、潮は来生に向ける。

「まだ内密に進められているらしいが、今回の杉山電機のＣＭに使用した物語を、新たに映画用に書き直しするそうだ」

「映画……」

言葉の意味がわからず、潮の頭の中ではその単語だけがぐるぐる回っていた。

「潮！」

強く名前を呼ばれ、潮は我に返る。すぐ目の前にある来生の顔にはっとする。

「聞いていたか？」

「……いえ……」

潮の返事に、来生は小さくため息をひとつついた。

「伊関拓朗が主演する映画への出演が決まったと言ったんだ」

改めて聞かされても、潮はぴんとこなかった。

『ＴＨＥ　ＬＡＴＥＳＴ』。伊関の主演映画のタイトルには、『最新で最後』という意味を示す。近未来の東京を舞台とする話で、電報堂や杉山電機が共同制作する。原作者は永見潔だという。

そんな映画に、ライバル役として共演するのだと説明された。

「……不満そうな表情だな。せっかく夢が叶うというのに、どうして苦虫を潰したような顔をしている？　緊張ゆえに、頭がついていかないか？」

すべて話し終えた来生は、潮の表情を眺めて笑う。

来生の細い指が潮の顎にかかり、そのまま上を向かされる。

潮の夢は、伊関拓朗と一緒の舞台に立つこと、伊関拓朗と一緒に仕事をすることだった。

その夢が、今、叶おうとしている。でも、実感が湧かない。

「まあ、いい」

諦めの混じった来生の声色に、どんな意味が込められているのだろう。潮の頬を撫でた手を首元へずらし、煽るような動きで下方へ移動させる。

「君は伊関と共演する。あの男と一緒の画像の中にその姿を現すことになる。永見が伊関のために作った話の中で。伊関のそばに立つのは、永見ではなく君なのだからな」

胸元をまさぐり、微かに反応する突起をいたぶりながら、上目遣いの視線を向けられる。心の奥底を覗きこむような鋭さに潮の背筋は震え、口が渇き、指先が冷たくなる。

「記者会見が九月一日にある。それまで、君のことは伏せるように仕向けた。あちら側の人間は驚くだろう。永見の顔が見物だ」

来生は巧みに潮の上着を脱がせた。

「目には目を、歯には歯を、そして権力には権力でもって対抗する。それがこの業界の常識だ。永見は今回身をもってそれを実感するだろう」

来生の口から告げられたのはおそらく、永見の親戚の名前だろう。おそらくその人こそが、以前より来生から聞いている賛同者なのだ。

当初の予定では、伊関のライバル役としては他の俳優が決まっていた。武田寛という、アクション派の明らかに潮とは違うタイプの俳優だったらしい。

伊関の演技力は、ファンとしての欲目を除いても、相当なものだ。その伊関の初主演映画の相手役となれば、それ相応の人間でないと負けてしまう。

アイドル映画ならそれでも構わないだろう。だが、デビューしてこれまでの間に実力派俳優としての地位を完全に確立した感のある伊関である以上、そんなわけにはいかない。

ましてや、今回の映画は話題沸騰中の杉山電機のCMを元にしている。

名前の上がった武田は、多少影は薄いが、アクションという強みがあるため、伊関に完全に負ける存在ではなかった。その相手役を、裏工作を用いて降ろしてまで配役されたのだ。責任は重大かつ切実だ。

伊関と共演できる嬉しさよりも、目前に迫ってくる現実とプレッシャーに、潮の全身が緊張ゆえに震えた。

来生が帰ってきたら口にしようと思っていた決意は、想像すらできなかった伊関との共演話に、すっかり消え失せてしまっていた。

それからすぐ映画制作に関するニュースが、朝昼のワイドショーで取り上げられるようになった。

美咲との件でおとなしくなっていた伊関の事務所側の動きが慌しくなり、伊関本人も頻繁にテレビの画面の中にCM以外でも現れるようになったことが、マスコミをより煽っている。

映画の共演が決まったとはいえ、まだ潮自身に具体的な仕事はない。だから日がな一日、テレビを眺めていた。

初めのうちは妙に違和感のあった伊関の短髪も、今はすっかり見慣れた。というより、長髪だった頃を思い出せないぐらい似合っている。潮が認識したときから、伊関は長髪だった。だから長髪以外考えられないと思っていたが、それは大きな間違いだったようだ。

少し痩せたように思うのは、役作りのせいだろう。

「……あれ」

眩しい思いで見つめていると、ふと、視界の端に何かが引っかかる。座っていたソファから降り、テレビの間近まで移動する。すぐに画面は次の場面に移るが、潮はそれを捕らえた。

「今の……指輪だ」

間違いない。右手ではあるが、薬指あたりに、金色に光る指輪があった。

これまで伊関は装飾物の類いをほとんど身につけていなかった。劇団にいた当時には、右の耳にピアスをつけていたことをごくたまに見かけたことがあるくらいだ。

デビューしてからは、素の姿でいるときに指輪やピアスをしている姿を見たことがない。何かのインタビュー記事で、アクセサリーが好きではないのだと語っていた。

けれど今、伊関の指に指輪があった。それも、右手ではあるが薬指だ。

ものすごく嫌な感じがしたままテレビの画面に目を戻すと、杉山電機のCMが映し出されていた。美咲を腕の中に抱いた伊関の目が、潮を見つめる。

『全部、知っている』

伊関の通るテノールの声が、スピーカーから聞こえてくる。

全部、知っている。CMの煽りであることがわかっていても、潮の胸にぐさりと刺さる。指先が震え、足の先が冷え、背中に汗をかいている。

「きつい……よ……伊関さん……」

この伊関の横に、自分が立つ。圧倒的な存在感と実力とカリスマ性を合わせ持った、この男の横に。

せめて実力で勝ち取った座であれば、まだマシだ。けれど、違う。自分は添え物にすぎない。押し寄せるプレッシャーに耐え兼ね窓を開ける。湿気を含んだ空気が、クーラーで冷えた部屋の中に流れ込んでくる。誘われるように、潮はベランダへ裸足のまま歩み出る。手すりにしがみつくように掴まって下を眺めると、足が竦んだ。

道路には、ちらほら人が歩いている。

飛び降りたいという激しい誘惑が押し寄せてくる。下を見れば見るほど吸い込まれそうな感じがしてくる。

死にたいわけではない。ただ、飛び降りたいという衝動がふつふつと湧いてくる。少し、踵《かかと》を上げてみる。手すりから上半身を前のめりにさせ、より下を覗くようにすると、さらに地面が近くなった気がした。

このまま手を離せば、もしかしたら。

「……潮」

背中から突然名前を呼ばれ、潮は全身を大きく震わせる。その拍子に足元が揺れ、バランスが崩れて一瞬身体が浮いた。

落ちる。

このままベランダの手すりを乗り越え、頭からまっさかさまに、地面に叩きつけられる。

そうしたら、きっと、すべてが終わる。

自分が死ねば、伊関は、ライバルと言われていた東堂潮という名前を覚え続けてくれるかもしれない。潮に対し愛情の破片すら見せてくれない来生も、少しぐらいはかわいそうだと思ってくれるだろう。何より、自分で自分を厭《いと》うことがなくなる。

ほんのわずかな間に、頭の中を色々なことが巡った。

このまま何も考えず、すべてが終わることに安堵した。けれど――。

「何をやっている！」

目を閉じた潮の耳に、語気を荒くした来生の声が飛び込んできた。

「こんな所から落ちたら、一巻の終わりだ。わかっているのか？」

腰にある腕の逞しさに、潮の意識が覚醒する。そのまま引きずられるようにして、ベランダの床の上にしゃがみ込む。

「目的も果たさず、自殺する気だったなどとふざけたことを考えていたというのか？」

来生の顔は、実に整っている。目尻の傷さえ強烈なインパクトとなって印象づけている。永見のことでキレる以外は常に冷静で無表情な男が、潮の腰を抱きベランダに膝を突き、語調を荒げている。

額に汗を浮かべた来生の顔を、潮はぼんやり眺める。

「……死にたかったのか？」

来生はだらりと下がった潮の右手を取り、手の甲に残る自分がつけた傷痕に触れた。

死にたかったわけではない――と、頭の中で答える。次の瞬間、軽く頬を叩かれる。一度だけではない。

続けざまに何度か頬を叩かれているうちに、痛みが蘇ってくる。次に暑さを感じた。

「潮」

再び名前が呼ばれ、理性が戻ってくる。同時に全身が震えた。顔をほんの少し横へ向けると、ベランダの手すりの隙間から地面が見えた。

高さにしてどのぐらいあるのだろうか。

一瞬の浮揚感ののちに飛び降りていたら、今頃硬いアスファルトに叩きつけられ、あの世へ逝けていただろう。無残な自分の姿を想像して、背筋が冷たくなる。

「……自分が何をしようと思っていたかわかったか？」

奥歯をがちがち言わせ始めた潮に気づいたのだろう。戒めるような低い声に、潮は問われるままに何度も頷いた。

ベランダから身を乗り出したとき、一瞬、正気を失っていた。そうでなければ、飛び降りようなどと思うわけがない。

来生は大きなため息をつくと、潮の身体を抱き上げて部屋に戻る。

「どうして死のうなどと思った」

潮を床に下ろして改めて聞いてくる来生は、靴を履いたままだった。潮は顔を上げる気にはなれず、膝を抱えたままでいた。

来生はしばらくそのままでいたが、やがて先ほどと同じ大きなため息をつき、潮の前に膝を突いた。そして潮の顎に手をやって強引に上へ向かせた。

「夢と現実のギャップに今さら気づいたのか？」

来生の言葉に、潮は小さく息を呑む。その反応の意味を、来生は理解したのだろう。

「そうか」

唇の端を上げる、来生独特の嫌味な笑い方に、突然潮の身体にえも言われぬ悔しさが広がる。

来生のことを想わずにいられない。でも一方でやはり、人を見下した態度を取るこの男を、憎んでもいる。

「最初から言っているだろう？　私は伊関を、そしてひいては永見を苦しめることが目的なのだ。君に対してはそれ以上のことを期待してはいない」

来生は、他人の神経を逆撫でることが上手い。潮の中で沈静化していた怒りが、確実な形となって蘇ってくる。

それが爆発する寸前、来生は背広の上着のポケット

から取った名刺を、潮の目の前に差し出してきた。そこには「永見正恭《まさやす》」という名前と、電話番号だけが記されている。

「これを君にあげよう。そして機会が訪れたら、永見に示し、自分の後ろにこの男がいるのだと打ち明ければいい」

来生はそれが何者かを明かすことなく、潮の手に握らせる。

冷淡かつ冷静な言動に、潮は冷静さを取り戻していく。憎しみを一瞬でも忘れ、愛しかけているかもしれないと思っていた自分が、愚かに思えた。二度と来生に縋《すが》ったりしない。

来生が靴を履いたままである理由も追求したりしない。この男はただ、己の計画を成功させる前に潮を死なせたくなかっただけなのだ。

「これは、誰ですか」

「おそらく君が想像しているとおりの人間だ」

来生は曖昧な返事をする。その答えに、潮はぐっと腹に力を入れる。

「俺に期待していないっていうのは……どういう意味なんですか」

潮は自分を追い込んで、再び愚かな間違いを二度と犯さないため、あえてその問いを口にする。

「私の口から言わずとも、自分でわかったことだろう」

「それでも、聞きたいんです」

潮が拳を握り早口に言うと、来生は肩を竦めた。

「伊関拓朗という人間を映画で圧倒することなど、君にできるわけがない。あまり認めたくはないが、伊関が類いまれなる存在感と演技力を持ち合わせていることは事実だ。もちろん、君が伊関の向こうを張って主役を食ってくれるのなら、それはそれでありがたい話だがね」

そこで来生は鼻で笑う。

「つまり君の役割は、映画の撮影現場を引っ掻きまわし、永見を追いつめるきっかけを作ることだ」

事実だが他人に言われるのは腹が立つ。込み上げる怒りを、潮は懸命に堪える。

「記者会見は明日、九月一日だ。私も顔出しはするが、表立って動くのは君だ。前回のヤスダのように、記者の前で伊関に対し喧嘩をしかけては駄目だ。あくまでおとなしく、余計な質問には答えないように」

「……もし、喧嘩をしかけたら？」

上目遣いに尋ねると、潮の右手の甲に指を当てる。

「君は賢い子だから、わかるだろう？」

傷痕を辿って、来生の爪が食いこんでくる。

少しずつ少しずつ、肌に痕が残り、赤い血が滲む。脳裏に、ナイフを突き立てられたときの記憶が鮮明に蘇る。どれだけ経とうとも、あのときの恐怖は消えてなくならない。言葉にならない痛みに、全身に力が入った。

「シャワーを浴びてきなさい」

来生はそっと潮の耳元で囁きかける。

「明日の会見がうまくいくよう、前夜祭と行こうじゃないか」

耳朶に歯を立てられ、強張っていた身体に熱が満ちていく。咄嗟に上がりそうになる声を喉の奥で押し殺し、唇を強く噛んだ。ここまでされてまだ、反応してしまう身体が疎ましくて仕方がない。

慣れた手が潮の身体を這い回り、快感の芽を摘んでいく。生理的に反応しながらも、潮はどこか他人事のように、甘い嬌声を上げる自分を眺めていた。

窓の外で鳴く蝉の声が、やけにうるさかった。

rising 開幕

九月一日は朝から蒸すような暑さだった。

いつものことながら、来生に抱かれた翌朝の目覚めは最悪だった。指すら動かすのがつらい状態でも、何がなんでも起き上がらなくてはならない。

来生の姿はすでに隣にない。

明け方、シャワーの音を聞いた覚えはある。来生はあまり睡眠が深い人間ではないらしく、行為のあと前後不覚の状態で一緒のベッドに眠っても、わずかな動きで目を覚ましてしまう。

不機嫌そうな瞳で見つめられると、いつも疑問に思う。こんな顔をするのなら、別のベッドで寝ればいいのに、と。実際に潮から申し出たこともあるが、来生はそれを許さなかった。

潮は眠い頭を左右に振って、浴室へ走る。頭の上からシャワーを浴び、昨夜の行為の残骸を洗い流す。

「しっかりしろよ、東堂潮！」

そう言って潮は浴室から出て洗面台の鏡の前に立つと、両の頬を何度もはたく。

今日から、伊関拓朗の共演者としての日々が始まる。余計なことを気にしていたら、迷惑がかかってしまう。すでに自分が共演することで迷惑がかかっていることは、この際棚上げだ。

着替えを済ませ、外に出るべく扉を開けると、湿気を含んだ空気が纏《まと》わりついてきた。

身体中に、緊張感が漲《みなぎ》ってくる。様々な事情はさておいても、やはり伊関の初主演映画に共演できることは、何にも勝るほど嬉しい。

実力の差は明らかだ。来生からこの先どんな卑劣な指図が出るかもしれない。それでもできるかぎり精一杯、伊関の前で演技したいと思っていた。


会見会場であるホテルの前は、すでに記者たちで埋めつくされていた。

来生からの指示で裏口に回ると、待っていたスタッフに会見会場の脇にある控え室へ連れて行かれる。中には伊関がいるかもしれないと緊張する潮をよそに、扉はすぐに開けられる。しかしそこに待っていたのは、来生だけだった。

「時間になったら係りの者が呼びに参りますので、それまで中でお待ちください」

背中を押されるようにして部屋の中に入ると、後ろでパタンと扉が閉まる。

今朝目覚めるまで一緒にいたはずなのに、二人の間には妙に気まずい空気が流れている。初めて会ったときのような、どこか人を品定めする来生の目つきのせいかもしれない。


「……他の人、まだ来てないんですね」

「君の他は誰も来ない。伊関拓朗や松田美咲は、他の部屋で待機している」

「そうなんですか」

自分だけ他の部屋に案内されたのだとわかり、潮は小さく嘆息する。

「何を気のない返事をしている？　部屋が違うことを気にしているなら落胆する必要はない。あえて別の部屋にするように私が手配しただけのことだ」

いつものことながら潮の気持ちを読んだかのような言葉に、カチンとくる。

「別にそんなこと、気になんてしてません」

ムキになった潮の喧嘩口調に来生は苦笑しながら、煙草を取り出した。やがて、一種独特の香りが部屋の中に広がる。

「今日の記者会見に君が参加することは、記者たちはもちろん、スタッフの中にも一部しか知らされていない。当然、出演者も知らない」

「美咲も……伊関さんも……ですか」

「そうだ」

潮が記者会見場に現れたら、美咲はともかくとして、伊関はいったいどんな顔をするだろうか。伊関は潮の存在を認識しているのだろうか。

来生は潮の唇に軽いキスをして、扉がノックされて開かれるのとほぼ同時に離れていく。

「東堂さん、時間です」

「会見が終わったらここに戻ってきなさい。一緒に帰ろう」

唇を拭う潮の背中に、来生の喉の奥の笑い声が聞こえてくるようだった。


会見場に辿り着くと、サングラスをかけキャップを目深にかぶったまま案内された席に腰を下ろす。記者たちの目が一斉に自分に集まってくるのがわかり、背中に汗が伝う。こんな感じを味わうのは、ヤスダのCMの制作発表の記者会見以来のことだ。

潮は視線をテーブルの上に落とし、身動きしなかった。サングラスをかけていてよかった。自分がどれだけ緊張しているか、周囲に気づかれずに済む。

美咲は、自分よりあとに会見場に入ってきた共演者の姿に、不思議そうな視線を向けてきた。やがて潮だと気づいたらしく、息を呑むのがわかる。

「お待たせいたしました」

司会者の声が上がり会場の照明が落ち、会見が始まる。扉の前に当てられたスポットの下には、伊関拓朗、その人の姿があった。


短く切られた髪にスーツに包まれた姿は、テレビの画面や雑誌で見るよりも何十倍も格好よく、逞しく存在感に溢れていた。

一瞬、伊関と視線が合ったような気がしたが、まるで顔色を変えない。席まで颯爽と歩く姿を眺めながら掌に汗をかく。司会の言葉や映画監督の言葉がまるで耳に入らず、足までがくがく震えてきた。

伊関拓朗がすぐそばにいる。実感した途端、胸が一杯になり目頭が熱くなる。しかし感慨にふけっている時間や立場ではない。

「……次に配役紹介に移ります。まずは主役である伊関拓朗氏より」

横目で見る伊関は、ほんの少し困惑したような顔をしながらゆっくり立ちあがり、会釈をしてから自己紹介する。

「……初めての映画で、さらに初主演ということで緊張していますが、精一杯やろうと思っています」

よく通るテノールの声が会場中に響き渡る。伊関は再び頭を下げると、そのまま席に着いた。

記者連中は美咲とのスキャンダルについて追及しようとしたが、司会によって遮られる。

次は美咲の番だったが、係りの人間が名前を紹介し、頭を下げるだけに留まった。

渦中の二人が共演するということで、事前に打ち合わせが済んでいたのだろう。しかし記者たちはそれを許さなかった。

「そんな、松田さんの話も聞かせてくださいよ」

「伊関さんとの共演で、役柄の関係が実生活においても、本当になったりしないんですか？」

半分野次と化している質問に、美咲は俯いたまま応えようとはしない。

膝の上に置かれている細い手が震えている。さすがに気の毒になっていた。

「何か思い違いをされていませんか？」

やんややんやと騒ぐ記者を黙らせたのは、司会者ではなく監督の佐々木だった。

身体は全体的に細めで、身長は潮よりも若干高そうだ。顔は雑誌などで見たことはあったが、もう少しごつい男だと思っていた。

そんな風貌から温和そうに見えるが、言葉尻はかなりきつい。さすがに記者たちも佐々木の口調に押され黙った。

「それでは次に、今回映画のために新しく作られた敵役である、東堂潮氏です」

しかし潮の名前が上がった瞬間、場内がこれまでとは別の意味でざわついた。席に着いたときよりも強い視線に、身体の奥に震えが走る。

けれど怯んではいられない。おそらく、来生がヤスダの記者会見のとき同様、どこかで潮を見ている。

そして永見潔も、間違いなくこの場にいるに違いない。潮は目深にかぶっていたキャップを取りサングラスを外してから、その場に立ち上がる。

「東堂潮です」

劇団で発声練習を繰り返したにもかかわらず、舌足らずな印象の抜けない口調は、他人に幼い印象を与えるらしい。

緊張を抑え込み頭の中で次の言葉を組み立てながら、会場をゆっくり見回す。震える膝に気づかないふりをして、満面の笑みを装う。

「今回ご縁がありまして、この映画に出演することになりました。俺も主演の伊関さん同様映画は初めてですが、楽しんでやりたいと思っています」

最後に深々と頭を下げると、大量のフラッシュがたかれた。どこか心地好い緊張感に、気持ちが昂ぶる。

「ヤスダのＣＭはどうお考えですか？」

「以前の記者会見で伊関さんに挑戦状とも取れる発言をしていますが、それはどうお考えですか？」

次から次へと飛んでくる質問はすべて予想しうるものだった。そんな潮に対する質問は、監督も司会者も遮ってはこない。

　潮は横目で伊関の横顔を盗み見たのち、来生と永見を求めて会場を見回す。けれど、彼らの姿を見つけることはできなかった。

「本当は俺、伊関さんの大ファンなんです。この間の発言は、負け犬の遠吠えとでも思っていただけたら嬉しいんですけど」

　記者が納得するとはとうてい思えないが、あとは佐々木がなんとかしてくれるだろう。

　潮は殊勝に頭を深く下げ、席に座った。ぶつぶつと文句は聞こえていたが、佐々木の視線を感じたのかさらなる追及は避けられた。

　次に佐々木から、映画の具体的な配役の紹介や物語についての説明がなされたのち、上映時期の話など一般的な情報公開で会見が終わる。

　佐々木を挟み、伊関、そして美咲と一緒の記念撮影を済ませると、潮はすぐに会場を出る。

　控え室に戻った潮は大きなため息をついた。

「すっごい緊張した」

　今さらながら全身が震えてきた。同時に、近くに座っていた伊関の姿が蘇る。

「格好いいよな……やっぱり」

　圧倒的な存在感は今も健在だった。むしろ以前より強くなっただろう。見ているだけで胸が熱くなった。

　そして伊関に憧れる気持ちを再確認する。素直にその気持ちを伝えられたらいいのに。だがそれは無理な話だ。喜びと交互に生まれる寂寥感に耐え兼ねて、潮は一人で帰ることにした。

　サングラスをかけてキャップを目深にかぶると、来たときと同じでホテルの裏口から外へ出て人混みに紛れる。しかし信号の手前で待っていると、横を走っていた車が突然に潮の横で止まりクラクションが鳴らされる。

　目敏《めざと》い記者にばれたのかと思った。だから無視しようとすると、窓から伸びた手に腕を捕らわれる。

「あ……ぶないだろうっ！」

　車の量が少ないとはいえ公道だ。

　手を後ろに引っ張られて転がりそうになった潮は、振り向きざまに怒鳴った。

「呼び止めたのに逃げようとするほうが悪い」

　運転席にいた、潮の腕を捕らえた男は、平然と答える。潮は相手を確認して絶句する。運転席にいたのは、他ならぬ来生だったのだ。

「どうして……」

「君の考えることなど、すべてお見通しだ。それより、早く乗りなさい」

有無を言わさぬ口調に、仕方なく助手席側に回って車に乗り込む。と同時に腕をぐっと引き寄せられ唇を奪われる。

「今日はいい日だよ、潮」

唇を離し、濡れたそこを手の甲で拭った来生は、満足そうに呟いた。


会見からほぼ一週間後に台本の「読み合わせ」が行われた。

このときになって、潮の役に名前がついた。とはいえ、配役の本名が使われるため、潮は『ウシオ』、美咲は『ミサキ』。正式な役名があるのは、伊関の『φ(ファイ)』だけだ。

『ウシオ』

役名だとわかっていながら、伊関にその名前を呼ばれるたび鳥肌が立った。

忙しい伊関のスケジュールをぬって入れられた映画の仕事は、分刻みでことが進む。読み合わせも今日を含めて二回用意されているが、伊関が参加するのは今回だけで、役に対するディベートの時間は設けられていない。各々監督からの指示や注意、そして役柄の背景の説明は受けるが、それだけだ。その他は自ら率先して動かなければ、放っておかれる。

すでに真剣勝負のような読み合わせのあとで、潮は佐々木に呼ばれた。

「よろしくお願いします」

正式なマネージャーが同行していないせいもあり、潮がきちんと監督や他のスタッフに挨拶をしたのは、今回が初めてだった。

佐々木はそんな細かいことを気にする人間ではないが、スタッフの中では早々に潮の評判が悪くなっているらしい。

「君はこの役をどう考えている?」

佐々木の待つ部屋に入った途端、席に着く間もなく尋ねられる。潮は思わず「え?」と間抜けな声を出す。

「私が何かを言う前に、君がどう考えているかを先に聞きたい」

佐々木はまっすぐに潮の顔を見つめていた。

「……僕は……」

佐々木の問いの真意を測りながら、懸命に問われたことを頭の中で考える。

脚本は手に入ってから短期間のうちに何度も読み直し、伊関の役である『ファイ』に対し、どう自分が演技したらいいのかを考えた。そして自分なりに『ウシオ』という役についての解釈はしてみたが、まだ納得いく形にはなっていない。

「まだ何もわかっていません……だから、精一杯その場その場でできるかぎりで演技するしかないと思っています」

だからありのままを告げると、佐々木は「ふーん」となんとも取りようのない返事をして、胸の前で腕を組んだ。

「こちらとしても、君の場合はまだ演技そのものを見たことがないから、なんとも判断のしようがない。だから、もしいい加減な気持ちでいられたらどうしようかと考えていたところだが、とりあえずは真剣に取り組むつもりはあるらしくて安心したよ」

おそらく潮の配役は、監督の佐々木ですら知らない上で進んだのだろう。

だから果たして潮が単なる邪魔者で終わるのか、それとも一俳優として演技するのかを見定めていたに違いない。結果、一応の及第点を得たらしい。

来生からの連絡を待って、潮はパイプ椅子に座ったまま、目を閉じた。


撮影初日である九月一〇日は、来生に送られて一番にスタジオに入った。

次にやってきたのは美咲だった。

その姿を目にした途端、潮はぎょっとした。これまで腰辺りまであった柔らかそうな髪がばっさり切られ、まるで少年のように短くなっていたのだ。細い黒のスパッツに柔らかい生地のシャツという服装のせいか、ボーイッシュな印象を受ける。

役作りのためだろうと思いつつも、思い切ったものだ。

ついでやってきた伊関は、カラーコンタクトを使用し、アクセサリーをあちこちに着けられていた。そして伊関のピアスを見て、潮もまた自分の耳に触れた。伊関がピアスをつけているのを見て、自分も真似したのだ。

「潮」

気づくと、目の前に美咲が立っていた。優しい声色ながら甘ったるさがない、懐かしい声だ。

それほど遠くない日に話す日が訪れるだろうと思っていた。だがそれが今日だとは思っていなかった。潮は小さく息をしてから美咲の顔を見上げる。

「久しぶり」

「ずいぶん、背が高くなったね。元気にしていた？」

「お陰様で」

曖昧な笑みを浮かべると、おもむろに手を握られる。

「伊関さんに紹介するから、一緒に来てよ」

「紹介って、ちょっと、美咲っ」

余計なお節介だと思いながらそれほどの抵抗もできず、伊関の前まで引っ張られてしまう。伊関は驚いたような表情で美咲と潮の二人を眺めていた。

潮は居たたまれない気持ちで一杯だった。心の準備もなく、突然伊関の前へ連れてこられてしまった。

真正面に立つと、身長差が明らかになる。一八五センチある伊関とは、ほぼ一〇センチ以上の差がある。見あげる角度にある顔がまともに見られない。

「あの、東堂潮です。『桐』にいた頃は二人で伊関さんの追っかけやっていたんですよ」

俯いたまま何も話そうとしない潮に焦《じ》れて美咲が口を開き、先を促すよう潮の腰を叩いてきた。こうまでされて黙っているわけにはいかない。いつかは訪れる機会なのだ。

困惑する頭の中で必死に考えて、笑おうと思ったら頬が引きつった。

邪魔な長い前髪を指でかきあげる。

これまでで一番近い距離に伊関がいる。決して二枚目とは言えないが、一度見たら忘れられない、実に印象的ないい顔がそこにはある。

一気に爆発してしまいそうな胸に溢れる想いを堪え、潮は懸命に表情を繕《つくろ》った。

「初めまして。以前は生意気なことを言って申し訳ありませんでした」

今回、表立って伊関に喧嘩をしかける必要はないと来生に言われている。

「でも、事務所から言われていたことで、俺の本意ではありません。本当は美咲の言うように、ずっと前から伊関さんの大ファンだったんです」

そこまで言ったところで、来生の姿が視界の隅に見えた。瞬間、全身が硬直し心臓が凍りつく。全部見られている。緩みかけていた心の紐が新たに強く縛られ、同時に伊関の横の位置をキープしている永見の存在を思い出す。

「――だから、今回一緒の映画に共演できると知って、楽しみにしていたんです。精一杯やりますからよろしくお願いします」

握手をするために自分から右の手を伸ばすと、伊関は一瞬躊躇いながらも、指輪のある手を伸ばしてきた。そして相手の手の甲にある傷に目を止め眉を顰めるが、すぐに笑顔を見せる。

警戒心の取れた、穏やかな笑顔だ。

「こちらこそ」

胸が痛んだ。永見のことを何度も頭の中で考え、伊関の大きな手を強く握り返す。精一杯のアピールだ。

「楽しみです。映画が」

潮がこれまでよりトーンを下げて挑発するような視線を向けると、伊関は眉を寄せる。

「色々な……意味で……」

含みを込めて言うと、伊関の表情が明らかに変わる。それを確認してから手を離し、その場を離れる。

伊関は何も言おうとしなかった。伊関の手に残る痕に気づいて美咲が騒いでいるのがわかったが、聞かないフリをする。

来生の姿はすでになくなっていた。

果たしてあの男の目に、自分と伊関との対面はどんな風に映っていたのだろうか。


撮影は物語に忠実に、最初のシーンから撮ることになっていた。途中で出演者の気持ちを削がないためにはいいが、手間がかかる。それでも佐々木は順番にこだわった。

初っ端《しょぱな》から『ウシオ』と『ファイ』の対決シーンが始まる。カチンコが鳴った途端、潮の足に震えが走る。読み合わせのときとはまるで違う現場に走る緊張感に、呑まれてしまう。

「カット」

すぐ監督のストップが入る。

「駄目だよ、東堂くん。伊関くんに負けないよう堂々と演じてくれないと」

「……そのつもりですが……」

潮の返事に佐々木はため息をつく。

「一旦休憩！」

その様子に潮は流れる汗を拭う。

スタジオには冷房が入っていない。ただでさえ暑いうえに、熱気が満ちている。潮は首にタオルをかけて、スタジオの隅の椅子に腰かけて深呼吸を繰り返す。姿は見えないが、来生は必ずどこかで撮影を見ている。だが、今はそれすら気にしていられない。

どうすればベストの演技ができるか。今はそのことだけで一杯だった。

膝に置いた手に額を押しつけ、きつく目を閉じる。

伊関は見事だ。

CMで一度役になっているから余計かもしれないが、気迫が違う。相手が潮であるということなどまるで意識にないだろう。潮は敵役の『ウシオ』なのだ。でも潮の目に伊関は伊関にすぎない。

潮が役になりきれない理由のひとつに、伊関の写真を撮り続けているカメラマンの存在があった。スタッフの話によると、映画の上映に合わせ伊関の写真集を発売するらしい。そのための写真を監督の了承を得て撮っているようだが、やけに気になってしまう。

身長が高く、肩幅も広い。厚い胸板に鼻の下から顎にかけて生えている髭のせいもあって、ぱっと見には強面《こわもて》の雰囲気がある。

溝口義道《みぞぐちよしみち》という日本で有数のカメラマンだと知って、さらに驚いた。

伊関を撮りながら、自分までも見られているような気がするほど、鋭い目を向けられる。隠している何かもあばかれるような気持ちになるのだ。

今は演技のことだ。そう思って顔を上げると、伊関と話していたらしい溝口と、視線が合ってしまう。

潮に気づいた溝口は髭の生えた顎を指で摩りながら、唇の端でふっと笑う。

来生の見せる嫌味な笑いとは違う嘲笑と取れるその笑みに、怒りが生まれてくる。

悔しさに、潮の身体から緊張感が抜ける。お陰で、休憩後のそのシーンの本番は、即ＯＫが出た。

「そうだ。緊張していても始まらないよ」

何もかもわかったような佐々木の言葉を聞きながら、ＯＫが出たあとも、残る何かが、芽生えてくるような不思議な熱を感じていた。

撮影は昼食休憩を挟んで、六時まで続いた。


一足先に、美咲がスタジオを出ていく。扉の近くに立っていた美咲は潮と視線を合わせるが、露骨に眉を顰め、ふいと顔を逸らした。

怒っている理由は潮にある。

昼食の休憩時に人気のない場所に呼び出され、伊関への態度に対して注意されたのだ。どうして伊関に挑戦的な態度を取るのか。もう伊関のことを嫌いになったのか。

そんなことを真顔で聞いてくる美咲が妬ましくて仕方がなかった。今も伊関が好きで、できることなら美咲のように、前面に「好きだ」と言いたいが、立場上許されない。

そんな事情を知らない美咲は、さらに余計なことに首を突っ込んできた。

よりにもよって、来生が何者かと尋ねてきたのだ。記者会見の日に、車の中でキスをする潮を見かけたらしい。

美咲に対し、来生と自分の関係を説明する義務はない。だが、意地悪心と嫉妬心が刺激された。伊関と噂される女優の歪んだ顔が見たい。

だから、あえて自分たちの関係を下品に言い表したのだ。

「俺、あの人の精液の味、知ってるんだ」

唇を嘗めながら、その言葉が何を示しているかがわかった。美咲の表情が見る見る変わった。美咲は潮の頬を思いきり叩いて、そこから逃げていった。

「あんた、最低！」

そんなこと、人から言われなくても自分でわかっている。

「最低なんだ。俺」

だから美咲の言葉を自虐的に繰り返す。

その後の撮影で、美咲との場面がなくてよかったと潮は心底思った。


それからはしばらく静かな日が続いた。

来生はスタジオの送り迎えはしてくれるものの、撮影自体を見ることはなく、外泊する日も多かった。

来生に以前渡された名刺もまだ使い道がない。

伊関のそばには、常にマネージャーである吉田《よしだ》昭久《あきひさ》がいる。溝口も毎日顔を出し、何枚も何枚も伊関の写真を撮り続けている。けれど、永見の姿はない。

スタッフの話では、CMのときには毎日のように現れていたらしい。来生が忙しいことと、関係がないとは言えないかもしれない。

その後、何か計画の進展があったのかもしれないが、自分から聞いたことはない。けれど撮影が進み日々が経つごとに、潮の知らぬ間に伊関を追い詰め、結果的に永見を追い詰めているのかもしれない。

潮の中で堪えきれないぐらい大きくなったものが、美咲と伊関のラブシーンを見た瞬間に、爆発した。

映画の中にはいくつか伊関と美咲のラブシーンがあるが、その第一回目が一〇月一日に撮影された。

上半身を露にした伊関と、薄い下着一枚の美咲がベッドの中にいる姿を目にした瞬間、潮は絶句した。伊関の手が実際に誰かの肌に触れ、唇が誰かの唇や肌に触れる。

美咲の顔が永見の顔に変化した瞬間、叫び出したくなった。

伊関は永見をあんな風に、抱くのだろうか。あんな風にキスをするのだろうか。激しい嫉妬が、潮の心を埋め尽くす。

何度もリテイク出されてやっとOKが出る。休憩に入り照れているのか困ったような顔をして座る伊関の元へ、潮はジュースを持って走る。撮影現場で自分から伊関に声をかけるのは、初めてだ。

「伊関さん」

そばにいた吉田は潮に気づくと、露骨に表情を硬くした。

「今のシーンすごかったですよ」

潮は吉田を無視して、手に持っていたジュースを伊関に渡す。

「大丈夫ですよ。毒なんて入っていませんから」

でも、伊関はジュースを手にして黙ったままでいた。

「見ていて、こっちが恥ずかしくなっちゃいました。伊関さんって、誰かを抱くとき、ああいうふうにやるんですか?」

次の瞬間鋭い視線が潮を襲う。

「男でもソノ気になっちゃいそうですね」

潮は覚悟を決め、座っている伊関の顔に高さを合わせるべく腰を屈める。

「永見さんのことも、あんな感じに抱くんですか?」

伊関の身体にぐっと力が籠る。

殴られる。咄嗟に潮は身構える。だが、何も起こらない。

どうしたなのかとうっすら目を開けると、潮を殴ろうとして掲げられただろう伊関の手が、背後に立つ男に捕らえられていた。

「週刊誌の記者も来てんだぞ。落ち着け」

溝口は伊関を宥めるように肩口で告げると、次に潮に視線を向けてくる。

「ずいぶん育ちのいいぼーやだな」

溝口は潮を頭の上から足の先まで値踏みするように眺めてから、笑いながら言葉を吐き出した。

溝口の身長は伊関とほぼ同じぐらいだろうが、何しろ体格がまるで違う。肩幅が広く、それこそ胸板の厚さなど、潮の倍ぐらいあるのではなかろうか。

大男を目の前にして、怯んで一歩後ろに下がっても、潮は挑戦的な目をやめないでいた。

「一流の俳優は、演技の中に自分を出したりしねえんだよ。そんな風にしか他人の演技を見られないってことは、てめえが俳優としてヒヨっ子ってことだ」

まさに図星だ。潮は唇を噛んで強く拳を握って、泣き出したい気持ちを抑える。

「それから、人間は素直な方が絶対いいぞ。拓朗が男をどういう風に抱くか知りたければ、遠回しに言わねえで、自分で確かめてみればいいだろう?」

「な……っ」

自分で確かめる。つまり、伊関に抱かれればわかるということだ。

溝口は何をどこまでわかっていて、その言葉を口にしたのか。単なるハッタリかもしれないと思ったのは、潮がゆでダコのように顔を赤く染めてからだった。

言った本人の溝口も、いつの間にか傍観者となってしまった伊関も、口を開けて潮を眺めている。

しまったと思った。けれど、一度出てしまった言葉は取り返せない。

潮は悔し紛れに溝口を睨むと、そのままその場を離れた。

これまで虚勢の裏で押し隠していた自分の気持ちが、すべてメッキだったとばれたかもしれない。伊関にはともかく、潮の気持ちが溝口には絶対ばれた。

溝口の視線が気になったのは、すべてを見透かしているように思えたからだ。

そのあと、どうやって二人の前から逃れたか覚えていない。

「なんだよ、あいつっ！」

もちろん、溝口が一流のカメラマンで、写真を撮られたがっている人が、一流の女優やモデルなど、性別や年齢を問わず多数いることがわかったうえで、文句を言う。

髭面のせいで、まるで年齢不詳だ。

「ああ、苛々《いらいら》するっ」

困惑した気持ちはおさまらず、潮はその後の撮影で、リテイクを出し続けてしまった。

スタジオからマンションに戻るまでの間にさんざん来生に訴えた。でもまるで反応はなかった。もちろん詳細を話せるわけもなく、溝口がむかつくのだと言っただけのせいもあるが、来生はただ「放っておけばいい」と言っただけだ。

来生に期待したわけではない。けれど、もう少しなんらかの反応があってもいいのではないか。

あとで、ぼそりと尋ねた。

だから潮は久しぶりのセックスの間も気はそぞろだった。

「来生さんのほうでは……何か……」

「私のことを知る必要はない」

先の追及を許さない強い口調で言うと、来生はベッドから出てバスローブを羽織る。椅子に座り煙草を吹かす来生を、潮はベッドの中から眺める。

最近の来生は静かすぎて不気味だった。

潮を抱きながら永見の名前を呼ぶことに変わりはないが、以前のような激しさが消えている。

もちろん潮が来生を煩《わずら》わせることがないのも理由のひとつだろう。穏やかであることにこしたことはない。嵐の前の静けさかと思うと、空恐ろしい。

「まだあの名刺は持っているな？」

「……ありますI」

永見の兄のものだ。使う機会もなく、しまってある。

「あと……少しなんだよ、潮」

来生の口から吐き出された白い煙が天井に上る。遠い目をした来生の様子に、潮の心臓がざわめく。

「来生さん？」

「あと少しで、永見が私の元に帰ってくるんだ……あと少しで……私のところに……」

恍惚。来生はそんな言葉が当てはまりそうな表情を見せ、短くなった煙草を灰皿でもみ消す。

永見が来生の元へ帰ってくる。それは来生の計画が終了するということを意味し、潮の仕事が終わることでもある。

水面下で確実に、何かが進行している。だから、永見はスタジオに現れないのか。

来生が肩を震わせて笑うその声が、今の潮には不快でしかなかった。

omen　前兆

一〇月三日は二度目の伊関と美咲のラブシーンがあるせいもあり、潮はスタジオに入ったときから不機嫌だった。おまけに、自分の顔を見るたびににやにや笑う溝口の視線にむかついて仕方がなかった。

しかし、再び演技のことで云々言われるのも癪で、撮影の間はできるかぎり役に集中して演技するよう努力した。

撮影が始まって一か月近くが経ち、当初に比べて潮に対する周囲の雰囲気はよくなっている。もちろん、潮自身の愛想が変わることはない。ただスタッフの潮を見る目が違う。

初めのうちは、潮がどこまでやるか様子を見ていた。ヤスダの回し者ではないかと勘繰っていた人もいるだろう。

実際撮影に入り、潮が懸命に演技する姿が好感を呼び、スタッフを安心させた。撮影のない時間帯に不機嫌そうにしているのは仕方ないとしても、撮影のときは素直で、伊関に追いつこうと必死になっているのが誰の目にも明らかだった。

だから最近は、撮影の合間に誰かしらが声をかけてくる。連絡事項も確実に伝わってくる。

本来であれば嬉しいことだが、潮にとっては喜ぶべきことではなかった。笑顔を見せられても、優しい声をかけられても、それを同じ笑顔で返せない。

一度でも心の内を見せてしまったら、もう今のままではいられない。

そんな風に潮が危うくなっている一〇月三日に、永見がスタジオに姿を見せた。

扉を開けて身を隠すようにして入ってきた永見の姿を、潮は見逃さなかった。

永見は目の中に入った光景に、あからさまに表情を強ばらせた。握った手が震えているのを目にして、ざまあみろと思った。かつて伊関が永見にキスする姿を見て、自分も同じように激しい嫉妬を覚えた。同じ苦しみを味わえばいいのだ。

潮はしばらく永見の姿を盗み見ていたが、溝口が現れたので横を向き、改めて横目で様子を眺める。

「なんで邪魔するんだ、あの男はっ！　どけよ、どけよ……早くどけよ」

永見が一人になったら、持っている名刺を見せようと思ってずっとタイミングを窺っているのだが、なかなか溝口は永見のそばから離れようとはしない。そうこうしているうちに、潮の撮影シーンが回ってきた。

潮は仕方なくセットの中に入る。だが、監督と演出家の話に耳を貸しながらも、時折視線を永見に向けた。まだ彼は溝口と話をしている。

今回のシーンはそれほど長いシーンでもない。すぐに終わらせれば間に合うかもしれない。

「それでは、シーン一八。始めます」

カチンコの音がすると、永見がこちらを向いた。潮は永見の視線を意識しながらも自分なりに完璧に演技をこなす。

「ハーイ、カット。ＯＫです」

佐々木の声にほっと安堵して自分の場所へ戻ろうとした瞬間、永見は溝口に挨拶していた。今だ。

「東堂くん、次のシーンだけど……」

その潮に、演出家が声をかけてきた。永見は扉から外へ出て行ってしまう。

「な……んですか？」

さすがにこの場で演出家を無視して、永見を追いかけるわけにはいかない。潮は永見に注意を向けたまま演技指導を受け、話が終わった瞬間、スタジオを走り出た。けれど、廊下に永見の姿はない。

帰ったばかりならエレベーターホールで捕まえられるかもしれない。全速力で追いかけると、廊下を右に回ったところで、エレベーターに乗り込もうとしている永見の後ろ姿を見つけた。彼は身体の向きを変えるとボタンを押し、腕組みをしてこちらを向いた。

「待ってください！」

切羽詰まった声で叫ぶと、閉まりかけていた扉が開く。しめた。

「ありがとうございます」

エレベーターに飛び乗ると、身体を半分に折って荒い息をしながら礼を言う。

「いいえ、何階まで行かれますか？」

初めて耳にする永見潔の声に、鳥肌が立った。

「貴方が行くのと同じ階まで……」

軽く息を吸って言うと、ゆっくり身体を起き上がらせる。目を覆っている前髪をかき上げて永見の顔を見据えると、表情が変わるのがわかった。

エレベーターの扉が閉まり、がたんと大きく振動して、ゆっくり駐車場まで下降を始める。これでしばしの密室空間ができあがる。

「ヤスダの件ではどーも」

直接のライバルと直面して、潮は緊張していた。だから無意識に、何度も何度も前髪をかき上げてしまう。

「……なんの用だ」

永見はトーンを落とした声で、威嚇するような口調で尋ねてきた。来生よりも整った、信じられないほど端整な顔が歪められる。

「そんなにコワイ顔をしてたら、せっかくの美人が台なしですよ」

半分は嘘、半分は本当だ。永見は不機嫌そうな顔のまま、薄い唇をきつく閉じて、潮の次の言葉を待っている。

潮はジーンズのポケットに入れていた名刺を取り出すと、永見の顔の前に呈示する。

「今度、この人が俺のバックについたので、一応ご報告しておこうかと思いまして」

永見は眼鏡のガラスの奥の目を思いきり細めた。そして名刺に書かれている人物の名前を認識した瞬間、眉を動かした。

「正確には、来生澄雄のバックですが」

来生の名前を出した瞬間、永見の顔色が変わる。潮はさらなる攻めを続ける。

「ヤスダの件で永見さんにはずいぶんお世話になったんで、その恩返しを伊関さんにしようと思ってるんですよ」

「どうしてそこで伊関の名前が出る？」

それまで堪えていた永見が伊関の名前を口にするそのとき、エレベーターが停まりゆっくり扉が開く。潮が先に下りると、永見があとを追うように下りてきた。

「大アリですよ、大アリ」

潮はくすくす笑いながら、名刺をポケットにしまう。立場は潮のほうが、優位なようだ。

「俺は貴方たちのジャマをすることにしたんで、覚えておいてください」

エレベーターの前で立ち尽くす永見の前に、潮はゆっくり歩み寄る。

「綺麗な顔、していますね」

細い指で永見の眼鏡を奪い、フレームの先を永見の薄い唇に押し当てる。

「この唇に、伊関さんは、キス、するんですか？」

思わせぶりに顔を寄せると、永見は目を伏せて顔を横に向ける。

「いいですか？　俺も来生さんも本当は貴方本人に仕返しがしたいんです。でもそれができないから、ツケが伊関さんに回るだけです。わかってますか？」

伊関の名前を出すと、再び永見は過敏に反応する。その様子に、潮は来生の言葉を思い出していた。

自分に対しても生きることについても執着しない男が、唯一執着しているのが、伊関拓朗だ。永見を追い詰めたければ、伊関を使うのが一番早い。

最初に話を聞いたときは信じられなかった。でも本人を目の前にした今なら納得できる。顎を掴んで自分に向かせると、無理矢理唇を重ねる。キスとも言えないキスをして、最後に嫌がらせのように唇を嘗める。

それから一歩下がり、笑う。

「これからよろしく、原作者様」

持っていた眼鏡を永見の手に返すと、潮は停まっていたエレベーターの扉を開けて飛び乗る。そして扉が閉まるまで永見を睨みつけたが、姿が見えなくなった瞬間その場に崩れ落ちる。

身体中が熱い、鼓動も激しい。永見の唇に触れた自分の唇に指を伸ばす。

「……間接……キスだ……」

伊関の唇に触れた唇にキスした。それだけの行為だったのに身体中が熱い。


潮は永見にスタジオで会ったことを、その日迎えに来た来生に打ち明けられなかった。永見が現れたとき来生はいなかった。

黙っていればばれることではない。

来生に話をするなら、自分が何をしたかも話さねばならない。もし永見にキスしたことを知ったら、来生はどうするだろうか。

伊関にしか執着しない永見に来生は執着している。非生産的な来生の想いに、潮は哀れみを覚えた。

だが映画の仕事に入ってからは毎日のように直面する伊関の偉大さに、想いは募る一方だった。

そして一〇月二二日。

朝スタジオまで潮を送ったあと、珍しいことに来生はずっと撮影を見ていた。だが、ふと潮がそちらに注意を向けずにいたわずかの隙に姿を消した。

「トイレかな……それとも帰ったのかな」

さすがに撮影が始まって一か月半以上過ぎていれば、カチンコの音で役に入り込める。だから来生がいるからという理由だけで緊張することもない。

二シーン分の撮影を終えて休憩に入っても、来生は戻ってこない。一人で帰ってしまったのかもしれない。

次の撮影までは、セット替えが入るためかなりの時間が空く。時間潰しにとスタジオを出たところに来生がいた。

「すぐに駐車場へ行きなさい」

そして来生は有無を言わさぬ口調で、潮に命令する。

「永見にとどめを刺してくるんだ」

そのひとことで、スタジオから姿を消していた間に、永見に会っただろうことがわかる。

「永見さん、いるんですか」

「さっき、駐車場へ降りて行ったばかりだ。今ならまだ間に合うだろう」

よくよく、永見とは駐車場に縁があるのだろう。この間話をしたのも同じ場所だ。

「わかりました……」

次の撮影まで時間が空いていてよかった。エレベーターホールへ向かう背中に、痛いほどの来生の視線を感じる。永見にとどめを刺すように言ったあの男は、今どんな気持ちでいるのだろうか。


そんなことを思いながら駐車場に降りても、永見の車はあるが持ち主の姿は見えなかった。潮はその車の陰に座り込んで永見を待った。

それほどの間もなく、やってくる。緊張して震える手をジーンズのポケットに突っ込み、何度か深呼吸を繰り返す。

そして覚悟を決めて立ち上がると、永見が足を止める。

「元気でした？」

永見により自分の姿を知らしめるために、潮は車の前に立つ。無言のまま睨みを利かせる永見に、潮は大胆不敵に笑ってみせる。

「今日は伊関さんに会いにきたんですか？　ヤケちゃうなあ……苛めちゃおうかな」

多忙な永見がわざわざスタジオにやってくる第一の理由は、伊関の顔を見る以外ないだろう。

細い肩に手を置くと、永見の身体が大きく震えた。再びエレベーターの扉が開くのがわかる。中には伊関の姿があった。一目散に、こちらへ向かって走ってくる。とどめという言葉の意味がわかる。

「目、閉じてくださいよ」

永見の肩越しに伊関が近づくのを待って、唇を寄せていく。

「潔……？」

伊関の声が聞こえた瞬間、腕の中に抱いた永見が大きく震える。

「潔」

震える声が潮の背中の後ろから聞こえる。先の言葉はなく、ただ走り去る靴の音がする。

「見られちゃいましたね」

潮の頬を、永見は思いきり叩いてきた。口の中が切れ、耳の奥で、キーンとした金属のような音が響く。

「痛《い》って」

「自業自得だ」

永見は今にも泣きそうな顔で言って、伊関を追いかけるべく、潮の横を通り抜けていった。

一人残された潮には、空しさだけが残っている。

そして永見とも伊関とも違う人の気配を、近くに感じる。

「よくやったな」

「……全部貴方の思惑どおりですか？」

来生は、すべてを見ていたのだろう。やけに満足そうな物言いが、擦り減った潮の神経を逆撫でする。

「帰るぞ」

「放っておいてください。まだ撮影があるし」

永見に殴られた頬がジリジリ痛み、口の中に血の味が広がっていた。

「今日の分の撮影は終わりだそうだ」

「終わり？」

来生の言葉に、潮は顔を上げる。

「空いた時間に、中間の打ち上げを行うそうだ」

「それなら余計に、先に帰ってください。俺は打ち上げに出ます」

歩きだそうとする潮の手を、来生は掴んでくる。

「なんなんですか。離してくださ……いっ！」

怒鳴ろうとした潮の口は、来生の唇に覆われ、抗いの手も封じられる。

それでも、どうにかして来生の腕から逃れようと胸を強く叩き顔を左右に振ったが、許されなかった。

「……自分の立場を忘れたわけではなかろうな？」

存分に潮の口腔内を愛撫したあとで来生はようやく唇を離した。

「忘れてなんか……いないです……」

忘れられるわけがない。

悔しい。本気になった来生には、ここまで手が出ないのだ。

「あと……少しだ。その間、私の言うことを聞いておとなしくしてさえいれば、悪いようにはしない。そうしたら、君は解放されるよ」

「……どういう……意味、ですか?」

意味不明の言葉に、急激に不安が押し寄せてくる。

「解放って……何が、どう……なるんですか」

来生は潮の表情を眺めて満足そうに笑うだけで、質問には答えなかった。


それからしばらく、来生は何事もなかったかのように生活をしていた。しかし一一月九日に、突然に姿を消した。

前夜には潮の身体を抱いている。

早い時間から仕事に出たのかと思ってもみたが、そういう感じではない。でも違うのだ。部屋の中は整然としている。普段使っているアタッシェケースがどこにもない。

「来生さん?」

どうしようもなく不安になる。来生の携帯に電話をかけてみる。

『この番号は現在使用されておりません……』

予感的中だ。おそらく来生は目的を達した。だから姿を消した。そして用のなくなった手駒のひとつであった潮は、来生に捨てられたのだ。

「嘘だろ……?」


夜になったら、突然帰ってくるかもしれない。そう思おうとしても、すぐに打ち消される。

来生がいようといなかろうと撮影には行かなくてはならない。潮はひとまず着替えを済ませ、朝食を摂る。パンも卵も味がしなかった。ふとした瞬間に襲ってくるこの後の不安から逃れるように、牛乳をがぶ飲みしてみる。でもさっぱりしない。

「……落ち着け、東堂潮。来生なんていないほうがせいせいするだろう?」

頬を軽く叩いて言い聞かせるが、それでも足元が揺らぐような気持ちになる。

これまでも、来生は潮のために動いたことはない。そんな男でも、いるといないとでは心の持ちようがまるで違う。いつのまにか潮は、憎むべき存在である来生を頼っていたのだ。

「来生さん……」

祈るようにいなくなった男の名前を口にする。

家を出なければならない時間は刻々と迫っている。来生がいない以上電車で行かねばならない。だから、早く出なくてはいけない。でもどうしても身体が動かない。動きたくない。

玄関のインターホンが鳴る。来生だ、絶対来生だ。

「来生さん……っ」

レンズで確かめもせずに扉を開けると、そこには見知らぬ男が立っていた。黒縁の眼鏡をかけたぼさぼさ頭の男は、潮の顔を訝しげに眺め、それから笑った。

「東堂潮さんですか？」

低くてはっきりしない声が、潮の名前を呼ぶ。

「は……い……」

喜び勇んでいた心が、一気に萎《しぼ》んでいく。

「所属事務所の高山です。来生氏より言われて、今後、君の仕事の面倒を見ることになりました。よろしく」

感情の込められていない言葉が、マニュアルどおりに並べられる。意味がわからない。

「来生さんから頼まれたというのはどういうことですか……」

「細かい事情はよく知りません。それより、早く支度をしてください。撮影に遅れます」

急かされて部屋を出て鍵を閉める。マンションの前に置かれていた高山の車は、やけに燃費の悪いスポーツカーだった。わずかな道路の凹凸でも揺れ、ダイレクトに振動が伝わってくる。

高山は余計なことも必要なことも、まるで喋ろうとしない。肩にはフケが落ち、貧乏ゆすりを頻繁にする。少し一緒にいるだけで嫌になった。

「帰ってください」

だから、車がスタジオの駐車場に着いた瞬間、潮は我慢できずに言い放った。

「はあ？」

イグニッションからキーを抜いた男は、間抜けな返事をした。

「仕事が終わったら一人で帰ります。だから帰ってください。迎えもいりません」

「何を言ってるんだ？　僕は君の事務所の人間だ」

「それはわかってますけど、結構です、もう。俺は一人で動きますから。事務所にもそう言っておいてください」

急ぎ足でその場から逃げる。

今回の仕事は、事務所を通して入ってきたわけではない。だから、もし今の態度で事務所から外されてもなんら影響はないはずだ。

来生がいなくなったからと言って、あんな男に頼るほど、自分は情けない存在ではない。

あの程度の男に面倒を見られるくらいなら、一人で動いたほうがマシだ。案の定、すぐに携帯に事務所からの最後通牒が入ったが、それを無視した。元より、来生の関係で入った事務所だ。契約違反ならそれはそれで構わない。お金で済む問題であれば、精一杯仕事をして払う。

「他の人じゃ駄目だ……」

とにかく、来生のいた場所に違う人間が入ることが嫌なのだ。伊関への想いとは明らかに違うところで、来生の存在は潮の中で大きくなっている。現場に着いて、永見が前日の八日をもって電報堂に休職願いを提出している事実を知って、その気持ちをより強く認識した。

「計画は……成功したんだね？　来生さん」

来生は果たして今、どんな気分でいるのだろうか。

潮は右手の甲に残る傷痕に左手の指先で触れ、一人で呟く。


来生の失踪はともかく、永見の休職は映画全体の存亡にも関わる重大事件だった。スタッフはもちろん、伊関すら当日になるまで知らなかったらしい。現場に着いてスタッフから聞かされた結果、伊関はショックを受けて控え室に籠ってしまった。

スタジオでは、皆が神妙な顔をしていた。美咲も朝から落ち着かない様子で、唯一人の共演者である潮の顔を見ては、何か言いたそうに唇を動かしたが、すぐに視線を逸らす。美咲とは撮影初日に言い合いをして以来、プライベートで会話を交わしていない。

潮はスタジオの隅で膝を抱えてしゃがみ込み、天井をぼんやり眺めていた。

来生が消え、永見が姿を消したことで、すべてが終わったのかもしれない。映画の撮影も終わり、潮の役割も終わる。

潮は一人だ。誰もそばにいない。いざとなったとき、潮を庇ってくれる人間はいなくなった。前からいなかったかもしれないが、来生に対し淡い期待を抱いていたのは確かだ。

伊関は何を思っているだろうか。何を考えているだろうか。

愛する人が、おそらく伊関に何も告げずいなくなった事実に、動揺しているだろうか。多少立場の違いはあっても、自分と伊関は同じ状況にある。伊関も潮と同じようにすべてが終わったと考えているのだろうか。自分の役割は終えたのだと考えているのだろうか。

来生は潮を解放すると言った。

何から、解放するのか。来生から解放されて、一人での歩き方を知らない潮が、生きていけると思っていたのだろうか。いずれ死に絶えることを予測して、それでも潮を一人で置いていったのだろうか。

「どうせなら……最後まで……」

一緒に連れていってくれればよかったのだ。毒を食らわば、皿まで。そんな言葉を思い出して、来生のことばかり考えている自分が悔しくなる。

予定の撮影時間になると、監督との話を終えた吉田が、伊関を連れてスタジオに戻ってくる。

入ってきた伊関は監督に挨拶しながら、他の人間が近寄りがたい雰囲気を醸し出していた。表情や言葉尻に苛立ちが見えるわけではないのだが、いつもとは違う。

美咲も、そして吉田ですら声をかけづらそうにしているのが、周りにいる人間にもわかった。

「東堂くん、スタンバイして」

座ったまま他人事のようにしていると、スタッフが呼びにくる。

「あ……はい」

duel 決闘

それからの撮影は、毎回ぴりぴりした空気の中で行われた。これまで順調に進んでいたロケが度重なる雨で流れたこともあり、三度目の中止になった一一月二二日には、誰の口からともなくため息が零れた。


リハーサルまでぎりぎり天気がもっているが、本番の声が聞こえたかのように雨が降り出すのだ。呪われているとぼやきたくなるのもやむをえまい。

撮影初日に伊関が雨男だと自称していたことを思い出し、なんとなくそのせいかもしれないと思っていた。

「次の撮影の詳細はあとで連絡します」

スタッフが濡れながら走り回っている。

急いで控え室に戻り、濡れた髪をタオルで拭い、衣装から自分の服に着替える。

一人で現場に通うのにも慣れた。

撮影場所や時間の変更も、直接潮に入る。

今の仕事は映画だけだから、これで不都合はない。多少困るのは、たまに撮影が押して帰りの電車がなくなったときぐらいだ。でもそんなときでも誰かしらがタクシーを手配してくれるから、なんとかなっている。

気になるのは、今も来生のマンションに住んでいることだ。所有者がいないところで、のうのうと暮らしていていいのだろうか。そう思いながらも、ここにいればいつか来生が戻ってきたときに会えるかもしれない。そう思うと、出ていくことができない。

来生の部屋には一度だけ入った。元々生活臭のない部屋だったが、以前にも増して空気が止まっているように感じられた。来生の使っていた部屋の電話は、使えなくなっていた。

綺麗に整えられたベッドに腰を下ろし、微かに残る来生のコロンの香りに身を任せる。来生に抱かれたのは、いつが最後だっただろうかと考え、永見にキスをした現場を伊関に見られた日だったことを思い出す。

あれから一か月が過ぎている。

出会ってから数えきれないほど来生に抱かれた。それなのに、すでに記憶があやふやになっている。

「東堂くん」

名前を呼ばれ、潮は自分がどこにいるかを思い出す。

「は……はい」

「タクシーが掴まらないんだ。最寄りの駅まで誰かの車に乗せてもらえるようお願いしようか?」

潮は窓の外を眺めてから、首を横に振った。

「いえ、いいです。歩いて行きます」

「そうか……でも、ひどい雨だよ、本当に。土砂降りになってる」

次の撮影が伊関の都合で一二月一〇日になったと言い残し、スタッフはその場から去った。

潮は手にタオルを持ったままもう一度外を見る。久しぶりの大雨だ。誰かの涙の代わりかもしれない。

泣いているのは、永見か。伊関か。それとも自分か。みんなの涙の代わりであれば、土砂降りでも仕方ない。


荷物を上着の下に隠して外へ出ると、雨は勢いよくアスファルトの上を跳ね返っていた。数メートル先さえ見通しがきかない状態だ。

そんな中幼い頃歌った童謡を口にしながら、まるで小さな川のように水が流れている道路を歩いていく。

撮影に使われている場所は駅からかなり離れていて、歩くと通常でも三〇分はかかる。

肩が濡れ、撥ね返りでジーンズの膝の裏まで濡らす靴は水を存分に含み、歩くたびにぐちゃぐちゃと音を立てている。

苛々してくる気持ちをなんとか落ち着かせながら、歩いても歩いても進まないような道を歩き続ける。横を通る車のタイヤからの飛沫も強烈だ。

「危ないなあ……気をつけろよっ!」

何台目かの飛沫を浴びて車に怒鳴ったら、背後からクラクションが鳴らされた。

この雨の中、まさか声が聞こえるわけがないだろうと思いながら、自分の横につけてきた車の運転席に座っている人の顔を見て驚いた。

助手席の窓が開き、伊関のマネージャーである吉田が顔を覗かせる。

「乗りなよ。駅まで送ってあげるから」

吉田は間近で見るととても幼く見える。でも実際は伊関よりも年上である男は満面の笑みを浮かべ、吹き込む雨で肩が濡れるのも気にせず、潮に声をかけてきた。

後部座席の伊関の憮然とした表情を見て、潮は言葉を失う。吉田が誰に対してもとても優しく気さくな人物であることは、今回の撮影の間に知った。しかし、肝心の伊関はどう思っているか。

「伊関くんもいいって。だから乗りなよ」

潮の視線に気づいて、吉田は笑顔で続ける。

「……すみません、助かります」

ここまで言ってもらって断るのもなんだ。何よりこの雨の中、歩くのも限界だった。躊躇いを覚えながらも扉を開けられた助手席に座り、シートベルトを締めた。

少々気づまりかもしれないが、雨の中を歩き続けていたら気が滅入りそうだった。

雨足はさらに強くなり、車のワイパーがあまり意味をなしていない。

「あの背の高いモデルさんみたいな人は、最近どうしているの？」

しばらくして、吉田が尋ねてくる。

「モデルみたいな……人ですか？」

誰のことを言われているのかがわからず、潮は首を傾げた。

「これまで迎えに来てくれていた人、いたじゃない。来生さんって言ったっけ？」

その名前に、潮の心臓がどきりと音を立てる。あどけない表情で警戒心を抱かせない人柄でありながら、やはり伊関をサポートしているマネージャーだけのことはある。

吉田は、どこまで何を知っているのだろうか。潮がどんな目的で映画の相手役として起用されたか。そして来生が何をするつもりだったかまで知っているのだろうか。もしかしたら、過去に来生と永見との間にあったことまでも知っているのかもしれない。

様々を考えた。どうごまかせばいいのか。何を言い繕えばいいのか。永見が姿を消し、来生も同時にいなくなった時点で、潮の役割も終わった。

もう、伊関に対し何かをしかけるつもりはない。正直にそう言えば、信じてもらえるのだろうか。

しかし、あえて自分から吐露する必要はない。とりあえず聞かれたことにだけ答えることにする。

「やめちゃったんです」

「そうなんだ」

吉田はそう応じただけで、それ以上のことは聞いてこない。ほっとした途端、濡れたジーンズの膝の上に置いた手ががたがたと震えてきた。

胸の奥で何かがつかえている気がする。来生がいなくなった日からずっと。それが何かわからないけれど。

その後は、ずっと沈黙が続いた。

車が駅まで着くと、潮は吉田に礼を述べて車を降りる。

「助かりました。どうもありがとうございます」

「いいえ。また次……そういえば、次の撮影一二月一〇日だって聞いてる?」

「ええ、さっきスタッフから……」

潮は吉田の後ろに見える伊関に頭を下げて、サングラスをかけてから改札に向かう。

車に乗っている間中ずっと、伊関は黙っていた。

前で二人が来生の話をしようと、まるで反応を示さなかった。映画の撮影の間は、これまで以上の気迫溢れる演技で圧倒されたが、素に戻った伊関からは生気が感じられない。

同じような伊関を、以前に一度、見た覚えがある。

いつだろうかと考えながら、電車に乗った途端に思い出した。

「そうだ……あのときだ」

『新宿五番街』のお茶会で、練習後に現れた伊関は、舞台に立つ伊関とはまるで別人のように怠惰で生気がなかった。

近くにいた女優にしなだれかかる姿と舞台で見る姿とのギャップに、潮はショックを受けた。

今の伊関は、当時の伊関を思い起こさせる。

伊関は彼のために作られた映画の主役であり、そして誰もが彼のために動いている。監督も脚本家も演出家も、スタッフ全部、共演者である美咲や潮に至る面々までが映画の成功を思って動いていても、彼はそれだけでは納得できない。満たされない。

永見がいなければ駄目なのだと、光のない瞳が語っている。

「……そんなもんなのかな……」

誰かを愛すること。そして愛されること。それは一人の人間の人生を駄目にするぐらい、強く激しいものなのかもしれない。

来生もそうだった。永見もそうだろう。美咲も、伊関も。

自分も同じだろうかと考える。伊関に憧れ、伊関に近づきたくて、来生の手の内に堕ちた。けれど、一生を賭けてまで伊関を好きでい続けられるかはわからない。伊関のために、己の人生が変わったことは認める。でも、少し何かが違うように思えてしまうのは、人を愛するという気持ちが足りないせいなのか。

「俺にはわからない……」

わかりたくない。むしろわからないほうがいいのかもしれない。

永見が戻ってこなかったらずっと、伊関があのままの状態かもしれないと思いたくない。わかってしまったら、自分が犯してしまった罪のすべてを受け入れなくてはならない。

そんなのは嫌だ。

伊関は伊関でなくてはならない。そうでなくては、これまでの自分が無に帰してしまう。永見が伊関のために消えた意味すらなくなってしまう。

来生、そして永見の兄との間で、どういったことがなされ今の状態になっているのか、詳しい事情は潮も知らない。けれど、それらがあるからと言って、伊関が今の状態でいていいというわけではないはずだ。

自分勝手な意見だと思われても構わない。とにかく、伊関が伊関でいてくれなければ潮自身が生きていたくなくなってしまう。

伊関が伊関のままでいてくれることが、潮の唯一の望みだった。

次の撮影は一二月一〇日。シーンは三四。三度延期になったその場面は、『ファイ』と『ウシオ』の最後の対決シーンになる。映画の一番のクライマックスでもある。

激しい雨が降り続いている。しかし、きっと当日は晴れるだろう。もう誰の目からも、泣くための涙はなくなったはずだ。


「雨男の本領発揮とはいかなかったね」

スタッフの車には、数えきれないほどのてるてるぼうずが下げられていた。その執念の甲斐あってか、一二月一〇日、空には見事な晴れ間が広がった。

冗談半分のスタッフの台詞に、伊関でなく近くにいた吉田がぷんぷん怒っている。そんな光景を、潮は遠くで眺めていた。

今朝の伊関の表情は、少しだけ晴れ晴れしているように思えた。それは天気のせいだけではないだろう。何か心境の変化でもあったのかもしれないと思いながら、潮は衣装を身に着けた。

この間の雨の日から、今日の行動を心に決めていた。たとえ伊関に嫌われようと、実行する。嫌われるも何も、元から彼の頭の中に潮はない。伊関の頭と心の中には、ずっと永見しかないのだ。

だから後悔はしない。大袈裟かもしれないが、伊関を本来の伊関に戻すため、そして潮が伊関に対し抱いている気持ちにけりをつけるため、さらに自分の犯した罪を少しでも償うため、一世一代の大芝居を打つ。

用意を済ませた伊関は、台本に目を通しながら精神統一を図っているようだ。

まずは黙ったまま伊関の前まで歩み寄る。でも、潮は顔を上げようとしない。

「伊関さん」

潮はあえて伊関の思考を中断するべく声をかける。肩がぴくりと揺れ、台本に添えられていた手の動きが止まり、きつい視線が潮に向けられた。

怒りのオーラのようなものが、痛いほど感じられる。怖かった。これほど怒っている伊関を見るのは初めてだ。しかし、ここで引き下がったりしない。

「――――なんだ？」

今までに聞いたことがないほど低い声に怯む気持ちを堪え、潮は虚勢を張る。

「最後の最後にどっちの演技が上かわかりますよね」

食いついてこい、食いついてこい。

「そうだな」

しかしあっさり流されてしまう。

潮は拳を握り、唇を噛む。何を言ったら伊関は怒るだろうか。売った喧嘩を買うだろうか。考えていると少し離れた場所にいた吉田が、二人の様子に、間に割って入ろうとした。

「伊関くん……」

「永見さんってあんな顔して好き者なんだって、伊関さん、知ってました？」

その言葉にぎょっとしたのは吉田だ。伊関は肩を震わせ、潮の顔をさらにきつい視線で睨んでくる。

「俺、あの人と関係のあった人と知り合いで……仕事を自分に有利に進めるために自分の身体を使ったっていう話じゃないですか」

来生は、永見のことに関してだけは嘘をつかなかった。グランデール化粧品広報部にいた来生から情報を引き出すため、永見が自分の身体を使った事実は決して消えない。

永見を傷つければ伊関は怒るだろう。傷つくだろう。わかっていても、潮には他の手段が思いつかなかった。

「今だって休職とか言って、どこで何をしているかわからないですよ、ね」

潮が言い終える前に、腹に激しい衝撃がある。

「ぐ」

声にならない声が溢れる。鈍い傷みに、潮は腹を抱え身体を前屈みにした。

「い……伊関くん！」

吉田の叫びにも似た声が上がるのとほぼ同時に、伊関の全体重がのせられた二発目の拳が、もう一度潮の鳩尾《みぞおち》に入る。

「……あ」

目の前が銀色に光り、嘔吐感が込み上げてくる。伊関の拳が支えの役割を果たしていたらしく、潮の身体はそのまま前のめりに床に崩れるが、髪を掴まれて再び上を向かされる。

「伊関くん、駄目だよ！」

痛みに細めた視線の先に、阿修羅のごとく怒り狂った伊関の顔がある。これだ。この顔が見たかった。

「お前に何がわかるっ……」

伊関は呻《うめ》くような声で、潮の頬を一度叩き、また腹をさらに殴ってくる。口の中に血の味が広がる。唇が切れ、殴られるたびに、唇から血が溢れて床を汚す。

潮を殴る伊関の瞳の中には、強い炎が見えた。これまで見た中で、一番伊関が逞しく見える。

吉田が伊関の腰辺りに必死になってしがみついているが、まるで意味がない。伊関の満身の力を込めた拳は、確実に潮の身体を痛めつけていく。

もっと殴ればいい。自分は殴られて当然のことをした。これで罪を償えると思ってはいない。

「伊関さん、潮！　ちょっと何をやってるんですか」

遠くから美咲の声が聞こえる。

「伊関くん、落ち着いて」

頭が朦朧としてくる。殴られて死ねるなら、死んでしまってもいいと思っていた。一度死のうとしながら怖くて、意地汚く今まで生き長らえてきただけだ。これで伊関の気が少しでも晴れるなら本望だ。

それなのに、不意に縛めが解けてしまう。

吉田でも伊関でもない新しい声が耳元で何事かを叫んでいる。

どうして邪魔をするんだ。潮は薄目を開けてぼんやりと思う。このまま終わってしまってもいいのに、何もかも、と。

「離せ！　離せったら！」

不意に、伊関の怒鳴り声が聞こえ、遠のきかけていた意識が戻ってくる。

さっきまで潮の胸倉を掴んで殴っていた伊関は、吉田と美咲の二人がかりで押さえつけられていた。そして潮の身体も背後からはがいじめにされている。

「潮！」

自由にならない状態で、伊関はそれでも潮を威嚇している。

「お前なんかに潔のことをどうこう言う資格なんてない！　なんにも知らないくせにっ！　潔のこと、何ひとつ知らないくせに、知ったようなことを言うな！」

伊関は涙声だった。わかったのだ。きっと、何もかも。潮を殴りながら、自分を殴っていた。永見がいないことで一度でも恨み疑っただろう自分を。

伊関の目から涙が零れる。それを見た瞬間、潮の大きな目からも、ぼろぼろと涙が落ちる。

「わかってる。拓朗、わかってるよ」

潮の背中側に立っていた溝口は、伊関の頭に大きな手を伸ばした。

「わかってるから……全部わかってるから、もういいだろう？」

溝口の深い慈しみが込められた優しい声が、振動として潮に伝わってくる。

全部わかっているというその言葉がどれだけ優しい意味を持っているか、溝口は理解しているのだろう。

美咲と吉田の説得もあって、伊関はようやく手を下ろす。

「僕、撮影の開始時間の延期をお願いしてきます」

吉田はスタッフルームに走り、美咲は伊関に肩を貸してその場から離れていく。

「立てるか？」

背後から溝口が潮の顔を覗いてくる。まだ止まらない涙を拭いながら、首を横に振った。情けないが、まるで身体に力が入らない。少しでも動かそうとすると痛みが走る。

「だろうな……ほら、掴まれ」

溝口は潮の右の手を自分の肩にかけ、腰を支えるようにして立ち上がる。

「抱き上げていったほうがいいならそうするが？」

横にある溝口の顔に、どきりと心臓が音を立てた。こうして間近で見ると、思っていたよりも年が若いのかもしれない。そして顔の造作も整っている。

「どうした？」

「なんでもないです。すみません」

喋るのも辛かった。

「喋らなくていいから」

時折潮が顔を歪めるのを見て、溝口はそのまま救護室へ向かった。


「急患だが」

スタントをできるかぎり使わずに撮影しているため、出演者、特に伊関と潮は生傷が絶えない。

また万が一のことを考え常に救護室に医者と看護師が常駐しているのだが、タイミングの悪いことに、誰もいなかった。

「こういうときにいねえってのは、使えねえな……」

溝口は呆れたように言うと、潮をベッドに下ろした。

そして、棚の中から治療に必要な薬や包帯を探す。

「とりあえず応急手当てだけしておくか。若い頃には色々無茶やったから、喧嘩の傷の手当てはお手の物なんだ」

　苦笑しながら言って、溝口は潮の前にしゃがむ。腕や顔の傷をまず診て、それから服の上から上半身を探られ潮は触られるのを拒むように、膝を抱えて身体を小さくする。

「しっかし拓朗も容赦のねえ奴だな」

　溝口はそんな潮の身体をしみじみ眺める。骨に異常がないのを確かめ、見える範囲の傷の手当をしてくれる。顔の傷は少ない。唇の端と、目の下ぐらいだが、これならドーランで隠せるだろう。さすがに伊関はそこには気を遣ったのだろう。

「他に……見えるところにひどい痣《あざ》はなさそうだな。問題は……腹か。ほら、服上げてみろ」

　思わず首を横に振る潮の様子に溝口は、訝しげな目を向けてくる。

「女じゃあるまいし、肌を見せるのが嫌だなんてあほなこと抜かしやがったら、ただじゃおかねえぞ。ほら、いいから見せろって！」

　女ではない。しかし、肌を見せるのは嫌だ。だから両手で上着の裾を掴み、必死で溝口に抵抗した。


「痛いんだろう？　ほら、すぐ済むから」

　初めは強い口調で言っていた溝口だったが、抗う潮を落ち着かせるために、穏やかな口調で告げる。しかし潮はそれでも首を縦に振らず、何がなんでも服を脱がないつもりだった。

「いい加減にしねえと。実力行使に出るぞ」

　さんざん押し問答するが、結局、溝口は力づくで抗いの手をどかせ、シャツをズボンから引きぬいて、潮の上半身を露にした。

「嫌だっ！」

　潮の抵抗の声が空しく部屋の中に響く。

「どうした……これ」

　息を呑んだあとに、溝口は声を潜めた。潮は目を閉じる。

　潮の肌は、元々白く、肌理が細かかった。

　だが今溝口の面前に露になっている肌には、伊関に殴られてできた青痣と、そしてもっと前にできた、刃物で切られたような傷や煙草による無数の火傷の痕が広がっている。

　その痛ましさに、さすがの溝口も言葉を詰まらせた。

　潮は緩んだ溝口の手から逃れ、シャツを下ろしてベッドの奥へ身体をずらす。

「来生……か？」

溝口の口からその名前が出るとは思っていなかった。だから表情を作ることができなかった。

どうして、この男まで来生のことを知っているのか。そして、どうして傷をつけた相手が来生だとわかったのか。

溝口がベッドに乗り上がってくる。潮はそんな溝口から逃れるように後ろにずれるが、背中が壁に当たってしまう。

「あいつとの間に何かあったのか？　それでつっかかっていたのか？」

責めるというよりは確認する口調だが、今の潮には耐えがたい問いだ。

溝口は逃げようとする潮の肩をきつく掴み、たたみかけるように問いかける。でも、潮は唇を強く噛みしめ、首を横に振り続ける。

「あいつはどこにいる？　まさか、永見と一緒にいるとか言わないよな？　何をしようとしていた？」

潮も溝口と同じところまでしか事情を知らない。

「潮……お前」

「俺は伊関さんが好きだっただけなんだ……その伊関さんを独り占めしている永見さんが赦《ゆる》せなくて……だけどすごく羨ましかった」

胸の奥で固まっていた感情が、ゆっくりと溶けるのがわかる。

溝口の狼狽した声が耳に届く。この男の声は、どうしてこんなに聞き心地がいいのだろう。

「本当に本当にほんとーに、伊関さんが大好きだったんだ！」

劇団にいる当時から、美咲と一緒に騒いでいた。それを途中から湧いて出た永見に横から奪われ、悔しくて仕方がなかった。すべて逆恨みにすぎないとわかっていても、納得できなかったのだ。

「そこを来生につけこまれたのか？」

溝口の余計な部分が切り落とされた言葉に、潮は頷く。

「あいつ、今どうしている？」

悔しかったが、首を振るしかない。

「何があったか全部、吐いちまえよ。楽になるから」

溝口の言葉に潮は口を開く。

「来生さんの後ろには永見正恭さんがいます」

「な……」

溝口は奥歯を強く噛んで、苦虫を潰したような顔をした。

おそらくこの男は、潮や吉田よりも多くのことを知っているのだろう。そして潮が告げた事実で、ばらばらに散らばっていた様々な情報を、一本に繋ぐことができたに違いない。

「……ってことは、そう簡単に片はつかねえな」

大きなため息と共に吐き出された言葉に、潮の身体ががちがち震えだした。自分は、とんでもないことをしたのか。

「永見さんは大丈夫なんですか？」

「おい……」

「俺は……永見さんさえいなければって、ずっと思っていたけど……そんなことになったら伊関さん、どうなるんだろう……溝口さん、どうしよう、俺。もしかしたら、もう取り返しのつかないことをしてしまったのかもしれない。どうしよう、どうしよう……！」

混乱した潮は、溝口の顔さえはっきり見えなかった。とにかく寒かった。寒くて寒くて、どうにかなりそうだった。

「潮、しっかりしろ。大丈夫だから」

溝口は潮の様子の変化がわかって、焦った。肩を強く掴み、前後に大きく揺すったがまるで駄目だった。

「……ったく、どいつもこいつも手がかかる」

溝口はふうと息を吐き出すと、潮の腰に手をやって引き寄せる。そして唇をかなり強引に自分の唇で覆い、舌を絡ませる。

最初のうちは、潮は抗うこともなく、されるがままにおとなしくしていた。だが上顎や歯の裏の刺激に、だんだんと感覚が戻ってきたらしい。舌の絡まる感触が気持ちよかった。これまで知らなかった、身体の奥が疼くような感覚に意識が引き戻されていく。

「……な……」

「な、にすんだ、てめーは！」

正気に返った瞬間、急激に潮は恥ずかしくなった。力一杯溝口の胸を押し返し、肩を大きく上下させる。

「何ってキスだろうが。あれだけ濃厚に舌を絡ませておいて純情ぶるなよ」

溝口はへらへら笑う。

「だ……誰が純情ぶってなんか……っ！」

「なんだ、年相応の言葉遣いに表情、できるんじゃねーか。いつもそうしてろよ。変に大人ぶってたって何もいいことねえぞ」

潮は大人ぶっていたわけではない。ただデビュー以来周りには大人しかいなくて、気づいたらこの喋り方しかできなくなっていただけだった。

「余計なお世話だ！」

「本当にしょうがねーぼーやだな」

溝口は喉の奥でくくと笑う。

「それが若いってことかもしんねーけど、拓朗みたいな単細胞には、大人のフリして遠回しに何か伝えようとしたって無駄なんだよ。ったく、ばかな奴だな」

「……どーせ……どーせばかだよっ！　そんなのわかってるよ！」

溝口は、潮の気持ちがまるで伊関に伝わっていないことを言っている。何に対しても男には、真っ直ぐな気持ちしか伝わらないのだ。

「わかってるんだ……」

潮は言葉を詰まらせる。

胸が熱くなった。泣きたかった。大きな声で泣きたかった。けれど、最後の理性がぎりぎりのところで、人前、それも溝口の前で泣くことに躊躇している。

「本当に……」

溝口は潮の身体を引き寄せ、自分の胸に頬を押しつけた。耳に直接溝口の心臓の鼓動が聞こえてきて、おさまりかけていた鼓動が激しくなる。

やばい――――と思った。

「な……何、して……！」

「いいから、いいから」

「何が……いいから、なんだよっ。俺は全然よくないぞっ！」

優しい声と人の肌の温もりに動揺した。けれど溝口の腕の力は、緩むどころか強くなる。

「わかったから泣いちまいな、思いきりな」

何もかもわかっているような口調が悔しかった。だがあまりに優しすぎる声に、もう我慢できなかった。

「俺の他には誰もいない。思いきりな」

「俺の他には誰もいない。俺も何も見てない。だから今泣いちまいな。思いきりな」

溝口は子どもに言い聞かせるように言って、さらに伊関に殴られた場所に軽く触る。

「痛い」

体格にして二周りぐらい大きな男の腕に抱かれると、自分がまるで小さな子どもになったような気がした。触れた場所から伝わる優しさに、傷の痛みのせいでなく涙腺が完全に壊れた。

「ほーら、痛いだろう？　だんだん泣きたくなってきただろう？　痛いときは、男だって泣いたっていいんだぞ」

「ばかやろう！　あんたのせいで涙が止まらないじゃないか！」

溝口は潮が泣きやすい状態を作ってくれている。今はその好意が嬉しい。

溝口の厚い胸をばんばん叩きながら、何年ぶりかわからないぐらい、思う存分大きな声を上げて泣いた。肩を撫でてくれる溝口の掌の温もりがやけに気持ちよかった。

どのくらいの時間が経ったのだろうか。泣きつかれた潮は、溝口の腕に体重を預け、半分眠ったような状態になり、自分が小さな子どもに戻った気がした。

「……もう平気か？」

父の腕に抱かれ眠った頃の不思議な記憶が蘇る。

「どうも……ありがとうございました」

気まずさに、潮は俯いたまま溝口の胸を押し返す。それからそっぽを向いてぼそりと礼を言う。

「礼を言われるようなことは何もしてねぇよ」

そして溝口も、潮の言葉の揚げ足を取ることなく真面目に応じた。

「そろそろ撮影に備えたほうがいいだろう。立てるか？」

言われて身体を動かしてみる。手も足も動かすたびに痛みはあるが、なんとか大丈夫そうだ。

「大丈夫だと……思います……」

ベッドから下りると、腹の鈍痛ゆえにふらついた潮の身体を、溝口は右手だけでしっかりと抱きとめた。

「……溝口さん……」

思わず驚嘆の目を向けるが、溝口はなんでそんな風に自分が見られるのかわからないように、空いているほうの手で顎髭を擦る。

「あまりにいい男なんで俺様に惚れたか？　拓朗なんかよりずっと頼りになるぜ」

首元へ息を吹きかけられた瞬間、全身が総毛立つのを感じて後ろに下がる。

「な……な……な……」

「何をそんなに興奮してる？」

「当然だろ。なんで伊関さんとあんたを比べないといけないんだよっ！　伊関さんはあんたなんかより数段格好いいんだ！」

ムキになって潮が怒鳴っても、溝口はにやにや笑ったままだ。

「拓朗は『伊関さん』で、俺は『あんた』か……」

反芻《はんすう》してみて、満足したように頷く。

「ま。それだけ元気があれば撮影は大丈夫だな。ほら、行け」

溝口は救護室の扉を開け、後ろを振り返る。そして、納得できない顔で歩いてくる潮の肩に手を置く。

「頑張れよ。拓朗は拓朗。潮は潮だ。誰も比べたりしない。潮がいなかったら、映画は成功しない」

歩いていく溝口の大きな背中を眺めながら、今の言葉を頭の中で繰り返す。

伊関は伊関。潮は潮。

自分がいなければ、映画は成功しない。

自分は来生に捨てられた。伊関は永見に対する気持ちを再認識しただろう。

どこにも自分の居場所を見つけられずにいた潮にとって、何より欲していた言葉だった。

「チクショ」

再び止まったはずの涙が零れそうになった。

「カット」

何度も何度も聞きなれた佐々木の言葉が、しんと静まった現場に響き渡る。

「終わりだ！」

続いて出た台詞で、撮影すべてが終了したことがわかる。

「お疲れ！」

そばにいる人間と、抱き合い、肩を組み、終了を祝う。潮ももみくちゃにされる。

さんざん頭を撫でられた潮の前に男が立っていた。

「頑張ったな」

髭面の溝口の言葉に、一気に胸が熱くなる。

でもふと視界に入った伊関だけは、笑顔の裏に哀しみを秘めているのがわかった。

その二日後、撮影終了の打ち上げが行われることとなった。

「東堂くん、今回は君も参加するだろう？」

すでに上機嫌の佐々木に肩を叩かれ、潮は思わず口籠る。

未成年で、ましてや一人で参加するのは心苦しい。答えられずにもじもじしていると、背後から代返する者があった。

「もちろん参加させます」

潮は思わず振り向いた。

「なんで余計なことを言うんですか？」

こんなことを言う人間は一人しかいない。溝口の顔を確認する前に怒鳴る。

「別に余計なことじゃねえだろう？　伊関と和解したくないのか？」

にやにや笑いながら、溝口に問われる。伊関との喧嘩のあとから、しばしば声をかけてくる。

「そ……れは……」

こういうところが苦手なのだ。潮は拳を強く握ったまま俯いてしまう。

喧嘩後の撮影は、満足いくものとなった。伊関も、そして潮も本心から相手に対する敵対心を燃やすことができたし、手加減もなしだった。だから、潮には新しい傷が増えた。

「ほらな。打ち上げに出れば俺がその場を作ってやるから、行こう。いい機会だ」

ということは。

「伊関さんは出席されるんですか？」

「仕事があって長居はできないらしいが、とりあえず顔出しだけはするってさ」

映画も終わり、もう余計な感情は引きずらなくてもいい。心の中に残っているシコリは、ひとつずつでもなくしていかなければならない。


覚悟を決めて会場に少し遅れて着くと、美咲が潮に気がついた。

「潮、ここおいで」

美咲が自分の横を叩く。ほんの少しの戸惑いを覚えながらそこに座ると、お互い照れ笑いをする。

美咲は潮の手にグラスを持たせると、そこにビールを注ぐ。未成年だからと言って、今だけは誰も止めたりしない。

「お疲れ様」

軽くグラスを重ねてぐいと一口飲む。潮は酒に強くない。このコップ一杯でも、すぐに顔が赤くなるだろう。が、美咲は平気な顔でコップを空ける。

「……美咲って、お酒強い？」

「へへ、実はね、結構飲みに行ってるんだ」

はにかんだ笑みは、かつてとなんら変わりない。

美咲はぽつりぽつりと業界の友達の話をしながら、潮に時々謝った。何を謝っているのか具体的にはわからなかったが、お互い様だと思う。

「俺もごめん」

二人して謝ってそれで終わりだ。また友達に戻れる。

ピッチが早かったのと撮影が終わって安心したせいか、強いはずの美咲は早々に潰れた。

「潮」

一時間ほどして、溝口に手招きされる。美咲をマネージャーに預け、溝口の前まで急ぐ。

「拓朗が帰るらしい。今がチャンスだ」

「え、そんなこと言われても……心の準備が……」

「そんなもんいらねえよ。ほら、急げ」

溝口はうだうだ言う潮の手を掴み、大股で店の出入り口に向かう。伊関はそこで靴を履きかえていた。

「拓朗」

「どうしたんですか？」

振り返った伊関は、潮の顔を見て驚いた表情になる。

そんな伊関を見て、潮はその場で立ち竦む。潮の耳元で、溝口が不埒《ふらち》なことを唆す。

「イッパツヤラセテくれって言ってみろ」

「……っ」

この熊男、顔には出ないが酔っているのかもしれない。怒鳴りつけたいところを溝口を睨む。それから、思いきって伊関の前まで進み、服で掌を拭いてから手を差し出した。

伊関は溝口に救いの目を求める。

「和解の握手、してやってくれよ」

むかつく男だ。でも、溝口は潮をわかってくれている。だから、潮は溝口に心で礼を述べる。

「……お疲れ様」

一瞬の間を置いてから伊関は右手を伸ばす。

指の先に、伊関の指が触れる。その瞬間、潮の身体中の血液が逆流したかのように激しく流れ出した。撮影初日にも同じように握手をしているのに、あのときとは全然違う。

「え?」

伊関が驚きの声を上げる前に、潮は逃げるようにして宴会場へ走って戻る。

「可愛いだろう?」

大笑いしながら、溝口がそんなことを伊関に言っているのが聞こえた。

可愛いわけがあるかと内心毒突きながら、潮はたった今触れた伊関の指の感触を思い出す。

想像以上に温かかった。泣きたいぐらい温かかった。今までのことを思って。触れたら泣いてしまいそうな気がした。

だから握手すらできなかった。でも、「お疲れ様」と言ってくれた。それで十分だった。

the sabbath 安息日

映画の仕事が終わると、潮は暇を持て余していた。事務所との絶縁状態は続いているものの、自分の足で仕事を取りに行くだけの気力もない。今は少しだけ休みが欲しい。

来生からはまるで連絡がない。同様に永見が戻ってきたという噂も耳にしない。

昼過ぎに目が覚めると、食事をするついでに部屋を探しに街に出たが、定収入のない未成年に世の中は冷たい。

来生と一緒に住むまで借りていた部屋は、実家の父親が保証人になっていた。今回もそれは考えたが、潮の活躍を期待して応援してくれている家族に余計な心配をかけたくはない。

「あー、どうしよう……」

不動産屋を八軒回っても、まるで駄目だった。一軒目の主人は潮が「東堂潮」だと気づいたが、だからといって部屋を貸してくれる話にはならなかった。

「事務所を通してもらったら、即ＯＫなんだけどね」

せめて成人していたら、話は違っていただろう。

そうこうしている間に、クリスマスが過ぎてしまっていた。

どうやら、今年は年中行事に縁がないらしい。一〇月一六日の自分の誕生日も、一人寂しく過ごした。

家の中でのんびりしていた二六日の八時過ぎになって、突然、映画の撮影が縁で友達になった二三歳になったばかりの大道具スタッフの林という男から飲む誘いの電話が入った。家にいてもつまらないから、潮は二つ返事で待ち合わせの六本木まで出た。

「悪いな、こんな時間に呼びだして」

林は楽しい男で業界通だったが、余計なことに口を出すタイプではない。だから色々後ろめたいところがある潮も、楽につき合える。

「林は正月はどうすんの？」

軽いカクテルを頼んで、話を始める。

「実家に帰るよ。彼女待ってるし」

年相応の楽しい会話を交わして楽しい時間を過ごし、自分がアルコールに弱いことを忘れて、ついつい速いピッチでグラスを空けてしまっていた。

「そういえば、この店、溝口さんが教えてくれたんだ」

三杯目のカクテルを空けたところで、映画の仕事が終わって以来忘れようとしていた名前が出てきた、狼狽した潮は空になったグラスを倒してしまう。

「おっと……大丈夫か？」

「う……ん……平気……だけど……」

しかし、どうしてここであの男の名前が出るのか。

「溝口さんってすごく面倒見がいいんだよ。俺、実は元々カメラが専門でさ。それでね、色々教えてもらってるんだ。そのときに連れてきてもらった店」

潮の視線での疑問に答えるように、林は自分と溝口の関係を潮に簡単に説明する。

撮影最終日、さんざん溝口に世話になりながら、潮はきちんと礼も言わずにいた。その後はもちろん溝口と会う機会はない。連絡先も知らない。

仕事さえ終われば切れてしまう縁だった。

「いい人だよ、本当に。腕もすごい。本当はいくらでもフリーでやっていけるのに、永見さんと一緒に仕事をしたいからって電報堂にいるらしいんだ」

永見の名前に、潮は再び身体を震わせる。そんな自分に笑ってしまう。

「……潮？」

「ごめん、ちょっとおかしくて……」

溝口に対し、自分がどんな気持ちを抱いているのか改めて考えたことはない。傷ついていたときに優しくされて、甘えたい気分になっているだけかもしれない。でも。そうではないと否定している自分を知っている。

「酔ったのか?」

テーブルに突っ伏している潮の頭の上で、溝口の声がする。でもそんなわけがない。溝口がこの店にやってくるわけがない。

「そうなんですよ……突然に。カクテル三杯飲んだだけなのに」

困ったような林の言葉に笑う。

「そりゃ、酔うよ。こいつ、下戸のはずだからな」

やはり、似ている。自分の後ろにいる男の顔を確認するため、潮はゆっくり顔を上げた。

「久しぶりだな」

髭を鼻の下から顎にかけて生やした男が、にやにや笑いながら立っていた。

おまけに普段のジーンズにシャツというラフな格好ではなく、珍しくスーツ姿だった。

「……溝口さん?」

どうして、ここにいるのか。

驚きに目を見開いた瞬間、後ろにいる女性に気づく。杉浦優子という女優だ。酔っぱらいの怪しい記憶でも、顔と名前は覚えているほど、NHKの大河ドラマでも主役級の役を演じる実力派だ。

「溝口さん、なんとかしてください」

「今日は連れがいるんでな。悪いが頑張って介抱して、もう少ししたらタクシー呼んで帰りな」

溝口は苦笑混じりに言うと、林の手に札を何枚か握らせた。

「……すみません……」

恐縮しながら頭を下げる林に合図し、溝口は杉浦優子とともに奥の席に移動する。

「やっぱりあの噂、本当だったんだ」

林は潮用に水を、そして自分用にビールを頼む。

「噂って?」

呂律の回らない言葉で尋ねる潮に、林は困ったような表情を見せる。

「飲めないなら飲めないって先に言えよな」

そんなことはどうでもいい。

「俺のことはいいから、なんだよ、噂って」

「ああ?　仕方ないな……俺にこの酔っぱらい連れて帰れるのかね」

「噂ってなんだよっ!　教えろって言ってんだ」

焦れた潮はビールを持った林の手を掴み、左右に揺する。零れる前に慌ててそれをテーブルに置き、林はやれやれと肩を竦める。ぶつぶつと文句を言いながらも、これ以上静かな店の中で怒鳴られるのもごめんだと、声を潜めた。

「溝口さんと杉浦優子、最近噂されてんだ。この間女性誌プロデュースの彼女の写真集撮って以来、結構一緒にいるところ見られててさ。溝口さんって人は公私混同しない人だから、結婚とか同棲とか……色々」

「溝口さんって……」

「……何?」

ぼそりと呟いた潮の言葉は林に聞こえなかったらしい。あえて繰り返すのも嫌だった。

「なんでもない」

そう答えると再びテーブルに突っ伏して、尋ねようとしていた言葉を頭の中で繰り返してみる。

溝口はゲイではなかったのか?

男にキスしたぐらいでゲイだと思われた日には、困る人がたくさんいるだろう。

潮は、どうなのか。

「……潮、帰るよ」

頭の中が揺れてきた。

「無理」

言葉ははっきりしているが、身体が言うことを聞いてくれない。

「何が無理なんだって。ほら、送ってやるから帰ろう」

林は呆れたようにため息をついて、潮を起こそうとした。

「潮……頼むからさあ……」

「ねえ、溝口さん、まだいる?」

不意に自分から顔を上げた潮は、はっきりした口調で言葉を紡いだ。

「いるけど、それが何?」

「どこ?」

「この奥のボックスに……潮? 何やってんだ。潮?」

林が指を差した先に、溝口は座っている。照明が暗くてはっきりしないけれど、まっすぐ行けばぶち当たるはずだ。潮は林の制止を振りきり、足を前へ踏み出した。

途中何度もテーブルに足をぶつけ、そのあとで林が謝っている。

「潮……そこに、溝口さんが……」

諦めた林は、潮の腕を掴んで、溝口の席まで連れていく。

「……林?」

テーブルの前に立つ林と潮に気づいて溝口は、不思議そうな顔をする。

「すみませんすみませんすみません」

ひたすらに謝る林を無視し、潮は踏ん反り返ったまま、溝口がいるであろう場所を見つめた。

「溝口さん」

相変わらず口調だけは、はっきりしている。

「なんだ、酔っぱらい」

煙草を吹かす溝口は楽しそうに応じる。

赤い火が見える。あの先に溝口の口があるのだとわかる。潮は手を伸ばし溝口の煙草を奪うと、そのまま自分の顔を寄せる。

「潮。危ない……煙草……潮？」

自分に向けられる煙草に驚いて林が慌てている横で、潮は目的を遂げていた。

林は、目の前で行われている光景が何か、理解できなかった。どうして、潮の口が溝口の口の上にあるのかわからない。それでも、危険は避けるべく潮の指から煙草を奪い、灰皿でもみ消す。

その間、潮は溝口から離れなかった。

長い、キスだった。

溝口の横に座っていた杉浦は、平然と細いメンソール煙草を吸いながら、キスが終わるのを待っていた。

「潮」

ゆっくり、名残惜しげに唇を離し、潮はテーブルを挟んで溝口の肩に両手を回した。腰の力が抜け、体重を預けた。

「……今日は帰ったほうがいいみたいね？」

溝口の腕の中に自ら飛びこんだ潮の姿を見て、杉浦は苦笑する。細い煙草には、紅色の口紅の跡がくっきり残っている。

「悪いな」

杉浦は自分が吸っていた煙草を灰皿に落とすと、溝口は肩を竦めた。

杉浦は優雅な仕種で立ち上がり、ポーチを手にしてフロアを歩いていく。見事なプロポーションを眺めているうちに、林は我に返った。

「す……すみません……」

抱っこちゃん人形のように溝口にしがみついている潮を、強引に引き剥がしにかかる。

「本当にすみません。すぐ潮を連れて帰りますから、溝口さんは杉浦さんを追ってください」

「なんでだ？」

おたおたする林とは裏腹に、溝口は落ち着いていた。

「別に追いかける必要はないさ。それより、林。こいつの面倒は俺が見るから、お前は帰れ」

「……でも……」

林は自分の責任を痛感して、顔を真っ青にしていた。

「こいつは俺に話があったんだよ。だから、俺に預けて帰れ。明日も仕事入ってるだろう？」

林は不承不承頷くと、もう一度謝ってから店を出ていった。

店員がやってきたのは、すっかり状況が落ち着いてからだ。

「大丈夫ですか？」

「ああ。悪いな、騒がしくて」

「こちらは構いませんが……そちらの方は……？」

「これか？」

自分の腕の中で眠っている潮を顎で指す。

「全然平気だ」

溝口は笑ってタクシーを一台頼む。

「さーて」

グラスに残っていた酒を一気に呷ると、潮の身体を抱え直す。あどけない表情で眠っているが、起こして一度自分の身体から引き剥がさないと立ち上がることすらできない。

まったく、この坊やは何を考えていたのか。

「ほら、潮。起きろ。送ってやるから」

ぺちぺち頬を叩くと、かろうじて右目だけが開く。けれど、焦点は合ってない。


「うち……ないんです……」

か細い声が溝口の顎をくすぐる。

「うちないって何を言ってんだ」

冗談めかしてさらに尋ねると、潮の瞳からぽろりと涙が零れ落ちた。思わぬ展開に、さすがの溝口も多少慌てる。潮は泣き上戸なのかもしれない。

「おい……」

「あそこは俺の帰るうちじゃない……」

途切れ途切れになる言葉を繋ぎ合わせ、溝口は以前潮から聞いたことを思い出す。

今住んでいるのは、来生のマンションなのだろう。しかし、所有者はどこへ行ったか知れない。映画の仕事も終わり、自分の役目を完全に終えたと思っている潮にとって、居づらい場所なのかもしれない。

「とりあえず……俺の家、くるか？」

溝口がそっと尋ねると、潮は小さく頷いた。店員がタクシーが来たことを告げにくるのに合わせ、潮を軽々と肩に抱えた。

車の揺れで、潮の意識は少しずつ戻ってくる。

「……ここ、どこ？」

気持ちのいい感触が誰かの腕の中だともわからない。ただ、気持ちがいい。

「タクシーの中だ。そろそろ俺の家に着く」

「俺って……誰？」

ぼんやり浮かぶ目の前の顔が、はっきりとその映像を見せない。でも潮の言葉に声の主が笑った。

「公衆の面前で人に熱烈なキスしておいて、誰ってのはないだろう？」

キス。キス。キス。キス。接吻。頭の中に、同じ単語が広がっていく。

「キスか……俺、キスしたんだ……」

無性に楽しくなってしまった潮は、タクシーが高円寺で停車するまでずっと笑い続けていた。

「泣き上戸の次は笑い上戸か」

溝口は苦笑しながら金を支払い潮の身体を抱えて車を降りた。

「ほら、しっかり歩け。今、鍵開けるから」

潮はふらふら揺れながら、男の横に立った。

空は真っ黒だった。星は見えない。吐く息が白くなることで、やっと今の季節が冬であることを思い出すぐらいぼんやりしていた。

「鍵開いたから、中に入るぞ」

空を眺めていた潮の腕を男は掴み、引きずるようにして家の中に入る。

「こら、家の中に入るときには靴脱げ。お前、アメリカ人か？」

言われて初めて、靴を履いたまま家の中に上がろうとしていたことに気づく。そして靴の紐を解いているうちに、突然頭の中のもやが晴れる。

「……溝口さん？」

自分の横にいるのが誰か、たった今認識した。

「おうよ、なんだ？」

三和土《たたき》に上がった溝口は潮を振り返って笑う。

「やっと正気に返ったか？」

「正気に返ったって……え、俺……あれ？」

正気に返っても、身体中にアルコールが残っている。そのせいで、靴の紐がぐちゃぐちゃになっていて、いつまで経っても靴が脱げない。

「脱げないなら脱げないって先に言え」

三和土に蹲《うずくま》ったまま動かない潮に焦れて、溝口はその場にしゃがみ絡まった紐を解く。ふわりと、何かの香りが潮の鼻を掠める。煙草とアルコールと、汗の臭い。それが溝口の香りなのだとわかった瞬間、潮の身体に熱が走った。

「こんなにこんがらかせて、仕方ねえな」

ぶつぶつ文句を言いながらも溝口は靴を脱がせてくれる。

「ほら、いつまでも寒いところにいると風邪引くぞ」

潮の動揺など知らず、溝口はさっさと上着を脱ぎながら部屋の中へ入っていく。

スーツ姿の溝口。彼が林と飲んでいた店にやってきたのは覚えている。そして横には女優がいた。

「歩けないのなら肩を貸そうか？」

じっと背中を見つめていた潮を、溝口が振り返る。

「いえ。歩けると……思います」

慌てて玄関に上がると、壁を伝って立ち上がる。

心臓が激しく鼓動し、手足が震えている。全身が敏感になっている。この状態でさらに溝口に触れられたらどうなってしまうかわからない。それでもよろめきながら、溝口のあとについて部屋の中に入る。

かなり古い造りの家だが、なんとなく優しい感じがする。案内された部屋には大きなソファがあり、壁には何枚も写真が貼られている。これらはすべて溝口の作品だろうか。

揺れる頭に気をつけながら部屋を見渡していると、溝口がコーヒーカップを二つ持ってきた。

「ほら、酔い醒《ざ》ましに飲め」

カップには、たっぷりコーヒーが入っている。猫舌の潮には、まだしばらく飲めそうにないし、酔いを醒ましたい気分でもない。

このままもっと酔って、胸の奥に詰まっているものを吐き出してしまいたい。

「コーヒーを飲み終わったら、毛布を持ってくるから、このソファで寝てくれ。生憎男の一人暮らしで、布団は一組しかないんだ。ソファって言ってもかなりデカイし、暖房も入るから、毛布一枚でも風邪は引かんだろう？」

そう言って、立ち上がる。

「溝口さんはどうするんですか？」

「俺は隣の部屋で寝る。何かあったら大きな声を出してくれ」

潮の頭をくしゃりと撫でて、隣へ移動しようとする。掌が触れた部分から、身体中に熱が伝わる。このままでいいのか？　この機会を逃していいのか？　潮は自分に問いかける。ぎりぎりまで悩んで悩んで、そして嫌だと思った。

「み……ぞぐちさんっ！」

だから、ぎゅっと強く目を閉じた。扉の前まで移動していた溝口は、潮の必死な声に驚いて振り返る。

「なんだ。早速気持ち悪いのか？」

心配しているようなからかっているような声に、泣きたくなる。急激に襲ってくる感情の波に、潮自身困惑していた。

「……聞きたいことがあります」

「なんだ、言ってみな」

穏やかで優しい声だ。潮は膝の上で強く手を握り、言葉を絞り出す。

「……杉浦さんと……つき合ってるんですか？」

「杉浦優子と、俺が？　なんでそんなことを聞くんだ？」

逆の質問には黙ったままでいる。

「だんまりか……」

溝口は顎をしゃくる。

「仕方ねえな。答えは否だ」

潮は顔を上げる。

「仕事のつき合いはある。今日も打ち合わせで会っただけだ。それがなんだ？」

あまりにあっさりとした返答に、かえって潮は困ってしまった。

杉浦とつき合っているのであれば、どの程度のつき合いで、結婚をするのかと更なる質問を考えていたのに、ここで終わったらどうにもならない。

「……終わりか、聞きたいことってのは」

溝口はため息混じりに呟いた。呆れているのがわかるから焦った。

「終わりなら……」

「それなら……抱いて……くれませんか」

部屋に戻ると言おうとした溝口の言葉に、潮の言葉が重なる。

「はあ？」

驚きの声が、続く。

あまりの恥ずかしさに、顔から火が出そうだった。しかし、言葉自体を撤回しようとは思わない。途中でどれだけ遠回りしても、最後にはこの言葉を伝えたかったのだ。実際口にしてみて、理解する。

「それなら……って、どこに続くんだ？」

溝口は真面目腐った声で、国語の文法の話をする。

「どこに続けてくれてもいいです」

潮はやけになった。

「どこに続けていいって言われても……」

「抱けないんですか？」

困ったような溝口に食ってかかる。人が必死になっているのに、男は逃げようと言うのか？

「潮」

「俺は何度も来生さんに抱かれた。伊関さんに殴られたとき、俺の肌見てますよね？　あの人は、俺のことを痛めつけるのが好きだったんです。持っているナイフで傷を作り、吸っていた煙草の火を肌に押しつけて俺が痛がるのを楽しんでたんだ。これだってあいつがつけた傷だ」

潮は溝口の顔の前に右手を差し出す。無残に残る傷痕に目を向けた溝口は眉を顰めた。

「……あの人は、永見さんからもらったというナイフで、俺の手に所有の印をつけた。この傷は治らない。俺の俺は一生来生さんの生き霊に犯され続けるんだ。俺のことを潔って呼ぶ男にっ！」

話をしているうちに、興奮してきた。来生との最初の出会いから、消えるまでのことが走馬灯のように頭の中を駆け巡る。

哀しいわけでも悔しいわけでもないのに、泣けてしまう。

「……来生は、お前を永見の代用にしたのか？」

同情は嬉しくない。

「俺は永見さんに似てるって……最初のうちは似てるだけだったけど……いつからか、俺は来生さんに抱かれるとき、俺でなくなってたんだ」

自分が自分でなくなっていくかもしれない不安に苛《さいな》まれながら、抵抗することもできなかった。慣らされていく身体は反応し、来生の手を待っていた。

潮は右手の傷痕を、左手の爪でかきむしる。

「……何、してる？」

「この痕があるかぎり……俺は……俺は……解放されない……本当の意味で……だから……」

強く爪で抉ったせいで、血が滲む。溝口は潮の手を取り、甲にできた傷に舌を伸ばす。

「離せ……離せよっ！　俺のことなんて抱くつもりないんだろ……だったら離せよっ！」

泣きじゃくりながら、必死で両手を振った。これ以上溝口に触れられていると、頭の中がおかしくなりそうだった。自分のことなど何も思っていない男に、期待をしてしまいそうだった。

「お願いだからっ……離して……！」

抗ってもびくともしない溝口の手に己の腕を預けたまま、潮はうなだれる。

「潮……」

「もう……いいからっ！」

優しい声もいらない。受け入れてもらえないなら、優しくなんてされたくない。

「いいから離せよっ！」

顔を上げた瞬間、潮は息を呑んだ。溝口の顔が、すぐ目の前にあった。そして開いた唇がそのままの形で溝口の唇に覆われる。

「ん……っ」

両腕を捕らわれ、唇を激しく奪われる。逃げようとしていた舌までも捕らわれ、強引に絡ませられる。顔を引いても追いかけてくる。右を向いても左を向いても逃げられない。

やっと唇を離されたとき、潮の身体の力は半分以上抜けていて、怒る気力は削がれていた。

「……どうしてキスなんてするんだよ」

溝口を責めるように、尋ねる。自分の気持ちを弄《もてあそ》ばないでほしい。

「気が変わった」

溝口は吐き捨てるように言うと、潮の手を解放し、その身体を抱き上げる。

「……何、するんだよっ」

「抱けって言ったのはお前だろう?」

「溝口さん……」

突然の変化に、潮の頭はついていかない。しかし、溝口は隣の部屋に通じる扉を開き、ベッドの上に潮の身体を乱暴に下ろす。

「気が変わったって……どういう意味だよ」

潮が最初誘ったときには、溝口は冗談で流すつもりだったのだろう。それなのに、どうして今、こんなことになっているのか。

「抱くのに理由がいるのか?」

ズボンのベルトを外しながら、溝口はうざったそうに答える。露になった溝口の身体は、服を着た姿から想像するより、遙かに逞しく均整が取れていた。

「お前は永見潔じゃない。東堂潮だ」

下着だけになった状態で、溝口は潮が横たわるベッドに乗る。ベッドが軋む。

「わかるか? お前は潮だ」

子どもに言い聞かせるような口調に、わけもわからず潮は頷く。確かに自分は東堂潮だ。けれど、溝口の言わんとすることがわからない。

「だから俺は、お前を潮として抱く。この傷があっても、お前はもう来生から離れた場所にいる。潮という一人の人間として生きているはずだ」

溝口は血の滲む傷痕に甘いキスをして、潮の服を巧みに剥いでいく。驚かさないように優しく、溝口は潮の肌に触れてくる。

まずは、肌に残る傷に唇を当て、それから綺麗な部分を撫でて、キスをする。優しい唇と舌の動きに、潮の身体が少しずつ反応を示していく。

「ん……っ」

喉の奥から零れる声の恥ずかしさに唇を噛んでいると、溝口の指が伸びてくる。閉じられた唇を開き、中にある舌に指を絡め口腔内を愛撫してくる。

「ふ……ん、ぐ……」

堪えられない声が自然と溢れる。

溝口の指は巧みだった。

精密機械であるカメラをいじるためか、絶妙な動きで潮を確実に追い詰める。胸元を撫で、突起を摘み、首筋に歯を立てる。

「や、だ……あ、そこ……っ」

でも欲望を真っ先に示す場所には触れず、避けて太股に爪を立ててきた。

「あっ……溝口さ……んっ」

あと数センチの場所でありながら、潮の望む場所には触れない。

来生に最後に抱かれてから二か月以上の間が空いている。

にもかかわらず、身体は抱かれる喜びを覚えている。溝口と来生は違う。来生は己の欲望を達するためだけに潮を抱いた。でも溝口は潮を高めることに時間をかけ、己を無理矢理に突き立てようとはせず、甘い唇さえ与えてくれる。

「あ、あ……っ」

「感じるのか?」

身体の奥から、じわじわ広がる感覚がある。足の指先が快感を訴えて丸くなり、手はシーツを掴み、もう一方の手で溝口の首を引き寄せる。

「溝……ぐ……ちさ……んっ」

甘えるようにせがむ潮の頬にキスをし、溝口はやっと潮の中心に手を添えてきた。すでに先走りの液を溢れさせている先端を爪で弾くと腰が大きく跳ねた。

「……っ」

声にならない声が空気の中に満ちる。

「若いな……」

溝口の呟きが聞こえ、さらに潮は身体を熱くする。恥ずかしくて仕方がない。

「嫌だっ……」

「何が嫌なんだ? そんなこと言ってると、触るのやめるぞ?」

潮の反応を楽しむように下品な言い方をする。

「やめていいのか?」

軽く手を添えたまま、溝口は身体をずりあがらせる。

「いいのか? 潮」

名前を確認するように言われ、潮はゆっくり首を左右に振る。

「嫌……だ」

恥ずかしくて仕方がない。でも、やめてほしくない。だから消えるような声で続ける。

「やめないで」

「いい子だな」

溝口は目を細めて笑い、強くそこを握り、射精を促してきた。

「……っ！」

突然の激しい刺激に、声すら上げることができなかった。全身を震わせ、溝口の思うままに若い飛沫を上げさせられる。

瞬間、息ができなかった。指先に軽い痺れが残り、腰が重くなる。

「大丈夫か……？」

労《いたわ》りの声に小さく頷く。一人ではマスターベーションさえしなかった。自分に触れることで来生を思い出し、全身が萎縮したのだ。

快感がどんなものか、潮の身体は細胞の単位から懸命に思い出そうとしている。

「……溝口さん……」

舌足らずな口調で溝口の名前を呼び、太い首に両手を回し、自分から腰を押しつける。腹の辺りに、燃えるような熱さを持った脈を感じる。

そっと下着の上に手を伸ばすと、溝口が驚いたように身を引こうとする。

「平気だよ……」

潮は耳元で囁く。達かせてほしいのではない。抱いてほしいのだ。

溝口に貫かれることで快感を得たい。それを言葉でなく態度で訴えるために、強く腰を押しつけ熱く猛る溝口に触れる。どくどく脈打つ場所が、潮の指に反応しさらに大きく疼いた。

「潮……」

困った表情の溝口の顔など、初めて見た。もっと色々な表情が見たい。

「平気……だから、来生さんを……忘れさせてよ」

潮は目を細め、自分の願いを口にする。愛撫の優しさを知った。キスの甘さも覚えた。けれど、灼熱が生じさせる痛みを忘れられない。

「……知らねえぞ」

溝口はしばらく黙っていたが、やがて諦めたように、潮の唇に深いキスをした。

舌が痺れるまで絡め、唾液を飲み合う。その間に右手が首から下方へ降り、吐き出された体液を指で掬ってから腰へ回る。

固く閉ざされた双丘を割るように溝口の太い指が伸びると、潮は身体をわずかに震わせた。

驚いたような顔をする溝口に、潮は笑みを見せる。

「……大丈夫」

セックスにいい思い出はない。貫かれることで達しても悦んだ覚えはない。ただ裂かれ、苦しい思いをしたことだけが記憶に残っている。身体は慣れても気持ちは慣れない。

だから、溝口の指が中へ伸びてくるときも、思わず身体を硬くしてしまうのだ。

「力を抜けよ。このままだと辛いのはお前だぞ」

潮の反応に溝口は心配そうな目を向けてくる。

「うん……わかってる……」

怯えの色に気づきながら、溝口は首を左右に振る。

「煽ったのはお前だからな」

指があった場所に熱くて硬いものが押し当てられた次の瞬間、脳天に突き抜けるような衝撃が全身を走り抜けた。

「あ……」

喉の奥が焼けるように熱い。固く目を閉じ、溝口の背中に爪を立てる。呑んだ息を吐き出すまで、何が起きているのかわからなかった。

「潮……潮」

溝口は耳元で何度も名前を呼ぶ。何度目かに呼ばれてやっと息を吐き出すことができる。

「……入った？」

腰の奥で、熱い存在が疼くのがわかる。リアルな脈動に、身体が熱くなる。

「まだ……あと少し……なんだが……平気か？」

これまで余裕の態度を見せていた溝口の言葉が僅かに変化している。


途切れがちの呼吸に、額に汗が浮かぶ。

「……平気……」

考えながら言葉を紡ぐ。痛みがないわけではない。でも、耐えられないほどではない。溝口は潮の言葉にほうと息を吐き、さらにゆっくり腰を押し進めてきた。

「んっ」

溝口を包んだ内壁が引きずられるような感覚を訴えている。

表現しがたい刺激に、潮は唇を噛む。

「痛いか？」

問われて、首を横に振る。溝口は潮の頭を抱え、荒い呼吸を整える。自分の心臓の音と身体の奥にある他人の脈が、不思議なリズムを刻み始める。

「まずいな……」

しばらくじっとしていた溝口が、苦笑混じりに呻く。

「何？」

尋ねようとして、潮はその理由を身をもって知る。体内の溝口がさらにカサを増した。

「あ……っ」

「悪いのはお前のせいだって言うつもりだったが」

バツが悪そうに言って、溝口はゆっくり腰を動かす。

「俺も……悪いな……」

「ああ……っ」

その言葉に、潮は笑おうと思った。でも笑顔を作りかけて失敗する。

溝口が動くことで引きずられる内壁から、さっきよりはっきりした感覚が全身に広がる。萎えていた潮自身に血液を送り、胸の突起を立ち上がらせ、さらに声を上げさせる。

「くっ……！」

痛みではない感覚に、頭の中が混乱する。その存在を潮の体内で強く誇示する溝口が、荒れ狂う濁流をもたらす。

「や、動か、ない、で……っ」

置いていかれそうで、必死に溝口の身体にしがみつく。溝口に触れた肌の下にある細胞という細胞が、どろどろ蕩け出すようだった。

「潮？」

「嫌……あっ……溝口さんっ……助けて……」

身体がばらばらになりそうだ。手も足も首も腰も……全身が離れていきそうだ。

「イイのか？」

反応を見ながらさらに大きく腰を突き上げられ、潮はひときわ大きな嬌声を上げる。

「潮……」

溝口は、潮の目尻から流れる涙を舌で拭い、己の熱を吐き出す瞬間、耳元で囁いた。

潔でなく、永見でなく。

低くて優しくて、甘い声で。

――潮、と。

「溝口さ、ん……っ」

そして追いかけるように達した潮は、身体の中に広がった感覚が快感と呼ぶものだと、初めて認識した。

the temptation 誘惑

うるさいだけのバラエティー番組に、こたつの上のお節料理が入った重箱。おとそ。ミカン。

ここ二年ぐらい、すっかり忘れていた正月の見慣れた光景が潮の前に広がっている。

「潮。あんた仕事、いいの？」

「仕事？」

肩までこたつに潜ってぼんやりと外を眺めていた潮は、机の上を片づける母の問いに気のない風を装いながら、心の中では激しく動揺していた。

　昨年の一二月二九日に連絡もせずに実家に帰ってきてから、今日で丸一週間になる。

　団欒していた家族は突然の潮の帰省に驚きつつ、理由も聞かず優しく出迎えてくれた。

「お父さんやお姉ちゃんだってそろそろ仕事始めよ。あんた、きちんと事務所に帰省するって言ってきたの？」

「……いたら、邪魔？」

「そんなこと、あるわけないでしょう」

　起きあがってぼそりと尋ねると、母は笑って潮の頭をくしゃりと撫でる。母からふわりと味噌汁の香りが、潮の鼻を掠めた。

　台所へ行く母の後ろ姿を眺め、肩を竦める。たぶん、家にも事務所からなんらかの連絡があったのだろう。潮はまだ未成年だ。事務所との契約も父が保証人に名前を連ねている以上、それは当然のことだ。

　けれど潮が口にしなければ、誰もそれを口にしない。他の人間を使ったヤスダのコマーシャルが放映されているのを見ても、潮の手の甲に残る大きな傷痕を見ても何も言わない。でもきっとみんな心配してくれている。けれど潮が話さない以上は聞いてこないし、知らない振りもしてくれる。優しい気遣いが、ありがたくもあり辛くもある。

　色々なことから逃げてきた。いつまでもこのままではいられないことはわかっている。

「明日、帰る」

　台所にいる母に告げると、包丁の音が止まる。

「そう」

　母の声が一瞬の間を置いて続く。

　潮の部屋は、以前生活をしていたときのままの形で残されている。違うのは、壁にあるポスターや、床に積みあげられた雑誌の数々だろう。

　母や姉はもちろん、父ですら潮の名前が出ているだけで、雑誌や週刊誌を買ってきてくれているらしい。

　それなのに自分は、精一杯応援してくれている人たちの期待を裏切っている。

　伊関と共演するために入った芸能界だった。だが、仕事が続けられるかどうかの瀬戸際である今になってやっと、俳優としての道を歩みたいと、心の底から真剣に思うようになった。

　伊関ともっとたくさん一緒に仕事がしたい。伊関だけでなく、もっと多くの人たちと満足のいく仕事がしたい。ひとつのものを作り上げる喜びを感じたい。

　昨年の映画出演は、潮にとって大きな転機となった。役にのめり込むという不思議な感覚を得たのも、役になりきって他人と真剣に接したのもそのときが初めてだった。同時に、伊関という俳優との決定的な実力の差も思い知らされた。

　次の機会があれば、今度こそ手加減なしに伊関と対峙したい。

　そのためには、このままの状態では駄目だ。立ち止まるのではなく前に進まねばならない。

　強く心に思って、身体の向きを変えて天井を眺めた途端、気が緩んだ。

『潮……』

　自分の名前を呼ぶ声が鼓膜に蘇る。不意に身体が熱くなって鼓動が高鳴る。

　同時に肌の温もり、甘い吐息、くすぐったく感じた髭の感触、そして自分の嬌声までも思い出す。

「な……んだ、これ」

　動揺すればするほど、リアルな思い出はリアルな感覚として全身を襲う。必死に堪えようとするが、やがて我慢できずにトイレに走る。頭の中の記憶だけで熱くなる自分を眺め思わず呟いてしまう。

「どうしたんだよ……俺は……」

　流れていくく水を眺める潮からは、先ほどまで覆っていた緊張感はすっかり解けていた。


　翌朝、母親に宣言したとおり、潮は東京に戻ることにした。

「いつでも帰ってきていいのよ」

　ほんの少し哀しそうに微笑む母の優しい言葉に、潮は小さく頷く。

　でも覚悟していた。次に実家に戻るときは、すべてを諦めたときか、すべてが成功したときかのどちらかだ。後者であることを願うが、今の状態では何も言えないし約束できない。背中の後ろで閉まる玄関の扉の音が頭の中に響いた瞬間、涙が溢れそうになった。

　東京の自宅の郵便ポストは一杯だった。名前だけ所属している事務所に送られてきた潮宛ての年賀状が転送されていた。ほとんどテレビや雑誌に出ていなくても、こうして潮に年賀状をくれる人がいる。そう思うと逃げてなどいられない。なんとしても頑張らなくてはという気になってくる。

　一週間留守にしていただけで、恵比寿のマンションにはものすごい違和感があった。

　鍵を開けて中に入るが、来生が戻ってきた様子はない。彼が行方をくらましてから、すでに二か月が経っている。どこで、何をしているのか、時折思い出しては胸の潰れるような気分を味わう。

誰もいない部屋の中はなんとなく埃臭《ほこり》い。外はまだ寒かったが、あちこちの窓を開け、やっと息をつくことができた。

電話に目をやると、留守電にメッセージが残っていることを示す赤いランプが点っていた。

事務所からはかかってこない。他にこの番号を知っているのは、来生と、あとは溝口義道だけだ。

「……まさか」

電話が溝口からのものだと決まったわけではない。それでも名前を思い浮かべただけで、潮の心臓の鼓動はどんどん速くなる。頬が上気し、指先が震える。

電話の前でしばらく悩んでから、思いきって留守番電話の再生ボタンを押す。

『メッセージ、一件です』

機械合成音が流れ、次に聞こえてくる音に、全神経を集中させる。溝口でありますようにと願いながら、同時に違いますようにとも思っている。

『あ、俺だ』

やがて聞こえてくる声に全身が硬直する。

照れたような、低い声は少し掠れているような気もするが、溝口のものだ。

『仕事のことで電話した。これを聞いたら連絡をくれ。番号は……』

予想に反した内容に、潮はうっかりしていて溝口の言う番号を聞きそびれてしまった。改めてもう一度聞き返すとメッセージは二日前に入れられていたものだとわかる。忙しいカメラマンである溝口には、正月など関係ないのだろう。潮は時計を見て時間を確認する。

「これから連絡していいかな……」

そして携帯電話の番号をメモした紙を眺める。溝口と最後に話をしたのは、去年のあの日だ。気まずさはないのか。素知らぬ振りをして話ができるものか。

色々と考えて結論が導き出される。

溝口の声が聞きたい。切ないぐらいの心の悲鳴に似た叫びに、潮は受話器を握った。

電話の向こうで呼出音が鳴るのに合わせて、心臓が大きな音を立てる。

初めに何を話そうか。すぐに用件には移らずに時候の挨拶からしようか。新年の挨拶もまだ済ませていない。だから、あけましておめでとうございますと言えばいいのだ。

受話器を耳に押し当て、相手が出るのを待つ。早く出てほしいような、ほしくないような、複雑な想いが心に満ちていく。

やがて通話が繋がる。

『もしもし』

聞こえてきた声は、溝口だ。

「あ、あの……あの……」

両手で受話器を強く握り、緊張する気持ちを抑える。何を話そうか考えていたつもりだったが、一瞬にして頭の中が真っ白になってしまう。

『……潮か？』

ざわついた周りの音に混じって、溝口の声が聞こえてくる。

相手に自分の姿が見えるわけがないのに潮は電話口で頷いていた。

『もしもし？』

怪訝な声にはっとする。

「は、はい。東堂潮です。あの……あの、新年あけましておめでとうございます。お電話いただいていたみたいで……すみません、実家に帰っていて、今日戻ってきました」

『そうだったのか。連絡こねえなとは思っていたんだ』

煙草を銜えているのだろう。時々聞こえる息を吐き出す音が、なんとも言えずくすぐったい。

「それで……仕事の連絡というのは……」

『映画のことなんかでインタビュー取りたいらしいが事務所には連絡取ってても駄目だったって、みんなぼやいてる』

「インタビュー、ですか」

『そうだ。お前、今、どうなってるんだ？』

どうして溝口が間に入っているのか不思議になりながら、潮は口を開く。

「……俺、フリーなんです、今。だから……」

『そうか、なら連絡先教えてもいいか？』

「構いませんが……できれば携帯を……」

『番号教えてくれ』

言われるままに番号を告げる。

『たぶん、今日明日に連絡がいくと思う。紹介するのは変なところじゃないってのは俺が保証する。だから安心しな。で、家はどうするんだ？』

「家？」

さぞかし変な声を出したのだろう。電話の向こうで溝口の笑い声が聞こえる。

『この間、家を出る出ないで、騒いでいたじゃないか。新しいところは見つかったのか？』

こともなげに言うが、「この間」というのは、潮が溝口に抱かれた日のことだ。一気に蘇る記憶に、全身が総毛立つ。

「いえ、まだ……」

あからさまに沈んだ声で答えると、電話の向こうで溝口は笑った。

『なんだよ、しょぼくれた声出しやがって。また前みたいに分別くせえ子どもに戻っちまったわけじゃねえよな?』

潮を元気づけようとして言っているだろう言葉だとわかっている。それでも、子ども扱いされていることに、苛立った。

「誰ですか、その分別くさい子どもってのは」

だから言い返してしまうのだ。

『お前のことだよ、お前のこと。成人式さえ済ませてねえガキのくせに、妙に世間慣れして人に遠慮ばっかりしてる。言いたいことがあるならはっきり言えって、前から言ってんだろう。全然わかってねえな』

喉の奥で笑いを含んだ言葉に、潮はカチンときた。

「何がわかってないって言うんですか。別に言いたいことなんてないですよ。貴方になんか!」

『本当か?』

間髪入れない、どこか疑いを含んだ返事に、ぐっと詰まる。

「……どうして嘘だって思うんですか」

『どうしてもくそもねえけど』

そこまで言って、遠くで溝口の名前を呼ぶ声が聞こえる。

『わかった……っと、すまない。切るぞ』

「え……え?」

わけがわからないうちに、電話が切れる。ブツリという音が無性に哀しかった。

「礼ぐらい言わせろよ……おっさん」

ツーツーと鳴る電話に粗野な言葉で呟くと、受話器を手に持ったままその場にしゃがみ込む。

喧嘩するつもりなどなかった。仕事を紹介してくれようとしている溝口に礼を言うこともなく、怒鳴っただけで終わった電話が空しい。

耳には、溝口の声が残っている。

低くて優しくて心地好い声とぶっきらぼうな口調の中に、思いやりが見え隠れしている。

嫌な言い方だが、溝口にとって潮は利用価値のない人間だ。損得を考えて人とつき合うタイプかどうかは別としても、潮の面倒を見る義理もなければその必要もない。それなのに、何かと潮を気にしてくれ仕事のことで電話をくれる。実際に仕事が入ろうが入らなかろうがそれは二の次だ。それよりも、溝口が気にかけてくれる事実が嬉しい。

『潮』

頭の中に、溝口の声がこだまする。

「やべ」

立てた膝と膝の間に顎を入れていた身体が変化する。頬が熱くなり膝が笑い、腰の安定まで悪くなる。

「もっと……声……聞きたかったな……」

受話器を腕の中に抱いたまま呟く。こんなことを思う自分がおかしいと思わないではない。

男に抱かれる行為など、慣れたはずだ。キスもセックスも来生に教えられ、数えきれないほどの回数を経験した。それなのに、溝口とのたった一度の行為が忘れられない。

あれだけの優しい愛撫は初めてだった。腰の奥から疼く、言葉にできないような感覚を味わったのも初めてだ。

無骨な指が肌をすべり、ところどころを撫でていった痕を追うことすらできるぐらい、溝口の行為は潮の頭の中に鮮明な記憶として残っている。

セックスなんて好きではなかった。快感を覚えたことがないとは言わない。男の腕に抱かれて眠ることなど、来生がいなくなったときに二度とないだろうと思っていたし、自分から望むことがあろうとも思っていなかった。

でも今は好きかもしれないと思う。溝口とのセックスなら。

そしてその行為の相手である、溝口自身が。でも、それは目先の快楽にごまかされている気がしないでもない。これまで知らなかった感覚に、惑わされているだけかもしれない。

確かに溝口は優しくて、潮を気遣ってくれている。彼に対する信頼と他の感情をごちゃまぜにしてはいないだろうか。万人に向けられる感情を自分自身で勝手に勘違いしているだけではないのか。

伊関に対する好きとの違いがあるのだろうか。来生とのことで、すべてを疑いたくなっているのか。

考えはじめると止まらない。わからないことだらけで、落ち着く術を見つけられずにいる。

けれど今、潮は、溝口の腕を欲している。彼の腕にもう一度抱かれたいと思っている。

もう一度抱かれることで混乱した頭の中を整理し、彼に対する自分の感情を理解できるかもしれない。溝口の肌に触れることができたとしたら、何かが見えてくるような気がしている。

受話器を元に戻し自分で自分の肩を抱く。潮と呼んだ溝口の声を思い出して、目を閉じる。

「……溝口さん……」

溝口に言いたいこと、聞きたいことは山とある。だが、それを口にしてもいいものだろうか。

悩んでいると、潮の携帯電話がものすごい勢いで鳴り出した。

『東堂潮さんですか？　私、集相社のコラムという雑誌の編集の滋賀《しが》と申します』

慌てて出ると、名前を名乗る前に言われた相手の言葉に一瞬息を呑む。

『電報堂の溝口さんから電話をもらいまして、直接連絡を取らせて頂きました』

溝口は即、動いたらしい。どんどん先に話が進む。映画出演に関連した質問も含めるが、主に潮という役者個人に関する問いになるらしい。

伊関の初主演映画の上映日は決まっていない。けれど前評判はどんどん上がり、ポスターつきで発売された限定前売りチケットはあっという間に完売し、現在はプレミアがついている。そんな中、当の主役である伊関は地に潜りほとんどテレビの前に顔を見せない。だから声をかけやすい潮に映画のインタビューの仕事が回ってきたという裏事情がある。それにしても気づいたときには雑誌のインタビューとグラビア撮影の仕事が明後日の予定に入っていた。

『実は当社の別雑誌にファッション雑誌がありまして、そちらでも東堂さんに連絡を取りたいと言っているのですが、番号を教えても構いませんか？』

それは願ったり叶ったりだ。


「よろしくお願いします」

勢いに押されたまま承諾すると、電話を切った次の瞬間にまた携帯電話が鳴る。

その日の間に、驚くことに一月《ひとつき》分の仕事が決まったのだった。


「東堂くん、なんかずいぶん男っぽくなった気がする」

最初に映画のインタビューを依頼してきた集相社の滋賀は、潮の顔をしみじみ眺めて言った。

滋賀は気さくな人間で、話もうまかった。だから、潮は最初のうちはかなり緊張していたが次第に打ち解けて、質問に対していい返事ができるようになった。

そして仕事を終えたのち、滋賀はそれまでの仕事の顔を崩してこの感想を口にした。

「……誉め言葉と取っていいんですか？」

「当然。前は華奢なイメージが強かったけど、線が太くなったからか男の艶気みたいなものを感じる」

「そうですか？」

「信じてないな？」

表情に出ていないのだろう。

「こう言ったら悪いかもしれないが、これまでも週刊誌でよく君が伊関拓朗のライバルって言われていたけど、月とスッポンだって思ってたんだ」

言葉を選びながらも、滋賀は顔に不思議な笑みを浮かべている。

「月とスッポン?」

「伊関のファンのようだから、君も彼の魅力はわかっているだろう?」

ちらりと視線を向けられ、ぐっと言葉に詰まる。

「伊関拓朗っていう人間は、もうなんて言うか、常人とは明らかに違う何かを持っている。一度その魅力にとりつかれてしまったら、あとはもう彼の信奉者になるしかない」

それはわかる。潮も信奉者の一人だ。

「顔だけなら伊関よりもいい男はいくらでもいる。演技の面でもそうだ。伊関はアクが強すぎる。だが、そういった色々がひとつに統一されたとき、伊関拓朗というカリスマ的な存在が確立される」

カリスマ――神の賜物という意味を持つ、超人間的な資質のことを指す。今の伊関を表現するには、それ以上に的確な言葉はないだろう。

「僕もそう思います」

比べられるまでもなく、伊関の足元にも及ばないちっぽけな存在だ。

「僕は、マスコミに話題作りのためだけに作られたライバルなだけで、中は空洞でした。今回、それを実感しました」

もう自虐的な気持ちはない。共演することにより、改めて伊関との距離を実感した。

「比べられるのが君じゃなくても、伊関と比べたらみんなスッポンだ。そういった意味では、君は健闘したんじゃないかな」

滋賀から続いて出てきた言葉に、潮は目を剥いた。

「映画、もうご覧になっているんですか?」

「完成品じゃないけどね。記者向けにパイロットフィルムを上映したんだ。溝口さん、映像関係の責任者みたいなこともしてたらしいじゃないか。その縁で、君にインタビューしたいと思ったんだよ」

滋賀はこれまでになく真剣な瞳で潮の顔を見る。

「あの映画、最初は伊関に惹かれて観に行く人が多いだろうけど、君のファンも確実に増える。この先、いけると思うよ」

この男は何を言おうとしているのか? 確信の込められた強くて低い声に身体が震えた。

「業界の人間でちょっと目利きの奴なら、全員が思う。君はやりようによっては、伊関を超える役者になれる」

「何を、言って、いるんですか」

冗談にもほどがある。

「さすがに今すぐは無理だろうが、溝口さんも同意見だ。聞いてないか？」

潮が首を折ると、滋賀は「参ったなあ」と続ける。

「あの人、隠しておくつもりだったのかな。君の写真を撮ってみたいなんて言うから、てっきりそういう話、してるんだと思ってたのに」

「写真って……誰の、ですか」

「君以外、誰がいるの？」

あっさり肯定されて潮は硬直する。

「俺から聞いたって溝口さんに言わないでくれるかな。滅多に怒ったりしない人だけど、怒るととんでもなく怖い人だから」

気まずそうに言われてとりあえず頷く。言うも何も、まず潮自身、信じられない。

「っと、そろそろ時間だ。インタビュー記事の原稿できたらファックスかメールするけど、どっちがいい？」

「メールは使えないのでファックスで」

「了解。次の仕事はさっき話をしたとおり。他の雑誌編集者も連絡つけたいと言っていたから、携帯の番号を教えても平気かな？　もちろん、変な雑誌じゃないのは保証するよ」

「お任せします」

溝口と同じようなことを言う滋賀に笑って答え、次の仕事場所まで地下鉄で移動する。

電車に揺られながら先ほどの会話を思い出す。

伊関を超えるというのは何をもって言っているのだろうか。

溝口が自分の写真を撮りたいと言い出す理由もわからない。映画の最中も多少撮られてはいたが、伊関の写真集のためだった。

次の仕事に入っても、気になって気になって仕方がなかった。

溝口がなぜ自分の写真を撮りたいと思ったのか。どうすれば伊関を超えると思ったのか。

溝口に会いたい。会って直接話がしたい。想いが溢れ、潮は仕事が終わってすぐ、溝口に連絡を入れる。

忙しい溝口だからすぐに出ないかもしれない。一〇回コールして出なかったら切ろうと思う。だが、八回を数えたところで、溝口の声がする。

『もしもし？』

明らかに不機嫌そうな声に、潮はしまったと思った。

「あの……東堂潮ですが……」

恐る恐る名乗ると、しばらくの沈黙がある。

『ああ、どうした』

少し掠れていてテンポがいつもよりも遅い声に、もしかしたら寝起きかもしれないことに気づく。

「寝てましたか？」

『んー、みたいだな。それよりなんだ。今、外か』

「はい。仕事の帰りで……」

『最近忙しくなったみたいじゃないか。よかったな』

話をしているうちに、目が覚めてきたらしく、口調がはっきりしてくる。

「ありがとうございます。溝口さんのお陰です。それで、お礼をしたくて……」

『俺は連絡先を教えただけだ』

「それは……」

その答えにぐっと息を呑むと、電話の向こうで溝口が笑った。

『なんだよ。俺に会いたいって言うならはっきりそう言えよ』

図星を突かれて、潮は電話口で完全に固まった。

「なんで俺があんたに会いたいなんて……」

『違うのか？　だったらなんで俺なんかに電話してきてんだよ』

明らかに子ども扱いした口調に、神経を逆撫でされる。素直に認めるのも癪で、潮は目一杯虚勢を張り、話題を探す。

「マンションを借りるのに、保証人になってほしくて」

『保証人？』

訝しげな声が返ってくるのも当然だ。溝口にそんな義理はない。

「無理なお願いしているとわかってます。お金は平気なんです。ただ、未成年だと貸してくれなくて、……両親に相談するわけにもいかなくて……」

『俺にしか頼めないってことか』

溝口に見えないとわかっていて潮は頷いた。

そう、いない。

本当は溝口にだって頼める筋合いではない。映画の仕事を一緒にして、一度寝ただけだ。そんなことは承知の上での、口実だ。

『場所は決まったのか？』

しかし溝口は予想に反した返事をする。

「は……はい。一応の目星は」

つられて潮は咄嗟に応じてしまう。

『今からだと来週の後半じゃねえと身体が空かねえな。それでもいいか？』

「え……？」

『え、じゃねえだろ。不動産会社とそれまでに相談して、契約の日を決めろ。いいか？』

「は、はい」

『じゃ、また近くなったら連絡する。そっちからも何かあれば電話しろ』

そう言って溝口は電話を切る。潮は受話器を握り締めて呟く。

「どうしよう」

部屋探しなど、年末以来進展していない。とにかく約束した来週までに不動産屋に行って住む場所を決めねばならない。

そうすれば、溝口に会える。

「本末転倒かな……」

でも、素直な気持ちだった。

溝口に会える。それが嬉しくて仕方ない。


「家が決まったら次は引っ越しだろう? どうせならそいつも面倒見てやろうと思ったんだが、どうした?」

ふうと溝口の口から吐き出される白い煙を追いかける。

溝口に電話をかけたその直後に、不動産屋に走って部屋を決めた。最寄り駅は、東急東横線祐天寺。築五年程度。間取りは2Kで、駅から歩いて五分。

急場しのぎで決めたわりに、条件がよかった。

そして約束した日、無事マンションの契約を済ませた。そのあと、潮は帰ろうとする溝口を食事に誘い、居酒屋で向かい合わせに座っていた。

久しぶりに会う溝口は、疲れているように思えた。

「忙しいんですか」

質問とは違う言葉を口にすると、溝口は彼らしくない表情を見せた。

「ちょっと今回の仕事はきつかったな。何しろここ一週間で、一〇時間寝てねえからな」

一週間で一〇時間ということは、平均して一日一時間ちょっと。さりげなく言ってはいるが、かなりの状況だ。

「俺には絶対できない」

「そりゃそうだ。しないにこしたことはない」

苦笑まじりに溝口は潮の頭をくしゃりと撫でる。

久しぶりに触れる掌の温もりに、潮の理性のタガが外れそうになる。

溝口に会えなかった日々、今日のことを考えて過ごしてきた。会ったら、何を話すか考えていたはずなのに、顔を見た瞬間にすべてが崩れさってしまった。

肌に触れられるまでもなく、溝口に対する感情を実感せざるを得ない。顔を見ただけで幸せになれるぐらい、声を聞いただけで天にも昇る心地になるぐらい、肩を並べて一緒に歩いていることだけで有頂天になるぐらい、溝口に会えて嬉しいのだ。

それでもまだ、躊躇している。好意を持っていることぐらいは認められる。けれど、それをできるかぎり意識しないようにしている。そうでなければ、こうしてテーブルを挟んで酒を飲んでなどいられない。

「引っ越しの荷物はたいしてないから大丈夫です」

溝口はわかったように頷いた。

「それならそれでいいんだが」

来生のマンションのものは、すべて来生が用意してくれた。潮の私物など、ボストンバッグひとつに入るぐらいしかない。

「そういや、仕事、順調みたいだな」

あえて溝口は話題を変えた。

「はい。最初に仕事をした滋賀さんが色々と手配してくれました。どうもありがとうございます」

潮が頭を下げると、溝口は眉間に皺を寄せる。

「別に俺は礼を言われることはしてねえよ」

とんとんと、煙草の灰を灰皿に落とす。

「そんなことありません。溝口さんが最初に滋賀さんに電話番号を教えてくださらなかったら、こういうことにはなりませんでした」

「そんなことねえって」

溝口は真顔になって、テーブルに肘を立てる。

「確かに俺が間に入ったからすぐ連絡がついたってのはあるだろう。だが、俺がいなくたって遅かれ早かれ連絡が入ったはずだ。お前はそれだけの仕事を映画でした。いい加減、それを自覚しな」

じっと潮の顔を覗き込む溝口の目の下には、くっきりと深いクマがある。でも瞳の奥には強い光がぎらぎらと光って見える。見ているだけで心臓が痛くなるような輝きに、潮の心臓が不規則に鼓動する。

その目を見ているうちに、頭の中にちりばめられていた感情が、ゆっくりとひとつの感情へまとまろうとする。

はちきれそうな想いが、冷静な意識までも覆い尽くそうとしている。

髭の生えた口元。広い肩幅に厚い胸板。話すときに少しだけ傾く首。無骨そうでありながら繊細な指。笑うと優しい瞳。何もかもが愛しい男との記憶を必死に辿る。初めてキスをしたときのこと。初めて肌を重ねた日のこと。

自分は今、物欲しげな顔をしているだろう。わかっていても、想いを止められない。溝口に触れたい。

最初の欲求は「会いたい」だった。会ってから「キスしたい」に変わり「抱かれたい」に辿り着いた。

正直すぎる自分の感情が、潮は愛しくて仕方がない。きっとあと一度抱かれたら、自分で自分の気持ちを認められるだろう。

溝口にとって自分の気持ちは、おそらく負担にしかならないだろう。優しい男だから気持ちを知った段階で自分から遠ざかってしまいそうな気がしていた。根拠はない。

でもこの間抱かれたときに実感した。

潮が本気になったら、溝口の腕は自分のそばからなくなってしまう。

「おいおい、飲みすぎてまた暴れるなよ？」

速いピッチでグラスを空けようとする潮の手を押さえ、溝口は苦笑する。

狡い。大人の余裕か、それとも何も思っていないのか。込み上げてくる想いを堪え、触れられた手をそのままにする。

「伊関さん、最近どうしてますか？」

できるだけ平静を装ったつもりだった。

すべてのはじまりである伊関と映画で共演し、気持ちの決着をつけてからは杉山のCMを見ても心が痛まない。それはすべて、目の前にいる男のお陰だ。

「俺も映画の仕事が終わって以来まともに顔を合わせてねえが、どうやら一月中はレコーディングしていたみたいだ」

「レコーディングって、伊関さんが、歌うんですか？」

これまで伊関はどれだけ言われても歌だけは歌わなかったのに、どうしたことか。

驚きの声を上げると、溝口は少しだけ困った顔をして顎の髭に触れる。

「吉田から口止めされてたの、すっかり忘れてた」

溝口は珍しく気まずそうに肩を竦める。

「悪いけど、この話……」

「オフレコですね」

潮は頷く。

「映画のサントラは発売されるって話ですけど、それには伊関さんの歌が入るんですか？」

「一応入るが、なんだかさんざん揉めたらしく、結局名前は出さないって決まったらしい。ちなみに拓朗が歌うのは主題歌じゃなくて挿入歌らしい。俺にしてみりゃ、大して変わらねえが」

揉めている伊関の様子を想像して、潮は小さく笑う。

「そういやどうして伊関が歌うってこと、言ったらまずい話だって思った？」

聞きにくそうに眉を顰める様子に、潮は苦笑する。

「知らないんだ、溝口さん」

「何を？」

「まずいことを言ったとき、髭を擦る癖があるんです」

「え？」

溝口は潮の言葉に驚いて、顎にやった手を見つめる。

「わりとしょっちゅう髭を触ってるけど、本当にまずいと思ったときは、頻繁にいじってる」

溝口がやるように、潮は顎に触れる。溝口は自分の手と潮を交互に眺める。

「そういえば、そうかもしれねえな」

ぶつぶつ言いながら、溝口は自分の指を眺めている。

溝口を見ているだけで、胸が苦しい。もう、諦める。

溝口のことが好きなのだ。

泣きたいぐらい、好きだ。

好きだ好きだ好きだ——。

「溝口さん」

潮が呼ぶと、溝口は顔を上げる。もう、我慢ができない。

「……セックス……しませんか？」

激しく心臓を鼓動させながら、なんの脈絡もない言葉を口にした瞬間、激しい自己嫌悪が襲ってくる。

グラスを持つ手と全身が羞恥に震える。そして視線を落とす。

溝口は今どんな目で自分を見ているだろうか。酒を飲むのを誘うようにセックスに誘う自分を、蔑《さげす》んでいないだろうか。

潮はぎゅっと膝を握り締め、溝口の反応を待った。

「何を言ってんだ」

しかし溝口は大声で笑う。

「この間のことなら忘れちまえ。酔ってたしな」

「確かに酔ってたけど、だからって忘れるつもりはないです」

長くなった煙草の灰を灰皿に落とす。溝口の言葉に潮は反論する。

「忘れるつもりはなくてもなあ……」

「俺は忘れたくありません」

潮は強い口調で溝口の言葉を遮る。

「潮……」

「俺は来生さんとさんざんセックスして、あの人のセックスを教え込まれました」

来生の名に溝口の眉が上がる。

「でもあの人とのセックスは、ただ俺を自分に従わせるためだけの行為でした。これも、見たでしょう？」

右手の甲に残る、ナイフで刺された無残な痕を溝口の目の前に向ける。

「この傷をつけたナイフは、来生さんが永見さんからもらったものだって言ってました。この傷がある限り俺は来生さんの呪縛から解放されないんです」

「……忘れちまえ、そんなもの」

「忘れたくても忘れられません」

潮は自虐的に笑う。

「初めて俺を抱いたときの様子をビデオに撮ってるんです」

嘘ではない。ただビデオは初めに脅迫の材料にされただけ、以後来生の口から上ったことはない。

だからといって潮はその存在を忘れたことはない。

来生がいなくなってから、時折夢の中に彼が現れる。今こうしていても、かつて自分のした愚かな行為により、伊関や永見に危険が及ぶかもしれない。

何もないことを願っている。でもあの来生が何もしないとは言いきれない。それが恐ろしい。永見が戻ってきていない今、潮の知らないところで何かが起きているかもしれないのだ。

「来生の奴……」

溝口の口から苦々しげにその名前が零れ落ちた。

「あれから永見さんから連絡はありましたか?」

溝口は静かに首を横に振る。

「来生のことは、お前が責任を感じる必要はない」

「どうしてそう言えるんですか?」

「お前だって被害者の一人だ」

溝口の手が、不意に潮の頬に触れる。熱くて優しい。

「だったら、協力してください」

その隙をつくしかない。考える間を与えず、優しさを利用する。

「潮……」

「俺は真剣なんです」

心臓が苦しい。

「でもこのままだと正気を失う日が訪れそうで……それが怖い」

潮は溝口の口から煙草を奪いそれを銜える。

天井に向かって煙を吐いてから、覚悟を決めてもう一度溝口の顔を見る。

「そんな俺を……見捨てる人ですか?」

「――何を考えているんだ?」

溝口は目を瞠る。

「言葉のままです」

どきんと心臓がまたひとつ強く鼓動する。

「もっとわかりやすく言うなら、感情なんてなしに貴方と身体のつき合いがしたいんです。それなら、どうですか?」

ひどく自虐的な気分になっていた。本当はそんなことこれっぽちも思っていないのに、虚勢を張らねばならないのが哀しい。

「似合わねえぞ、そんな言い方」

今度は溝口が潮の口から煙草を奪っていき、残っていた火を灰皿でもみ消す。潮が期待していたのは、そんな言葉ではなかった。

「似合う似合わないの話はしてません」

「だったらなんなんだよ。俺がお前を抱いて、なんの意味があるって言うんだ?」

「俺にとっては、来生さんを忘れる一番の方法なんです。そして溝口さんにとっては、手っ取り早く性欲処理もできます」

「ふざけたこと抜かすな」

溝口は強くテーブルを叩いた。

「俺は切羽詰まっているんです」

潮は必死だった。

「それとも、俺じゃ溝口さんの相手はできませんか」

「潮……」

「この間は酔っ払ってたからたいしたことできなかったけど、フェラチオは上手いって来生さんに褒められましたよ。それから……」

「潮!」

わざと下卑《げび》た言葉を口にしていた潮を制止する溝口の声で、店の中が一瞬静まる。でも潮は止めない。

「俺のことが怖いですか。それとも俺を抱いたらマジになると思ってます?」

溝口は何も言わない。沈黙が怖くてさらに続ける。

「そんな心配は無用です。俺は来生さんを忘れるために貴方を利用するだけです。だから貴方も俺を利用してくれていい。誰かの身代わりに抱いていい。お互い感情なしに、欲望だけでセックスして、いい気分になってください」

テーブルの上で強く握られた溝口の拳に潮は自分の手を重ね、指先で甲を撫でる。

「——後悔するぞ」

溝口は乱暴に言い捨てると、潮の細い手首を握る。そしてふっと自分に引き寄せて耳朶に歯を立てた。

すぐに離れていった歯は、潮の快感を刺激した。

「……どっちが?」

上がりそうになる喘ぎを堪えて虚勢を張る。

「行くぞ」

伝票を手に取った溝口は潮を振り返ると、顎で合図する。潮は慌てて立ち上がり、男の背中を追いかけた。

しつこいぐらいに携帯電話の呼出音が鳴っているのはわかっていた。

だが二月下旬になって冷え込みが厳しく、潮は起きる気になれなかった。仕事が押して、家に帰ってきたのは明け方の五時すぎで、それから風呂に入り、六時になってようやく床についた。今は一〇時だが頭が覚めない。

しばらく根比べをしていたが、電話の相手は潮よりも気の長い人間だった。

諦めて電話に出る。

「もしもし」

『東堂潮さんでしょうか？』

覚えのない女性の声だった。

「……どなたですか？」

ごくたまに、どういう筋で見つけるのかは知らないが、ファンの子が電話をかけてくることがある。だから癖で先に相手の名前を確認する。

『私は芸能プロダクション、ワタセエージェンシーの所長である渡瀬《わたせ》と申します。東堂さんにお話ししたいことがあり、失礼とは思いましたが知り合いから連絡先を聞いてお電話しました』

「え……？」

ワタセエージェンシーと言えば、電報堂が伊関のために作った事務所だ。その事務所の所長は女性ながらかなりやり手だと業界では噂だった。その所長が一体自分になんの用があるというのか。

呆然としている間に話が進み、潮は二時間後、青山へ向かうことになっていた。


ワタセエージェンシーの所長である渡瀬美穂《みほ》という女性は、年の頃は三〇代半ばでショートボブが似合う美人だった。かっちりとしたスーツ姿に、いかにも仕事のデキそうな印象を覚えた。

「緊張しないでいいから」

事務所の応接室で向かい合わせの位置に座った潮に、渡瀬はにこりと微笑んでざっくばらんな口調で話し始めた。

「溝口から聞いたんだけれど、今、フリーだという話は本当？」

くだけた口調から紡がれる名前に、やはりそうかと思う。

「契約自体はまだ残っているかもしれませんが、今は事務所を通さずに仕事をしています」

「ということは、今の所属事務所から出たいと、貴方自身は思っているのね？」

少しだけ緊張がほぐれた潮が口を開くと、渡瀬はさらに質問をしてくる。

「そのつもりで去年から話はしています。ただ契約違反になると言われて、そのままになっています……」

「契約がいつまでだったか、わかる？」

続けざまの問いに、さすがに潮は黙った。警戒したのに気づいたのだろう。

「事情も話さず、質問ばかりでごめんなさい」

渡瀬はまず謝罪の言葉を述べた。

「当ワタセエージェンシーは、舞台、ＣＭその他一切の芸能活動に関して東堂潮氏と契約を結びたいと思っています」

まったく予想していなかったわけではない。でも驚きに潮は息を呑む。

「どうしてですか？」

「貴方が有望だからよ。それ以外の理由はないわ」

にわかには信じられない言葉を渡瀬は口にする。

元々、伊関のための事務所だ。そんな事務所がよりにもよってライバルとして祭りあげられていた潮と契約しようなど、通常ならあり得ない話だ。

何よりライバルと言われていても、自分がそれだけの人間ではないことを、自分がよく知っている。

「……ありがとうございます」

でもとりあえず礼は言う。

「浮かない顔ね。嬉しくないのかしら」

図星を突かれてしばし動揺する。

「そんなことはないです……でも、自分がそれほどの人間でないと十分知っているので……」

眩しいほどの自信を蓄えた渡瀬の顔を正面から見られず、潮は膝の上で手を握って俯いてしまう。

「君は自分を過小評価しすぎているわ」

渡瀬はそう言い切る。

「この間、映画のラッシュを見て思ったけど、伊関拓朗を超えるだけの素質を十分貴方は持っている。これは私だけの意見じゃない。業界の名だたる人間がそれを認めているの。だから自信を持ちなさい。自分を卑下したら駄目」

渡瀬はソファから立ち上がり、潮の両肩を強く叩く。

「改めて確認します。うちと契約するつもりはありますか？　答えはイエス、ノーのふたつにひとつです。どうする？」

真っ直ぐに潮を見つめ、自信を漲らせる渡瀬の目に嘘はない。でもまだ、信じるだけの自信がない。

「不安？」

渡瀬の言葉はいちいち核心を突いてくる。

「それは仕方ないかもしれない。でも契約する以上、私たちは全力で君をバックアップします。君がさらにそれに存分に応えてくれるなら、どんな努力も惜しみません。これは信じてもらいたい。信頼してくれた以上、応えてみせるから」

潮の不安を打ち消すように続けられる言葉に、潮は膝の上に置いた手をぎゅっと握り締める。

今の潮にとって、選択する余地はない。まして伊関の事務所となれば、これ以上望むのは贅沢だ。

潮が覚悟を決めて頷くと、渡瀬は破顔した。

「君の悪いようには絶対しません。だから安心して。正式前の事務所との交渉も一切うちが引き受けます。正式な契約はそちらの片がついてからになるけれど、仕事の面についてはすぐに手配します」

渡瀬に任せれば間違いはないだろう。強い瞳を見ているとそう信じられる。だから潮は全権を委任して、ワタセエージェンシーを出た。

外の空気に触れて、実感がわき上がってくる。

「夢、じゃないよね？」

『伊関を超える存在』

この間から何度も聞かされている言葉だが、自分ではそう思えない。この言葉を言った理由も溝口本人に確認できていない。

マンション契約のとき以来、溝口との関係は断続的ではあるが続いている。

最初のうち、溝口は潮を抱くことに躊躇いを隠せなかった。だが回を重ねるうちに割り切ったらしい。

溝口は初めてのときから変わることなく、常に潮を慈しむように抱く。肌を優しく撫で、甘いキスを施し、身体を繋ぐことを強制しない。実際、最後までしないことも多い。そして何度も達かされてぐったりとする潮の身体を、必ず最後にはタオルで拭ってくれる。

二人が会うのは、溝口の家か、もしくは都内のホテルだった。

二度目に高円寺にある家に訪れたとき、潮は溝口が寝ている間にこっそり合鍵を作ってしまった。もちろん、起きた溝口にすぐばれた。

『だって、帰ってくる時間、いつも半端じゃないか』

その理由を問われて、開き直ってそう言った。

携帯に連絡しても繋がらないことが多いし、それに何より潮は溝口の家が好きだった。

古ぼけた一軒家だが、人の住む温もりがある。居心地がよくて、溝口に抱かれているときのような優しさにほっとする。

潮が口にした理由に、溝口は困惑した表情を浮かべつつも諦めたようだった。

『余計なものに触るなよ』

溝口が仕事に使っている部屋には、何台もカメラが置いてある。カメラに詳しくない潮でさえ知っている、かなりの年代物だろうライカ製のカメラも並んでいる。そして壁には何枚もの写真が飾られている。そのうちには、杉山電機の伊関のポスターもあった。

溝口は人物写真を得意としている。でも一枚だけ雰囲気の違う風景写真があった。人も映り込んでいるのだが、主役は自然と真ん中にある細い道だろう。優しいその風景は、日本ではない。そして撮ったのも溝口ではないだろうと思った。

明確な根拠はない。雰囲気や撮ろうとしている主体は似ているが、何かが違う。そして何よりその写真を見る溝口の目が優しいのだ。そのときに潮は、その写真を撮ったのが溝口ではないと確信した。でも本人に確認してはいない。何かを思い出すような溝口の瞳を見ていると、聞いてはいけないような気がするのだ。

「それで、契約することにしたんだろう?」

潮は夜、高円寺の溝口の家に行くと、深夜に帰ってきた溝口に渡瀬と会った話をした。

「したけど……」

溝口は着ていた革のジャケットをハンガーにかけると、ストーブに火を点けてから、ビール片手に潮の横に座る。

溝口の愛飲する煙草の香りが、潮の鼻を掠める。茶色のフィルターのニコチンが強い煙草は溝口に似合っている。革のジャケットの下は、半袖のTシャツによれよれのジーンズだ。この男に季節は関係ないのか。

「したけど、なんだ、その先は」

溝口はビールを一口飲んでから潮の髪の毛をくしゃりと撫でてきた。

何度も抱かれていて言うのもなんだが、溝口の自分への接し方は父親が子どもに対するそれに近い。もしくは飼い主とペットの関係かもしれない。

当然のことながら、溝口から好きだと言われたことはない。最初からわかっていることだが、切なさが募ってきた。

「前の事務所とのことがあるから、それを片づけてからになると思う」

「まだ切れてはいなかったのか」

潮は頷く。

「もしかしたら、すごい迷惑をかけるかもしれない」

「気にすることはない。渡瀬は永見を顎で使える唯一の人間だ。任せておけばいい」

いまだ永見は帰ってくる気配を見せない。溝口は会社に入る前から永見とは知り合いだったらしい。そして同僚以上の関係であることもわかった。

「なんだ？」

知らぬ間に伸びていた手が、溝口の喉に触れていた。それに気づいた溝口は潮の手を取る。

「なんでもない」

小さく首を横に振った潮の唇に、ビールの匂いのする唇が近づいてくる。髭の触れるキスに慣れた。くすぐったさと共に安心感が広がるのは、相手が溝口だとわかっているから。

髪にしみついている煙草の香りも覚えた。後頭部を撫でる掌の温もりも、触れ合う唇の温もりも、柔らかさも。全部全部、覚えた。

「……溝口さ……ん……」

冷えきった身体を温めるように、溝口はゆっくり潮の肌に掌を忍ばせてくる。煙草の熱でできた潮の肌にある火傷の痕は消えない。爪で抉られてへこんだ場所の傷も同じだ。

肌理の細かく白い肌に残るそれを目にするたび、溝口は痛そうな顔をする。しかし溝口の身体にも、人のことを言えないほどの傷がある。それこそ刃物で傷つけられたような痕もあるのだ。潮が傷の理由も尋ねても、溝口は笑うだけで答えようとはしない。

伊関に殴られた潮の傷の手当てをしてくれたとき、溝口は若い頃に色々無茶をしたと言っていた。おどけたような笑いと濃い髭の中には、真実が隠されている。潮は溝口のことを何も知らない。抱いて抱かれるだけの関係を望んだのは自分だ。

でも今、その関係が苦しくなっている。

「寒いか？」

潮が身体を震わせるのに気づき、溝口は顔を上げた。そんな優しい表情を見せないでほしい。

「……大丈夫」

笑顔で答え、誘うように強く溝口の首にしがみつく。深いキスを求め、舌を絡める。溝口のキスはいつも煙草の匂いがする。執拗に絡みつく溝口の舌の動きに、少しずつ来生とのキスを忘れていく。

けれどどれだけ慣れても、声を出すことに対する躊躇いは捨てられない。

初めてのときには、何も考えられずに恥ずかしいほど声を上げた。でもそれ以後は激しい愛撫に意識を飛ばしても、下半身に埋められるもので我に返ってしまう。自分を抱く相手が来生ではないとわかっていても、できるかぎり喉の奥で声を殺す。それでも溢れるものは腕を噛み唇を噛んで堪える。

「声、出していいぞ……」

そんな潮の心を見透かしたように、溝口は優しく耳朶を噛む。背筋を這い上がる感覚を必死に堪えながら、潮は首を横に振る。

この状態で声を出してしまったら、自分が何を口走るかわからない。今だって、溝口のことが好きなのだと喉まで出かかっているのを、必死に堪えている。

完全に飛びそうになる意識をぎりぎりでとどめているのも、そのためだった。

「……潮……」

涙を目尻に堪えている潮の頬を溝口の指が撫でていく。優しさに潮が身を竦ませるのを知りながら溝口は着ているものに手をかける。シャツのボタンをひとつひとつ丁寧に外しながら、潮の唇を優しく啻めてくる。上唇と下唇を交互に柔らかく噛み、舌で口腔内を愛撫し始める。

武骨な風貌とは打って変わって、溝口のセックスは優しい。

巧みなキスに、それだけで体温が軽く二度ぐらい上がる。下半身に手が移動すると条件反射のように、腰を上げて協力する。もったいぶることはしない。あくまで優しい行為に、潮も素直になる。

溝口は外気に触れて身震いする下半身に手を伸ばし、潮の欲望に指で愛撫を加えていく。小刻みに震える先端を包み、根元へ向かって指の動きの強さを増していく。ツボを心得た行為にあっという間に潮は昂ぶり、すぐにでも達してしまいそうなほど感じてしまう。

「潮……」

首筋に触れる吐息に、潮は足を軽く上げて溝口の身体を挟む。腰の奥の閉ざされた場所を指先でほぐし、その場所へ冷たい液体を塗り込んできた。

少しでも痛みが少ないようにと、入り口を柔らかくして様子を見ている。小さな反応のひとつひとつを確かめる行為に羞恥が戻ってくる。溝口は潮の身体が硬くならないよう、前への愛撫も忘れない。ドクドク内側から疼いてくる。

「……あ……」

指が入った内部が、微かに蠢《うごめ》く。来生によって慣らされ、溝口によって目覚めた身体は、男を受け入れることの悦びを知っている。けれど、ゴムをつけた溝口がゆっくり体内に侵入する瞬間だけは、どうしても息を呑んでしまう。十分ほぐした上で、さらにできるかぎり潮を傷つけないようにとゆっくり入ってくるのはわかっている。それでも異物の侵入を身体が許容するにはかなり時間を要する。何度も深呼吸を繰り返し、力を抜く努力をする。

それでも硬い欲望を押しつけられたそこは熱く疼い

ている。

「いいよ……」

　全身の神経が一点に集中している。萎縮した身体は変わらない。でも痛みの次に訪れるものを知っている。

「動いて……溝口さん」

　すべてが挿入されるのを待って、そろりと両手を溝口の背中に伸ばしキスを求める。そして自ら少しでも楽になるように腰の位置を変え、両足を相手の身体に絡める。

　その間も体内の溝口はその存在を誇示するように強く脈動する。潮は腰の奥から込み上げる快感を、唇を噛むことで懸命に堪える。溝口はそんな潮の頬を撫で、噛み締められた唇に甘いキスをひとつ落とす。瞬間、快感に歪むのを確認してからゆっくりと腰を使う。

「………っ」

　最初のうちは潮を気遣い穏やかな動きだが、次第に激しさを増していく。さらに欲望を集めたそこが硬く熱く変化し、擦れ合う潮の内壁を内側からどろどろに溶かそうとする。

「あ、あ、あ……」

「感じてるのか」

　熱い吐息が耳朶をくすぐる。潮はそれに対してひっきりなしに頷くことで応じる。

感じるなんてものではない。貫かれた場所から、身体がどうにかなってしまいそうだった。

　次第に速くなる動きについていけなくて潮の手が離れる。同時に、溝口との腹の間で擦られたものが破裂する。

「いく、い、く――っ」

　甲高い声に続き、潮の上にいた溝口の動きが一瞬止まる。小さく呻き、欲望を一気に吐き出す。

　全身に広がる充足感に身震いする潮の身体を、溝口は強く抱き締めてくる。溝口の胸に頭を押しつけると、自分と同じように激しく鼓動する音に安心する。まるで生まれたばかりの子どもが、母親の心臓の音を聞くと安心する様に。

「……溝口さん……す……」

「す？」

　頭を撫でられて、ぼうっとした意識の中で、潮は半分眠りながら自分の感情を口にしようとしていた。溝口に繰り返され、はっと我に返る。

「す……す……好きな人……っているんですか？」

　咄嗟に考えた問いに、溝口は眉を上げる。

「好きな人？」

「例えば……杉浦さんとか……」

溝口の隣に立つのが似合っていた、大人の女性。

「なんだ、まだあのときのことを言っているのか」

ちょっと待てと言ってから、溝口はゆっくりと潮から離れ浴室から濡れたタオルを持って戻ってくる。そして当然のように、ソファの上に寝転がったままの潮の身体を優しく拭う。せっかく静まった快感を起こさないよう、潮自身に触れるときには細心の注意を払っているように思えた。

「彼女とは仕事の話であの店に行っただけだって説明しただろう？」

「彼女とはってことは、他の人とは何かあるんですか？」

「はあ？」

「仕事でたくさん色々な人に会ってるじゃないですか、老若男女、問わず」

「老若は余計だな。正直男女の別は問わないが、それほど上の人間も下の人間も相手にする趣味はない」

「だから、そういうことを聞いているんじゃなくて」

苛々する気持ちを必死に堪え、溝口の手を捕える。

「つき合ってる人……いるんですか」

溝口は紅潮する潮の頬に軽く口づける。

「いたら、今こうしてお前の相手なんてしてるわけねえだろ」

不意をつくキスに、潮はさらに顔を赤くした。

「おいおい。何を顔、赤くしてるんだよ」

「なんでだっていいだろう。今はあんたの話だ」

「俺の？」

「男相手、慣れてるよね？　これまでに何人相手にした？　初めてのときのこと、覚えている？」

たたみかけるように尋ねると、溝口はしばし黙る。

「――そんなこと知ってどうする？」

「……俺のことは知ってるのに、あんたのことを知らないのはなんとなく狡い」

「狡い、ねえ。でも俺だって、お前のこと全部を知ってるわけじゃねえぞ」

溝口はテーブルの上に置いていた煙草に火を点けた。馴染んだ香りが部屋に広がる。

「相手にした人間は一人や二人じゃねえ。潮みたいにセックスだけって相手もいた」

肩を竦めながらも、溝口はゆっくりと言葉を吐き出す。『潮みたいに』と、枕詞のように言われた言葉で、抉られたように心が傷んだ。

「……本気になった相手は？」

聞きたいけれど聞きたくない。潮は膝を抱え、複雑な問いを口にする。

「本気になった相手となると……二人、かな」

「どんな人？」

過去を思い出すように溝口は遠い目をする。潮は咄嗟に尋ねる。

「そんなこと知ってどうする？」

再びの問いに潮が思わず黙り込むと、溝口はゆっくり煙を吐き出した。

「一人はお前の知らない奴だ。高校生のときだからな。もう一人は……」

言いかけた溝口の口を、潮は両の掌で覆う。

「……潮？」

「やっぱいい。聞きたくない」

一人は知らないということは、もう一人は潮が知っているということだ。溝口とつき合いがあって潮の知っている人間など、それほど多くはない、だからそれが誰のことか、名前を言われなくてもわかってしまう。

「話せっていったのはお前だ」

細い手をどける溝口は苦笑している。その目は怒ってはいない。

「そうだけど、聞きたくないものは聞きたくないんです」

泣きたくなった。でも泣かれた顔を見られたくなくて慌てて顔を背け、裸のままソファから飛び降りた。

「風呂、先に借ります」

「湯、溜めてないぞ」

早口に言うと、一目散で浴室へ走る。

湯船に身体を埋めて肩まで湯につかって潮は泣いた。声は出していない。流れた涙は、そのまま湯の中に紛れて消えた。

「溝口義道の大ばか」

そんなばかな相手に惚れている自分は、もっとばかだ。潮は再びぶくぶくと湯の中に沈む。あまりの長湯に心配した溝口が様子を見にくるまでの間、湯につかっていた潮はのぼせそうになっていた。

「大丈夫か？」

湯気の向こうの顔は頭にくるほど優しい。逞しい腕で潮を楽々と抱き上げ、バスタオルの中にすっぽりとくるんだ。

「溝口さん……」

ここぞとばかりに、潮は溝口に甘えてしがみつく。濡れたままの身体で抱きつかれて濡れても、溝口は笑うだけだ。

「何を子どもみたいなことをしてる？」

永見の同期だという溝口は、潮よりも一回りは年上。そんな男からすれば、自分は恋愛対象にはならないだろう。それでも自分を抱いてくれた。そんな優しさが、今は切ない。

額に触れる髭のくすぐったさに首を竦めた潮に、呆れたように言いながら、優しくベッドに運んでくれる。

「タオル持ってきてやるから、大人しく待ってな」

溝口が今どんな顔をして自分を見ているか、目を閉じていても潮にはわかる。こういうときの溝口は、本当に優しい。子どもは苦手なのだと言いながら、機嫌の悪い子どもを慰める術を心得た彼に、何度も潮は救われている。タオルを取りに部屋を出ていくのを確認して目を開ける。

「優しくするなよ、ばか……」

優しくしてほしくて甘えている。でも優しくされると文句を言ってしまう。

永見のことはあくまで同僚にすぎないと思っていた。だが最近になって、溝口は永見のことが好きなのではないかと思うようになった。

永見のことになると他のことを話すときとは明らかに違う。蕩けそうに優しい瞳を見せるのも、永見のことを話すときだけなのだ。

来生の一連の事件で溝口が心配していたのは、伊関ではなく永見だった。

これまでに何度か溝口本人に聞こうとした。でも溝口のことだから素直に答えてくれるとは思っていなかった。

「ひゃっ」

ひんやりと冷たい感触に、潮は驚いて声を上げる。起き上がろうとすると、ベッドに倒される。

「どうだ、気持ちいいだろう?」

煙草の匂いが鼻を掠める溝口が戻ってきていたことに気づいていなかった。

「このまま寝ちまえよ。明日は仕事何時からだ?」

「一〇時に新宿」

「じゃ、八時に起こす。おやすみ」

部屋を出ていく際、溝口はくしゃりと潮の頭を撫でた。その優しい行為が、今の潮には辛かった。

扉が閉まるのを待って、両手をタオルの上に置く。

「優しくするなよ……」

零れそうになる嗚咽を唇を噛んで堪える。流れる涙は、すべてタオルに吸い取られていった。


三月に入ると、仕事の依頼はワタセエージェンシー経由になった。

潮は言われるまま、仕事をこなしていた。ただ人手不足ということで、マネージャーはまだいない。

伊関のマネージャーである吉田が何かと気にかけてくれてはいるが、これまで自粛していた伊関が仕事を再開したこともあり、そちらで手一杯の様子だった。

『ごめんね、東堂くん』

仕事のことで電話をしてくるたびに、吉田は謝りの言葉を口にする。本来は潮が礼を言う立場なので、かえって申し訳なかった。

三月一四日も、同じように吉田から電話がかかってきた。

『まだ確定はしてないけど、映画の仕事がようやく動きだすと思う』

映画は一二月にクランクアップし、今年の一月には編集作業も完全に終わったらしい。だが、原作者でありすべての元である永見が戻ってこない以上上映はしないと、監督である佐々木は宣言している。

それが動き出す。つまり、永見が帰ってきたということだ。

年が明けてから溝口以外の映画関連の人間とはほとんど連絡を取っていない。それゆえ情報はまるで入ってこないが、他には考えられない。

「本当ですか?」

尋ねる声が上擦る。

『本当だよ。覚悟しておいてね』

吉田の声がいつも以上に弾んでいるのは気のせいではない。

伊関も喜んでいるだろうか。溝口はどんな表情を見せているだろうか。そして、来生は今、どうしているのだろうか。

あの男のことを思い出すたび、手の甲の傷が疼く。

雑誌のグラビアの仕事を終わらせると、いつものように祐天寺に帰らず高円寺へ向かった。

珍しく玄関の電気が点いていた。今日は先に溝口が帰ってきているらしい。鍵も開いている。

「溝口さん!」

勢いよく引き戸を引き、玄関を開けると、三和土で靴を脱ぎ捨てて、勝手知ったる他人の家の中へ入る。最初に仕事部屋の扉を開けるが溝口の姿はなかった。

「あれ……まさか、寝てるのかな?」

溝口は、出かけているにもかかわらず、玄関の鍵を開けておくような無用心な男ではない。恐る恐る寝室の扉を開けると、溝口はベッドに横たわっていた。

鞄が、見事に床に広げられている。そして、電話が同様に転がっている。

「帰ってくるの、遅かったのかな」

三月に入ってから、溝口は忙しいらしく家で顔を合わせることはなく、電話でも二、三度話をしたくらいだった。何度か出先で姿を見かけたこともあったが、とうてい声をかけられる雰囲気ではなかった。

潮は足音を立てないように、床に広がっている荷物を片づける。

その中に一冊の写真集らしきものを見つける。

もしかしたら伊関の写真集かもしれない。

潮はそれを腕の中に抱え込むと、部屋に入ったときと同じようにそっと出ていき、後ろ手に扉を閉めてから改めてそれを見つめた。

「……やっぱり」

表紙を飾っているのは映画のタイトルロゴと、主役であるファイの衣装を着けた伊関だった。

その瞳に、潮の身体は震える。撮影の間のすべての情景が、頭の中に走馬灯のように広がった。

記者会見の日、読み合わせの日。撮影初日、永見にキスした日、伊関と喧嘩をした日。来生との生活。溝口との出会い。

愚かな自分の行為が、潮を責める。

潤んできた目を擦りながら、台所の椅子に座って頁を一枚一枚丁寧に捲っていく。

映画の上映日が定まらず伊関の姿を見る機会が少ない今、人々の関心のすべては写真集に集中し予約の時点で当初予定していた発行部数を超えているらしい。

どれだけ発行が遅れようとも、映画の上映が遅れようとも、人々は伊関拓朗を待っている。

『遅れるって言っても、上映しなくなるわけではないでしょう?』

テレビのワイドショーか何かで、映画の前売り券を買う少女を見たことがある。

伊関は、待つ価値のある人間なのだ。待たせた分、より多くのものを、待っていた人々に与えてくれる。だから、潮も伊関に憧れ、尊敬し、追い続けている。

「こんな写真もあるんだ……」

写真集には、映画のみでなく初めての杉山電機のCMポスターはもちろん、それ以後に伊関が出演したCMや、舞台写真が網羅されていた。

年代ごとに追われる伊関の顔は、どんどん変化していく。『新宿五番街』時代の写真も何枚かあって懐かしくなった。

半分を過ぎてからは映画の写真が続く。記者会見から練習風景、スタジオ、ロケ、リハ、本番。余すところなく伊関のすべてが映し出されている、

伊関拓朗という人間と世界の時間が重なり、時間を共有している。

最後の対決シーンは、自分が見てもまさに圧巻だ。殴り殴られ、お互いに痛い思いをしながら本気でぶつかって出来上がったものは、完璧という以外になかった。

伊関の拳は、痛かった。

しかし、一番痛かったのは胸だった。

永見のことを侮蔑されて泣いていた伊関の顔は、潮の中から消えることはない。

殴られる痛みに、伊関と永見の二人の絆を実感した。物理的に離されてはいても、心までは離れない。誰もその間に入ることはできない。

「なんだ、来てたのか」

不意に背後から聞こえる声に、潮は振り返る。

「起こした？」

まだ眠いのだろう。瞼が完全には開ききっていない。

「今は何時だ？」

「五時になるところ。何時に寝たの？」

冷蔵庫からビールを取りだす溝口の背中に尋ねる。

「三時すぎだった気がする。だがすぐに拓朗の電話で起こされた。そのあとしばらく寝られなかったんだ」

プルタブを開け、喉を潤すべくそのままグイと一口飲む。

「伊関さんから？」

「いいだろう？」

顔を寄せて笑う。アルコールの匂いが、潮の鼻を掠める。

「な、何が？」

「それだよ」

溝口が指差したのは、当然のことながら写真集だった。潮は慌てた。

「勝手に見てすみません」

「出来はどうだ」

「とってもいいです。伊関さんの表情がすごく生きて……」

「だろう？　だけどな、中で一番拓朗がいい顔をしてるのは、残念ながら俺が撮ったもんじゃねえんだ」

肩を竦める溝口は、上機嫌だ。

「どれですか？」

「あと二枚ぐらい捲ってみな。いや、次かな」

溝口に言われるままにページを捲り「そこだ」と言われたところで、潮は目を凝らした。

そこにあるのは、伊関の横顔だった。目を細め、優しい顔でキスをしている。顔は大胆にコラージュされているが、輪郭だけでそれが誰か潮にはわかる。

「おい。何を泣いている？」

「泣いている……？」

言われて、潮は自分の手を顔に伸ばして驚く。いつの間にか頬が濡れていた。

どうして泣いているのかわからなかった。

写真を目にして幸せそうだと思った。嫉妬する気持ちはない。ただ伊関の顔を見て、幸せな気持ちになっただけだ。

「そういや、この写真を見て、吉田も泣きそうになってたな」

溝口は潮の頬に残る涙を拭う。

「……吉田さんが？」

「ちょうど永見がいなくなった日だったんだ」

潮の心臓が大きく鼓動する。

吉田は伊関と永見に近い場所にいた。二人が離れることを知ったその日にこの幸せそうな写真を見て、どんなことを思ったのだろうか。

「あいつは絶対にこれを写真集に入れようと言った。何が起きても責任は自分が取るって言い張ってな」

髭を擦りながら、溝口は笑う。優しい目の奥に何を隠しているのか。

「何か、ありましたか？」

潮の問いに、溝口は驚いた顔をして、それから破顔する。

「そうか。また髭、擦ってたのか」

指摘された自分の癖に気づいたようだ。

「参ったな」

溝口は気まずそうに残っているビールを飲み干す。いつになく、頬が紅潮しているのはビールのせいではない。

「帰ってきたんだよ」

髭に覆われた口が、大切そうにその言葉を紡ぐ。先の言葉は聞かなくてもわかる。ほっとすると同時に、背筋が寒くなる。

「永見……さん、ですよね？」

自虐的な気持ちでその名前を口にすると、溝口は目を細めて笑い頷いた。嬉しそうな、そして安堵したような溝口の表情に、潮の胸が痛くなる。

「仕事に復帰したのは一一日だ。一段と細くなっていたが、元気そうだった」

「そう、ですか」

写真集に添えていた手が震える。

「まだお互い忙しくてろくろく話もしてないが、一応の決着がついたんだろう。拓朗からかかってきた電話もその件だったんだが、あいつも嬉しそうだった」

溝口はまるで自分のことのように、これまで見たことがないほど優しい笑顔で、永見のことを語る。そんな表情を見ているだけで、心臓がぎゅっと素手で掴まれたように苦しくなった。永見が無事に戻ってきて安堵している。ずっと肩にあった重荷がひとつ下ろせたような気がした。違う感情も心の中にある。そんなに優しい目をするな。そんなに優しい声で話すな。そんな風に……。

醜い嫉妬だ。わかっていても、抑えられない。

「どうした、寒いのか？」

目に見えるほど震えていた潮の手を、溝口の大きくて温かい手が包んでくれる。震えて凍えそうになっていた感情が、ぎりぎりのところで留まる。

潮に向けられる目は優しい。でも永見のことを話すときとは違う。

自分はこの男にとって、どんな存在なのか。自分も溝口に、好きだと言ったことはない。だから同じ感情を溝口に望むのは間違いだ。だいたい、身体のつき合いだけでいいと誘ったのは潮だ。

けれど。

「溝口さん！」

これ以上、溝口の口から永見のことを聞きたくない。

潮は掴まれた手をそのままに立ち上がり、溝口の唇に噛みつくように自分の唇を重ねた。

「……っ」

驚いた溝口に考える間を与えず、一度離してすぐにまた重ねる。

そして掴まれた腕を肩に乗せ、さらに激しく口づけるべく、空いているほうの手を溝口の下半身に伸ばした。


「潮、どうした？」

唇の角度を変える僅かな間に、溝口は潮を呼ぶ。しかし逃れようとはしない。潮を気遣ってのことだがそんな余裕の態度さえ今は我慢ならない。

「なんでもない。ただ……あんたが欲しいだけ。だから……」

抱いてよ、と耳朶を甘く噛みながら続けると、溝口の体温が上がるのがわかる。

もっと、だ。もっともっと、熱くなれ。自分だけ溝口に飢えているのはむかつく。

心の中で叫びながら溝口の首筋に吸いつき、その肌に所有の印をつけていく。鎖骨にTシャツの上から歯を立て、下着の上から熱に触れる。そしてその場にしゃがみ込んで、開けたファスナーの間から熱く猛る溝口に躊躇なく舌を伸ばす。

溝口は永見を想っている。過去のことではなく、現在進行形だ。でも今セックスしているのは、永見ではなく自分だ。溝口がたとえ心の中で永見と自分を重ねていようとも、来生のように永見の名前を口にしたりしない。どんなときでも、潮の名前を呼ぶ。

来生につけられた傷を慈しむように嘗め、癒すようにキスをくれる。

肌に触れながら、潮は心の中で訴える。

愛している。

自覚したら辛いだけだとわかっていた。それでも、もう我慢できない。伊関に対する想いとは違う。来生に対して一瞬だけ抱いた気持ちとも違う。

憧憬だけではなく、思慕ではなく、同情ではなく、哀れみでもない。溝口を愛している。

「溝口さん……」

甘い声で男の名前を口にする。短い髪を指でかきむしり、強くキスをして抱き締め、言葉の代わりに行為で訴える。

――俺は、貴方を、愛している。

でも自らその想いに蓋《ふた》をするしかない。この道を選んでしまったのは、自分なのだ。

conqueror of the times　時代の覇者

映画試写会の告知は、三月一八日の朝刊に掲載された。

『THE LATEST　近日公開！　試写会は三月二二日』

場所は、銀座にあるホールらしい。

仕事に行くと、見知った顔の電報堂の営業が潮のもとにやってきた。ワタセエージェンシーのスタッフの代理とのことだ。

「試写会は表向き出演者の挨拶はなしとなっていますが、実際は全員参加を予定しています。詳細はこちらに書かれていますので、よろしくお願いします」

業界人ぽくない男は潮の手に書類を渡すと、今日明日の予定を伝えてその場を去った。

渡された書類には、場所、時間、控え室などはもちろん、当日の進行表までしっかり記されていた。

永見が戻ってきたのが一一日、以降、それまで止まっていた仕事が一気に動き出した。おそらく、永見がいつ戻ってきてもいいように、完璧に準備を整えていたのだろう。

伊関や美咲と会うのも久しぶりだ。

「今度は伊関さんと笑って話ができるだろうか」

そんなことを考える、ほんの少しだけ心の余裕ができた。だからきっと、伊関が永見と一緒にいる姿を見ても耐えられる。伊関は今どんな顔をしているだろう。もちろんまだ多少の悔しさは感じる。だが、伊関が幸せならそれで満足だった。

仕事を終えたあと、潮は思い立って来生のマンションへ向かった。あれから、一か月が過ぎている。鍵は今も持っている。

建物の前でしばし立ち竦むが、覚悟を決めて部屋へ向かう。

玄関から居間に通じる廊下が、やけに長く感じられた。鍵を開けて部屋の中に入ると、まず来生の部屋へ向かう。

「来生……さん……」

念のため軽くノックするが返事はない。中を覗くと真っ暗だった。

そこは潮が出ていったときのままの状態だった。家具には微かに埃がかぶっている。部屋の中に残っていた来生の匂いも、僅かしか感じられない。

来生は今どこで何をしているのだろうか。来生は永見だけに執着していた。

ハンガーにかかる背広に、そっと手をかける。どんな思い出もかなりの痛みと苦しみはあるが、溝口という人間を知ることにより、過去のこととして振り返ることができた。

と、潮の携帯電話が鳴る。時間は深夜二時を回っている。

溝口からかもしれない。

そう思った潮は、表示も確認せずに電話に出る。

「もしもし」

『……潮……か？』

聞こえてきた声が、一瞬誰のものかわからなかった。

「……誰、ですか？」

だが、尋ねてすぐにわかる。

「来生、さ、ん？」

用心深く名前を口にすると、電話の向こうで軽く息を吐き出す音がする。

『覚えていたか、私のことを』

揶揄と笑いを含んだ声は、確かに来生澄雄のものだ。

「どこにいるんですか？」

『よくわからない、私にも』

「わからないって…何をしているんですか。誰か一緒にいるんですか？」

『誰もいない……私は一人だ……ずっと』

来生の口調は多少語尾に震えは感じられるが荒れているときとは違う。耳を凝らしてみるが、雑音以外の物音ひとつ聞こえてこない。

『君は何をしている。仕事はしているのか？』

「ええ。映画も撮影が終わって……やっと上映日が決まりました……」

こんなことを来生に話していいのだろうか。

『そうか……映画の撮影は終わったのか……』

続いて、泣き笑いのような声に変化する。

「来生……さん？」

『潮、私はもう終わりだ』

そして唐突に話題が変わる。

「終わりって、何が終わりだって言うんですか？」

来生の言葉に、背筋が冷たくなる。胸に嫌な予感が広がる。雨足も強くなったようで、雑音もひどくなる。

『すべてが終わる……何もかも、無に帰す。私も……永見も……そして伊関も。全部だ全部、それしか、もう私の生きる方法はない』

「何も終わってないです。ばかなことは考えず、そのまま心を落ち着かせていてください」

狂気に変わっていく気配が電話からでも感じられる。

駄目だ、駄目だ。

『もう少し前に会えれば……よかったかもしれない』

思わぬ言葉に、潮は言葉を詰まらせる。

「な……にを？」

何を、言って、いるのか？　誰が誰に会えればよかったと、言っているのか？

『君と暮らした日々は楽しかった。何かがずれていたことはわかっていたが、私が私でいられる時間が……』

「来生さん……！」

電話の向こうで、来生は泣いている。自分に何を伝えようとしているのか。漠然とした不安に胸が締めつけられる。

「まだ終わってなんかいません。まだやり直せます。だから……だから、来生さん！」

早まったことをしないでくれ！

先の言葉を呑み込む。今、来生がどこで何をしているのかわからない状況で、そんなことを言う資格は潮にはない。だからこそ、このタイミングで、電話をかけてきた理由が気になる。

「来生さん！」

『私はね……潮……何もかも、間違っていたんだ』

自虐的な声が聞こえてくる。

『永見を愛したことも、彼を自分のものにしようとしたことも、彼を殺そうとしたことも、彼に殺されそうになったことも』

心臓が苦しい。

「何がですか」

『すべて、間違っていたんだ。生まれたことも間違いだったんだ。君に対して犯した罪も、償わねばならないだろう』

がくがくと全身が震えてくる。

『君との情事を映したＤＶＤは、君に見せたあとすぐに処分している。心配しなくても、君を脅かすものは、すでにこの世に存在しない』

途切れ途切れに紡がれる言葉を、必死に頭の中で繋ぎ合わせてひとつの文章にして強い不安を覚える。

「生まれたことが間違いだったなんて、どうして言うんですか？」

来生と過ごした日々の中で彼がどんな家庭環境に生まれ育ち、何を考えながら永見に出会うまで生きてきたか、聞いたことはなかった。潮が知っているのは、永見に執着する来生だけだった。

『わからない。何もわからない。わからないけれど、私はすべてを訂正しなくてはならない……』

それでも、今の来生が尋常でないことはわかる。

「訂正なんてしたら駄目だよ。もう何もしないで！来生さん、お願いだから！」

どうしようもなく涙が溢れてきた。止めなくてはならない。絶対に止めなくてはならない。これ以上来生を悪者にしないために、罪を重ねさせてはいけない。

「貴方のことを憎んだことはある。だからって一緒に暮らした日々の全部を否定しているわけじゃない。貴方のことを好きになったときだってある。だから……来生さん。もう終わりにしよう。十分でしょう？　貴方の言うとおり、もう全部終わったんです。貴方の復讐は済んだんです。だから、もう一度最初からやり直しましょう」

潮は必死だった。強すぎない口調で、なんとか来生を繋ぎとめようとする。

来生に告げている潮の言葉に、嘘はない。一緒に暮らしている間に、潮の感情は彼に傾きかけた。わずかな温もりと優しさに触れ、戸惑う日もあった。自分の気持ちが信じられなくてマンションから飛び降りようとしたのもそのためだ。

「貴方が望むのなら……、俺、貴方がやり直すのにつき合ってもいいです。俺でいいなら一緒にいる……だから……」

溝口を愛している想いとは別に、いまだ来生を想う気持ちが今も潜んでいる。愛ではないかもしれない。けれど憎しみに近い感情で慈しんでいるのだ。

同情ではないとは言い切れない。来生が可哀想な人間であることは、彼と暮らした潮が誰よりもよく知っている。最初に惹かれた一番の理由は、同じ想いを持つ人間だったから。愛と憎しみが表裏一体の感情だと初めて知った。

そんな来生を引き止められるのは、もう自分しかいない。一緒に死ななければならないなら、それも仕方ないかもしれない。でもその前に、できることがあるはずだ。

そのために何をすればいいか。潮は必死だった。

『無理だ』

しかし、来生は静かすぎる声でそんな潮の申し出を拒む。

『もう……無理なんだ……すべて私の手でもう……終わらせる』

「駄目！　消えちゃ駄目だ。崩れてもいけないいっ」

『私にもどうにもならない。遅すぎた』

諦めに似た言葉が告げられ、そして電話が切れる。プツリという音は、来生との間に繋がれていた細い絆の切れた音だった。

「来生さん！」

潮の叫びは、もう来生には聞こえない。

何度も来生の携帯電話に連絡をした。だが二度と回線は繋がらなかった。

背筋が震える。寒かった。奥歯ががちがちと音を立てる。

「……どうしよう」

言葉で表現しようのない不安が襲ってきた。何かが起こりそうな気がした。来生は何かをしでかすに違いない。自分の目的を達成させるため、最後の手段に出るのだろう。

その前に、どうして自分に連絡をしてきたのか。何を伝えようとしたのか。何を求めていたのか。

しばらく呆然と電話を見つめていたが、思い立って溝口に連絡をする。彼ならなんとかしてくれるかもしれない。今が深夜であることなど気にしていられない。とにかく、来生を止めて。

「お願い……溝口さん……出て……」

鼓動が高鳴るごとに、不安が増す。嘘でもいいから、安心させて欲しい。大丈夫だと言ってもらいたい。そしてあの可哀想な男を助けてあげてほしい。

けれど――溝口は電話に出ない。

何度かけても結果は同じだった。

「どうしてどうしてどうして！」

自分にとって溝口は、最後の頼みの綱だった。

来生のすべてを肯定することはできない。

でもあの人はある意味被害者だ。

永見にさえ出会わなければ、彼を自分のものにしようとさえしなければもっと違う人生を歩んでいたはず。

彼は、永見を愛しただけなのだ。

もう十分苦しんだ。自らの精神を苛むほど追い詰められている。

ここで引き止めなければ、彼は二度と戻れない。

「誰か……あの人を、助けて」

しかし潮の微かな願いは、見事に打ち砕かれる。

三月二二日の朝、吉田から試写会に伊関が出られない旨の連絡が入った。


試写会会場である銀座のホールに潮が着いたのは、午後五時を回ってからだった。映画の撮影終了以来初めて顔を合わせるスタッフに、一人一人挨拶しながらも落ち着かない。

「潮！」

一通りの挨拶を済ませてほっとして息をついたところで名前を呼ばれる。

声のするほうを見ると美咲がいた。

「美咲！　久しぶり、元気だった？」

顔を合わせるのは撮影以来だった。

「元気よ」

美咲は今日は春色のワンピースを着ていた。

「連絡したかったんだけど、なんとなく電話しそびれてて……。ごめんね」

ワンピースと同系色のマニキュアが塗られた細い指先には、小さな真珠の指輪がある。そして短い髪がかけられた耳には、指輪と同じぐらいの大きさのイヤリングをしていた。

「こっちこそ、ごめん。引っ越ししたんで、今度新しい住所教える。それより、伊関さんの話、聞いた？」

声が小さくなる。

「どうしたの？」

「報道規制が引かれたらしいの。一斉に雑誌とテレビに」

周囲に聞こえないように声を潜めて美咲が口にした言葉に、潮は大きく震える。

「なんで？」

今朝、吉田から電話があった。そのとき伊関は事情により試写会に参加できないが、その理由について質問されても、何も答えないようにと言われた。出席できない理由については歯切れの悪い応対をした。

初主演映画の試写会挨拶よりも大切な仕事が、今の伊関にあろうとは思えない。となれば、仕事以外の理由で出席できないのだ。

不意に、来生の電話を思い出し、どうにもならない不安を覚える。

「伊関は無事なのか。永見はどうしているのか」

尋ねようと思いつつも、真実を知る勇気がないまま今日を迎えた。

「実はね、噂なんだけど」

美咲はさらに声を顰める。

「伊関さんが刺されたらしいの」

瞬間、潮の全身から血の気が引いていく。

「刺された……?」

奥歯がガチガチ音を立てる。

「それ、本当なのか?」

「よくわかんない」

「よくわかんないって……っ」

「だから噂なんだって」

腕を掴んで引き寄せた美咲は、肩を竦める。

新聞が手に入らないということは、おそらく即行で強制回収にあったのだろう。

「何かあったら吉田さんが知らせてくれるよ。美咲にも今朝、吉田さんから電話があったんだろう?」

「うん……そうだけど……でも」

心配そうな顔をする美咲の肩を叩いて、潮は笑ってみせる。

「そんな顔してたら、せっかくの試写会が台なしになる。伊関さんがいない場所を俺たちで盛り立てないといけないんだ」

「そう、よね」

美咲が儚《はかな》い笑いを浮かべるのを見届け、潮は一度席に腰を下ろす。


会場前は試写会を待つ人で溢れ返っていた。舞台挨拶について公にしていなくても、ダフ屋まで出ているらしい。みんなが伊関の映画を待っていたのだ。

潮は溝口が来るのを待った。だが、どれだけ待っても訪れる気配はない。電話もずっと繋がらなかった。

震える手をぎゅっと握り締める。

「東堂さん」

名前を呼ばれ、はっと顔を上げる。

「そろそろです。会場に入ってください」

完成品を見たのち舞台挨拶をする。

どんな映画ができたのか。スクリーンに、伊関は、そして自分はどう映っているのだろうか。期待と不安が入り交じった感情を抱き、照明の落とされた会場へ移動する。


映画『THE LATEST』の舞台は、近未来の日本だ。伊関扮するファイは文明的に発達した部分と未発達な部分が混在した中に現れる。瓦礫の中に颯爽と現れる伊関には、圧倒的な存在感があった。

もちろん、伊関だけで出来上がるわけではない。脚本、照明、大道具、役者のすべてが一体となって、映画を作りあげていた。

全身が総毛立った。

やがて目頭が熱くなる。

とにかくすごかった。自分が出演しているからではなく、この映画の素晴らしさはわかる。

それは観客も同じだったのだろう。終演後、場内に照明が点くと、会場内が騒然とした。

そして司会者に促されスタッフが姿を見せると、興奮の度合いはピークに達した。

「今日はどうもありがとうございます。特別に、舞台挨拶をさせていただきます」

監督である佐々木の言葉で、さらに黄色い歓声が上がる。

司会者の進行で、映画撮影の裏話をする。それこそ一言誰かが口を開くごとにどよめきが起き、笑いが生まれる。

最後に「上映の日程は決まったのでしょうか？」と尋ねた。

「さあ、僕は知りません」

「私も知らないわ」

美咲と潮に振られ、佐々木が首の後ろをかく。そして舞台端にいる電報堂の社員に尋ねる。

「言ってもいいんですか？」

ところが返事は、両手を交差することで伝わる。それを見た観客からブーイングが起こった。

「それほど遠い先ではありません。もう少しだけお待ちください」

次いで、記者からの質問時間となる。もちろん映画にかぎってと制限をつけていたのだが、かなり手が挙がる。

「映画の挿入歌についてお聞きしたいです。誰が歌っているんですか。CD化の予定はありますか」

予想どおりというか、質問は挿入歌に殺到する。

佐々木は笑顔で誤魔化すが、記者はそれでは納得しない。満足するはずもない。

挨拶を終えてから美咲にも聞かれる。

「何？」

「誰が歌っているか、あたしも知らないの。ノンクレジットだし……潮は知ってる？」

潮は溝口がぽろりと漏らしてくれたお陰で誰が歌っているのか知っている。でも公にはしていないらしい。

「決まってるじゃないか、そんなの」

潮の言葉に、美咲は目を丸くする。

「やっぱり拓朗さん？」

「それ以外、誰がいる？　俺は歌ってないよ。それとも、美咲、歌ったの？」

とぼけた様子の潮の顔を、美咲は横から抓《つね》ってきた。

「痛い……なあ……何するんだよ」

「当然でしょ！」

抓られた場所を手で覆った潮を見て美咲はぷくりと頬を膨らませた。

「あーあ、伊関さんに会いたいなあ……」

ぼそりと呟かれた美咲の言葉に、潮も頷いた。


溝口が高円寺の家に帰り着いたのは、明け方近かった。しかし玄関の電気は点いていて、部屋も明るかった。鍵を開けると、まるで主人の帰りを待っていた犬のように、勢いよく潮が走り出てくる。

想像していたとおりの展開に、溝口は破顔する。

「ずっと電話してたのに、捕まらなかった」

だが開いた口から零れ落ちた言葉は予想していなかった。不貞腐《ふてくさ》れた潮の表情に、溝口は肩を竦める。

「悪い。ずっと忙しくて、身動き取れなかったんだ。おまけに携帯はずっと会社のロッカーの中でさ」

無造作に靴を脱ぎ捨て玄関へ上がる。そのあとを潮は追いかける。

「今日、試写会だったんだ」

「知ってる」

溝口はあまり機嫌がよくないようだ。疲労の色も濃く、目の下にはくっきりとしたクマができていた。

「本当は俺も行くつもりだったんだが。仕事でそういうわけにはいかなかった」

カメラ一式が入った大きな荷物を台所で下ろすと、椅子にどさりと腰を下ろす。つけ足しのように大きなため息が、テーブルに両肘をつき顔を手で覆う。つけ足しのように大きなため息が、髭に覆われた口から零れる。

「溝口さん……」

大きな肩がやけに小さく見える。崩れ落ちたようなその様子に、声をかけるのを躊躇ってしまう。

潮は身を潜め溝口の後ろに立つ。

「溝口さん」

名前を呼んで、広い肩に手を置く。

「なんだ？」

顔をこちらに向ける前に、潮は溝口の身体を自分に引き寄せた。溝口が座っているので、いつもと立場が逆転している。

「潮……」

「しばらくこのままでいようよ」

目の下に溝口の頭がある。目を閉じ、頬をそこに当てる。母親が子どもを腕の中に抱くように、優しく背中を撫でた。

溝口には助けてもらっていた。自分が抱いたところで溝口にしてみればなんの救いにもならないかもしれない。それでも、強く抱き締める。

溝口は潮の意図を理解し、座ったまま潮の胸に自分の体重を預けてきた。

「何があったんですか？」

潮は小声で尋ねる。

溝口がこんな風になるのは、永見に関すること以外あり得ない。そして永見に何かがあるとするなら、伊関に何かがあったのだろう。

「今は……言えない」

そう答えると、潮を振り返った。薄い笑いは、嘘の笑いだ。

「話せるときがくるかもしれない。でも今は勘弁してくれ。とても人に話せる状況じゃない」

それでも、溝口は何かがあったことだけは認めている。口を割らないだろう。

「この間、来生さんから電話があったんです」

だから、これは最後の切り札だ。

真っ直ぐ顔を上げて告げると、溝口の眉がぴくりと動いた。

「いつの話だ」

溝口の声色が変わる。

「一八日の深夜」

「何を言っていた？」

凄みを利かせた声に怯えながらも、潮はあのときの電話の内容を告げる。来生の様子に恐れを感じたことも、忘れずに伝えた。

テーブルの上に置かれた溝口の拳が震えるのを潮が目にした次の瞬間、立ち上がり潮の胸倉を掴んできた。

「どうしてそれを早く言わない！」

首を服に圧迫される。

「なんらかの手を打てたかもしれないのにっ！」

明らかに怒りを示した瞳に見つめられ、潮は言葉を失う。潮とて、何もしなかったわけではない。来生の異変に気づいたから溝口に連絡を取ろうとしたのだ。

「それは……」

「まさか、あいつとまだ繋がっているわけじゃないだろうな？」

激しい後悔の気持ちが広がりかけていた潮は、溝口の口から発せられた信じられない言葉に息を呑む。

「俺に近づいて永見の様子を探って、あいつにそれを連絡していた……」

溝口は、最後まで言葉を発することができなかった。頬を殴られる鈍い音がして、唇の端が切れ血が吹き飛ぶ。

胸倉を掴まれて動きを制止されていた潮だったが、瞬間の怒りに我を忘れ、ありったけの力を振り絞って溝口の頬を右の拳で殴ったのだ。

「潮……」

「どうしてそんなこと、言えるんだよ！」

潮は胸の前で握った拳をわなわなと震わせ、溢れそうな涙を堪えていた。

「来生さんから電話がきたとき、俺だって怖くてなんとかしたくて、何度も何度もあんたに電話したんだ！」

身動きできなくなるぐらいの恐れを覚え、助けを求めて何度も電話をかけた。それなのに、溝口は出なかった。出てくれなかった。助けてほしかったのに。

「あ……」

不精者の溝口は、携帯電話を持ち歩いていなかった。

「俺にはあんただけが頼みの綱だった。永見さんや伊関さんが、来生さんのせいでひどい目に遭う可能性を少しでもなくしたかった。これ以上、来生さんを悪者にしたくなくて、あの人を傷つけたくなくて、電話したんだ。それなのにっ！」

潮には、他に相談できる人間がいない。いくらワタセエージェンシーに入ったからとはいえ、吉田や他のスタッフとなんでも話せる関係にはなっていない。

潮にとって溝口は、唯一心を許せる相手だった。好きだ、愛しているという恋愛感情の前に、絶対的な信頼を置いていたのだ。

鳥の雛が生まれて初めて目にした動くものを親だと思うように、潮の意識下で溝口の存在は確固たるものとしてインプリンティングされていたのだ。

だがその信頼を裏切る言葉が、発せられてしまった。

「俺は確かに来生さんと暮らしていた。電話があったときに、確かにあの人に罪を重ねてほしくないと思った。だからって、どうしてあの人とまだ繋がっているって発想になるんだよっ！」

絶対的な信頼を勝ち得ているとは思っていない。それでも、こんな風に疑われるとは思ってもいなかった。情けなかった。

「潮……」

溝口は、自分の浅はかな発言をものすごく後悔した。だが遅かった。

触れようと伸ばした手はそのまま叩かれ、潮に睨まれた。

「俺は……救《たす》けてほしかった……のに、それを……」

悪かったと謝れば済むのか。溝口が言葉を探していると、潮は唇を強く噛み締めたまま自分の荷物を手に取って、玄関へ向かった。

「潮！」

慌てて追いかけても、振り返ろうとはしない。

肩を掴んだ手は満身の力でもって振り払われ、潮は裸足のまま家を飛び出した。

「潮……！」

通りに出るとタイミングよくやってきたタクシーに乗り込む。

「潮……！」

溝口は、走り去るそのタクシーの後ろ姿を呆然と見送ることしかできなかった。

「畜生……っ！」

怒りに任せ、電柱を殴る。痛む拳を強く握り、ぐっと息を呑む。

ほんの少し冷静になれば、潮がそんなことのできる性格ではないことなど明らかだった。それなのに自分はなんてことを言ったのか。潮は来生のことで心に傷を負い、行方が知れないことで、言い知れぬ不安に襲われて、何度も夜中にうなされていた。

それを知っていたはずだったのに。

「最低だな、俺は……」

自分のしでかした罪の大きさを実感した溝口は、しばしその場に立ち尽くすしかなかった。


タクシーの後部座席に乗り込んでから、潮は靴を履いていないことに気づいた。溝口の前で我慢していた涙が一気に溢れ出してきた。

涙を止める術はない。

「溝口義道のばかやろう！」

ぼやいて、手の甲で涙を擦る。本当は大声を上げて泣き出したかった。

溝口に一瞬でも疑われたことが、哀しくて辛い。来生から連絡が入ったとき、自分なりに必死に考えたのだ。それを、よりにもよって信頼していた溝口に、来生と繋がっているなどと言われてしまった。あんまりだった。他の誰でもない溝口の言葉だからこそ、潮は傷ついたのだ。

溝口にとって優先されたのは、潮との信頼関係ではなく、永見だった。最初からわかっていたことだ。

一番悔しいのは、それでも自分が溝口を好きなことだ。好きだからこそ、悔しい。

「ばかやろう……」

祐天寺の自分の家に着くまで、ずっとぐずぐず泣き続けた。

部屋に入ると、留守番電話にメッセージが残っていることに気づいた。

『もしもし……』

躊躇いがちに発せられる声は溝口のものだった。

『さっきは俺が悪かった。取り乱していて、全然潮の言うことを聞こうとしていなかった』

沈黙。

『……悪かった。とにかく悪かった。いや、謝って済むことじゃないかもしれない。だが今は謝ることしかできない。……また連絡する。そのときに詳しい事情は話す。本当にごめん』

「誰が取り乱していたって言うんだよ……」

潮はメッセージを即刻消去する。

「あれは取り乱していたんじゃない。怒っていたんだ。自分の愛している男が危ない目に遭わされたから。あんたは結局……永見さんが一番なんだよ」

自虐的な気分で電話に向かって言い放ちながら、また大粒の涙が零れ落ちる。もう泣き尽くすしかないかもしれない。

「大ばかやろう……」

溝口義道の大ばかやろう。そしてそんな溝口が好きで好きでたまらない自分も、大ばかやろうだ。

潮は力尽きて電話の前にしゃがみ込み、膝を抱え身体を丸めた。


翌日からしばらくの間、芸能ニュースは伊関拓朗の初主演映画のことでもちきりだった。

ワイドショーはもちろん夜のニュース番組でも、まるで社会現象のように伊関の映画の話題を取り上げていた。


さらに、映画音楽を担当しているルナテイクは、挿入歌のことでワイドショーの記者にまで追いかけられているらしい。

映画公開の初日は、依然として伏せられたままだった。出演者である潮にはさすがに事務所を通じて連絡があったものの、他人には漏らさないようにと、渡瀬には釘を刺された。

「追加の前売りチケットを出さなくてもいいいんですか？」

疑問に思って尋ねると、潮の仕事の送り迎えをしてくれているワタセの営業は、満足げに笑った。

「これだけ話題性があれば、追加の前売りなど売らなくても当日券だけでいけると踏んでいるらしい。絶対失敗は許されない。だからこその戦法なんだそうだ」

今現在、映画上映のために永見が動いているらしい。となると、来生との関連で何かがあったのは、伊関のほうだ。

誰もが、自分に起きたことでない何かに傷つき、苦しんでいる。

誰もが報われない想いを胸に抱いて、それでも相手のために何かをしようと必死になっている。

外へ顔を向けると、渋谷の公園通りの壁に貼られたポスターが目に入る。

『ＴＨＥ ＬＡＴＥＳＴ　近日公開。時代の覇者になれ』

　新宿のアルタビジョンにも、一日に何度か広告が出ている。杉山電機のＣＭが再び流れる予定だ。

　日本中の空気がただひとつの目的に向かって、満ちていくかのようだった。

「『時代の覇者』……か」

　伊関の鋭い視線を間近に見て、潮はぼそりと呟いた。

　春の訪れが、確実に近づいていた。

the scar　傷痕

　四月二日、潮は青山のビルの一室にあるワタセエージェンシーにいた。

　桜の開花はほぼ例年どおりで、途中、電車の窓から見える薄いピンクの桜がとても綺麗だった。

　当初は、事務所には昨日訪れるはずだったのだが、渡瀬の一言でやめた。

『……なーんてね、今日はエイプリルフールなのよ、と言ったらどうする？』

　話は契約に関することだった。それをエイプリルフールだからと冗談でも嘘だと言われたくなくて、潮自ら可能ならばと日程の変更を申し出た。

　そして、今日。潮は珍しくスーツに身を包み、長めの前髪をムースで上げた。鏡の中の顔を見て変だと思いはしたが、これで妥協することにした。

　事務所には渡瀬が待っていた。

「やっと前の事務所と折り合いがつきました。今日から正式なワタセエージェンシー所属のタレントです」

「俺……僕が所属することで、文句は出なかったんですか？」

　ワタセへの移籍には、かなりの時間がかかった。おそらく、裏では色々と揉めたのだろう。

　契約書を前にして潮が心配そうに尋ねると、渡瀬は不思議そうな表情を見せる。

「文句って、どんな？」

「具体的にどんなということではないんですが……」

「平気よ。誰が何を言おうと、絶対に文句なんか言わせないわ」

　渡瀬は実に頼り甲斐のある言葉を発して、契約内容についての説明を始めた。潮が思っていた以上の好条件に目を見張った。

「これ、間違ってないですよね？」

「当然。これだけの仕事はしてもらうつもりだし、それだけの実力があると思ってもいるわ」

「他に何か質問は？」

喜びに心臓が締めつけられる。

「質問というか……俺、俳優としての仕事……が……したいです」

ぼそぼそと口にする。さんざん迷惑をかけておいて、さらにわがままを言って許されるものかと思いながら、言わずにはいられなかった。

「こちらもそのつもりです。映画でも演技を見て、実際、いくつか仕事の依頼もきてます」

続く言葉に、さらに驚かされる。

「今度、拓朗の舞台があるの。場所は渋谷。監督は佐々木さん、演出は高遠《たかとう》さん。やる気、ありますか？」

「やりたいです。すごくやりたいです！」

伊関の舞台というからには、仕事に復帰できる状態にあるということだ。ほっと安堵すると同時に、力が湧いてくる。

「それでは、まずは契約書にサインしてもらおうかしら。わからないことがあれば、聞いてちょうだい。それからしばらくの間、うちの営業が君の送り迎えをします。空いている人間がかわるがわるになるから申し訳ないけど、スケジュール管理は私が責任を持ってするから安心してね」

「所長……自ら、ですか？」

「そう、人手不足で困ったものよ」

渡瀬は大袈裟に肩を竦めてみせる。

「君の加入でうちも大々的に芸能事務所として活動することになったんだけど、社員がすぐ増えるわけじゃないのが問題なのよね。そう遠くない先に新しい社員が入る予定だけど、それまでは我慢してね」

「慣れてますから、大丈夫です」

吉田のような人間が傍にいてくれるならいいが、気の合わない相手がつくぐらいなら一人のほうが楽だ。それに送り迎えをしてもらえるだけでかなり助かる。

「悪いわね。それから、ここの打ち合わせが終わったら連絡をって頼まれていたのよ。ビルの下から右に入った細い道に喫茶店があるの。そこに行ってくれる？」

サインした契約書を確認し、渡瀬は二通のうち一通を袋に入れてから潮に渡す。

「わかりました。どなたが待っているんですか？」

「行けばわかるわ。明日の予定は渡してあるわよね？」

「はい」

映画の上映まで、ほぼ毎日のようにプロモーション活動がある。一週間の予定で渡されたスケジュール表を目にして、潮はちょっとだけげんなりした。

「じゃ、頑張って」

渡瀬は潮の肩をぽんと叩いて送り出す。

エレベーターで下まで降り、渡瀬に言われたとおりの道を歩いて目当ての喫茶店を見つける。待っている人とは誰だろうかと店の中に入った瞬間、潮は早まったと思った。

入り口から真正面に見える席に座っていたのは、潮のよく知る男だった。煙草を吹かしながらテーブルの上に肘をついて窓の外を眺めていたが、不意に視線を移して潮に気づく。

「よう。元気だったか？」

溝口は変わらぬ様子で潮に挨拶してくる。

「元気です」

なるべく視線を合わさないように、椅子を引いて溝口の前に座る。あからさまな態度に溝口は苦笑する。

「まだ怒ってるのか？」

「別に怒ってなんかいません」

そう言う声が怒っていることは自分でも十々わかっていた。

「今日は別件で用があったんだ。本当は電話でもよかったんだが、全然連絡つかねえから渡瀬に頼んだんだ。騙したみたいで悪かったな」

みたいではなく実際に騙されたようなものだ。

「拓朗の話だ」

溝口は声を低くする。

「これから言う話、気を落ち着けて聞けよ。それから、まだ完全なオフレコだから、絶対に他言無用だ」

「前置きはいいから、とっとと話してください」

潮が急かすと溝口は、煙草の長くなった灰を灰皿に落とし、一度煙を吐き出した。

「拓朗が、三月二一日に腹を刺された」

潮は条件反射のように顔を上げる。

「刺された？」

咄嗟に声を大きくする潮に、溝口は唇の前で指を立てた。

「傷は……？」

「即手術して命に別状はなかった。だが、今もまだ築地の病院に入院している」

淡々と語られる言葉に、潮は目を見開く。

「試写会に出られなかったのはそのためだ」

喉が無性に渇く。どうしようもなく指先が震え、膝ががくがくした。

「伊関を刺した犯人は、その場にかけつけた警察官に連行され、今どうしているかは知らない。永見の兄がなんらかの手を下したらしいが、詳しい事情は入ってきていない」

誰が伊関を刺したのか尋ねようとする潮の言葉を、溝口は遮る。

「経過は順調だ。四月末か五月には退院できるだろうという話を聞いている。だが、年末に予定されていた舞台はキャンセルして、新年の仕事に合わせて動くことになった」

溝口は、動揺している潮がわかっているのか、視線を合わせないようにする。

背中を汗が伝い、奥歯ががちがち鳴る。

「溝口さん……」

「見舞いに行くつもりがあるなら吉田に連絡をして、いつなら大丈夫か確認を取る」

「溝口さん」

「そういえば、拓朗の両親に会ったんだが、あいつは父親似だ。目元が無性に似ていて……」

「溝口さん！」

話を逸らそうとする溝口を、小さいけれど強い口調で遮る。

「なんだ」

「伊関さんを刺した人は……」

「来生さん……なんですか？」

彼以外あり得ないことがわかっていたが、別の人間であることを願っていた。

「……そうだ」

しかし、溝口の言葉で確定する。

来生が、伊関を、刺した。

伊関を刺す来生の姿が頭の中に見えてくる。正気を失った来生が、どんな目をして伊関を見ているか容易に想像できてしまうのだ。

あの夜、止めることができていれば、説得できてさえいれば、こんなことにはならなかったかもしれない。

どうして、何もできなかったのだろうか。どうして、来生を止められなかったのだろうか。

どうして、どうして。

すべて溝口が言ったとおりだ。どうしてあの日、溝口があれほどまでに潮を責めたのか、その理由がはっきりとわかる。潮は、唯一、来生とコンタクトを取れた人間として、命を張ってでも止めるべきだったのだ。

「……おい、潮！」

突然身体を前後に揺すられる。

「大丈夫か？　正気に戻ったか？」

心配そうな溝口の顔が目の前にあって、潮は視線を僅かに逸らす。

「大丈夫です……」

ゆっくりと深呼吸をする。

「永見さんはそのとき、どうしていたんですか？」

「あの日は永見の誕生日だった」

潮はその言葉に、眉を上げる。

「ずっと会えずにいたあいつらは、それぞれが永見の誕生日に会おうと思っていたらしい。拓朗は仕事のあとに電報堂までやってきた。そこで永見を庇って腹を刺された」

「……庇って？」

背筋がひやりと冷たくなる。

「血だらけの拓朗を見たときの永見は見ていられなかった。一歩間違えたら来生を殺していただろう。それを伊関が微かな意識の中で宥めて堪えさせた」

血塗られたナイフ。腹から血を流す伊関を腕の中に抱いた永見の姿。すべての情景が、まるで映像のように頭の中を流れていく。

「拓朗が病院に運ばれたあとの永見はひどい状態だった。もちろん傷はなかった。だが拓朗の血で汚れた服を着替えることも瞬きすらせず、泣くこともできなかった。拓朗が刺されたのは、自分のせいだと責めて」

「なんで……永見さんの……せいなんですか？」

潮が尋ねると、溝口は首を横に振る。

「拓朗を刺したナイフは、以前永見が来生に贈ったものだったんだそうだ」

それは、潮の手を刺したナイフでもある。潮の血を吸い、そしてさらに伊関の血まで吸った。古傷が痛み、潮は右手の甲を左手で覆う。

「永見さんのせいなんかじゃない……」

「潮」

「来生さんから電話をもらったときになんとかできていれば……あの人の口車に乗せられさえしなければ、こんなことにはならなかったはずだ」

己の罪を認識して、身体が震えた。

「それは違う」

「違わない。この間あんたに言われたとおりだ。俺さえなんとかしていれば、最低でも伊関さんが刺されることだけは避けられたはずだ。俺が……もっと……なんとかしていたら……」

潮の大きな目から涙が零れて、テーブルを濡らす。

「違う。落ち着け、潮。あれは誰のせいでもない」

「嘘だ。そんなこと、これっぽちも思ってないくせに、善人ぶって言うなよ。この間の言葉があんたの本音だ。本当は俺が憎いくせに、永見さんを苦しませるきっかけを作った俺のことが、死ぬほど憎いくせに！　嘘つくなよ」

最後まで言った瞬間、ばちんという音が店内に響く。一瞬、店が静かになる。

潮の頬を、溝口の右手が叩いていた。潮は何が起きたかわからず、しばし呆然とする。

「……出よう」

溝口は潮の手を掴むと、支払いを済ませて店を出る。歩いて五分ほどの近くの公園に入り、人通りの少ない場所のベンチを見つけてそこに座る。溝口は赤く腫れている潮の頬にそっと手をやる。

「大丈夫か」

潮は溝口の手をどけると、静かに頷く。

「でも……明日の仕事……まずいかも」

潮の言葉に、溝口は突然思い出したようにどこかへ走っていくが、すぐに戻ってきた。そして潮の頬に冷たいハンカチを押し当ててくる。

「とりあえずの応急処置だ。悪かった。カメラマンとして失格だ」

商品は絶対傷つけない主義だと、溝口は常に公言している。俳優である潮にとって、身体は商品だ。その一部である顔が殴られて腫れたとなったら、下手をすれば仕事に穴を開けることになる。

「本当にすまん。明日もし何か言われたら、溝口が悪いんだって言ってくれ」

溝口はそう言って頭を下げるが、そんなことを言えるわけがない。

「とにかく、潮が責任を感じる必要性は本当にどこにもない。俺は前にひどいことを言った。だからって、そこで潮が何かできたかどうかは不確かだし、潮は潮なりにできるかぎりのことはしてくれた。結局、来生の罪は免れないが、元々は永見にも原因がある」

来生はある意味で被害者だ。しかし元凶である永見も、そのときに十分償っている。死ぬ思いをして二度と同じ轍《てつ》は踏むまいと決意し、そしてそのときのことで今また己の愛する人間を傷つけられたのだ。

「来生さんはどうしているんですか？」

「知らない」

「誰なら、知ってますか」

あのとき、おそらく来生は最後の理性でもって潮に救いを求めてきたのだ。崩れていく自分を恐れ、ある種同じ傷みを持った潮に、最後の手綱を引いてほしかったのだろう。

しかし来生が思うほどに潮は似た人間ではなく、とどめる術を知らなかった。そして来生自身も知らず、潮を愛していたのだろう。

自分の最後の計画に道連れにできないほどに。

「はっきりはわからない。だが永見の兄である正恭氏なら知っているかもしれない」

その名前に、覚えがあった。来生がくれた名刺で見た。突然立ち上がる潮の腕を、溝口は慌てて掴む。

「待て。早まったことはするな」

「早まったことって、なんですか？」

「来生にはもう会わないほうがいい」

溝口の言葉に、潮は首を横に振る。

「あんたにそんなことを言われる筋合いはない」

そして溝口の腕を振り払う。

「潮、待て。何をするつもりだ？」

溝口はすぐに追いかけてくる。

「あんたには関係ないって言ってる」

「関係なくても、気になる」

「あんたは永見さんの傍にいろよ」

「どうしてそこで永見が出てくるんだ？」

溝口の態度に苛立って、潮はこれまで堪えていた言葉を口にする。

「あんたが永見さんを好きだからだよっ！」

溝口を見上げて怒鳴ると、大男は一瞬息を呑む。

「誰が……誰を……好きだって？」

溝口は明らかに動揺していた。そんな溝口をきつい目で睨んだ潮は、問いには答えず無視した。潮にはわかってしまった。溝口自身、自分の気持ちに気づいていなかったのだ。人のことをさんざん子ども扱いしておいて、自分はなんなんだ。

「自覚しろよ、ばか」


永見の兄である『永見正恭』の名刺は、思っていたよりも簡単に見つけられた。そこには自宅の番号も記されていた。

潮は大きく深呼吸をしてから受話器を握る。なんと言えばいいか、家に帰るまでの電車の中でさんざん考えた。しかし結局、下手な小細工をしても仕方がない。だから、ありのままを伝えることにしたのだ。

コール一回で出る。

『はい、永見です』

聞こえてきた声は、予想もしない少女のものだった。思いもかけなかった事態に一瞬面食らいながら、潮は懸命に言葉を探す。

「あの、東堂と言いますが、正恭さんはいますか？」

『はい、ちょっと待ってください』

潮よりもさらに舌ったらずな子どもは、甲高い声で「お父さん」と呼んでいる。永見の家は政治家の家だと聞いたことを思い出し、突然に背筋がしゃんとなる。

『お電話、かわりました』

どことなく永見の声に似ている。

「突然すみません。お……僕は東堂潮と言います」

『……あの、東堂くんか？』

電話の相手が誰かを認識したのだろう。明らかに口調が変化した。

「はい、そうです」

『その節は大変な迷惑をかけてしまって申し訳なかった。事務所を通して話はつけたはずだが、君自身が個人的に被った被害については……』

突然よからぬ方向に話がいきかけて潮は慌てた。今回の一連の事件の裏に、永見の兄と永見との確執があったらしいことは、来生や溝口からそれとなく聞かされている。だがそれ以上は知りたくない。顔すら知らぬ相手に謝られても気持ちが悪いだけだ。

それに事務所との間で金銭のやり取りがあったにしろ、知らなくていいことだ。

「来生さんの行方を教えてください」

延々と続きそうだった言葉を遮ると、電話の向こうで正恭は黙り込んだ。

『行方を知ってどうするつもりかね？』

沈黙ののち、静かな声で尋ねられる。

「会って話をしたいだけです」

永見を殺しに行く前に、どうして自分に電話をかけてきたのかが知りたい。自分にどうしてほしかったのか。来生が潮の存在を、どう捕らえていたのか。

『彼は、話のできる状態にはない』

正恭は言いにくそうに、ゆっくりと言葉を吐きだした。潮の背筋が冷たくなる。予想はしていた。だが改めて他の人の口から断言されると、心臓が軋む。

「それでも構いません。一目、姿を見るだけでも構いません……」

『申し訳ないが、それもできない』

「どうしてですか」

潮は強い口調で尋ねる。

『私は弟との約束を絶対に守らねばならない』

静かな声が、聞こえてくる。

「でも」

『彼は今、幸せな夢の中にいる』

その言葉で、潮は今の来生の状況を察する。

『自分の世界に閉じ込もり、日々を過ごしている。それを崩すことはできない』

その姿が脳裏に浮かぶ。

『……東堂くん』

「はい」

『私は弟がかつて彼にしたこと、そしてその彼が私を利用したことで招いた今回の一連の事件のすべてを知っている。その上であえて尋ねる。彼は幸せだったと思うか？』

潮が出会ったときすでに、彼は永見だけを追っていた。傷つけることだけに生き甲斐を感じ、日々を生きていたのだ。

「ある意味では、とても幸せだったと思います」

潮はそう信じたかった。それほどまでに人を愛することができる事実に、感動すら覚えていた。

『そうか……それなら余計に、君は彼に会うべきではない』

正恭はそう言うと、電話を切ってしまった。

「もしもし……もしもし……」

慌てて声を上げても、ツーツーという音しかしない。おそらくかけ直しても、電話は話し中だろう。

「わからないよ……」

受話器を下ろした潮は、どうしようもない空しさを感じていた。

混乱していた。出口のない迷路に迷い込んだような気がして、居ても立ってもいられなくなる。このまま一人でいたら、気が狂ってしまいそうだった。

潮は無我夢中で立ち上がり、財布と上着だけを手に家を飛び出していた。

どこへ行くかは、頭の中だけで納得していた。ついさっきあんな風に別れてきた相手の家へ、ほんのすぐあとに慰めてもらいに行く都合のよさに呆れながら、やはり他に縋る道はない。

来生からの電話があったときのように、電話だけで救いを求めたりしない。絶対に。直接会って、直接救けてもらう。

夕方近い時間になって、駅が混んでいた。慌てて家を飛びだしてきたから、何も顔を隠すものを持っていない。

「こりゃ……駄目だ……」

万が一のことを考えて、仕方なしにタクシーに乗る。

「すみません、高円寺まで」

運転士に告げて顔を前に向け、潮はふとデジャヴに襲われた。

なぜだか、運転士の名前に覚えがあったのだ。

「お客さん、この間乗ったことがあるでしょう」

個人タクシーだったから、なんとなく車内の感じに覚えがあったのだが、いつ乗ったかは思い出せない。運転士はその後特に何かを言おうとはしなかったが、潮が道を教えなくても、目的地へ送り届けてくれる。

「今日は靴を履いていますね」

車を降りる際に声をかけられ、ようやくそれがいつのことだったか思い出す。

溝口の家を夜中に飛び出したあのとき、偶然近くを通りかかったのがこのタクシーだったのだろう。潮が軽く会釈をすると、彼も同じように頭を下げてから車を発進させた。

その車を見送ってから溝口の家へ向かう。

溝口に、会いたい。どうしても会いたい。心に開いた穴を埋めるために溝口に会わなくてはならない。

それなのに合鍵を持ってくるのを忘れてしまった。

それゆえに、玄関の前で立ち尽くす。

「何を人ん家《ち》の前でつっ立ったまま、ぼんやりしてんだよ」

背後から聞こえる笑いを含んだような低い声に、潮は振り返る。腕組みをした大きな男が、サンダルを履いた格好で、立っていた。怒っているのか眉が上がっていて、口元がへの字の形になっている。

「な、んで……」

溝口は肩を竦める。

「今日は休みだったんだ。その休みを返上して青山まで行ったってのに、小僧は一人で怒って帰っちまうし」

「……小僧って……もしかして、俺のこと言ってんですか」

「他に誰がいるよ」

からかうような口調に、潮はむっとする。

「なんだよ、自分がオヤジだからって、人のこと子どもも扱いしやがって」

「誰がオヤジだって?」

「あんた以外、他に誰がいるってんだよ!」

溝口はしばし難しい表情で頭ひとつ上から潮の顔を見下ろしていたが、やがて破顔する。そして組んでいた腕を解き、先ほど自分が殴った場所へ手を伸ばした。

軽く頰に触れられると、潮は大袈裟に身体を震わせて後ろに引こうとする。

「大丈夫か?」

溝口は逃げる顔を追って、自分のほうが痛そうに眉を顰める。

「痛いだろう」

言い聞かせるように、そっと呟く。

その言い方に、覚えがあった。伊関に殴られて泣くに泣けないでいた潮に、溝口は同じように泣くきっかけを作ってくれたのだ。

「……何を知ってるの?」

小さく尋ねる潮に、溝口は同じように小さな声で答える。

「電話があったんだ」

優しい声が、振動として潮の身体に伝わる。誰からの電話かは、聞かなくてもわかる。

「世の中には知らなくていいことがたくさんある。それでもどうしても答えが必要だって言うなら、俺が必要な答えを与えてやる」

背中を撫で後頭部を撫で、溝口は潮の身体を優しく抱きしめてくれる。

「本当に?」

「本当に。だから、何を知りたかったのか話してくれるか?」

逞しい腕の中で潮はしばらく考え、そして頷いた。

「じゃあ……まずは家の中に入ろう」

促され、潮は溝口の腕から離れ、久しぶりに優しい家の中へ入っていった。


溝口の太い指は繊細な動きを示し、優しい愛撫を潮の身体に施してくれる。凍えていた身体に、少しずつ温もりが生まれる。

「来生さんにとって俺はどんな存在だったんだろう」

そして、何を求めて自分に電話をかけてきたのか。

潮の問いに、溝口はゆっくり口を開いた。

「最後の良心だったのかもしれないいな」

「良心……?」

「俺は来生じゃないし、あの男がどういうつもりで潮と暮らしていたのかを知らない。だが今聞いたかぎりでは、そうとしか思えない」

簡単にそう決めつけてしまうには、あまりにひどい目に遭いすぎている。けれど潮を傷つけながら、彼の心も血を流していたのではなかろうか。どことなく永見に似ている潮を傍において、来生は何を思ったのだろうか。

かつてあの男と同じように永見を愛した者として、溝口は来生の狂気がわからないではない。自分のものになれば。

永見を眺めながら、溝口も何度となく思った。

実際に抱いた機会よりももっとあとで、あまりに儚くて脆くて美しい生きものを、自分で手折りたい衝動に駆られたものだ。

来生は、溝口にとってリアルで生々しい自分の姿だったといえる。永見の傍に伊関が現れ、二度と二人の間には入れないことを自覚しながら、まだ心の奥底で永見を欲している自分がいるのは否定できない。それこそ潮に指摘されて動揺したほどだ。

「溝口さん……」

それがわかっていながら、溝口は潮の身体を抱いている。望まれるままに、そして望むままに。実際潮がどういう気持ちで自分に抱かれているのか、理解に苦しむところがあった。

「潮に聞いてほしかっただけなんだよ」

そして溝口は、自分なりに考えた結果を口にする。

来生の目的は、生き延びることではなかったはずだ。

永見を痛めつけ、同時に自分をなくす。おそらく当初は心中を考えていたのだろう。

まずは伊関を殺し、それによって苦しむ永見の顔を見て、さらに愛する永見を自らの手で殺《あや》め、同時に永見の血を吸ったナイフで己の命を絶つ。美を好んだナルシストな来生の作ったシナリオは、彼の中では完璧だったに違いない。

潮に電話をした来生のほんの僅かな理性は、もしかしたら救いを求めたのかもしれない。潮に心中の相手を求めた可能性も否定しきれない。だが残りの大半は、自分の存在を確かにアピールしておきたいという衝動のためだ。

そうやって結論づければ、少なくとも潮はこれ以上傷つかずに済む。

「本当に？」

溝口の愛撫を受けながら、潮は聞いてくる。

「来生さんは俺に止めてほしかったんじゃない？　壊れたくないって叫んでいたんじゃない？」

快感に翻弄されながら、その恍惚を必死に堪える。

「違う……違うよ、潮」

「そっか……それなら……いい……や」

かなり強引に自分の気持ちを納得させて、潮は目を閉じた。


溝口は潮の頬に残る涙の痕を辿ってやる。

潮が悩み続けていたことを知り、溝口の胸はひどく痛んだ。おそらく潮は、本当は来生が自分に何を求めていたのか知っているのだろう。でもそれを、心の拠《よ》りどころである溝口に否定してもらいたかったのだ。

潮が救いを求めたときに電話が繋がらなかったことを、溝口は悔いていた。だから今日、潮が自分に再び救いを求めてくることを予測して家で待っていたのだ。

伊関も永見も、大きな山を乗り越えた。永見の場合はまだ最後の峠にいるかもしれないが、伊関は大きく成長した。おそらくこれまでのように、溝口が二人の世話を焼く機会は減るだろう。

それは二人にとってはいいことで、溝口自身せいせいするはずだった。だがなんとなく手持ちぶさたな気分になっている。それでも潮の存在のお陰で、なんとなくほっとしている。

面倒を見る人間がいると、そのぶん自分がしっかりしなくてはと思える。

「溝口さ、ん……」

猛った溝口を身の内に受け入れ、潮は切ない声を上げる。

自分にしがみついてくる一回り以上も年下の少年から青年になりかけの細い身体を優しく抱いて、溝口は優しい気持ちになっていた。

「……で、伊関さんが刺された事実を黙っておこうと言い出したのは、結局吉田さんなわけ？」

コトを終えて煙草を吸っている溝口の横で、潮は憮然とした表情を見せていた。色々気がかりなことが解消され、現状が認識できたようだ。

「吉田さんの携帯の番号、知ってる？」

「知ってるけど……どうするんだ？」

「決まってるよ、文句言う！」

今にも爆発しそうな気配を悟り、溝口はそそくさと吉田の携帯電話の番号を渡すと、風呂場へ消える。

来生に対する負い目が消え潮の頭の中には、怪我で入院している伊関への心配しかなくなっている。吉田ははばか正直だから、おそらく言わなくてもいい話を聞かせて、潮を確実に泣かせるだろう。

溝口は伊関を思って泣く潮の姿を見るのは、あまり気分はよくない。潮に対する自分のこれまでの態度は棚上げにして、嫉妬らしき感情を抱いている。恋愛というより、独占欲ゆえ。

だから熱い湯に浸かり、鼻歌を歌い始める。

結局この日吉田には、潮と、やはり事実を知った美咲から携帯に電話がかかってきたらしい。それぞれ事情を説明し泣き出した相手を慰めるために、一時間ずつ時間を費やす羽目になったと、後から本人から聞かされた。


潮が伊関の見舞いに行けたのは、それから一週間以上経った四月一一日のことだった。

引率者は、溝口だ。

伊関の事件自体完全な極秘であるため、用心には用心を重ねてそれぞれが病院を訪れ、ロビーで待ち合わせする。

化粧を変え、眼鏡をかけた美咲が、一番初めに病院に着いた。落ち着かない様子で壁に背中を預けて立っていた美咲は、入り口の自動扉が開くたび視線をそちらに向け、身体をびくつかせている。心なしか顔色も青ざめているように見える。

「美咲」

潮が横から近寄って声をかけると、美咲は今にも泣きそうな表情を見せる。

「潮、いったいどういうこと？」

病院のロビーには、まだ人が溢れている。潮は周囲を気にしながら口の前に指を立てる。

「前に美咲が聞いた、噂のとおりだよ」

「そんなの知ってる。でもどうして、拓朗さんがこんな目に遭わないといけないの？」

大きな目から、ぼろぼろと涙が零れてくる。女性としてはそれほど小柄ではないけれど、自分よりも一回り小さい美咲の身体を周囲の目から庇うように立つと、潮は上着のポケットから出したハンカチで頬を拭う。

「泣いたら、駄目だよ」

そして、優しく声をかける。

「俺たちは元気にしていないと、伊関さんに悪いよ」

怪我をして痛い思いをしたのは、伊関だ。

「でも……」

「あんまり泣くと、せっかくの化粧が落ちるよ。そうしたら、伊関さん、美咲の顔がわからないかもしれないだろう？」

「ひどい」

元気づけるためにちょっと意地悪なことを言うと、美咲は笑顔を見せる。

だが慰めながら、潮も伊関の元気な顔を見たら泣いてしまいそうな気がしていた。

「待たせたな」

遅れてやってきた溝口は、大きな花束を持っていた。目立つからと言って美咲と潮は花や見舞いを禁止されていたから、その花束が羨ましく思えた。まっすぐに伸びる白いカラーを見ていると、思い出す人がいる。

「どうした？」

エレベーターに乗ってから、溝口が声をかける。

「なんでもないです」

伊関の病室である特別室はマスコミ対策としてそれなりの管理をしているらしく、まずナースセンターで溝口が看護師と連絡を取り、それから病室に確認を取った上で案内される。

「こちらです」

白衣の天使が扉をノックすると、中から「どうぞ」という伊関の声が聞こえてくる。

躊躇する間もなく溝口は扉を開ける。

「よう、元気か？」

怪我をした人間に向かって「元気か」と言うのもどうかと思う。その溝口のあとについて、潮は美咲と一緒に病室に入り、すぐに頭を下げた。

「こんにちは」

「いらっしゃい。忙しいところありがとう」

優しい声にゆっくり頭を上げると、穏やかな微笑みを浮かべた伊関が、部屋に入ってきた三人を見ていた。部屋は溝口が持ってきた白のカラーで溢れていた。

「伊関……さ、ん」

潮はその花の中にいる男を見つめる。頬が少しこけた。でもほとんど前と変わらぬ姿で、笑っている。途端に頭の中に色々なことが駆け巡る。腹を刺されながら、全身で永見を守った。狂気の来生と対峙しながら、生きて、この場にいる。

「拓朗さん！」

その場に立ったまま動けずにいる潮の横にいた美咲が泣き出した。

「心配したんですよ……本当に」

先の言葉は、声にならない。肩を上下にしながらしゃくり上げる美咲を見ているうちに、潮の目頭も熱くなってくる。

「美咲ちゃん……」

困ったような伊関の声に、潮は我慢できなくなった。

「ごめんなさい……伊関さん……ごめんなさい」

生きていてくれてよかった。本当によかった。

「……幼稚園にいるみたいだな」

扉に背を預けて腕を組んでいた溝口は、二人の背中を眺め、肩を揺らして笑う。

「ちょ……溝口さん、笑ってないでなんとかしてください……」

「さすがの拓朗も、子どもの扱いには慣れてないか？」

楽しそうな溝口の声に、潮が瞬時に反応する。

「誰が子どもだって？」

泣いた顔で凄んでみせても、まったく迫力はない。

「お前と美咲だよ。おかあさーんって言ってみろ。そうすれば助けてくれるかもしれないぞ？」

「あんたって人はどうして茶化すようなことを言うんだよっ！」

ふざけて言う溝口に、潮は本気で歯向かう。

大木に蝉が掴まっているような状態で喧嘩をする二人の横で、美咲は驚いた目を丸くし、ベッドの上の伊関は腹を抱えて笑いを堪えていた。

「頼むから……笑わせないで……痛いんだ」

笑いを堪える伊関の姿に、潮は肩を竦め溝口は謝る。

「悪いな」

落ち着いた美咲と潮は映画の試写会での話を伊関に話して聞かせ、さらに自分たちの今の状況について話した。美咲は近々、先月発売したアルバムのコンサートツアーに出るらしい。

「潮は？」

伊関が話を振ると、潮はほんの少し照れたように口を開く。

「舞台に、僕も出ることになりました」

「高遠さんの？」

潮が頷くと、伊関は嬉しそうに笑う。入院していたため舞台の仕事をキャンセルしたあと、次の話が進行しているとは思っていなかったようだ。

「そうなんだ、よろしく」

だから嬉しそうに、潮に向かって手を伸ばしてくる。映画の打ち上げを思い出して、潮は頬を赤く染める。

だが前回とは異なり、今回はしっかりと伊関の手を握ることができた。横で見ていた美咲には、さんざんそれでからかわれた。まさに『今泣いた烏がもう笑った』だ。

美咲は二人の長いつき合いから出てくる毒舌ぶりを発揮し、潮の痛いところを平気でぐさぐさ突き刺し、言葉で苛めた。一瞬かなりのダメージを食らいながらも潮が応戦している様を、伊関と溝口は楽しそうに見ていた。

「まったくしょうもねえなあ……」

溝口が顎の髭を擦りながら苦笑する様を見て、伊関は納得したように頷く。

「ほら、そろそろ帰るぞ。いいな?」

引率の先生の言葉で、子どもたちは「はーい」と元気な返事をして病室を出る。

「伊関さん、退院したらまた一緒にお仕事しましょうね」

「俺が先!」

美咲が言うと潮がごねる。廊下に出てからもしばらく言い合いをしている。

「溝口さん……」

伊関は病室に残った溝口を呼び止める。振り返った溝口は、気まずそうな視線を伊関に向け、肩を竦める。

「ばれたか……?」

髭を忙しそうに弄ぶ姿に伊関は笑いを堪えられなくなったらしい。溝口がいつになく照れているのがわかったのだろう。

「何がですか?」

だがあえて知らない振りをしてくれた。

「ありがとうよ」

その言葉に溝口は安堵の息を吐き出し、伊関の肩を叩いて病室を出た。

「何を話していたんですか?」

天真爛漫というか無邪気というか何も考えていないというか、潮は伊関のことになるときらきら目を輝かせる。ほんの少し罪悪感に駆られた溝口は、むっとして顔を逸らす。

「子どもには関係のない話だ」

「……また子どもって言った!」

潮にとって「子ども」という言葉はかなり気に障るらしい。

「ちょっと美咲、聞いた? このオッサン、一九歳の俺たちのこと、子ども子どもってずっと連呼してんだよ。頭くるよな！」

「何言ってるの？　さっきは確かにあたしたちのことを言ったかもしれないけど、今のは潮のことだけ言ったのよ。まったく……困るわ、潮ってばいつまで経っても子どもなんだから」

美咲はわざと「子ども」の部分を強調して言うと、身体の横で拳を強く握って怒りを堪える潮を無視して、溝口の腕にしがみついた。

「溝口さーん、あたし、今日オフなんですよ。もしお時間あったら、どこか美味しいお店に連れて行ってくれませんか？」

「そうだな。子どもには行けないような場所に連れて行ってやろうか？」

溝口は思わせぶりに美咲の細い肩を優しく抱いて、潮を振り返る。目が合うと、にやりと笑った。

「……くー！」

溝口は、潮にやきもちを焼かせようとしている。このまま一人で帰ればいいものを、そこまで割りきって考えられない。だから潮は溝口と美咲の間に割り込み、肩を抱いている腕を離させる。

「俺も一緒に行く！」

これが元でのちに美咲にさらに揶揄されようと、溝口が自分以外の人間の肩を抱いている事実が許せない。

「あー、だから嫌なのよ、子どもは」

「まったくだな」

美咲が笑うと、溝口も笑う。潮が一人で不貞腐れていた。

家に帰ってから、潮は溝口に白のカラーが永見の好きな花だと教えられ、病室一杯にあった理由を知る。伊関は永見の想いに包まれている。それなら治りも早いはずだ。

二日後である一三日に伊関が無事退院したことを、一六日に事務所で会った吉田に知らされた。

「それでね、相談なんだけど」

吉田は退院日を告げたのち、周囲を気にしながら潮の耳元に口を寄せる。

「溝口さんにはすでに話をしてあるんだけど、聞いてるかな？」

「何をですか？」

最近吉田の中で、溝口と潮は二人一組で捉えられているらしい。吉田の前で、頻繁に喧嘩しているのを見られているせいか。事務所への移籍に溝口が関わっていることも知られている。

「二四日、一日オフだよね。何か予定入れてる？」

「いいえ」

「じゃあ、頼みごととしてもいいかな」

「はい。なんでしょう」

「実はね、伊関君と永見さんが、とうとう一緒に暮らすことになって……」

「……本当ですか？」

「そう。それで二四日に引っ越しをするんだ。大きな荷物は業者に頼むんだけど、その先の細かい作業を手伝ってあげたいんだ」

「手伝うのはいいですけど……」

伊関との仲は改善されたが、永見とはその後一度も顔を合わせていない。自分がしたことを考えれば、とうてい顔を出せる立場にはない。

「場所は溝口さんが知ってる。だから詳しいことは直接聞いてね。じゃ、仕事頑張って」

二人で話をするのを訝しく思った渡瀬が咳払いをするのを見て、吉田は潮の背中を送り出す。

吉田は、押しの強い男だ。潮が正式な返事をする前に、話を終わらせてしまった。

手伝いに行きたい。でも行ってはいけないような気がする。どうしたらいいのか考えあぐね、潮は高円寺の家で溝口の帰りをじっと待った。


「ようどうした」

潮が待っているときは、落ちこんでいるときか相談したいことがあるときだ。

話をして、人肌の温もりを求めてやっと眠る。膝を抱え背中を丸めて身体を小さくする様子は、まるで仔犬のようだ。

「伊関さんの引っ越しの手伝いの話、吉田さんから聞いた」

「ああ、あれか」

溝口はちょっとだけ困ったような顔をして髭を擦る。

潮は視線を抱えた膝に移した。

「行ってもいいのかな」

「……駄目なのか？」

一瞬の沈黙のあとで言って、溝口は潮の横に腰を下ろす。

「永見さん、俺のこと、嫌いでは？」

軽く息を吸ってからその名前を口にすると、溝口の眉が微かに動く。無言の肯定だ。

映画の撮影の最中、さんざん精神的にいたぶったのだから嫌われて当然だ。

「だから、吉田さんから頼まれはしたけど、永見さんが嫌な思いをするなら行かないほうがいいんだろうと思って……」

「来るなとは言ってなかったぞ」

溝口は煙草に火を点ける。

「……かもしれないけど」

「拓朗に会いたくないのか?」

潮は言葉をなくし、縋るような瞳を溝口に向ける。

煙草を指に挟んだ溝口は、潮の後頭部に手を回し軽く引き寄せて唇を重ねる。煙の匂いのする軽いキスをしながら、潮は目を閉じるタイミングを逃してしまう。唇を離した溝口と目が合って、ほんの少し気まずい思いをする。

溝口は苦笑しながら、潮の高い鼻を摘む。

「キスするときぐらい、その大きな目を閉じろよ」

潮はその言葉に小さく笑い、再び唇が近づいてくる前に瞼を閉じる。さっきよりも、深く唇が重なる。歯の裏をくすぐる溝口の舌に、身体の芯が熱くなる。でもまだ意識まで犯されてはいない。

「永見さん、俺が行ったら、絶対嫌な顔をすると思う」

深くなるキスの合間に、潮は僅かに呼吸を荒くして訴える。溝口の大きな手は、潮のシャツの下へ潜り、直接肌に触れてくる。潮を知りつくした男のもたらす愛撫に息が上がり、全身が紅く染まっていく。

「ほっとけ。今は世界で一番幸せな人間になってるんだ。だから多少苛めても構わんさ」

シャツを上まで捲ると、胸の突起を舌で嘗め上げ軽く歯を立てる。

潮が唇を噛んで声を出すのを堪えているのがわかると、さらに強く噛む。

「……っ!」

潮は閉じていた目を開き、首に回していた腕の力を強くする。抗議しようとしても、舌の動きに翻弄され、薄い皮膚の下で疼く欲望に、理性が溶かされていく。

「なんだよ?」

楽しそうに愛撫する溝口に、潮は恨みの目を向けてからまた視線を逸らす。

下半身に伸びてくる手を感じ、潮は軽く息を吐いた。

「苛め……か……」

何気なく溝口が口にした言葉の本当の意味を、きっと本人は理解していない。


伊関と永見の新居は、六本木にある外国人VIPをターゲットにしたマンションで、セキュリティーシステムが完備され、部屋の中も贅沢な造りでゆったりとしていた。

溝口の車で辿り着いたとき、まだ完全に身体の調子が戻っていない伊関の代わりに、吉田が汗水流して部屋の中を走り回っていた。

「永見さんは？」

玄関入ってすぐ潮は、気がかりな人のことを確認すると、横の部屋から顔を出してきた。仕事で会うときとは違い前髪は額に下ろしていてラフな服装をしているせいか、実際の年よりもかなり若く見える。

「ああ、来てくれたのか」

永見が話しかけたのは、潮の後ろに立っている男だ。

「俺は高いぞ？」

溝口は笑いながら、途中で買った弁当が入った袋を永見に手渡す。

「昼飯、まだだろう？　まずは腹ごしらえさせてくれ」

靴を玄関で脱ぎ捨て、溝口はさっさと一人で部屋の中へ入っていく。潮はその場に残されてしまう。

「こ、こんにちは」

何を言ったらいいのかわからず、とりあえず頭を下げる。

永見は潮の姿を頭の上から足の先まで品定めするかのように眺めると、ふいと顔を逸らして部屋の中に戻ってしまった。

わかっていたこととはいえ、なんとなく気まずい。

玄関でスニーカーを脱いでいると、部屋の奥から伊関が顔を出した。

「潮。せっかくの休みの日に悪いね。どうもありがとう。弁当あるから、早くおいで」

「あ、ありがとうございます」

伊関の笑顔に少しだけ気分は浮上する。

潮は溝口が買ってきた弁当を食べながら、目の前で繰り広げられる光景を眺める。潮が連れてこられたのはまさに、永見を苛めるためだった。

絶対潮と視線を合わせようとしないが、伊関を見つめるときは目尻が下がり、まさにこの世の春を満喫しているように見えた。

人目も気にせず、伊関の身体に平気で触れる。明らかに親愛の情を示す仕種で、見ているほうが恥ずかしい。

「朝からこれを見せられていたのか」

食事を済ませて一服しながら溝口が尋ねると、卵焼きを食べながら吉田は、思いきり頷く。

「そりゃかわいそうに」

「そう思うならもっと早く来てくださいよ！　僕、朝の九時にって言ったはずでしょ？」

吉田はひそひそ声で溝口にぼやきながら、うさ晴らしをするかのように、弁当を口の中にかき込んでいく。

そんな会話には入らず潮は箸を持ったまま、不躾なぐらい伊関と永見の様子を見ていた。

永見の表情がこれまでとは違う。何気ない表情のひとつを取っても、安心しているのがわかる。

伊関は伊関で逞しさを増し、ずい分大人びたように思う。そんな幸せな二人を見ながら、横目で溝口の顔を盗み見る。笑って煙草を吹かしていても、二人を見る目は笑っていない。

食事を済ませたあと、五人で部屋の片づけをする。大きなものは溝口に任せ、潮は吉田と一緒に手近なものを整理する。

時折伊関と話をしていると、どこからともなく永見がやってくる。そして露骨な敵意を潮に示し、二人の間に割って入ってきた。

「永見よお、そんな目で潮のことを睨むなって。別に取って食おうなんてしてないんだから」

さすがに溝口が横から助け舟を出すものの、それに対しても永見は辛辣な言葉を返す。

「溝口にお稚児《ちご》趣味があったとは知らなかったな」

さすがの溝口も絶句する。潮との関係は話していなくても、察しのいい人間ならすぐわかるはずだ。おまけに潮と溝口は一回り以上年が離れているため、強くは言い返せない。

そんな邪魔が入りつつも、伊関も永見も私物は少なくて、夜の八時を回った頃にはほぼ片づけ終わった。

遅い夕食になったが、吉田は仕事のため一足先に帰るという。

「僕もそうしたいところだけど、明日は待ちに待った初日ですから」

吉田の言葉で思い出す。

明日二五日は、映画の初日で伊関の復帰後の最初の仕事になる。

試写会での評判も上々で、初日には二週間前から人が並んでいるところもあるらしい。興奮度は最高潮に達している。

「でも、一番興奮しているのは俺だよ」

伊関は笑う。

試写会まで我慢するようにと言われラッシュを見ることができず、そして試写会を前に入院してしまったため、まだ完成品を観ていない。

「そうですよ。やっぱり俺も試写会で初めて完成品を観たときは泣きそうになったクチですから。やっぱりヤマ場シーンと挿入歌はばっちしでしたよ」

潮はその日初めて笑顔になった。

「ああ、それで思い出した」

歌の話には触れたくなかった伊関が黙っていると、

書類を開いていた吉田が声をあげる。

「あの曲ね、シングルカット決まったから」

「ええ？」

伊関が驚きの声を上げるのを無視して、吉田は先の予定を説明する。テレビ番組の出演さえ決まっていると言われて、伊関はがっくりと肩を落とした。

その様子に笑いながらで吉田は先に帰る。

「せっかくシャンパンもあったのにな」

デリバリーで頼んだという食事は想像していた以上に豪華で、パーティー気分を味わえる。好きな人が知れば垂涎《すいぜん》物のシャンパンを開けて乾杯をする。ちなみに永見はいまだ微妙な表情を崩さない。

「何に乾杯するんだ？」

溝口がからかうように言うと、永見は首を竦める。

「当然俺の快気祝いですよ」

伊関のフォローで場が和む。

食事の間、永見は静かだった。

疲れたのか、途中うつらうつらしていた永見の頭を伊関は自分の肩に乗せ、溝口と潮に酒を勧めてくる。

「返杯といきたいところだが、飲めないのか」

「さすがにまだちょっと」

伊関のグラスには、乾杯のときに注いだシャンパンがまだ残っている。永見も最初の一杯だけで、ほとんど溝口と潮でボトルを空けた。

「安心しきった顔してるよな」

永見の寝顔を、溝口が椅子から腰を上げて覗こうとすると、永見はぱちりと音がするようにはっきり瞼を開けた。

「なんだ、寝てたんじゃなかったのか？」

驚いた溝口に、永見は何も答えずに再び瞼を閉じる。

完全に起きたわけではないようだ。

「人の気配がすると、起きるみたいですよ」

伊関が笑うと、溝口は二人の顔を見比べて椅子に深く座り直す。

「なんだか俺の知らない永見が増えていくな」

「そうですか？」

照れたように伊関は頭をかいたが、潮には溝口の言葉がやけに哀しそうに聞こえた。

一一時を過ぎたところで、潮はいとまを告げる。

「明日もあるし、帰ります。溝口さん、ほら。帰るよ」

まるで自棄《やけ》のように酒を飲み続けていた溝口は、すっかり出来上がっていた。かなり酒に強い溝口がこれほど酔う姿を、伊関はもちろん潮ですら見たことがなかった。

「確か車だったよね。潮、運転できる？」

「免許、持ってないです」

溝口は視線さえ虚ろになっていて、呂律も回っていない。潮が言うと、伊関は肩を落とす。

「じゃあ、タクシー呼ぶね」

「今日は泊まらせろよ」

潮の手を振り払い、伊関の腕を掴んで引き寄せる。

「部屋、たくさんあるんだしよ。毛布一枚あれば今の時期、風邪も引かねえ」

まさに絡み酒だ。

「え……と……俺は別にいいですけど……」

「駄目だ」

眠っていた永見が目を覚ます。

「永見～けちけちすんなよ。これだけ広いんだから」

「うるさい、酔っ払い。他の日なら考えてやってもいいが、今日だけは絶対駄目だ。拓朗、タクシーを呼びなさい」

「いいよ、だったら運転して帰る」

「ばかなことを言うな。自分一人ならともかく、未成年を一人連れていることを忘れるな」

永見はきつい口調で溝口を一喝すると、潮に一万円札を渡した。

「申し訳ないが、このばかを送ってやってくれ」

「お金は結構です」

「うちに手伝いに来てもらったことで、タクシーに乗らざるを得なくなったんだ。このぐらい払ってもバチは当たらないだろう」

「は……はい、わかりました。あ、ありがとうございます」

潮は大人しく、それを受け取る。

「それから、これは私の兄からだ。何も言わずに受け取ってほしい」

続けて渡される封筒に、潮は驚いて顔を上げる。しかし、静かな永見の瞳に小さく頷いた。

「潮、すぐにタクシー来るから、一緒に下まで行くよ」

伊関に促され、大きな溝口の身体を右と左の両側から抱える。

「……あ、でも、伊関さん……身体……」

「平気平気、このぐらいなら。いいリハビリになるよ」

エレベーターを降りると、ちょうどタクシーがやってきた。伊関に助けられながら、潮は溝口の大きな身体を後部座席に押し込む。

「伊関さん、どうもありがとうございました。明日劇場で」

「お礼を言うのはこっち。本当に、色々ありがとう。

助かった」

伊関はタクシーが見えなくなるまで、ずっと手を振っていた。

溝口は、窓に頭をもたれかけて幸せそうな顔で眠っている。

「いい気なもんだよな」

潮は複雑な気持ちで、まじまじと溝口の顔を眺めた。不精しているだけだと思った髭は、何日かに一度ぐらい手入れをしている。髭がない顔はどんなだろうと想像してみる。永見と同じぐらいの年のはずだから、相当若く見えるかもしれない。

顔の造り自体は整っているし、身体つきも立派だ。さぞかしもてるだろう。

でも溝口はいまだ一人でいる。

溝口が正体をなくすほどに酔っ払ったのは、その相手を諦めることにしたからだろうか。

高円寺まではたいした時間もかからずに着いた。眠っていた溝口の頬を叩いて起こすと、ぼんやりと目を開ける。

「着きましたよ。俺、このまま自分の家に帰るんで、きちんとベッドで寝てくださいね」

玄関の鍵を開けるのを見届けてから、潮が後ろで言うと、ゆっくり溝口は振り返る。


「いいじゃねえか。いつもみたいにうちに泊まれば」

「そういうわけにはいかない。明日の仕事はいつもとは違うし、荷物何も持ってきてないし、電話入ってるかもしれないから……」

「いいから降りろって。悪いな、釣りはいらねえ」

溝口は潮の手を掴んで無理矢理タクシーから引きずり降ろすと、ジーンズのポケットから取り出した一万円札を運転士に渡した。

「何すんだよ！　離せよ、酔っ払い！」

必死に抗っても溝口からは逃れられず、家に引きずり込まれる。そして玄関で強引にアルコール臭い唇を重ねられた。

「……溝口……さ……んっ！」

顔を左右に振って拒むが、すぐに追いかけてくる。

「そうだよ、俺は酔っ払いだ。だから手加減なんてできねえよ」

逆ギレした溝口は、息もつけないほど濃厚なキスをする。上顎と下顎を嬲られ、舌を激しく絡まされ、潮の膝はがくがく震える。

「嫌……だっ……」

「何が嫌なんだよ。いつもやってることだろう」

乱暴に言って、ジーンズからシャツを引き抜き、肌に直接触れてくる。

「あ……っ」

リアルな指の感触に声が上がり、胸の突起が立ち上がった。

「こんなんでもまだ帰るって言うならこのまま外でやってもいいいんだぞ?」

首元を舌で嘗め上げながら、溝口は粘っこい口調で潮を攻める。明らかにいつもと違う。だから潮は意固地に首を横に振る。

今日だけは、溝口に抱かれたくない。

「いい加減にしろ」

低い声で言うと、溝口は潮の身体を肩に担ぎ上げ、寝室へ向かう。

「下ろせ……帰るって言ってんだ!」

「うるせえ。今日の俺は機嫌が悪いんだ。素直に言うこと聞け!」

溝口は乱暴にベッドに潮を放り投げると、上着を脱ぎ、ジーンズのファスナーを下ろす。

「溝口さん……っ!」

ベッドに座った潮は半泣きだった。

「ごたごた言うな。こうなったきっかけを作ったのは、お前じゃねえか」

これを言われたら、潮は黙るしかない。再びキスをしながら溝口は潮の下肢を露にすると、丹念に愛撫し始める。

「やめろよ……」

自分の意思とは裏腹に潮の身体は溝口の愛撫に反応し、確実に快感を示してしまう。

「頼むから……やめてくれよ……」

あまりの悔しさに涙が零れてくる。それを見られるのも悔しくて、潮は両腕を顔の上で交差させる。

「どうした、今日はおかしいぞ」

「おかしいのは……あんたのほうだ!」

「何が」

「自分の胸に聞いてみろよ……ぼけなす!」

そんな溝口の顔を見て怒鳴る。

でも溝口は、潮の泣く理由のわけがわからないらしい。苛立った様子で愛撫の手を強め、自分から欲しいと言うまで絶対に自分を与えようとしなかった。

「溝口義道のばか! ばかやろう! ばかやろう!」

何度も何度も罵りながら、最後には自分から溝口を望む言葉を口にしてしまう。

足りなかったもので身体が満たされても、心までは充たされない。

潮の中で達する瞬間、溝口が誰を思っているのか、考えるのは嫌だった。自分が誰の代わりに抱かれているのか、考えたくない。だから耳を塞ぎ目を閉じる。

「……っ！」

それなのに溝口が潮でない男の名前を口にするのを聞いてしまう。体内に注がれるものを感じ、遅れて達しながら涙が溢れる。

これまでで、最低のセックスだった。

ICHIKAWA TAKAO 市川高雄

潮のマネージャーとなった市川高雄《いちかわたかお》は、規模拡大に合わせワタセエージェンシーが九月に中途採用の社員を募集した際に入社した男で、大学卒業後から今年の六月まで警備会社で働いていたという変わり種だ。

ひょろひょろ背ばかりが大きくて肩幅が狭いせいか、どことなく病弱な印象があるが、柔道の有段者で腕っ節は強いそうだ。

性格は生真面目で酒も煙草もやらず、六年前に結婚した妻と四歳になる一人娘がいる。そんな彼がどうして芸能プロダクションに入ってきたのか。

理由について面接の際、こう答えている。

『映画を観ました。そして忘れていた何かを思い出したような気がしたんです。そして先月末、たまたま御社が社員募集をしているのを知り、これはもう応募するしかないと思ったのです』

柔道で忙しい学生時代に学内の演劇サークルにも入っていたらしい。とはいえ時間と金銭的な問題と才能との兼ね合いで演劇からは卒業と同時に足を洗ったが、まだ俳優に憧れを持っていたのだという。

『伊関さんはもちろん、東堂さんの演技を見ていると、若い頃の情熱を思い出します。そういう人たちを応援する場所で働くことができればと思い……』

応募した――らしい。

渡瀬から新しいマネージャーとして九月末に紹介されたとき、はっきり言って潮は嫌だった。

明るいイメージはないし、頼りになるのか心配だったのだ。

実際、市川を外した場所で渡瀬に尋ねられ、潮は本音を漏らした。

すると渡瀬は潮に聞いてきた。

「君はどんな人ならいいの？」

「吉田さんみたいな方が……」

「何言ってるのよ。君みたいな『キカン坊』を吉田みたいなタイプに見られるわけないでしょう？」

キカン坊と言われる由縁は色々とある。事務所に馴染んできたせいもあり、かぶっていた猫がはがれかけている。

「伊関さんだって似たようなものじゃないですか?」

「それは勘違い。拓朗は模範的なタレントなの。これまでに仕事でわがままを言ったことなんて、五本の指にも足りないぐらい」

勝ち誇ったように言われて、潮は言葉に詰まる。

「とりあえず一週間一緒に仕事をしてみなさい。それで駄目だったら考えましょう。もしかしたら、市川さんのほうで潮なんてごめんだって思う可能性も大いにあるわけだからね」

渡瀬は嫌味ったらしく「大いに」という部分を強調した。潮は頬を膨らませ顔を横に向けた。


直後、潮は市川と顔を合わせた。

「よろしく、東堂くん」

市川は潮の顔を見ると笑顔になり手を伸ばしてきた。身長は潮より高く、手がかなり大きい。

「よろしくお願いします」

握手をした掌は、皮が硬い。驚いて顔を上げると、市川は苦笑する。

「ごつい手でしょう? 柔道やら剣道やら、武道は一通りこなしていたので、豆がしょっちゅうできては破れていたら、こんなにゴワゴワになりました」

市川は特にお喋りな人間ではないが、必要事項はきっちりと連絡してくれる。現場でのスタッフとの応対もきちんとしているし、傍にいて居心地が悪くない。食事の仕方もいい。一日仕事をしただけで、市川への見方が一八〇度変わった。

「それでは、今日はこれで終わりですが……祐天寺に送ればいいですか?」

夕方六時、市川の車に戻ってきたところで、その問題があったことを思い出す。祐天寺は潮のマンションのある場所だ。

「あ……えーと、俺、行くところがあるので、市川さんはこのまま帰って……」

「そういうわけにはいきません。渡瀬さんにも吉田さんにも、東堂くんを一人で街中を歩かせてはいけないと、厳重に申し渡されていますから」

映画の公開直後から、潮の環境は大きく変わった。以前なら平気で歩けた渋谷も、今はとても無理だった。だから市川の言うことは分かる。

「でも俺にもプライベートがあるから……」

「これから向かうのは女性のところですか? それなら私も知っておいたほうがいいです。一緒に行ってご挨拶をしておきましょう。ほら、乗ってください」

「……市……川……さん？」

この男は一体何を言い出すのか。

「ご安心ください。相手がどなたであれ、私は何も言いません。そして記者からも必ず東堂くんを守ります」

有無を言わさず市川は潮を車に乗せて走り出す。

「どうしよう……」

とりあえず高円寺に向かってもらうことにしたが、潮は困惑していた。渡瀬や吉田が溝口のことを市川に話しているとは思えない。自分で説明しなくてはいけないのだろうか。相手は女性ではなく、バレたときには週刊誌ネタでは済まされないということを。

「この道を真っ直ぐでいいんですか？」

「はい」

気づけば、溝口の家の前に着いてしまった。

「一軒家にお住まいなんですね？」

市川は興味深そうに呟きを漏らす。そして自分も車から降り、荷物を持って玄関の呼び鈴を鳴らす。

「本気で挨拶するつもりですか？」

「もちろんです。お名前は……溝口……さん、ですか？」

表札を見て、市川は何かを思い出すような顔をする。

当然、電報堂の溝口の名前は知っているだろうし、何度か顔も合わせているだろう。潮の心臓が大きく鼓動する。

「……と、開いてますよ、東堂くん」

できれば留守であることを願いつつ、潮はインターホンを鳴らす。だがやがて内側から開く扉に、その望みはあっさり打ち砕かれた。

「おう、なんだ。なんでインターホンなんて鳴らしてんだよ。鍵開いてるんだから、さっさと入ってくればいいのに」

開いた扉の中では、髭を生やした男が立っていた。

絶望的な気持ちで、潮は顔を手で覆う。

「あ……の……？」

横に立っている市川は、潮の顔と溝口の顔を見比べて混乱していた。

「なんだ、市川に送ってもらっていたのか。お疲れさん。ガキのお守りは大変だろう？」

溝口だけは、いつもと変わらぬ表情を見せていた。

「市川の奴、どう思っただろうな」

溝口は酒を飲みながら、おかしそうに肩で笑う。

「他人事だと思って、ずいぶん楽しそうじゃないですか」

潮は溝口が作った食事を食べながらぼやく。

「だってしょうがねえだろう？　実際他人事なんだからさ」

潮の反応にさらに楽しそうに笑う溝口を見て、ふうとため息をつく。

玄関先でしばらく呆然としていた市川は、家には上がらず溝口にろくに挨拶することもなく車に戻り帰ってしまった。

「マネージャー替わってるかもしれないなあ……」

箸をくわえたまま呟く潮の表情に、溝口は苦笑する。

「なんだ、残念そうだな」

「……今日一日しか一緒にいなかったけど、市川さんといるの、楽だったんだ」

「珍しいな、お前さんがそんな風に言うのは」

潮はかなり神経質なところがあって、見知らぬ他人と長い時間一緒にいるのはあまり得意ではない。大好きな伊関や比較的長いつき合いである美咲でも、それは同じだ。潮がこれまでで長時間一緒にいて平気だったのは、来生と溝口だけだ。まるでタイプは異なるが、二人ともある意味、空気みたいな存在だった。

「俺とのことを隠しておいたほうがよかったか？」

「そんなことは言ってない」

むっと不貞腐れる潮の頬を、溝口は笑いながら撫でてくる。

「風呂入れ」

大きな手は首元へずれる。こうされていると、猫にでもなったような気持ちになる。

「……一緒に入ってくれる？」

「甘えてないで一人で入ってこい」

笑いながら誘うと、溝口はやんわり拒む。

「ちぇ、意地悪」

潮は溝口の手をどけると、風呂場へ向かう。

「さっさと出てこないと、そうじゃねえとすぐ寝ちまうぞ」

「年寄りは早寝早起きで困るな」

「誰が年寄りだ」

憎まれ口を叩くと、溝口は笑った。


「気にしたって仕方ないだろう？」

風呂を上がり一戦交えたあとで、溝口は煙草を燻《くゆ》らせていた。

「隠したっていつかはばれることだ。それなら早いうちにわかっていたほうがいいだろう？」

溝口は、市川が自分のマネージャーではないから簡単に言えるのだ。

「なんだよ。不満そうだな」

「別に不満ってわけじゃないけど」

「いいぜ、俺は。マネージャーにばれるのが嫌だっていうなら、いつでも終わらせたって」

その言葉に、潮は慌ててベッドから飛び起きた。今にも泣きそうな顔をして溝口を睨むと、溝口はちらりと潮を眺めた。

「……ばかな奴……」

潮の頬を撫でて、溝口は吸っていた煙草を灰皿に落としキスをくれる。

「俺たちのことなんて、ばれたってたいしたことねぇだろう」

来生から移った癖をなくすために、少し短くした前髪を撫で、溝口は泣きそうな潮を慰めるようなキスを頬や額に繰り返す。大きな手で撫でられる気持ちよさに身を委ね、潮は目を閉じる。

ばれて困る関係がないことが哀しいのだと、溝口はまるでわかっていない。

この家には、潮の物が増えてきている。

歯ブラシ、食器。服、化粧品。風呂場には潮が気に入っているシャンプーがあり、居間には潮の好きなCDが置いてある。

でも溝口との関係はまるで変わっていない。そして潮の気持ちも変わっていない。

それが嫌なわけではない。けれど、どんどん潮は自分の気持ちを溝口に打ち明けられない状態になっている。二人の間の距離が近くなればなるほど、今の関係を失うのが怖くなる。

「あ……」

溝口の愛撫が、ただの戯れでなくなり潮はもどかしげに膝を立てる。自分を満たす男の熱に、潮は内側から溶かされていった。


遠くでインターホンが鳴り響いていた。

「溝口さん……誰か来たよ……溝口さん……」

布団の中に頭まで埋めた状態で、隣にいる男の頭を叩く。が、何度も同じ場所をかすり続けている。仕方なく目を開けると、そこには溝口の姿はなかった。

「あれ……？」

早朝から仕事だったのか。

「……仕方ないなあ」

潮はジーンズに足を通し、玄関に向かう。眠い目を擦りながら顔を上げた途端、潮はその場に凍りついた。

「市川……さん？」

「おはようございます」

夢かと思ったが夢ではないらしい。潮の目の前に立ったあまり高そうではない背広に身を包んだ男は、満面の笑みを浮かべていた。

「どうして？」

「迎えに参りました」

市川は当然のように応じる。

「スケジュールに変更があって、一一時からラジオの収録が入りました。急いで用意してもらえますか？」

市川の淡々とした口調に、潮の頭が一気に覚めた。

「あ、の、一〇分だけ待っていてくれますか？」

「わかりました。私は車で待っていますので、お願いします」

市川が扉を閉めてから潮は自分の格好に気づく、何も身に着けていない上半身には昨夜の痕がはっきりと残っていたのだ。

「……これ、見えた…よな？」

鎖骨近辺や胸の周辺は特に著しい。どうしようもなく恥ずかしくなる。

「参ったな……」

余計な時間はない。潮は急いで着替えを済ませると、市川の待つ車へ向かった。

「すみません、お待たせしました」

「いいえ。それでは参りましょう」

市川は表情ひとつ変えずに車を発進させる。

しばらく潮は黙っていたが、このままこんな気分で過ごすのは絶えられそうになかった。

「あの……」

赤信号で停まると、潮ではなく市川が口を開く。

「昨日は差し出がましいことをしてしまいました」

ルームミラーで、後部座席に座る潮の顔を眺めた。

「人が人を好きになることに、性別は関係ありません。ましてや、私は単なるマネージャー候補にすぎません。昨日の態度は大変お二人に対して失礼でした。本当に申し訳ありません」

ステアリングを握ったまま、市川は頭を下げてくる。

「市川さん……」

「誰にも話しませんので、安心してください」

「ちょっと誤解があるような気がするんですが」

「どんな誤解でしょうか」

信号が青に変わり、市川は車を発進させる。

「市川さんのお気遣いはありがたいんですが、俺と溝口さんって……別に……そういうんじゃなくて」

「……は？」

潮の言葉が理解できないらしい市川は、運転の最中にもかかわらず、顔を後ろに向けてくる。

「わ、前見て、前。市川さん、怖いです」

「すみません……それで……そういうのではないという意味は……？」

再びルームミラー越しに問われ、潮はなんと答えたらいいのか悩む。

「……好きとか……嫌いとか……恋愛じゃないです。うまく言えないんですけど」

説明しながら、ものすごく潮は哀しくなる。潮は誤解されていても正直構わない。だが、それで溝口に余計な迷惑がかかるのは困る。

「東堂くんは、溝口さんのことが好きではないんですか？」

ストレートすぎる問いに、潮はぐっと息を呑む。

「そんなことまで市川さんに言わないといけないんですか？」

かなり時間を置いてから呟く。

「――――いえ」

市川は短く答えると、それ以降質問をしようとはしなかった。

それから渡瀬に言われた「お試し期間」である一週間は、思っていたよりもあっという間に過ぎていった。市川はその間、淡々とではあるが完璧に仕事をこなした。溝口とのことは一度も会話に上ることはなかった。

「で、どうする？」

約束の期限を終えて事務所へ行くと、渡瀬は潮に開口一番確認してきた。

社員が増えた関係で、事務所は同じ青山にある他のビルへ移っていた。

「俺はお願いしたいと思っています。けど市川さんは嫌って言うかも」

普通に考えれば、市川は嫌だと、思うだろう。

「市川さんは是非にって言ってるわよ」

潮は驚いて顔を上げると、渡瀬はにやりと笑う。

「先に市川さんに意志を確認したの。そうしたら彼も同じことを言っていたわ。潮が嫌だって言うかもしれない。そうしたら会社辞めるなんて言ってたのよ」

「今……市川さんはどこに？」

「隣の部屋で待機してる。でも今日は私が話をするから、君は帰りなさい。いいわね？」

渡瀬は年相応の表情を見せる潮の肩を叩く。

「明日は朝一でロケ。市川さんに迎えに行くように伝えておくから、ちゃんと家にいなさいよ？」

「わかりました！」

元気よく答えると、潮は事務所を出た。

渡瀬から話を聞き終えて市川は、ほっと胸を撫で下ろした。

「至らないところがあるかもしれません。精一杯頑張りますのでよろしくお願いします」

「その言葉は潮に言ってやって。でもおかしかったわ。貴方も潮も同じようなことを言うんだもの」

「同じようなこと……ですか？」

「そう。自分はいいけど、相手が嫌がるかもしれないって。明日の朝は潮を迎えに行ってあげてね」

渡瀬が言うと、市川は困ったような表情になる。

「あの……どちらに迎えに行けばいいんでしょうか」

「どっち……？」

渡瀬の反応に、市川はしまったという顔をする。

「失言でした。聞かなかったことに……」

慌てふためく姿を見て、渡瀬はどうして市川と潮が二人して腫れ物を扱うように互いに接していたかを理解する。

「祐天寺よ。家でいい子にしておきなさいって言っておいたの」

渡瀬の言葉に市川はほっとしたような表情を見せ、それから事務所をあとにした。

「なるほどね」

一人になって渡瀬はしみじみ呟いた。

履歴書を見た段階では、渡瀬も市川という男がまるで掴めなかった。面接に当たった電報堂の社員も、何者だろうかと頭を悩ませていた。

しかし、吉田だけはあっさり断言した。

『市川がいい』と。

『東堂くんのマネージャーには、彼みたいなタイプの人間が合うと思います』

潮が誰にでも懐くような振りをしながら、実際はものすごく気を遣う性質《たち》だということは、事務所の人間は皆知っていた。

来生との確執について、さすがに渡瀬は詳しいところまでは知らないが、それでも相当な精神的ショックを受けていることは、永見や吉田、そして溝口から聞かされている。

タレント、社員を合わせた事務所全員の中、潮は最年少だ。それゆえ誰もが子ども扱いするが、思っているほど子どもでないことも知っている。

そんな潮と上手く接することができる人間は、市川以外にいないかもしれない。

「吉田の言うとおり、ナイスコンビネーションってことかしら」

潮にはこれからどんどん仕事をしてもらいたい。そのためにも市川に頑張ってほしい。

事務所を出た市川は、高円寺の溝口の家へ向かった。潮のマネージャーに就任するにあたって、どうしても溝口に会って話をせねばならないと思っていた。本当はもっと前にしたかった。

だが正式なマネージャーに決定するまでは、勝手なことができない。

だから市川は今日まで待っていたのだ。

潮と溝口と「そういう」関係であると知ったときには驚いた。だが納得できた。好きになることに性別は関係ない。だから二人のことを受け入れようと思った。

しかし、潮の弁によると、恋人ではなく身体だけの関係だという。

だが少なくとも潮が溝口に好意を寄せているのは間違いない。

潮はあれだけはっきり自分の感情が顔に出るのだから、当然溝口もわかっているだろう。それなのにあの男は、わかっていて無視しているのだろうか。

溝口は世界に通用するカメラマンであり、大人でもある。

もし万が一にでも潮を弄んでいるのだとしたら、許せない。短期間で潮に対して凄まじいほどの父性を燃やしてしまっていた。父性というよりは、新しい血統書つきの犬を飼った飼い主の気分かもしれない。

数日一緒にいただけで、市川は潮のプライドの高さがわかった。

でも気を許した相手には見ていて恥ずかしいほどの愛情を示す。あんな素直な潮を傷つけるのなら、たとえ溝口でもただではおかない。

高円寺までは道路が混んでいたせいで、思っていたよりも時間がかかってしまった。

「さて……」

家の近くの駐車場に車を停めると、市川はネクタイの結び目を直してから玄関のインターホンを鳴らす。

前触れもなく訪れてしまったことを後悔しながらも、今さら後には引けない。

「……はい」

やがて声が聞こえる。神様は自分に味方した。市川は胸の前で軽く十字を切り、玄関を開けた溝口の前に対峙した。

「突然に申し訳ありません。先日は失礼しました。本日、正式に東堂潮のマネージャーとなりました」

「ああ……そうか。あいつの面倒を見るのは大変かもしれないがよろしく頼む」

伸ばされる手を市川は無視して溝口を睨みつける。

「今日お邪魔したのは、溝口さんに直接東堂くんとのことを伺いたかったからです」

溝口は眉を顰めて、とりあえず市川に部屋の中に入るよう促した。

「お二人の関係を否定しているわけではありません」

案内され台所の椅子に座った市川は、核心部分から話を始めた。

「ただ、溝口さんのお気持ちをはっきりしていただきたいだけです」

「俺の気持ち？」

溝口は煙草に火を点ける。

「東堂くんが貴方のことを好きだということは、ご存知ですか？」

市川は静かな口調で溝口に確認する。

「それもライクの好きではなく、ラブの好きです」

「……ライクについては当然あると思うが、ラブってのはないだろう」

あっさりとした答えに、市川は眉間に皺を寄せる。

「どうしてですか？」

「俺がそうじゃないからだ」

「自分がそうでなければ、相手もそうではないんですか？」

詰め寄って尋ねると、溝口は肩を竦める。

その態度に怒りを隠せず、市川は結論を先に叩きつける。

「ならば、東堂くんと別れてくれませんか？」

「なんだ、突然に」

「突然じゃないです。東堂くんの人生はまだこれからです。貴方みたいに厭世観を漂わせている人からいい影響を与えられるとは思えません」

「市川……」

溝口は長くなった煙草の灰を灰皿に落とす。目の前の男が冗談を言っているわけではないことは、表情を見れば明らかだ。

冗談でないから余計に厄介だ。

「はい」

「お前さん、何歳だ？」

「三二歳です。来年三になります」

「俺より年下か……じじ臭い考えをするのは、子どもがいるせいか？」

ぼそぼそ呟いてから、溝口は煙草をもみ消す。

「知ってるか？　人の恋路に首を突っこむ奴は、トーフの角に頭をぶつけて死んじまえって言うんだ」

笑いながら溝口が言うと、市川はむっとする。

「恋路だと言うなら、喜んでそうします」

「たとえ話だよ、たとえ話。とにかくさっきも言ったように俺とぼーやの間には恋愛感情はない。だから、別れてくれって言われても、別れる関係がねぇ。友達だったら、別れるって言葉は使わないだろう？」

「友達が肌にキスマークを残すようなことをするんで

すか？」

「そうだよ。話をするのと同じで俺たちはセックスするんだ」

思いきった市川の嫌味も、溝口にはまるで意味がない。市川は込み上げる感情と言葉を呑み込む。

「もう、結構です。お邪魔してすみませんでした」

「なんだ、もう帰るのか？」

「これ以上お話ししても、得ることはありませんから」

「ひとつ、聞いてもいいか？」

市川を玄関まで見送りにきた溝口は、靴を履いている後ろ姿に問いかけてくる。

「なんでしょうか」

ゆっくりと市川は振り返る。

「お前が今日うちに来たこと、潮は知ってるのか？」

市川は視線を逸らす。

「今日のことは、私の一存です。東堂くんは何も知りません。ですから、文句があるなら私にお願いします。それから最後にもうひとつだけ言わせてください」

「なんだ」

「貴方は、誰かを真剣に好きになったり愛したりしたことがあるんですか？」

この質問は、溝口の予想を超えていたのだろう。黙り込む様子を見て、市川は頭を下げる。答えを必要としていたわけではない。

「失礼します」

「お疲れさん」

出ていく市川の背中に向かって、溝口は短い言葉をかける。


家路へ向かいながら、市川は不思議になった。どうして溝口は潮の視線に気づかないのか。

他人の目から見ても明らかだ。でも溝口当人だけ、真剣に潮が自分を好きなのだと思っていない。

だから、最後に思い余って溝口に尋ねたのだ。

これまでに誰かを真剣に好きになったことがあるのかと。そういう経験があるなら、わかって当然だと思う。

潮が溝口に打ち明けないのは、口にした段階ですべてが終わることを知っているからなのだろう。完全に切れることよりも、今の関係が続くことを願っている。

「あの人は、大変すぎる」

そうして市川は、自分がした浅はかすぎる行為を、思いきり反省していた。

「今日、このあとうちに来ませんか？」

一〇月一六日の最後の仕事が終わった、午後三時過ぎになって、市川は潮に声をかける。

「うちって、市川さんのうち？」

後部座席に座っていた潮は、ルームミラーに映る市川の顔を眺める。

「妻や子どもが東堂くんのファンで、一度是非会ってみたいと言ってまして……せっかくですから、お誕生日をうちで祝わせてもらえませんか？」

市川の心遣いに潮は苦笑する。

今日一日、潮は仕事の先々でプレゼントをもらい、誕生日を祝ってもらった。

でも、本当に祝ってほしい人は今そばにいない。溝口は伊関の仕事でタイにいる。永見も同行しているのだ。潮も行きたいと言ったが、許可されなかった経緯を市川は知っている。

「ありがとうございます。でも今日はこのままうちに帰ります」

「そうですか？　でも……」

「心配しなくても大丈夫です。今日は家でゆっくり眠ります」

市川は潮が車を降りるときになって、鞄の中から小さな箱を取り出して潮に渡す。

「お誕生日おめでとうございます」

「……あの……」

「誕生日プレゼントです。たいしたものではありませんが、よろしければ使ってください」

市川は少し照れたように頬を赤くして、会釈してすぐ車を発進させた。

「あ……」

潮は礼を言うタイミングを逃してしまった。しばし手の中を見つめていたが、潮は部屋に上がるまで待っていられなくて、エレベーターの中で包みを破る。

そして小さな箱を開けて息を呑む。

「万年筆だ……」

最近はもっぱら電話やメールで、手紙も葉書も書くことはない。万年筆を手にした瞬間、久しぶりに両親に手紙を書こうと思った。

込み上げる感情を胸に抱いたまま部屋に入ると、留守電にメッセージが二件残されていた。

『潮、お誕生日おめでとう！』

『元気にしてるの？』

『今度サインしてね』

久しぶりに聞く家族の楽しそうな声に、涙が溢れてくる。最近、潮は涙脆い。鼻をすすって次のメッセージを聞くと、しばらく無言が続く。

「間違いかな……」

そう思ってメッセージを消去しようとした瞬間『潮』と名前を呼ばれる。

「あ……」

溝口の声だとわかった瞬間、全身が震えた。

『っと……元気か……。え…、こっちは暑くて、永見が早々にダウンした。仕事は順調で、来週にはバンコクに移る。また時間があったら電話入れる』

そこで、切れる。

おそらく、今日が潮の誕生日だとわかっていて電話をかけてきたわけではない。

単なる偶然だとしても、潮には何よりの誕生日プレゼントだった。

「……溝口さん」

声を聞いただけで泣けてきた。溝口が好きだ。とっても好きだ。

しかし当人に打ち明けないどころか、愛しているわけではないのだと自分を偽り、ごまかして溝口の傍に居続けてきた。

けれど、もう限界だ。

「溝口さん……」

声を聞いただけで胸が苦しい。好きだ。大好きだ。

「……大好き……」

喉から声を絞り出すと、涙が溢れてしまう。

「大好き……大好き……大好き……」

どうしようもないほどに溝口が好きなことを、潮は改めて実感していた。

ｃｏｎｆｅｓｓｉｏｎ　告白

季節が秋を通り越し寒い冬へと変わる時期、一年前の今頃は映画の撮影の最後の追い込みだったことを思い出す。

今年の年末は、来年一月早々に上演が決定している伊関主演の舞台の練習が始まる。残りのわずかな時間を雑誌のインタビューやグラビア撮影、テレビのトーク番組の収録に費やされているという、まさに殺人的なスケジュールが組まれた。

伊関もデビュー以来、毎年多忙な年末を過ごしてきた。しかし体調のこともあり今年は、年末年始もゆっくりと過ごせるようになっているらしい。

「申し訳ありませんが東堂くんは無理ですよ」

よほど羨ましそうな顔を見せていたのだろうか。車に乗って二人だけになってから、市川は潮に釘を刺してきた。

「休ませてあげたいですが、今は君にとって一番大切な時期です。だからもう少しだけ我慢してください」

「すみません。市川さんが謝ることじゃないです」

潮は苦笑する。

「それに忙しくてありがたいです。今が大切な時期だというのもわかってます。それより、俺より市川さんのほうが大変ですよね」

潮が忙しければマネージャーである市川も必然的に忙しいわけで、当然、年末年始はまるで休みはない。子どももいるのに、大変だ。

「やり甲斐があるから大丈夫ですよ。去年までも、夜勤や朝番で正月も仕事していましたから」

ろくろく寝る暇がない状態の潮を気遣い、市川はいつからか自分の車に潮用の枕と毛布を、乗せておいてくれるようになった。これは市川の奥さんが用意してくれたらしい。

移動の時間に、少しでも身体を休められればと心配りしてくれたらしい。その優しい気持ちを、潮は素直に喜び、今は愛用している。

「そういえば、溝口さんはまた海外に行くそうですよ」

どくんと、潮の心臓が大きく鼓動する。

「いつ、どこにですか？」

「はっきりとした日程は知りませんが、年末ぐらいからだと聞いています。確か場所はハワイで、アイドル歌手のグラビア撮影だとか」

「アイドル？　なんであの人、そんな仕事するの？」

「理由までは存じません。ただ、電報堂経由で急に入った仕事らしいです」

「年末近く……か」

潮は座席の背もたれに身体を預ける。

「市川さんって、今、何歳でしたっけ？」

「……三二歳ですが、それが」

「大学出てましたよね。どこですか？」

「柔道で有名な大学です」

照れたように答える市川の顔を眺め、そういえば有段者であることを思い出した。

「見えないですよ、本当に。よっぽど熊のほうがらしいと思う」

「……熊……って、どなたですか？」

「なんでもないです。俺、寝ます。おやすみなさい」

後部座席に置かれた毛布にくるまり、そのまま横になる。

溝口が熊と呼ばれているらしいことを市川が知ったのは、ついこの間だった。スタジオで偶然出会った美咲と食事をしていたとき。

　話の流れはよく覚えていないが、溝口はとにかくそのルックスから、熊と称されているらしいのだ。確かに溝口は熊っぽい。

　それも、野生の熊ではなくぬいぐるみの熊だ。ふわふわで柔らかく大きい。


　潮は自宅に戻ると、まずカレンダーを眺め、次に自分のスケジュールを確認した。

　初めて溝口に抱かれたのは、去年の一二月二六日だった。セックスの喜びを覚えたのは、あのときが初めてだった。

　身体中が自分のものではなくなるような、不思議な感覚だった。身体中が痺れ、腰の奥で疼くものに意識も身体も支配される。

　想像を絶する大きさと硬さに痛みを覚えながらもそれ以上に溝口が欲しかった。身体の中に脈動を感じ、熱く猛ったもので貫かれる幸せを覚えた。

　愛していると認識したのはもう少しあとになってからだ。

　でもそろそろ、苦しくなっている。

　溝口を愛する気持ちが、潮のすべてを覆いつくそうとしている。愛していると言いたいと、細胞が訴えている。潮という人間を作るすべてのものが、溝口という人間のすべてを愛していると訴えている。

「……溝口さん」

　想いを告げたい。

　どうしようもなく息苦しさを覚える。

　その後、吉田から溝口のオフは正月明け七日かららしいと聞かされたが、五日から仕事に入る潮とはまったくタイミングが合わない。溝口は結局一二月二二日から、ハワイにアイドルの写真撮影のために出かけ、年末近くに一度戻ってくるが、二日ほどおいてすぐにまた今度は北海道へ行ってしまうと聞いた。

「何か用事があるなら伝言しようか？」

　吉田からのその申し出は丁寧に断った。特に用があるわけではない。潮はただ溝口の声を聞きたいだけだった。


「今日はこのあと、どうするんですか？」

　舞台稽古を終えたときには八時を回っていた。

　ロッカーで伊関に会うと潮は興味から尋ねる。

「途中で買い物して、家に帰る」

「永見さんは？」

「今日は遅くなるみたい。潮はどうするの？」

「俺も一人寂しく過ごします」

潮が笑うと、伊関もそれに応じるように笑う。

「それじゃ、また明日」

伊関と別れて駐車場に向かうと、車の前で市川が困ったような顔をして立っていた。

「どうしたんですか？」

「実は事務所に東堂くん宛ての荷物が届いてまして」

そう言って市川は後部座席を覗き込む。

「荷物？　クリスマスプレゼントですか？　嬉しいな。今度取りに行きます」

「実は今持ってきていて」

言われて潮は後部座席を覗き込む。

「なんか大きくないですか？」

「どうぞご自分で確認してください」

笑顔で市川に促され、潮はプレゼントに添えられたカードを確認して市川を再び振り返った。

「どうして……？」

「私に聞かれても」

苦笑する市川の言葉に、潮は改めてカードを眺める。そこに書かれた手書きされた文字を、よく知っていた。

潮は震える手でラッピングを開け、中を確認する。

「熊だ……」

それこそ潮の身体ぐらいありそうな大きさの、茶色のふわふわしたぬいぐるみだった。顔は決して可愛いとは言えない表情をしている。

「所長に連絡がありまして、絶対に東堂くんに今日渡すようにと仰せつかったそうです」

誰からとは言わず、市川は笑った。

「もちろん、選んだのは所長ではないそうですが」

つまり、選んだのは、溝口本人ということ。

あの男は、いったいどんな顔をして、このぬいぐるみを買ったのだろうか。ふわふわの、茶色の、熊。

「それにしても、どうして熊のぬいぐるみなんでしょうか」

不思議そうに尋ねられたが、潮は答えなかった。もちろん理由はわかっている。

一週間ほど前、潮が高円寺の家へ押しかけたときに、溝口にクリスマスの予定を確認したのだ。もちろん仕事で駄目だと知っていたが、最後の抵抗というか、当人の口からきちんと確認しておきたかった。

クリスマスに対しておそらくそれほどの感慨のない溝口は、あっさり「仕事だ」と答えた。潮は一緒に過ごしたかったのだと口にすることもできず、そのまま帰ろうとしたところで溝口から驚くべき言葉が出た。

『プレゼントは何が欲しい？』と。

潮は激しく動揺し、混乱した。溝口の口から「プレゼント」という単語が出てくると思ってもいなかったからだ。揶揄されたのかと思っていると、溝口は真剣な顔でもう一度同じことを言った。

『だから、プレゼントは何が欲しい？』

優しい瞳で見つめられ、潮は完全に舞い上がった。夢だろうと気まぐれだろうとなんでも構わない。溝口の気持ちが嬉しい。

「熊！」

だから、咄嗟にそう叫んでいた。ほんの少し前に美咲から溝口がそう呼ばれていることを聞いたばかりで、他に何も思いつかなかった。

「熊が欲しい。熊のぬいぐるみ！」

でも、まさか本当にあの溝口がクリスマスプレゼントを用意してくれるとは思ってもいなかった。それも、熊のぬいぐるみだ。

溝口と一緒には過ごせない。それでも溝口の選んでくれたぬいぐるみが、潮を一人寝の寒い夜に暖めてくれる。

「メリークリスマス」

マンションまで送り届けてくれた市川は、大きな熊を抱いた潮に、小さな可愛い袋を渡してくる。

「なんですか？」

「妻から、東堂くんへと預かってきました。食べてください」

「ありがとうございます」

部屋に入ってから袋を開けると、手作りらしいクッキーが出てくる。添えられたカードには、市川の妻からのメッセージが添えられていた。

『メリークリスマス。今度是非、食事にいらしてくださいね。東堂潮様へ』

心の中が温かくなる。

市川の妻は、写真で一度だけ見たことがある。見ているだけで安心するような優しい表情の女性だった。優しい心遣いに感謝しながら、シャンパンを楽しむ。

「メリークリスマス。溝口さん……」

ぬいぐるみを抱き締めながら、夢の中に落ちた潮は、溝口に会った。

『夢でもいいから、逢いたかった』

溝口は腕の中に飛びこむ潮の肩を強く抱いて笑った。

『俺は貴方が大好きなんです』

夢の中ではあるが潮は初めて、溝口に自分の想いを告げた。彼は驚いた顔をしながら、溝口は潮に優しい目を向ける。

『こんな男でいいのか？』

いつものように髭を擦る。

『そんな男だから、貴方が好きなんです』

真剣な顔で答えると、溝口はもう一度髭を擦る。

『ばかな奴だな』

いつの間にか潮の目尻に溜まっていた涙を拭い、頬に優しいキスをしてくれる。

そこで目が覚めたとき、潮は実際に泣いていていた。

「……あれ……」

抱き締めていたのは、ぬいぐるみだった。

どこか間抜けな表情は変わらない、でも、それを眺めているだけでまた泣きそうになる。

「大好きって言ったら……あんたどんな顔する？」

ぬいぐるみに向かって尋ねる。

「俺さあ、すっごい溝口さんのこと好きなんだ。考えているだけで泣けるぐらい、好きなんだよ」

鼻の奥がつーんとした。ぎゅっとぬいぐるみにしがみつき、首の部分に顔を埋める。

溝口に好きだと言いたい。気持ちを伝えたい。それによって今の関係が崩れる可能性があっても、もう自分に嘘はつけない。

感情を隠して溝口に抱かれることはできない。絶対いつか、不本意な形で気持ちを吐露してしまうだろう。

だからそうなる前に、自らの意思で溝口に気持ちを伝えたい。

「でもそうしたら、終わるかな……もう二度と抱いてもらえないかな……」

音も立てずに降る雪は、アスファルトを覆い木々に白化粧を施した。


年始も潮は忙しい日々を過ごした。

五日から東京・渋谷にある劇場で始まった伊関主演の舞台は、連日超満員の大盛況で、立ち見席を求めるために徹夜をする人間まで現れていた。

映画『THE LATEST』とほぼ同じスタッフによる舞台ではあるが、かなり様相は異なっている。現代物心理劇で、かなり精神的に辛い演目でありながら、観終えた人は口々に「よかった」と言う。

休憩なしの二時間、伊関と潮はほぼ出ずっぱりになる。一週間に一度だけ二回公演を行うが、本格的な舞台に初挑戦である潮は、初めのうちは体力的に辛いものがあった。

繰り返し練習をしていてもやはり本番は違う。

伊関の大きさを実感し、プレッシャーに押し潰されそうになった。

潮が完全にふっきれたのは二週間目に入ってからだった。

「何かきっかけがあったんですか？」

「内緒です」

市川の問いに、潮はふわりと笑う。

もちろん理由はある。些細なことだ。そんなことで復活する自分が情けなくもある。だから言いたくない。

潮を落ち着かせたのは、たった一本の電話、それも留守番電話に残されていたものだった。相手が誰かは言うまでもない。

溝口の低く穏やかな声を聞いた瞬間、胸の中でずっともやもやしていた何かが、すとんと落ちていくような気がした。

仕事で忙しい溝口がわざわざ電話をかけてきてくれた。潮が自分に対し恋愛感情を抱いていることを知らない男は、こうして電話の欲しいときに電話をかけてきてくれた。

それだけで潮の全身に元気が漲る。

翌日の舞台では、伊関の声がよく聞こえた。自分を観ている人の目が痛くなくなり、足が確かに舞台に着いているのがわかった。

「お疲れさま」

アンコールを終えて舞台の袖に帰る際、伊関が潮の頭をぽんと叩いてくれたのも、その日が初めてだった。

海外にいる溝口が戻ってくるまで、あと少しだった。舞台のチケットは先に渡してある。すでに何枚も持っているかもしれないが、どうしても今回は自分の手で渡したかった。

溝口が舞台を観にきても恥ずかしくない演技をしたい。そう思っていたら、日増しに潮は光り出した。

新聞評でも好評を得ている。

「明日、いらっしゃると聞きました」

そしてやっと、市川の口から知らされる。

「所長に連絡があったらしいです。明日の分のチケットが手に入るかと」

「……明日のチケットも、渡してあるのに……」

「どなたか一緒に連れて来られるかららしいですよ」

今日は客席に永見の姿があった。いつも席がありながら椅子に座らず、一階席の一番後ろで立って観ている。舞台すべてが見渡せるからいいらしい。

永見は伊関の恋人である以前に、事務所のバックにある電報堂の重職に就いてもいる。それゆえ仕事に対しては厳しく、妥協は許さない。潮がふわふわした演技しかできなかったときには、冷たい視線を送ってきていた。口に出して何かを言うわけではないから余計に、全身が緊張する。けれど、それは潮にかぎってのことではない。伊関だって何度も永見に同じような目に遭っている。

家に帰って溝口の家と携帯に電話を入れたが、捕まえられなかった。溝口の家に行くことはギリギリのところで堪える。

「明日、絶対来いよ」

代わりに、潮はベッドの上に座っている熊のぬいぐるみに話しかける。

「待ってたんだから……な」

出っ張った鼻を摘んでから、ぎゅっと抱きしめる。温かくて柔らかくて安心する。

次に会えたら、気持ちを伝える。想いを偽ることは、もうできない。それによって、もう二度と溝口と肌を重ねられなくなるかもしれない。でも今は考えない。それを考えてしまったら、動けなくなってしまう。

「大丈夫だ」

崩れそうになる決意をぎりぎりのところで堪えている。

本心から大丈夫だと思っているわけではない。でも、大丈夫だと信じたかった。


その夜、潮はなかなか寝つけなかった。お陰で目覚めは最悪で頭痛がひどく寒気もした。去年まで、自分の寝相が悪いことを知らずにいた。

朝起きるときにはしっかり肩まで布団をかぶっていたから、かえって寝相はいいくらいだと思っていたのだ。ところがある日、溝口に布団を蹴飛ばすんだ?』

『お前、どうして夜中に布団を蹴飛ばすんだ?』

潮は夜中に布団を蹴飛ばすものの、明け方近くなると自分で掛け直すらしい。溝口は布団を蹴飛ばしたことに気づいて何度か布団を直してくれたらしいが、それでも次に見ると布団がなくなっていることがしばしばだという。

だから冬には、風邪をひかないように注意しているつもりだった。しかし、昨夜は油断した。

やっとの思いで布団を抜け出してカーテンを開けると、外は銀世界だった。

「……寒いわけだ」

雪はそれほど積もっているわけではなく軽く覆われている程度なのだが、吐く息は白く、窓ガラスには結露ができていた。

「東堂潮！」

顔を洗うべく洗面所へ向かい、鏡の前に両手をついて自分の顔を睨む。寝不足のせいでクマができているのは仕方ないとして、目はしっかりしている。

「大丈夫だ、大丈夫だ」

まじないのように何度も繰り返した。

劇場入りは午後二時だ。

「溝口さんは？」

「いらっしゃるはずです」

市川はルームミラーに映る潮を見て、眉間に皺を寄せる。

「もしかして東堂くん。風邪、引きましたか?」

問われて、どきりとする。

「なんでわかるんですか?」

「目が潤んでいるので。熱はありませんか?」

さすが市川だ。マネージャーとなってから毎日のように潮の顔を見ているだけあって、顔色の僅かな違いさえもわかるらしい。

「七度ちょっと。でも平気です」

だるくないと言ったら嘘になる。だが、これぐらいなら気力で補える程度だ。もっとひどい状態での仕事も何度か経験している。

「食事のあとに薬を飲んでください。あと栄養ドリンクを買ってきてみます。今日はよくても明日も明後日も続きますから」

劇場に着いたのは役者の中で一番早かった。さすがに中日《なかび》を過ぎて大きな変更はなく、楽屋でしばらくぼんやりと時間を過ごす。

伊関の入りは四時半過ぎだった。

五時近くなると観客が劇場周辺に集まり出す。

軽く食事を済ませると、市川が買ってきてくれた薬を栄養ドリンクで服用する。

「できるかぎり眠気がこないものを選んでもらったつもりです」

「溝口さん、来てる?」

錠剤の薬を流し込む。市川は申し訳なさそうに首を横に振った。

「忙しい方ですから、予定が変更になったのかもしれません」

市川は子どもに言い聞かせるような口調だった。

「そうかな……」

「そうですよ。それよりも少しでも体調を整える努力をしましょう。喉アメも解熱剤もあります」

市川に言われるままにうがいをしていると、開演五分前のベルが鳴る。

「……と。それでは、頑張ってください」

細い肩を叩いて、潮を舞台へ送り出す。潮は控え室を出て舞台までの細い通路を歩く。すでに何度も通っているにもかかわらず、不思議な緊張感が満ちる。

「お願いしまーす」

舞台の袖でスタッフに挨拶し、自分の出を待つ。反対側の袖には伊関が立っていた。

開演前の緊張感が全身に漲っていく。激しく鼓動する心臓に、掌にぐっしょり汗が滲む。幕の隙間から何気なく舞台を覗いた瞬間、溝口の姿が視界に飛び込んでくる。そして隣にいる女性の姿も。

直後、幕が上がった——。

「どうしたんだ?」

素人目にもその夜の潮の演技のひどさは、明らかだっただろう。

終演後楽屋にやってきた溝口は、驚きの声を上げる。

「前評判がよかったからって期待してきたのに、あれじゃあな。客に金払ってもらうわけにはいかねえぞ?」

奮起させるための言葉だったに違いない。誰より自分の不甲斐なさを知っている潮にとって、溝口の口から聞かされるのはきつかった。

「今日東堂くんは風邪をこじらせていたので……それもあったと思います」

その場の空気の不穏さを感じた市川がフォローを入れると、溝口は眉を顰めた。

「ちょ……市川さん……」

潮は慌てて市川を遮ろうとする。

「風邪?」

「昨日から……熱もあって……」

潮の制止も聞かず市川が応対すると、溝口は潮を睨みつけた。

「俳優だって自覚あるのか、お前は」

今までとは打って変わってきつい口調になる。

「舞台やってる時期に風邪引くなんて、自覚が足りねえ証拠だ。何考えてんだ」

潮は唇を噛み、悔しさに目を潤ませる。

「風邪のせいじゃない……」

「じゃ、なんだ」

ぼそりと呟くと溝口は続ける。それに対して潮は返答できなかった。

溝口を客席に見つけた直後、その隣に座る人の姿も見つけてしまった。いつか溝口と一緒にいた女優、杉浦優子だったのだ。

親しそうに話をする姿に、潮が必死に堪えていた理性が瞬時に吹き飛んでしまったのだ。

「あ、あの、杉浦さんとご一緒だとおうかがいしましたが……」

市川が尋ねると、潮の肩が揺れる。

「そうだ。よく知ってるな」

「あれだけの美人ですからね。先に帰られたのですか?」

「いや、車で待ってる」

「今日は溝口さんが誘ったんですか?」

「それがなあ、潮のファンらしいぞ」

見え透いた嘘だ。潮は心の中でぐっと息を呑む。

「とにかくあんな演技続けていたら、すぐに干される ぞ。甘い世界じゃないのはわかっているだろう?」

溝口は最後にもう一度潮に釘を刺すと、「それじゃ」と市川に挨拶をする。潮は慌てて顔を上げる。

「また雪が降り始めたらしいですよ」

市川が心配そうに声をかける。

「それほど積もっちゃいないだろう?」

そう言って、溝口は楽屋を後にする。

「東堂くん」

市川に呼ばれて潮ははっとする。

「我々も帰りましょう。このまま雪が降り続けると大変ですし……」

肩を叩かれるのとほぼ同時に、潮は勢いよく立ち上がった。

「どうしましたか?」

「……ごめん、ちょっと……」

潮はそれだけ言うと、楽屋を飛び出す。

まだ溝口はそれほど遠くに行ってないだろう。今日の目的をまだ達せられていなかった。明日では駄目なのだ。車で来ていると言っていた。だから駐車場まで行くが、そこにはいなかった。

「溝口さんは?　どこにいるか知りませんか?」

出会うスタッフ全員に聞く。

「さっき、裏口のほうで姿を見た」

礼もそこそこに裏口へ回る。

潮は必死だった。

どうしようか、考えた。

最低の演技を見せてしまった。だから溝口に自分の気持ちを伝えるのを、やめようかと思った。

でも同時にやはり今しかないと思った。今日言わなかったら、きっと、いや、絶対、すべてが終わってしまう。

そんなことは嫌だった。

自分のこの想いは伝えねばならない。


「溝口さん!」

長い廊下の先に、男の大きな背中を見つける。

「溝口さん……溝口さん!」

三度目にやっと溝口は足を止め、ゆっくり潮を振り返った。

「よう、どうした?」

ちょうど、蛍光灯の明かりが逆光となり、溝口がどんな表情をしているのかわからなかった。それは潮にとって都合がよかった。

二人の間の距離を長く取り、足を止める。身体の横で拳を握り、大きく深呼吸する。

「今日は……来てくださいましてありがとうございました」

まずは、礼を言う。

「俺のほうこそなかなか来られなくて、悪かったな」

一瞬驚きつつも、溝口は潮の言葉に笑った。

「さっきはちょっときついことを言ったかもしれん。だが、期待しているから言ったことだ。そのへん、わかってるよな?」

潮は躊躇いつつも頷く。

「はい。すみませんでした」

「俺に謝ることじゃねえ。自覚してれば、それで十分だ。と、話はそれだけか?　悪いが、今は人、待たせてるんで……」

「もうひとつ……もうひとつ、あります!」

話を切りたそうにする姿に僅かに傷つきながら、慌てて言葉を続ける。

「……なんだ?」

溝口はズボンのポケットに手持ち無沙汰な手を突っ込んで肩を竦める。優しい笑顔。優しい口調。潮を見つめる優しい視線。改めて実感する。

「好き……です」

溝口に自分の気持ちを打ち明けると決めてから、格好いい告白の方法を考えた。

どう言えば一番自分の真摯な気持ちを伝えることができるか。溝口に想いを伝えようと思ったときから色々考えたが、結局、ありのままを飾らずに伝えるしかないと思った。

だから、そのままの言葉を告げる。

「突然、何を言ってんだよ」

溝口は笑って返してくる。

「その話はまた今度ゆっくりな。とにかく悪い、今、急いでいるんだ」

溝口は潮に背を向けて歩き出す。

「今度ゆっくりって……どうしてそんなこと言うんだよっ!」

潮は必死に叫ぶ。

「本気で……言ってるのに」

がくがく全身が震える。

「俺、真剣な気持ちで告白してるのに……それに対して何も言ってくれないなんて、狡い!」

甲高い声が、廊下に響く。溝口はその場で足を止めるが、振り返りはしない。

その背中に潮はさらに続ける。

「溝口さんのことが、好きです。すげえ好きです。誰

郵便はがき

173-8561

切手を
貼ってください

東京都板橋区弥生町78-3
(株)フロンティアワークス
Daria《ダリア》編集部行
「engage3 番外編 LOOSER」読者係

〒□□□-□□□□

住所　都道府県

電話
(　　)　　－

ふりがな
名前　男・女

年齢　歳

職業
a.学生(小・中・高・大・専門)
b.社会人　c.その他(　　)

購入方法
a.書店　b.通販(　　)
c.その他(　　)

ご記入頂きました項目は、今後の出版企画の参考のため使用させて頂きます。その目的以外での使用はいたしません。

「engage3 番外編　LOOSER」読者アンケート

●この本を何で知りましたか？

A. 雑誌広告を見て［誌名　］　B. 書店で見て　C.友人に聞いて

D. HPで見て［サイト名　］

E. その他［　］

●この本を買った理由は何ですか？（複数回答OK）

A.小説家のファンだから　B.イラストレーターのファンだから

C.好きなシリーズだから　D.表紙に惹かれて　E.あらすじを読んで

F. その他［　］

●カバーデザインについて、どう感じましたか？

A.良い　B.普通　C.悪い　［ご意見　］

●今、注目している書籍化して欲しい作家さん＆作品は？

・小説家　作品名

・イラストレーター　作品名

●好きなジャンルはどれですか？（複数回答OK）

A.学園　B.サラリーマン　C.血縁関係　D.年下攻め　E.誘い受け　F.年の差

G.鬼畜系　H.切ない系　I.職業もの［職業：　］

J.その他［　］

●Dariaで利用したことのあるデジタルコンテンツは？（複数回答OK）

A.HP　B.PCメルマガ　C.携帯メルマガ

利用したことのない方は、その理由を教えて下さい［　］

●この本のご感想・編集部に対するご意見をご記入下さい。

（感想等は雑誌に掲載させて頂く場合がございます）

A.面白かった　B.普通　C.期待した内容ではなかった

ご協力ありがとうございました。

よりも好きです。十回でも百回でも千回でも一万回でも言えます。好きです。大好きです！」

半ば自棄になっていたかもしれない。でも口にしたら、止まらなかった。喉が震え、興奮した顔は熱くなり、目尻には涙が溜まる。握った拳はぶるぶると震え、叫んでいないときには奥歯ががちがち言う。

「溝口さんは？」

変わらずその場に止まってはいるものの、振り返ろうとしない。大きな背中が、すべてを拒絶しているように思える。

「ねえ……溝口さんは？」

消えそうな勇気を必死に振り絞る。

「俺のことどう思ってる？　嫌い？　好き？　俺の気持ちは迷惑？　気持ちを押しつけようなんて思ってない。ねえ……だから答えて。お願いだから。嫌いなら嫌いでもいいから。こっち向いて俺の顔を見てよ！」

どうして振り返ってくれないのか、わからなかった。声は聞こえているはずだ。潮がどういう意味で好きだと言っているかもわかっているはず。

「溝口さん……！」

それなのに溝口は、潮の必死な願いを無視したままゆっくり歩き出す。

「嫌いなら嫌いって言ってよ。聞かない振りしないでよっ。狡いよ。溝口さん、狡いよ！」

足が自分の足ではないかのように感じられた。しかし、このままではいけない。だから溝口を追いかけた。

扉を押して外へ出ると、冷えきった外気が潮の身体を包んだ。吐く息が真っ白になる。真っ黒の空からは白い雪が降ってきていて、道路は微かに雪で覆われていた。

「……溝口さん……」

潮は再び溝口の背中を見つける。

「溝口さん！　待って」

腹の底から愛しい男の名前を呼ぶ。溝口の車が見えた。助手席に杉浦の姿が見えた。先に潮に気づいたのは、こちらに顔を向けた彼女だった。歩いてくる溝口に何かを言っているが、彼は首を横に振る。

潮は愕然とした。

背筋にひやりと冷たいものが走り抜ける。

「溝口さん、待って！　話、まだ終わってない……」

溝口を呼び止めるために走り出したが、雪に足を取られ濡れた道路に前のめりに転んでしまう。アスファルトに擦れるものすごい音がして周囲の人間が驚いて振り返ったのに、ただ一人溝口だけはそのままだった。

「……どうして……」

ぶつけた額や肘や膝から血が滲んでいた。でも潮は急いで泥の混じった雪に汚れた上半身を起き上がらせると、顔を溝口のいる方向へ向けた。

今この瞬間呼び止めなかったら、永遠に戻ってきてくれない。

「どうして無視するんだよ！　どうして何も言ってくれないんだよ。どうして……嫌いなら嫌いだって言ってくれないんだよ！」

大好きだ。溝口のことが大好きだ。だからと言って自分の気持ちを押しつけようとは思っていない。色々なことをはっきりさせたかったのだ。

「好きだよ。好き……好きだ……好きだ……好きだ、大好き、大好きっ！」

ゆっくり動き出す車の後ろを見送りながら、潮は流れる涙をそのままに訴え続けた。言葉は雪の中へ染み込んでいく。哀しすぎる精一杯の告白。聞いてくれる人がいなくなった。

溝口の姿が見えなくなった瞬間に、あちこちが痛み始めた。中でも一番痛かったのは、どこよりも胸だった。心臓が張り裂けそうだった。

降りの激しくなった雪が、潮の身体を覆う。このまま雪と一緒になって、溶けてしまいたかった。

いらない。自分なんていらない。もうどうでもいい。

「……東堂くん」

自棄になった頭の上で、優しい声がする。

ゆっくり顔を上げると、そこには傘をさした市川が立っている。肩が雪で濡れるのも気にせず、涙でぐちゃぐちゃな潮に手を差し伸べてきた。

「こんなところにいたら、風邪がひどくなります。帰りましょう」

下手な同情はかえって潮を傷つけるだけだと知っているのだろう。市川は潮が自分で起き上がるのをじっと待っている。

「君を待っている人は、この世の中にたくさんいます。君のことを好きな人もたくさんいます」

潮はぼんやりと市川を見上げる。

「私も、その中の一人です。さあ、帰りましょう」

市川の声が、驚くほどすんなり潮の心に届いた。

伸ばされた手に触れると、市川は優しく頷く。潮に手を貸して立たせ、濡れた上着の代わりに自分の背広の上着をかける。

そして回してきた車に乗り込むとタオルを渡した。タオルを渡し身体を検分した。

「病院へ行く必要はないかと思いますが、家に戻ったら湿布しておきましょう」

市川は潮をマンションまで送り届けると、潮の傷の手当てをする。その間潮は黙ったまま口を開こうとし

なかった。

そんな潮に市川は優しく語りかける。

「私は詳しいことは何も知りませんし、第三者にすぎません、でもそんな私にも言えることがただひとつあります。さっきも言いましたが、東堂くんを好きな人はたくさんいます。君は一個人であると同時に、東堂潮という君を好きな人の共有の存在でもあります。だから、辛くても頑張らなくてはいけません。君を見て、どんなに辛いことがあっても耐えている人がいます。幸せを覚えている人もいます」

潮が市川の言葉を聞いていたかは知らない。けれど、少しでも力づけたくて最後まで告げる、そして潮を布団の中に押し込んで部屋を出た。


潮を一人にしておくことはものすごく心配だった。でも一緒にいてできることがないのも知っている。

人が生きていく上で出合う困難には、人の助けを借りていいことと駄目なことがある。今回のことは潮にとって、自力で越えなくてはならないことだと思う。

潮の右手の甲に残る傷を見るたびに、市川の胸は痛んだ。あれだけ純粋な潮が自分と出会う前にどんなことをしてきたか、渡瀬や吉田に簡単に聞いてはいる。

でも必死で乗り越えた。

だからきっと、今回のことも、乗り越えられるはずだ。乗り越えてほしい。

本音を言えば、すぐにでも溝口の首ねっこを捕まえて、どうして潮の気持ちに何も応えてやらないのかと追及してやりたいところだ。

アスファルトに転がる潮を助けるどころか振り返りもしない。

そんな男の背中に、激しい怒りを覚えた。

これまで二人の姿を見ていて、決して嫌な感じはしなかった。

潮が溝口のことを想っているのは明らかで、はっきりはしなかったが、溝口もまんざらではないのだろうと思っていた。

でも今日の溝口の行動は理解できない。やり場のない怒りをどうしたらいいのかわからなかった。潮が一人で乗り越えなくてはと思いつつも、これまで十分すぎるほど頑張ってきたことも知っている。

市川はさんざん考えて、そして六本木へ向かうことにした。

行き先は――――伊関の家。

bare foot 素足

　舞台の千秋楽である二月二日の公演も、大盛況ののちに終わった。カーテンコールの回数は五回に上り、客席の照明が点いてからも観客たちはなかなか帰ろうとしなかった。

　途中発熱のため潮は二日ほど苦しみはしたが、気力で周囲に気づかれることなく休演せずになんとか乗り切った。

　そして打ち上げ好きな佐々木に連れられ、スタッフや役者のほとんどが渋谷の街に繰り出した。

　去年やっと二十歳になった潮は、スタッフの餌食となった。そしてさんざん酒を注がれるが、さすがに断り方を覚えた。

「大丈夫か？」

　なんとか魔の手から逃れた潮のところにビール瓶を手に伊関がやってきた。

「とりあえずお疲れ。身体の調子は大丈夫か？」

　伊関は空になったグラスに自分のグラスをぶつけた。

「お疲れさまです。すみません。拓朗さんにはご迷惑をおかけしました」

　さすがに伊関には熱を出していることを打ち明けた。ほとんど二人芝居に近かったため、潮のタイミングがずれれば、それは伊関にも影響する。迷惑をかけたと同時に、何度も助けてもらった。

「俺はなんにもしてないよ。潮が頑張っただけ」

　伊関はそう言うとビールを一口飲む。

「この間ね、市川さんがうちに来たんだ」

　潮は伊関の顔を眺め、儚く笑う。

「……市川さんから……聞きました」

　溝口に告白をしたあの日、市川は潮を寝かせてから、その足で伊関の家へ行ったらしい。

　それも溝口のことを聞きに行ったのだという。しかし勢いで行ったあとで反省し、翌日潮と顔を合わせるや否や、深々と頭を下げてきた。

「俺は詳しい事情は知らないけど、潮は聞いている？」

　潮は首を横に振る。市川は事実を謝っただけで内容まではさすがに話さなかった。

「何を……話したんですか？」

　潮が尋ねると、伊関は困ったように笑う。

「俺が言えるのは……溝口さんは潮のことを嫌ってはいないってことだけだ」

　伊関の言葉に、潮は今にも泣きそうな顔をする。

「……そうですか？」

「潮……頑張れよ」

伊関は細い潮の肩を自分のほうに引き寄せ、頭を優しく撫でた。

その直後だった。

あれ以来どことなく元気のなかった市川が、珍しく明るい顔で車の中で告げた予定に、潮は目を丸くする。

「来週一週間、まとめて残りの写真を用意して、五月か六月には発行することが決まりました」

「写真集？」

何を言われているのか、潮はぴんとこなかった。

「確か、去年の四月にワタセエージェンシーに移籍する際、決まっていたと聞いています」

「そういえば……でも、そのうちっていう話だったんじゃ……」

しかし、時期を急ぐことなく撮ろうと決まっていたはず。

「事情が変わったんです」

市川は眉間に皺を寄せる。

「なんの事情ですか？」

「あくまで噂ですが、溝口さん、電報堂を辞める話があるようです」

「……え？」

予想もしなかった言葉に、瞬間、全身の血液がサーッという音を立てて下降していく。辞めるって、誰が？　いつ？　どうして？

疑問だけが頭の中に渦巻いていく。

「詳細ははっきりしません。ですがこの話を持ってきたのが溝口さん御本人からだったのは事実です。慌てて事務所としてスケジュール調整をした次第です」

説明されても、理解できない。

「実は前から独立の噂だけはたくさんあったんだそうです。でも今回のように具体的に表だって噂されるようになったのは、今回が初めてだそうです。それも独立云々ではなくて……」

「聞いてない、そんなの」

潮に何かを聞かれるのを恐れるかのように、市川は次から次へと喋りまくる。

「だからかはわかりませんが、延ばし延ばしにしていた仕事を、去年の年末辺りから急ピッチで進められています。杉浦優子さんの写真集とＣＭポスターについてもそうでしたし、年末にやっていたアイドルのグラビアもそうです」

「……杉浦優子……」

「あれは、違うらしいです」

潮にとって禁句に近い言葉に反応すると、市川は慌てた。

「本当に杉浦さんは東堂さんのファンで、溝口さんに無理を言ってチケットを融通してもらったそうです」

潮はそれに対し何も答えようとしない。

そういう事情があったにせよ、溝口が杉浦と来たことも、告白した自分に答えなかったのも事実なのだ。

「とにかく、写真集の仕事を優先させることになりました。そのため……」

スケジュールについて話す市川の言葉が、頭を通り過ぎていく。

溝口が電報堂を辞めるという話は初耳だった。

溝口が忙しいのは前からだし、永見と一緒にいれば面白い仕事ができる。

だから電報堂に入社したと公言していた。

それを、どうして今この時期に辞めると言うのか。

永見との関係が崩れたのか。他からの引きがあったのか。それとも、フリーとして働くのか。その力が溝口に十二分にあるのはわかっている。

「撮影はいつから始まるんですか」

潮が尋ねると、市川は首を傾げる。

「具体的なスケジュールについては、後日改めて連絡すると所長が言っていました」

「そうなんだ……」

「違うって何が」

当然というか、あの告白のとき以来、潮は一度も溝口と連絡を取っていない。

もちろん、向こうからも連絡はない。

高円寺の溝口の家にもずいぶん訪れていない。熊のぬいぐるみの顔を見るのさえ辛くて、潮はそれをクローゼットに押し込めたほどだ。

何も考えたくなかった。

だから家に帰ってくるとすぐ風呂に入り、寝酒代わりのウイスキーを飲んで死んだように眠る。朝、市川の電話で起こされ、車で仕事に向かう。そんな風に日々を過ごしていた。

写真集の撮影の初日が訪れたのは、それからほぼ一週間後だった。

写真集のコンセプトは「素足」と決まった。

特に飾らない素の潮の顔を撮ることが第一目的だという。

スタジオを訪れると、既に溝口のスタッフが忙しく準備を進めていた。今回はコンセプトに則し、メイクなし、かつ服装も潮の私服のままでいく。やがて訪れた溝口の姿に、全身が硬直した。

「よう」

市川とともに立ち尽くす潮に気づいて、溝口が声をかけてくる。

「無理言って悪かったな」

「とんでもありません。こちらこそよろしくお願いします」

会話する二人の横で、潮は口を噤《つぐ》んだままでいた。

「潮」

名前を呼ばれ、無様にも全身に震えが走り抜ける。

溝口はそんな潮の様子に気づき苦笑する。

「そんなに緊張しなくても大丈夫だ。よろしくな」

潮は何も返せず、ただ頷いた。

「それじゃ、始めます」

溝口の助手の声で撮影が始まる。

初めはスタジオで写真を撮る。

似たようなポーズでフィルム何本分も使う。カメラマンによっては撮影の間中喋り続ける。

でも溝口はそのタイプではない。ファインダーを覗き、無言でシャッターを切り続けるのだ。

緊張感に溢れる。

潮は裸になったような気分を味わった。溝口の目は鋭い。彼の目は、服の下の肌を、そして肌の下の細胞を見透かそうとしている。

彼の目に、自分はどんな姿に映っているのか。


何もわからないままに初日の撮影が終わる。

溝口はそのまま今日撮影したものを確認する作業に入ってしまう。

「お疲れさま、また明日」

溝口は潮の顔を見ずにそう言って、難しい顔のまま暗室へ消えてしまう。

「溝口さん、仕事のときはいつもあんなんです。気にしないでください」

呆然としている潮に、顔見知りのアシスタントがフォローを入れてくる。

「別に気にしてなんていません」

虚勢を張って答えるものの、市川にはばればれだった。心配そうな視線を投げかけられて、何も言えなくなった。

翌日は外へ出た。特定の場所を決めず適当に街中を歩きながら、適当な場所で撮る。持って出たのはカメラ二台とレフ板のみだ。

それでも、意識しているとき、無意識のときにかかわらず、溝口の心の目は瞬間瞬間のシャッターチャンスを心得ていた。ふとした潮の表情も見逃さず特にこうしろ、ああしろと指示されることはない。

撮影を重ねるごとに、潮は自分が無意識にかぶっていたらしい皮が剥げていくのを感じる。

見栄という皮。プライドという皮。自己嫌悪という皮。欺瞞という皮。

その他色々な本人が気づかないうちにかぶっていた皮がなくなっていき、それこそ素のままの潮が露見していく。

傷ついた神経がそのままの形で外気に触れるような感じに、不安が増してくる。溝口以外の人間の視線にまで恐れを感じる。それこそ市川の目ですら怖い。緊張感からではなく、身体が萎縮していくのを感じ、自分で自分の感情がコントロールできなくなる。

溝口の目から逃れたくなる。自分の汚い部分まで見せてしまいそうな気がして、撮影をやめてほしいと叫びたい衝動に駆られながらも、次の日には再びスタジオに訪れる。

自虐的な気分が広がる。朝起きて、撮影があると思っただけで食べたものを戻してしまいそうになるのに、溝口に会いたいという微かな願望で仕事に向かう。

「これじゃマゾだよ」

すでに潮の剥き出しの神経はずたずたなのだ。それでも、まだ溝口に何かを期待している。何を食べても美味しくない。何も欲しくない。

ただひとつ欲しいのは、溝口の腕だった。少しでも溝口の近くにいたくて、己を鼓舞する。


そうして、撮影の最終日が訪れる。

撮影は、夕方からを予定していたが、当日朝になって変更の連絡が入ったという。

「夜の九時から始めるそうです」

市川は、非常に困った顔をしていた。

「何かあるんですか？」

「実は今日は八時から会議でして……どうしても外せないんです。誰か他の人に送迎を頼んでもいいですか？」

「一人で大丈夫です」

不安と言ったら嘘になる。だが、今のこの状態で見知らぬ人と一緒にいるよりも気楽だった。結局せめてもと、予定よりかなり早い時間に市川がスタジオまで送ってくれた。

「終わったら、一応連絡してください。身体が空いていれば迎えに参りますので」

「ありがとうございます」

市川と別れるとスタジオへ向かう。と、既に溝口の姿があった。

彼はテーブルに向かってカメラを懸命にいじっている。それは普段仕事に使っているカメラではなく、高円寺の溝口の家に置かれていたライカの年代物だということに気づく。

普段とは異なる背中になんとなく声がかけづらくて、潮は扉に背を預けてしばらくそのままでいた。

溝口は実に丁寧にカメラを扱っていた。慈しむようにレンズを磨き、細かい埃を綿棒で取り除く。その丹念さは、どこか儀式めいて見えた。

やがて潮の視線に気づいたのか溝口が顔を上げる。

「来ていたのなら声をかけてくれればいいのに」

久しぶりに笑顔を見た。瞬間、全身が震える。

「一人か？　市川は？」

溝口はライカのカメラにフィルムを入れながら聞いている
「いません。俺一人です」

「それはよかった」

溝口はファインダー越しに潮の顔を覗いてくる。

「まだちょっと早いが、始めることにするか。準備はいいか？」

「あ、はい」

潮は急いで荷物を下ろすと、溝口の指示でライトの前に移動する。

そこからはいつものとおりだ。潮は適当に動き、溝口は様々な角度から写真を撮る。いつものように言葉はなく、シャッターの下りる音だけが響く。

部屋の空気が、少しずつ変化していく。

溝口の視線が身体中に絡みついてくるような感じがする。決して不快なものではない。

二人でひとつのものを作りあげていると考えると、力が漲ってくる。ほんの少し、溝口に抱かれているような気分になる。

「俺は……」

潮が月を見て目を細めると、溝口が口を開く。何ごとかと顔をそちらに向けようとしたら怒られる。

「カメラは見ないでそのまま聞いていろ！」

ファインダーから目を離すことなく、溝口は言い放つ。潮は全神経を溝口に集中させる。

「前にも話をしたが、俺はこれまでの人生で心から惚れた奴が二人いる」

不意に告げられる話に潮は溝口に視線を向ける。

「カメラ、見るなって言っただろう」

繰り返される言葉に、慌てて前に向き直る。

だが、気にするなと言われても気になる。その衝動を堪え、素知らぬ態度を懸命に装う。

「そのうち一人は、高校のときの同級生だった」

激しく動揺しつつも、そのまま潮は話を聞くしかない雰囲気を纏っている。

「おとなしくて心の優しい男だった。物事を斜めから見ていた俺は、どっちかって言うとそいつのことをばかにしていた」

語られる話は、溝口の高校時代。


心優しい男の名前は孝一と言った。

そんな二人の仲が近づいたのは、何かのときに話題に上った映画がきっかけだったらしい。

溝口が初めて自分でお金を払って観た映画を孝一も観ていた。その作品を観ていたのは、クラスの中では二人だけで、興味を惹かれて話をしてみた。するとやけに好みが似ていた。物の見方が似ていることにも気づいた。

「俺は生まれたときから父親がいない。母一人子一人だったから、なんでも一人でする癖がついていたんだろうと思う。だから同じ年の奴らより大人だと思っていたし、学校なんてつまらないところだった」

初めて聞かされる溝口の過去に、潮の心臓が強く鼓動する。もっと知りたいような知るのが怖いような衝動に駆られながらじっと話を聞く。

溝口の人生は、孝一との出会いで大きく変わった。初めてわかり合える人と出会ったことで、彼に執着した。もちろん彼も溝口に執着していた。


抱き合ったのは必然で、自然の成り行きだった。

溝口は女を知っていたが、孝一は何も知らなかった。純真無垢な相手に禁断の味を教えることは罪悪感を伴う楽しみでもあった。痛みを堪える顔は扇情的で、二人は次第に行為に溺れ周囲を忘れた。

そして終わりは突然に訪れる。

やがて孝一の両親に二人の関係が発覚し、あっという間に噂が広まった。

当時、二人の間で世界は完結していた。自分たちが一番で、自分たちが考える世界が一番だった。認められないならそれはそれで次に出会うために今の世界を終わりにしよう。

先に言いだしたのは孝一だったかもしれないし、溝口だったかもしれない。今となってははっきり思い出すことができない。

二人で選んだ結論は死だった。元々溝口は孝一以外に執着するものはなく、まったく躊躇はなかった。

お互いの左手を紐で結び、それぞれが自分の手首を切る。愛していると繰り返しキスをしながら、どうしてだか溝口は冷静さを取り戻してしまった。

疑問が浮かんだ。本当に自分は孝一を愛していたのか、と。どうして死を選ばねばならなかったのか。

そんなことを考えていたら手首を切る手に力が入る

わけもない。途中、気を失っている間に、気づけば孝一を一人で死出の旅へ向かわせてしまった。

意識が戻って溝口は驚愕した。繋がった手の先で、一度は愛していると思っていた男が死んでいるのだ。その事実を認識したとき、狂ってしまうかと思った。目の前に広がる血の海に、嘔吐した。蒼白な孝一の表情に号泣した。

その後のことはあまり覚えていなかった。ただ孝一の母親が、半狂乱の状態で溝口に殴りかかってきたのは覚えている。

学校は中退したものの、その街にもいられない。そこでNYに行く話が出た。

母の妹の旦那の弟という、血の繋がりのない遠い親戚が、NYでカメラの仕事をしているのだ。母が連絡をしたら、ふたつ返事でOKしてくれた。

そのとき溝口に冷静な判断力はなかった。言われるままにNYへ向かい、そこで半年を過ごした。


「休憩にするか」

溝口の言葉にはっとする。

気がつくと、一時間ほど経っていた。その間、休みなしに溝口は写真を撮りながら話を続けていた。一言一句聞き漏らすまいとしていた潮は、全身に汗をかいていた。

「今日はいつものと違うんですね」

着替えながら尋ねると、溝口は驚いたように顔を上げる。

「今日使っているの、家に置いてあったライカですよね？」

「気づいてたのか？」

「もちろん。ずいぶん年代物みたいだけど、何か違いがあるんですか？」

溝口は愛しそうにカメラを見つめて撫でる。

「そうだな……人の好みだろうが、俺は人を撮るときはライカが好きなんだ。だがこいつは気難しいのと古いのとで、仕事に使うのは稀だ」

だから普段はあまり使っていないのだと説明する。さらに新しいライカは苦手なのだと笑う。

「いつのものなんですか？」

「一九五七年製のライカMP型といって、現物はかなり少ない。俺も、自分で購入したものじゃない」

では誰が購入したのか。その問いはぎりぎりで呑み込んだ。

「人を撮るときにどうしてライカがいいんですか？」

「……優しく撮れるんだよ」

溝口はカメラをテーブルに置いて煙草に火を点けた。

閉ざされた空間に白い煙が広がっていく。

「優しい……って？」

「ちょっとニュアンスは違うんだが……言葉で説明するのは難しい」

髭を擦る左手を確認するように、潮は溝口を凝視する。

「輪郭線がぼやける分、全体の印象を柔らかく見せる。だが、キャラクターの持ち味もあるから、一概にいいとは言えない。特に拓朗みたいなタイプはライカにゃ合わねえな」

つまり、今日の潮はライカで撮るべく存在ということなのだろう。

喜ぶべきか否かは、出来上がった写真を見ればわかることだろう。

「話の続き、聞いてもいいですか？」

煙草を吸い終えるのを待って潮が尋ねると、溝口は口元で笑う。

「そうだな……」

短くなった煙草を灰皿でもみ消し、溝口は遠い目をする。

「渡米したあと、ずっと向こうにいたんですか？」

「いや」

溝口は首を横に振る。

「最初の渡米はとりあえず様子見だったんで、二か月で即帰国した。そして改めて長期滞在の準備をした上でもう一度渡米した」

「アメリカでやっていけると思ったからですか？」

「そうなんだ」

溝口は照れたように潮の問いを肯定する。

「気づいたら、ろくに英語も喋れねえくせに、生まれてからずっとアメリカにいるような気持ちになってた」

「何故ですか？」

何気ない問いに溝口は肩を竦める。

「言いたくないなら……」

「そういうわけじゃねえ。ただ改まって考えたことがなかっただけだ」

溝口を迎えてくれた人は、日本人だがゲイだった。溝口が渡米する前にそれまで一緒に過ごしていた相手は不治の病に苦しめられ、最終的に薬で亡くなってい た。淡々と告げられる過去に、潮は目を瞠る。

「物静かで穏やかでありながら、心の奥には熱いものを抱えていた。単身渡米した血の繋がりのない親戚の子どもを、なんの見返りもなく受け入れてくれた。慰めるわけでも甘やかすわけでもない。ただありのままを受け入れる不思議な人だった」

でもそんな人が、当時の溝口には何よりも必要だった。話を聞いてくれる人。そばにいてくれる人。受け入れてくれる人。そんな男だった。

カメラマンであった彼は、カメラを始めた当初は人物を撮るのが得意だった。けれど被写体でもあった恋人を亡くしたことで自然を撮るようになった。彼が賞を取った写真を観て生きる気力を取り戻した溝口は、カメラの道を志すことにしたのだ。

「溝口さんにとってどんな存在だったんですか？」

「そうだな」

溝口は首を捻る。

「親戚であり同志、そして師匠」

「……相手の人にとっては？」

溝口の指先が微かに震えたことで潮は触れてはいけないことだと気づく。だからすぐに謝った。ごめんなさい、と。

「今の質問、聞かなかったことにしてください。仕事、再開しましょう。早くしないと遅くなります」

立ち上がろうとした潮の手を、溝口は掴む。

「溝口さん……」

眉を八の字にして情けない声を出すと、溝口は儚い笑みを浮かべる。

「とりあえず、聞けよ。仕事はそれからだ」

真剣な、何かを訴えるような瞳に潮は動揺する。いつもの溝口ではない。潮はそのまま黙って椅子に座り直し、次の言葉を待った。

「俺はたぶん、高校のときのことが心の中に残っていたんだろう。誰かを好きになると周りが見えなくなって、自分だけでなくて相手まで追い詰めてしまう、と」

だから、人を本気で好きにならないようにと、知らないうちに自分自身に働きかけ、心に壁を作った。他人からの気持ちも、受け入れないようにしていた。

これも無意識のうちだった。

「その人、高田《たかだ》聖周《せいしゅう》っていうんだけどさ」

高田は尊敬すべき人間だった。

あの人と過ごす日々は楽しく充実していて、あの人のいる場所は溝口にとっては居心地がよかった。

しかし、高田は違っていた。溝口に恋愛感情を抱いていた。

いつからかは知らないが。それでも、溝口の過去を知っているため、自分の想いが負担になってはならないと、打ち明けなかった。

溝口は邪気なく高田を慕った。信頼を裏切りたくないと思った。でも感情を完全に封じることができない。溝口への想いが強すぎれば強すぎるほど少しずつ高田は理性を保てなくなっていった。

元々繊細な神経の持ち主だった高田は、間接的に自分のかつての恋人の命を奪った薬に手を出してしまった。溝口が気づいたときには、手が尽くせない状況にまで身体と心を蝕まれていた。

そして最後には、自ら命を絶った。

「俺は高田さんからは一度も気持ちを打ち明けられたことはない。死んでから、あの人の残した写真を見て初めて、深層意識の中では高田さんの気持ちを知っていたことにも気づいてしまったんだ」

溝口が拳でテーブルを強く叩いた。瞬間、潮の全身が震えた。

「俺の部屋の壁にある、大きな写真を知っているか？」

問われて、潮は頷く。

一枚だけ雰囲気の違う大きな写真のことだ。

「あの写真は高田さんの心そのものだった。『生きるべき道、進むべき道』というタイトルがついている」

溝口のその無念さが伝わってくる。

「生きるべき道……」

そして、進むべき道。

溝口が平坦な道を歩んできたわけではないだろうと、ある程度は予測していた。しかし、こんな過去が隠されているとは思いもしていなかった。

何を言えばいいのかわからない。自分に言うべき言葉など、存在していないのだ。

「高田さんが死んでから、俺は髭を伸ばし素顔を隠し、心も隠した。アメリカには居続けていたがカメラを手にすることはなかった。日がな一日酒に浸り自堕落に過ごし、このまま死んじまおうかと何度も思った。薬に手を出さなかったのは奇跡に近い」

溝口の自虐的な笑みに、それが冗談ではなかったとわかり、背筋がぞくりとした。

「そんなとき、永見と会った」

ある意味、溝口の人生において、三度目の、そしておそらく最も大切な人との出会いだ。

「どんな状況で出会ったか詳しいことは言えない。だが、かなり衝撃的だった。あそこで俺が見つけてなければ、おそらく永見は死んでいただろう」

心臓がうるさいほど激しく鼓動する、息苦しさも覚える。

「二度、俺はあいつを抱いた。だがそこに恋愛感情はない」

潮は身構える。ここまで聞いて逃げるわけにはいかない。二人の間にそういう関係があっただろうことは予測していた。

それでも実際、溝口の口から事実として聞かされるとショックが大きい。

溝口はハーレムで永見と出会った。永見は、薬を使った上で数人の男にレイプされ捨てられた。命があっただけでも幸運だった。溝口はそんな永見を救け、副作用に苦しむ永見を救うべく抱いたのだ。けれど、それを口にはしない。永見のため、墓まで持っていく秘密なのだ。

「もう二度と会わないだろうと思っていた。だが、世の中は狭い」

溝口は嬉しそうに笑う。

「同じ会社に入ったのは半分は偶然だが半分は意図的なもんだ。帰国して少ししてから俺が誘われた電報堂に、あいつが入社していたんだ。あのときは冗談じゃなく、運命を感じた」

溝口は新しく火を点けた煙草を銜え、煙を天井に向かって吐き出す。

「前に言われたよな。俺が永見に惚れているって」

ずきんと胸が疼く。

「言われたときは、正直何言ってんだと思った。でもな……否定はしねえ。俺は永見に惚れていた」

己の気持ちをとうとう白状した溝口に、潮は口を手で覆い隠す。

「だが惚れたのは来生との事件があったあとだ。脆いながら、懸命に虚勢を張っている姿に、どうしようもなく惹かれちまった。気づいたところで、どうにもならなかったがな」

「どうしてですか」

「過去を忘れようとしても、俺の顔を見るたびに思い出しちまうだろう？」

溝口は苦笑する。

「俺はあまりにもあいつの事情を知りすぎていた。たぶん俺が本気で抱きたいと言えば、あいつは許しただろう。だがそれは俺が望む形じゃない。俺はあいつのすべてが欲しかったんだ」

溝口は、潮と違う道を選んだ。

そしてこれ以上永見が傷つかないように、傍にいる道を選んだ。

だが何も知らない伊関は永見をありのままで包み込み、今ある状態にまで引き上げた。溝口は未練がましく途中お節介はしたが、もうお役ご免だ。

「綺麗さっぱり終わって、これでいいと思ったのに」

告白を終えた溝口は手を解放した潮に、優しすぎる瞳を向ける。

「思ったのに……なんですか？」

胸が痛い。しかし溝口は首を横に振るだけで、潮の問いには答えず、カメラを持って立ち上がる。

休憩は終わりだということだ。

「電報堂を、辞めるって本当ですか？」

「そうだ」

「辞めてどうするんですか」

「外国へ行く」

続けられる言葉に、潮は息を呑む。

「……何をするために、ですか？」

口の中が渇く。

「去年の一〇月に、拓朗の仕事でタイに行っただろう？　あそこで現地の人の顔を見ていたら、なんだか作った顔を撮るのが嫌になったんだ」

くしゃりと顔を崩して、溝口はとんでもないことを口にした。

「人間が『生きて』いるってことをタイで実感した。そういった、生命力に溢れている人間の顔を撮りたい」

膝がガクガク震えた。

「外国じゃなくてもいいじゃないですか」

「もちろん日本でも構わない。だがもっと、こう……真の姿を見たいんだ」

「真の姿……」

「潮の写真集のコンセプトも同じだな」

溝口は日本での最後の仕事として、生命力に溢れた潮を、余すところなく自分のカメラに収めたかった。

もう溝口は決めているのだ。ここで潮が何をどう言おうと聞く耳は持たないだろう。それでも言わずにいられない。

「俺の気持ちはどうなるんですか？」

溝口の過去を聞いて、他人への接し方を知った。

溝口には溝口なりの考えがあって、潮の気持ちには応とも否とも答えないのだ。

写真集の仕事に入ってからずっと辛かった。でも、自分の好きな人に写真を撮ってもらえるなら、それは本望だと思って堪えていたのだ。

「どうするって…」

「貴方は逃げるんだ」

「逃げるなんてひどい言い方だな」

溝口は眉を顰める。笑顔が少し歪んでいる。

「だって、逃げてるじゃないか。あんた、永見さんに一回でも本気で自分の気持ちを伝えたことがあったのかよ」

「だからそれは……」

「ないだろう？　自分の真剣な気持ちが他人を追い詰めるからって、それだけ思ってるくせに振られるのが怖くて、拒まれるのが怖くて言わなかっただけだ。それであの人に信頼される位置を守って、格好つけていい気になってただけだ」

「潮……」

図星を突かれたのだろう。溝口の声が低くなる。

「違う？　違うって言うなら、証明してみろよ」

ぐっと息を呑む。

「俺のことだってそうだ。俺があんたに惚れてて抱いてくれと言ったのを知ってるくせに、そうじゃないんだって勝手に言い訳していただけだ。俺に対してもそうだ。あんたは高田さんのときと同じことをしてる。俺の気持ちが怖かったんだろう。俺に惹かれる自分が怖かったんだ」

そうだ。怖かったんだ。

「違うって言うなら、もっと前に髭を剃れたはずだ。心を隠すために髭を生やしたって言ったよな」

今ならすべての感情が見える。溝口は大人ぶっていたわけではない。ただ人を真剣に愛することが怖くて、自分の真剣な気持ちが拒まれることが怖くて、常にごまかして逃げていたのだ。少し前までの自分と同じだから、その気持ちがわかる。

「お前が俺に対して思っている気持ちは恋愛じゃない。ただ近くにいて構ってくれるから、好きだと思っているだけだ」

らしくない言い訳に、潮は真面目に答える。

「俺だって考えた。なんであんたのこと好きになったんだろうって、すごい真剣に考えた。構ってくれるから好きだと思ってるだけだって言ったよな。確かにきっかけはそうだったかもしれない。誰も俺を認めてくれない中で、あんただけが俺を見てくれた。俺の存在を認めてくれた。構ってくれる人に好意を持つことは悪いこと？　間違ってる？」

自分の気持ちを溝口に伝えたい。どれだけ自分が溝口を想っているか、そして溝口がどれだけ自分を好きでいるか。

潮は自分のシャツのボタンに手をかける。

「潮……？」

溝口は、潮が何をしようとしているのか一瞬わからなかったらしい。でもボタンをすべて外した段階で理解したようだ。

すぐに憮然とした表情になる。

「俺は男の裸を撮る趣味なんてねえぞ」

「これは趣味じゃない。仕事だ」

間髪入れずに反論する。

「コンセプトは素足。つまり、俺の素の姿だ。これほどいいものはないよ。それとも、俺の気持ちの全部を見るのが――――怖い？」

　靴を脱ぎ、ジーンズのボタンを外して足を抜くと、脱いだ靴下を床に投げた。今日は下着は着けてない。

　潮の身体は鍛えても伊関や溝口のように、逞しい筋肉だけで覆われているわけではない。均整の取れた、どちらかと言えば細い身体。

　女性の白くて滑らかな肌とは異なるが、綺麗という形容が当てはまるような気がする。

　けれど、肌には無数の傷が、まだ消えずに残っている。これを隠すために、水着になる仕事はすべて断ってきたが、溝口の前では隠す必要がない。

「自分の周りにあるすべてを捨てて逃げていくんだったら、せめて俺の全部を見てけよ」

　心の奥から溢れる気持ちを訴える。

「俺はあんたのことが好きで好きでそれしかない、ばかな奴だ。俺のことを拾ったあんたにはそれぐらいする義務はあるはずだ。どっちつかずで尻尾巻いて逃げるって言うんだからな」

　恥ずかしさはどこにもない。どういう形であれ潮のすべてを記憶のどこかにとどめておいてくれるなら、これほど嬉しいことはない。潮はライトの下まで移動すると、そこの椅子に座って溝口を待つ。

　潮は確信していた。溝口は絶対に潮の写真を撮る。

食い入るような瞳で見つめ、そして呼吸もできないほど抱いてくれる。

　視線で、そしてカメラで、潮のすべてを見る。

　やがて、溝口は潮の前に立つ。ライトが潮の身体を照らし、シャッターの落ちる音がする。

　カメラを構えた溝口は、様々な角度から潮の姿をカメラに収めていく。ファインダーの向こうの鋭い視線が、潮の身体をゆっくり嘗めるように見る。

　肌に纏わりつくような視線に、身体が熱くなる。心の中で呼吸を落ち着かせながら、目を閉じて身体の変化を抑えようとする。

「無理をするな」

　しかし、そんな潮の耳に溝口の低い声が届く。

「そのままでいい。自分でも言っただろう。ありのままのお前の姿を俺に見せろ」

　口調は優しかった。でも圧倒的な強さと威圧的な色に支配される欲望を隠せなかった。触れることなく勃起する性器と羞恥に染まる身体を溝口に晒す。

　どくんどくんと心臓が大きく鼓動する。

　見られている。

　すべてを見られている。

　溝口に、すべてを。

　堪えていた想いが解き放たれ、我慢できなくなる。

「……溝口さん……」

気づけば目の前まで溝口が来ていた。顔を手で覆いその場に崩れ落ちる潮の身体を、カメラを持ったままそっと抱き寄せてくれる。

心臓の音が聞こえる。

温もりと匂いが、潮を包んでくれる。

「溝口さん……」

潮は必死になって溝口の身体にしがみつく。手に入れられないとわかっていても唇を重ね、激しく舌を絡める。溝口は逃れることなく潮に応えてくれる。

それこそ舌の根が痺れるほど深い部分で絡ませ、溢れる唾液を飲み合う。

甘く、そして熱いそれが互いの口腔を行き交うたび、身体中が疼いてくる。これが最後であろうとも溝口に抱かれたい。

体温を感じ、キスをして、吐息を覚える。名前を呼び名前を呼ばれる。

二度と会えなくても、覚えていられるように、溝口の熱を体内に取り込みたい。

その望みに応じるべく潮の右足を掲げ露になったその場所に猛った溝口の先端が押し当てられる。熱く強い脈動に全身が震える。

「好き……」

想いが溢れる。嗚咽でかき消されながらも、真摯で確かで大切な気持ちを告げたかった。

好き。大好き。愛している。

たとえ最後の瞬間に溝口が逃げてしまうのだとしても、この気持ちは捨てられない。互いの唇を貪《むさぼ》り合い、肌にくまなく触れる。

その間にも、シャッターの音が続く。キスし、潮に己を挿入しながら溝口はその姿を写真に撮り続けている。

初めて出会ったときのことを覚えている。初めて言葉を交わしたときのことも覚えている。

少しずつの出会いを重ね、機会を重ね、今日までの想いを作り上げた。一時の感情にまどわされているわけではない。心の底から、潮は溝口を求めている。

溝口も、遊びで潮を抱いたことなどないはずだ。

時折聞こえていたシャッターを切る音が消え、腰に手を添えられ激しく腰を上下させられる。

「あ、あ、あ……」

溝口の欲望が激しく潮の体内で暴れまくる。肉が擦れ合うたび、その固い先端が内壁に突き立てられるたび、快感に全身が震える。

「潮……」

体内に想いを解き放って獣のように吠えたあとで溝

口が耳元で囁いた言葉は、潮の耳には届かなかった。

LOOSER　解放されし者

その日は朝になって、突然仕事のすべてがキャンセルになった。

「どーして？　俺、なんかまずいことやった？」

にもかかわらず市川に朝早くから叩き起こされた潮は、文句を言いながら車の後部座席に乗り込む。

「まずいことなんてしていません。今日のキャンセルは私が所長に頼んでしてもらったことです。この件で何かあったら、すべて私が責任を負います」

市川はそう言うとひたすら車を走らせる。途中で首都高速から、湾岸、さらに東関東自動車道へ乗る。

「……成田空港に行くの？」

「そうです」

まさかと思いながらも、全身が震えた。

「溝口さんが今日からタイに行かれるという話を昨日聞きましたので、見送りに参ります」

「タイ……？」

「二週間だそうですが」

写真集の仕事を終えたあと、溝口は一週間もしないうちに退職願を出したらしい。が、すぐに受理されるわけもなく、正式に退職するのは四月以降になる。それまで残った仕事をこなし引き継ぎを行う。

今回のタイ行きは、それまでの場繋ぎとして電報堂が溝口に与えた休暇らしい。

でも潮は何も聞いていない。

ただ行為のあと汚れを拭い服を着せてくれたあと、こう言われた。

『これで終わりだ』

その短い言葉に、すべてが集約されていたのかもしれない。

撮影だけでなく、何もかもが終わったのだと、言いたかったのかもしれない。

もちろん納得していない。でも、もう無理なのだ。潮は自分のできることを精一杯した。それでも溝口は振り返ろうとはしない。気持ちを変えてはくれなかった。それが答えだ。

こんなことなら、いやがらせに溝口の髭を剃ってやればよかった。

写真集に、潮の裸の写真は一枚だけ使用されることになったらしい。それも、射精した瞬間の、泣いている顔。頰を流れる涙が光っている。

誰も何も言わないが、おそらくどんな状況かわかっているだろう。

恥ずかしいと思わないではない。

でも確かに綺麗な顔をしている。そして自分の素の姿でもある。だから、誰も溝口の決定に文句は言わなかった。


成田空港に着くと、駐車場で待つと言う市川に聞かれる。

「溝口さん、どこにいるんですか?」

「さあ。実は私もよく知りません」

「そんな……」

「大丈夫です。きっと会えますから」

無責任な言葉に押し出され、潮は第二ターミナルへ向かう。

会いにいくべきなのか否か、ここまでくる間に悩んだ。泣いて泣いて出した結論が、溝口の顔を見た瞬間に変わってしまいそうな気がしていた。

テロやハイジャック防止のため警戒態勢を引いている関係で中に入るのに手間取ったものの、潮はまずタイ行きの飛行機の出発時間とゲートを確かめ、それからあちこち走り回った。でも人が多く、どこに誰がいるか見つけられそうになかった。

「無理だよ……こんなところじゃ絶対会えない」

会えないほうがいいのだと思いながら、潮は必死に溝口の姿を捜していた。

この限られた空間の中にいるはずだと思ったら、どうしようもなく会いたくなった。顔を見て、話をして、腕に抱かれたい。拒まれても、もう一度自分の気持ちを伝えたい。次から次へと衝動が生まれてくる。

「溝口さん、どこにいるんだよ」

途方に暮れた潮は、ベンチに腰を下ろす。膝の上に額を押しつけるようにして深呼吸を繰り返す。考えてみれば潮は今日、まったく変装をしていなかった。しかし海外へ向かう人たちは、空港を走り回る潮には気にも止めない。見つけることなど無理かもしれないと思いつつも、気を取り直してまた立ち上がる。

出発時刻にはまだ時間がある。

ここで会えたら、何かが変わる。何かを変えたい。

そう思って立ち上がった瞬間、潮の全身が硬直した。そして目を何度も瞬かせる。

「神様」

思わず呟く。

フライトインフォメーションの前。カメラ道具一式を肩から下げた男が立っていたのだ。

「嘘……」

夢か、それとも幻か。

何度も目を擦る。でも夢ではない。潮が捜し求めていた人が、すぐ目の前にいる。

「こんなの、あまりにもできすぎだ」

にわかに信じられなくて思わずひとりごちる。それでも潮は真っ直ぐに溝口の元へ向かう。

改めて溝口が好きなのだと思う。泣きたいぐらい好きだ。自分のものになってくれると言うのなら、全部を捨ててもいいくらいだった。

「溝口さん……!」

思わず叫んでいた。驚いた彼がこちらを向くのと、潮が勢いよく腕の中に飛び込むのはほぼ同時だった。

「え……?」

状況が掴めないながら衝撃に一歩足を後ろに下げた溝口は、潮を腕の中に抱きとめてくれる。

「潮?」

「会いたかった……」

喜び勇んで顔を上げた、潮は溝口の顔を見て目を丸くする。

「どうしたんですか……それ」

「これか?」

溝口は何を聞かれているのかを理解して、顎に手をやる。

そこには溝口を溝口たらしめる髭があった。しかし、今はまるで何もない。恥ずかしそうに顎を擦るその表情は、これまでよりもかなり若く見える。

「似合わないか?」

「似合わない……ってことはないけど……」

でも、見知らぬ男に見えて、心臓が不思議な音を立てる。

髭を剃る行為に、どれだけの意味が込められているか。考えながら、潮は溝口の顔をじっと見つめる。

「それより、仕事はどうした」

潮の視線に照れたのか、溝口は視線を逸らし話題を変えた。

「市川さんが全部キャンセルして、連れて来てくれたんです」

「全部キャンセル?」

あの市川がそんな大胆なことをするのか。溝口は頭の中で生真面目な顔を思い浮かべる。市川は潮に関することでは、まるで父親のような愛情を発揮する。

以前自分のところに突然やってきたときのことを思い出し、妙に納得する。あちこちに詫びを入れているだろう渡瀬がかわいそうになった。

しかしその原因が自分にあるかと思うと、居たたまれない気持ちになる。同時に腕の中の潮の顔を見つめ、溝口は眉間に皺を寄せる。

潮のことを想っていないわけではない。愛しいとは思う。でもまだ自分の気持ちがはっきりとは見えていない。

いつまた高校のときの過ちと同じことを犯さないかわからないいし、いつまた高田のような人間を作らないとは言えない。

潮が言うように、他人を愛すること、そして心を通い合わせることを恐れているのは事実で、逃げているのかもしれない。

溝口は、真っ直ぐに自分に向けられる気持ちはわかっていた。わかっていて気づかない振りをした。自分を好きな気持ちを隠してまで抱かれたがった潮の気持ちが、あまりに切なくて不憫になる。

同情など望んでいないことはわかっているからこそ、傍にいてはいけないとも思う。

しかし、自分の感情が同情だけなのかはわからない。ただ愛しいと思う気持ちがイコール恋愛だとは、今の段階では言いきれない。だから、時間が欲しかった。

異国の地で一人で考えたいと思っていた。正直を言えば結論はもう見えている。あとは、それを受け入れるだけだ。受け入れる自分を作るだけ。二度と同じ過ちを繰り返さないために――。

決意の意味を込め、髭を剃った。何年ぶりかで見る素顔に、照れ臭い気持ちがしたことは、潮にはまだ内緒にしておきたい。さんざん、駄目な姿を見せている。それでもどこかで格好つけたいと思っているのだ。

「潮……俺は」

「別に、溝口さんの気持ちを聞きにきたわけじゃないです」

溝口の言葉を遮って、潮は告げる。不思議と真っ直ぐに目の前の男の顔を見つめられた。

「俺。今も溝口さんのこと好きです。惚れてます。大好きです」

大人ぶって、物わかりのいい人間になろうとした。けれどそんなのはもういい。子どもだと思われてもいい。髭を剃った溝口の前で、もう一度自分の気持ちに正直になりたい。

「溝口さんが誰かを想っていても俺を振り向いてくれなくてもいいことにしました。俺は溝口さんが好きなんです。それだけでいい。この気持ちを大切にすることにしました」

自分を愛してくれないどころか、傍にもいてくれない男を想い続けることは辛いかもしれない。それでも、無理をして忘れる必要はどこにもない。

これだけ好きなのだ。こんなにも好きなのだ。忘れられるわけがない。

「溝口さんは気にしないでください。でも、俺が好きだということは忘れないでください。それ以上のことは、望みません、から」

泣きたくなってきた。でも、今は泣かない。

「――――悪いな」

でも聞こえてくる優しい声に、堪えていたものが流れそうになった。そんな潮に気づいたように溝口の逞しい腕が、潮の背中をあやすように撫でてくれる。実際の溝口の胸は、ぬいぐるみより温かくて気持ちがよくて安心できる。

「俺も……考えた。色々」

聞こえてくる言葉に、潮はぼんやりと顔を上げる。

「それで…いい加減自分の気持ちを認めようと思った」

溝口は苦笑した。

「今度帰ってくるまでには、結論が出てると思う。二週間後なんだが……それまで待っていてくれるか？」

潮は目を瞠る。

「俺の気持ちなんてどうでもいいとか、哀しいこと言わずに」

照れ隠しなのか、溝口は鼻の下を擦った。

溝口は何を言おうとしているのか。自分がいいように解釈してもいいのだろうか。それとも違うのか。潮は困惑する頭の中で必死に考える。そして、躊躇いがちにそっと尋ねる。

「待っていて……いいんですか？」

溝口は強く頷く。

「ずうずうしいかもしれないが、待っていてほしい」

緊張から指先が冷たくなる。

夢か。夢じゃないのか。これは本当のことなのか。

「今度はきちんとする。お前の気持ちを今度は受け取れると思う……から」

歯切れが悪いのは、照れているせいなのだろう。潮は目を大きく見開いたままでいる。

「そんな目で見ないでくれ」

潮は首を強く振る。見ないでなんていられない。

「俺が何を想って、何を愛して何を慈しんでいるか、全部お前には話をする。話をしたい」

「話……」

「だから――――わがままかもしれないが、もう少しだけ待っていてくれ」

溝口の心にあっただろう障壁を、一体何が変えたのだろう。何が崩したのだろうか。潮の気持ちだろうか。潮の涙だろうか。それとも、もっと違うものだろうか。

これらをすべて、溝口は今度戻ってきたら教えてくれるのだろうか。愛していると言ってくれるだろうか。

「夢、見てるみたいだ」

声が震える。胸が締めつけられる。幸せで幸せで、信じられない。

でも信じたい。

潮は溝口の胸に顔を押しつけて何度も何度も頷いた。溝口が待てというなら、一年でも二年でも待てる。待っていることが許されるのであれば、それこそ一生でも待てるだろう。

「待ってる……待ってる」

だから、早く帰ってきて。

潮の返事に、溝口は頷く。そして潮の顔を上向きにすると、額に甘いキスをひとつ、頬にひとつ、最後に唇に、少し長めのキスをひとつしてくれた。


溝口が電報堂を退職した六月に発行された東堂潮の写真集は、『ＬＯＯＳＥＲ』というタイトルになった。

コンセプトは『素足』。電報堂専属カメラマンとして、溝口義道が出した、二冊目で最後の写真集となった。

『ＬＯＯＳＥＲ』とは、解放という意味を持つ『ＬＯＯＳＥ』を元にした、『解放されし者』という造語である。

heart

1

二月二五日。日本航空バンコク発午後四時成田着。国際線到着案内の表示パネルが「到着」の文字を表したのを確認した瞬間、東堂潮は全身に鳥肌が立つのを感じた。

もちろん、到着したあと飛行機から降り、入国審査を済ませたのち、荷物を受け取り待ち人が現れるまでは、まだ相当の時間を要するのはわかっている。

だがこれまで日本で待っていた日数と比べれば、ほんのわずかな時間だ。それでも焦れてしょうがない。

椅子に腰掛けた潮は、落ち着かない様子で視線をあちこちにさまよわせる。

潮は、前髪だけ長めに残した髪を、全体的に短く刈り上げている。目鼻立ちのはっきりした、典型的なアイドル顔は、大勢の中に入れば入るほど、際立つ光を持っている。

幼い頃より劇団に所属していた潮は、TVのコマーシャルに出演したことをきっかけにして本格的に芸能界入りを果たした。その後、現代のカリスマと称される俳優の伊関拓朗の映画に出演したことで、爆発的に人気が出た。

それまでは雑誌の仕事が多かったが、最近はテレビでの露出が増えている。周囲の目から逃れるため、外に出るときには常にツバの長いキャップをかぶり、色のついたサングラスをかけ、できるだけ他人と顔を合わせないように地面を見つめ意識的に「自分は東堂潮だ」と思わないようにする。

服装も、地味なラム革のブルゾンに擦り切れそうなジーンズを合わせ、スポーツメーカーのスニーカーを引っかけてきた。

それでも不意に視線を感じるのは、自意識過剰なためではない。隠そうとしても隠しきれない、明らかに周囲とは違う光が人目を引く。

でもそんな視線に気づかないフリをして、潮は腕時計で時間を確認する。

「この時計、壊れてんじゃないのか？　まだ五分しか経ってない」

まるで動いている気配のない時計にうんざりするが、残念ながらロビーの時計もまったく同じ時刻を示している。時計が壊れているのではない。まだ時間が経っていないだけだ。

通常より時間がゆっくり進んでいるように感じられる。黙って座っていられず、迎えの人でごった返す扉の傍まで移動する。待ち人がまだやってこないのはわかっているが、座っていても落ち着かない。これなら立っていたほうがまだマシだ。

潮が帰国してくるのを待っている人は、二週間前、タイに向けて旅立った。

身長は潮より何センチも高く、逞しい体躯の溝口義道という男だ。日本一といわれる実力を持った有能なカメラマンである溝口は、一〇年以上勤めた大手広告代理店電報堂の専属の地位を捨て、フリーカメラマンとして生きる道を選んだ。

自然や風景を撮るのではなく、その土地土地で生きている人間の「心の底からの笑顔」を撮りたいのだと、言っていた。

しかしまだ、諸事情で完全に会社を辞めることができていないため、彼は一度日本に戻ってくる。

今回の旅行は、溝口の退社を望まない会社側が出した、猶予期間を利用した。願わくば、退社を踏みとどまってくれればと思っているようだが、溝口の決意は揺るぎない。

帰国便の到着時間は、電報堂に聞いた。当初、潮には今日のこの時間、仕事が入っていた。

けれどどうしても溝口の迎えに行きたくて、昨年の秋にマネージャーになった市川高雄に、頭を下げて頼み込んだ。

『溝口さんを迎えに行くことさえできたら、他のどんな仕事でもします。だから、その時間、どうしても空けてください。お願いします。無理を言っているのは十分わかっています。でもどうしても行きたいんです』

それこそ土下座も厭わないぐらいだった。そんな潮の肩に、市川は優しく手を置いた。

『仕方ないですね』

潮がいつかそう言い出すのはわかっていたのだろう。だから仕事の調整をしてくれた。

縦にばかり伸びた印象のある、ひょろひょろと背の高い三〇代前半の市川は、見かけによらず柔道の有段者で、やけに大きな手を持っている。面長の顔にどちらかと言えばたれ目で黒ぶちの眼鏡がやぼったさを強調するが、のどかな雰囲気には似合って見える。

潮は市川に何度も礼を言い、仕事を終えると新宿駅まで移動して、成田エクスプレスに飛び乗った。

帰国便到着予定三〇分前に成田空港第二ターミナル駅に着いた。

改札を出て到着ロビーに辿り着くまでの間、潮の心臓は期待と不安ですぐにも破裂しそうな状態だった。

勢いづいてここまで来たものの、良かったのだろうかと自分に問いかけていた。

溝口と潮の間には、奇妙な関係が存在していた。

潮は心から溝口を愛している。しかし、溝口は潮と己の気持ちから目を逸らし、明確な意思表示をしていなかった。二人の間に存在するのは、あくまで友情以上恋愛未満だ。一度は潮の告白を拒否し、逃げた。冷たい雪の降りしきるなか、道路に転んで泣きじゃくる潮を振り返りもせず、その場を去ったのだ。このときに潮は、もう駄目だと諦めた。溝口が自分を振り向いてくれることはない。だからと言って、自分の気持ちは簡単に消えるものではない。溝口を好きな気持ちはそのままに、想い続けようと決意した。

溝口との最後の仕事は写真集であった。

テーマは『素足』。

潮は自分の着ていた服をすべて剥ぎ、心のベールをすべて取り去りもう一度ぶつかっていった。素に戻って溝口に抱かれた。そして、すべてが終わったはずだった。

けれど、溝口がタイに旅立つその日、市川に連れられ見送りにきた潮に、髭のない顔で照れたように言った。溝口にとって髭は、トレードマークでもあり、素直な心を隠すためになくてはならないものだった。

その髭を剃ったうえで、潮に対して正直な心を訴えたのだ。


『ずうずうしいかもしれないが、待っていてほしい。今度はきちんとする。お前の気持ちを今度は受け取れると思う……から』

いつも乱暴でざっくばらんな喋り方をする男が、この台詞を口にしたときには、はにかむような表情になった。ひとつひとつの単語を、実に大切に発したのだ。

優しいキスに、潮は夢を見ているような気持ちになりながら、目の前の男を見つめた。

報われないと思っていた想いが、成就するかもしれない。信じられない告白を聞きながら、潮はこれまでにないほど、幸せな気持ちになった。

一度はドン底にまで落ちた。それでも、忘れることはできなかった。受け止めてもらえなくても、自分が溝口を好きな気持ちに変わりはない。だから、その気持ちを大切にしようと思っていた潮にとって、この告白は青天の霹靂《へきれき》に近い出来事だった。

タイへ飛び立つ飛行機を見送ってからも、心は弾んでいた。

それからが大変だった。

気を引き締めなくてはと思っても、自然と口元が緩んでしまう。幸せな状態に慣れていないせいかどこか夢心地で、足が宙に浮いている感じがあった。

ほとんどの事情を知っている市川は、なんとも言えない表情でそんな潮を見つめながら、特に何もコメントをしなかった。

けれど、溝口の帰国が近づいてくると、最高潮だった気持ちが、次第に下降線を辿り始めた。

溝口の台詞ですら、夢だったのではないかと思うようになっていた。

どんなつもりで言ったのかはわからない。自分に都合の良い解釈をしているだけではないか。もしくは、旅行のうちに気持ちが変わっていたらどうしようかと考えてしまう。

現実感がないから、不安は急激に広がっていく。幸せな気持ちが嘘だったかのように落ち込んでくる。

それでもなんとか気を取り直し、空港まで迎えに行くことを決意して、やっと、今日という日が訪れたのである。


しかし時間が進むごとに、期待よりも不安が増してきた。今にも逃げ出したい気持ちを必死に前向きにして、頭の中で溝口を迎えるときのシミュレーションを行う。

まずお帰りなさいと言おう。それから、疲れていないか確認する。どうせたくさん荷物を持っているだろうから、いくつか預かる。

「カートもあったほうがいいか」

潮は何かを思うたびにロビーを走り回り、右へ左へと移動した。

定刻を過ぎ、バンコク便から降り立ったらしき人たちが税関の申告を終えて、自動扉の向こうから姿を見せる。

「おかえりー」

「お疲れさま」

迎えの場所にはあっという間に人が溢れ、潮は後ろへと追いやられてしまう。それでもなんとか隙間を見つけ、必死で溝口の姿を探す。

普通の人より背が高く体格の良い男だから、すぐに見つかるはずだ。そう思っていても、万が一見逃したらどうしようかと不安だった。

「そういえば、髭、どうしているだろう」

旅立つ前には綺麗に剃っていた。だが二週間という時間は、髭が伸びるには十分な時間だ。

潮は頭の中で髭のある溝口と、髭のない溝口の両方の顔を思い出しながら、身体の前にあるロープを握り締める。大きな目をさらに大きく見開いてじっと扉を見つめていると、やがてひときわ高い位置にある溝口の頭が、視界に入ってくる。

溝口だ。

認識した瞬間、全身に震えが走り抜ける。

小麦色に焼けた肌、口の周りいっぱいに髭を生やしている。二月だというのに、半袖のTシャツ姿の男は、異様な貫禄を持っていた。

「溝口さん」

咄嗟に名前を呼ぶ。しかし、こちらからは確認できても、向こうからは潮の位置がわからないらしい。

「溝口さん！」

もう一度名前を呼ぶと、ようやく溝口は潮の姿を見つけたようだった。

急ぎ足で真っ直ぐにこちらへ向かってくると、迎えの人でごった返す場所から少し離れたところに移動して、溝口はかけていたサングラスを外した。

「どうしてこんなところにいるんだ。仕事は？」

成田空港にこの時間にいる理由など、溝口を迎えに来た以外にあり得ない。

男の口から無意識に出てきただろう言葉にむっとしつつも、潮は会えた喜びに気持ちを摩り替え、帽子を取りサングラスを外して溝口を見つめる。

「今日はオフです。だから迎えに来ました」

二週間、溝口のことを考えない時間はなかった。会ったら言いたいことはたくさんあった。

けれど、いざ目の前に実物がいると、頭の中が真っ白になってしまう。何度もセックスして、心も身体もすべてを見せている相手だ。それなのにまるで初めて会った人のように心臓まで強く鼓動し始める。

「元気だったか」

伸びてきた溝口の指が、額を覆い隠す潮の前髪をかき上げる。直接額に触れる指先の温もりだけで、腰の奥が疼く。

「げ、元気です」

恥ずかしさを隠すために、一歩身体を引く。

「それより、溝口さんこそ、タイで遊びすぎて悪い病気なんてもらっていないでしょうね」

そして思ってもいないことを口にしてしまう。

「なんだよ、悪い病気って。失礼な奴だな」

「溝口さん、もてそうだもん」

「は？」

一度喋り出すと、止まらない。

「タイには、日本企業の人用の飲み屋だってたくさんあるんでしょ？　写真撮るっていいながら、スケベ根性丸出しで遊んでばかりいたんじゃないんですか？」

話したいことは、こんなことではない。帰ってきてくれて嬉しい。ずっと待っていたのだと言いたいはずなのに、余計なことばかり口をついてしまう。

「お前、人のことわざわざ迎えに来ておいて、その言い草はないだろう」

強い口調で言われて、潮は一瞬身構える。

しかし溝口はさほど怒った様子も見せず、頭に置いた手でくしゃりと潮の髪を撫でてから、手に持った袋の中から小さな箱を取り出した。

「な、ん、ですか」

「一応、土産」

「え……」

溝口は潮の手にその箱を載せる。

「何がいいのかなんてわからなかったし、ゆっくり店に入る時間もなかったんで、免税店のものだけどな」

「開けてもいいですか」

潮は箱をじっと凝視したまま、溝口に尋ねる。

「もちろん。気に入ってもらえればいいんだが」

ほんの少しだけ照れたように肩を竦めた溝口の視線を感じながら、潮は箱の中を見た。

「ピアス、だ」

「男の土産にアクセサリーもなかろうって思ったんだが……」

言いながら溝口は髭に覆われた顎を擦る。

溝口の土産のピアスは、18Kで、小さな石がついていた。あまり男は、こういうピアスを着けないかもしれないが、そんなことは関係なかった。

他でもない溝口が、自分への土産を買ってきてくれたのだ。溝口が自分のために買ってくれたものだったら、どんなものでも嬉しい。

だってこれは、前に熊のぬいぐるみをもらって以来のプレゼントなのだ。

潮は今自分が着けているピアスを外すと、溝口に土産のピアスを差し出す。

「着けてください」

溝口が買ってきてくれたピアスを、溝口に着けてもらう。想像するだけで、心臓がはちきれそうなほど感動的な出来事だ。

「自分でやれよ」

溝口は乱暴な口調で拒むが、最初から予想していた。だからすぐ諦めたりしない。

「いやです。溝口さんに着けてもらいたいんです」

だから潮はもう一度言うと、左耳を溝口に向ける。

心臓が痛いぐらいに鼓動している。

溝口はしばらく困ったように潮を見つめていたが、やがて諦めたのか、買ってきたピアスを手に取る。

潮の柔らかい耳朶に、溝口の大きな手が触れた瞬間、背筋に電流が発したような感覚が生まれ、鳥肌が立つ。無意識に零れそうになる声を堪えるべく、軽く唇を噛んだ。頭に巡るのは、溝口と数重ねたセックス。

さらにもう一方の手が頬を掠め、小さな耳の穴に、ピアスが触れる。細い軸が穴を通る感覚は、溝口に貫かれる自分の姿に重なっていく。

「終わったぞ」

ちらりと顔を向けると、すぐ傍に男の顔があった。間近で視線が絡まる。潮はキスを誘うように、瞼を閉じる。溝口にはそれで、潮が何を待っているかわかるはずだ。

人々のざわめきはまったく気にならなかった。

二週間待ったのだ。そして気持ちを聞くまでには、もっと長い時間を要している。だから、じっと待つ。

だがいつまで待っても、潮の待つ唇は訪れない。薄《うっす》ら目を開くと、溝口は口元に大きな手をやって視線を逸らしていた。

「溝口さん……」

「やめようや。こんな、人の多い場所で」

そして待ち人の口から聞こえてきたのは、想像もしなかった台詞だった。

「そんな……いいです。俺、気にしません。キス、したいんです。溝口さんと、今……」

「ここがどこかわかってんのか」

溝口は潮の口を大きな手で覆う。

「それから、自分の立場、わかってるのか。さっきからずっと人に見られてんの、気づいてるだろう？」

「知ってます、そんなの。でも気にしません」

「そういうわけにはいかねえ。駄目だって言ってんだろう」

溝口は縋ってくる潮の肩を掴み、強引に自分から引き剥がす。

「溝口さん……」

「迎えに来てくれてありがとな。でも、ここからは別行動だ」

予想もしなかった言葉に潮は目を瞠る。

「俺はタクシーで会社に戻る。お前も一人で帰れ」

溝口は早口に言うと、床に下ろしていた荷物を抱えて歩き出す。

タクシー乗り場に向かって歩いていく溝口は、潮の存在など忘れたかのように一度も振り返ることはない。

潮はしばし呆然とその場に立ち尽くす。何が起きたのかすぐには理解できなかった。でも、じわじわと現実が襲ってくるうちに、理不尽な感情が満ちてくる。

「なんなんだよ！」

あまりにあまりなほどのそっけなさに地団駄を踏む。

「どこの誰だよ、待ってろって言ったのはっ。土産もらったぐらいじゃ納得しないぞ」

本当は怒鳴り散らしたかったところを、ぎりぎりで堪える。

溝口の言うとおり、周囲の視線を先ほどよりも感じる。そろそろ、限界かもしれない。怒りに理性が食い荒らされ、己を抑えられそうになかった。

潮は諦めて慌ててサングラスをかけ直し、新宿行きのリムジンバスに乗り込んだ。

そのあとも苛々は治まらない。

もちろんあの溝口に限って、甘い再会は期待していなかった。それでも、出発のときの言葉がある以上、なんらかの意思表示はしてもらえると思っていた。

だから、反動が大きすぎた。

土産をもらったことも、潮の気持ちを煽っている。

「あの人、俺がどんな気持ちでこの二週間を過ごしたと思ってんだろう」

溝口は元々人の感情の機微に聡い人間ではない。それは知っていたが、ここまで鈍感だとは思ってもいなかった。

会えて嬉しかった。土産をもらえて嬉しかった。掌の感触が心地好かった。耳に触れられただけで勃ちそうになったのには、自分でも驚いた。

それだけ恋しかったのに、あの男は違ったのだろうか。

「溝口義道のばか野郎」

そんな溝口のことを好きな自分もばかだ。そう思いながら、潮は新宿に着くまで眠ることにした。


「溝口さん、お元気そうでしたね」

翌朝、午前一〇時を回ったところで、市川が祐天寺の潮のマンションまで迎えにきた。十分な睡眠時間を取ったはずなのに、潮の頭の中ははっきりしなくて不機嫌極まりなかった。

おまけに顔を見た瞬間、潮の機嫌を悪くさせている張本人の名前を口にされ、眉間には深い皺が刻まれる。

でも、市川はまるでそれに気づいていなかった。

「ここに来る前に、ちょっと電報堂に寄ったんです。そうしたら、永見さんといらっしゃるところに偶然出くわしたんです」

「……永見さん？」

さらに不機嫌の元の名前が出てくる。

「朝から打ち合わせなのかと思っていたら、昨夜、溝口さんの帰国祝いで、一緒に飲みに行ったそうです。あの……東堂くんは……？」

極めつけの発言に、堪忍袋の緒がぶちりと音を立てて切れる。

「――――喧嘩したんです」

「誰とですか？」

あまりに無粋な質問に、潮は市川をじろりと睨んだ。その態度でようやく、市川は自分の失言に気がついたようだ。

「確か昨日、溝口さんを迎えに行かれたんです……よね？」

「迎えには行ったけど、その場で喧嘩別れしました」

「どうしてですか」

そんなこと、こっちが聞きたい。でもそれに答える気にはなれず、潮は黙ったままでいた。

昨夜一人で家に帰ってから、あまりの腹立たしさに我慢できず、酒を呷ってそのままベッドに入った。頭は朦朧としているのにすぐには眠れず、羊を数えているうちに、空が白々してきてしまった。

ようやくうとうとしたのが、朝の八時になってからだ。全然熟睡できなかった上に、起きたら酒が頭や身体に残っている感じがあった。

「東堂くん……」

「市川さん」

潮は思い切って口を開く。

「引退したいって俺が言ったら、どうしますか？」

振り返ってマネージャーに尋ねると、市川はたれた細い目を目いっぱい見開き、ぽかんと口を開けた。のどかに見える彼の表情だけ見ていても、何をどう考えているのかわからない。

「……あの、今、なんて」

「役者、辞めようと思ってます」

丁寧に言うと、市川は間の抜けた表情のまま動きを止めて、じっと潮を見つめた。

「できれば、六月」

潮は首を傾げ、追い討ちをかけるように言うと、市川は唇を固く結んだ。

「本気、なんですね」

明らかに落胆した声を聞いて初めて潮は無表情な裏で市川が非常に驚いているのがわかる。

『神様、なんのイタズラですか』

真っ白になった頭のまま、時間を過ごすわけにはいかない。この先、少年から大人の男への成長を遂げつつある潮には、山のようなスケジュールが待っている。市川は必死に飛びかけた理性を引き戻し、やっとの思いで口を開く。

「とりあえず、車へ行きましょう。詳しい話は中で聞かせていただきます」

「今日、突然思ったわけじゃないんです」

潮の定位置である後部座席ではなく市川の横の助手

席に座った。シートの上で膝を抱えるようにして、ついさっき宣言した話を続ける。市川はようやく頭の中で思考を始めていた。

「理由は、溝口さんですか」

率直な問いに、潮は首を竦めた。

「市川さんには黙ってられることじゃないから、正直に言います」

そして潮は、溝口を追いかけて行きたいと伝える。

「そのために引退するなんて、女々しいって思われるかもしれない。でも、俺、それだけ必死なんです」

「――女々しいとは思いません。ただ……」

市川は言いにくそうに、でも先を続ける。

「溝口さんは、東堂くんの決意をご存知なんですか?」

「追いかけて行きたいってこと?」

「芸能界を引退するつもりだということです」

市川の横顔を見つめて、潮は顔をくしゃくしゃにして笑う。

「知るわけないです。昨日、喧嘩別れしちゃったあとで、思ったことなんです」

潮の右の手の甲には、ナイフによってできた、痛ましい傷痕が残っている。そして心の中には、あの傷よりも深い傷がある。忘れようとしても忘れられない。何より戒めのためにも忘れてはならないと思う。

潮はかつて、伊関拓朗という現代のカリスマ的存在に憧れる、単なる演劇好きの少年にすぎなかった。もちろん、他の子たちより少し見目が良く、演技の才能もあった。でも本人のみならず周囲の人間も、特別視していたわけではない。

それがなんのイタズラか、よりにもよって伊関のライバル的存在としてデビューさせられた上に、彼の恋人である永見に関わる事件に巻き込まれてしまった。

手の甲に残る痛々しい傷は、そのときの名残だ。

今でこそ心から笑えるようになったが、過去の写真を見ると、まるで別人のように冷たい表情をしている。

潮を一連の事件に巻き込んだのは、永見に復讐することだけに生きていた、来生澄雄という男だ。

永見に憧れ、魅せられ、そしてすべてを吸い尽くされた結果、捨てられた過去を持つ。ある意味かわいそうな男だった。

潮は来生に利用され、悪意に満ちた未来のない世界に引きずり込まれてしまった。そしてさらに来生は、潮を一人その場に置き去りにしたのだ。

真っ暗な場所に置いて行かれ、何をしたらいいかもわからず一人ぼっちで膝を抱えていた潮に、一筋の光を与えてくれたのが溝口だった。溝口との関わりにより、潮は人間らしさを取り戻した。

これらはすべて、市川がマネージャーになる前の話だ。すべてではないがかいつまんだ話を、市川は所長の渡瀬、吉田、そして永見から聞かされた。

同情とは異なる。

もう少し前に潮と出会っていればと思う。そうしたら、守ってあげられたかもしれないのに。最近市川は、父親のような心境で、潮を眺めている。もちろん、潮の才能は認めている。

だからこそ潮の引退宣言は、複雑な気分で聞いた。

いずれそんな話が出てくるだろうとは思っていた。溝口に対する潮の気持ちは、見ているほうがはらはらするほどに純情で真っ直ぐだった。そして誰の目から見ても、溝口が潮に対しまんざらでもないことはわかりきっていた。

にもかかわらず溝口が態度を曖昧にしていたのは、彼の過去が原因なのだと永見から聞いた。

市川は二人がわかり合い結ばれる日を望んでいた。潮のいじらしいまでの気持ちが受け入れられることを、市川は心から願っていた。

しかし、引退となると話は別だ。

「追いかけていってどうするつもりですか」

頭に浮かんだそのままの疑問を、市川は口にする。

潮は市川の問いに、少し狼狽《うろた》えたような表情になる。

「別に。ただ一緒にいたいんです。もちろん、俺にできることがあるならしますけど」

「そんな安易な気持ちでいいんですか?」

あまりに自主性のない潮の言葉に、市川はつい声を荒げる。

が、次の瞬間、目の前の信号は赤に変わる。

急ブレーキをかけて車を停めると、潮の身体が軽く前後した。

「も、うしわけ、ありません」

ハンドルを強く握り締めた市川の心臓は、激しく鼓動していた。

「どこかぶつけませんでしたか?」

急いで顔を横に向けると、潮は肩を竦めた。

「平気。ちょっと驚いただけです」

「よかった……」

ほっと息を吐き出しステアリングに額を預ける市川の顔を潮はじっと見つめる。

「俺、決して安易な気持ちで引退のことを言い出したわけじゃありません」

潮の言葉に、市川は身体をビクリと震わせる。

「俺だって、こんな風に、溝口さん一色に頭の中が染まってしまうなんて、考えもしなかったんです」

信号が青に変わり、市川は慎重にアクセルを踏み込んだ。

「受け入れてもらえるわけがないってずっと思ってました。でももしかしたら大丈夫かもしれないって思い始めたら、止まらなくなったんです。暇さえあったら溝口さんのこと考えているし、いつも一緒にいたいと思ってます。あの人が何を見ているのか傍で一緒に見たいし、感動したものに、一緒に感動したいんです。何もできなくてもいいから、一緒にいたい。同じ空気を感じていたいんです……」

人が人を好きになったとき、潮が口にしたようなことを思うかもしれない。市川にも覚えがないわけではない。

だが二人の場合、他と違ったのは、気持ちを打ち明けるよりも前に身体の関係から始まってしまったことだ。

溝口を好きだと思ったときにすでに、素直になれなくなっていた潮は身体の関係だけでも続けるために、恋愛云々を後回しにするしか、胸いっぱいになってしまった感情を吐き出す方法がなかったのだ。

だから、今初めて知った幸せに、夢を見てしまうのは致し方ないことだ。

一度離れた手がもう一度目の前に差し出されたら、今度こそ離したくないと強く思ってしまうのは正直な気持ちだ。ここでまたタイミングを逃したら、もう次はないだろう。

元々溝口という人間は、一人で生きていける人だ。だから潮は余計に不安になる。

どうしたら一番良いのか。潮の気持ちを受け入れてくれると言っても、具体的には何も変わらないだろう。でも、それではもう我慢できない。

傍にいてくれないなら、自分が傍に行けばいい。

役者の仕事が心から好きだ。前から好きだったが、伊関と映画や舞台で共演し、本当に演技の好きな役者やスタッフと出会ってから、その気持ちはより強いものになった。

自分以外の誰かになりきること。そして自分以外の人生を味わう感動こそ、役者の醍醐味だろう。

溝口のことさえなければ、一生役者としての道を歩み続けただろうと思う。

しかし溝口と一緒にいられるのであれば、そんな楽しみも捨てて構わないと思える。

「本当に引退したいんですか?」

口を噤んでいた市川は、改めて重々しい口調で潮に尋ねる。

「はい」

間髪入れずに返ってくる言葉に、市川の胸が痛む。

「ずっとやりたいと言っていた、映画の第二弾の仕事を放り投げても、ですか？」

「……」

さすがに、潮は言葉を詰まらせる。

伊関と初共演した、『THE LATEST』は、諸事情により上映予定が大幅に遅れながら、伊関や潮、そして松田美咲といった、まさに人気絶頂の人間が出演した映画であり、さらに監督がマニアなファンを獲得している、業界内では神とまで崇められている人物だったため、前評判から非常に注目されていた。

一部評論家は、前評判だけで大したことない作品だろうとけなしていたが、実際に上映してみれば、連日の超満員で立ち見に入れ替え制は当たり前だった。

半年以上にも及ぶロングランが記録され、その年の映画賞をほとんど総嘗めにした。

特に主演の伊関、助演の潮の人気はうなぎ上りに高まった。

元々最初からスタッフの結束は高く、上映前から続編の話は上がっていた。しかしながら俳優はもちろんスタッフも一流どころが集まっている関係で、即次の制作に入れるはずもない。

そんな中、誰もがスケジュールを調整して、できるだけ早い時期に第二弾を制作しようという話になっていた。

それが、夏を間近に控えた時期になってようやく、ほぼ確定したスケジュールの連絡が入った。

楽しみにしていたプロジェクトが本格的に動き始めたことで、潮は歓喜した。他の仕事はできなくても、あの映画の続編だけは何がなんでもやりたいと、口癖のように言ってきたのだ。

「決まったんですか」

「まだ相変わらず、様々な部署での調整段階をしていますが、近々確定するでしょう。けれど、六月に引退するならば、当然のことながらその仕事は受けられません。それでも、構わないんですか？」

どこか突き放した感のある市川の言葉に、潮はしばし悩みつつも小さく首を縦に振る。

彼の髪が揺れて、耳にある小さな石のついたピアスが見える。これまで見たことのないそれが、誰からもらったものか市川にはわかった。

潮の仕種が、肯定を意味するのか、それとも否定なのか、怖くて市川には確認できなかった。

仕事を終え潮と別れてから、市川は改めて今日の潮の発言について考えた。

彼の気持ちはわからないでもないし、そうなった結論もある程度は納得できる。けれど、他の部分で市川は傷ついていた。

潮は、すでに「引退」を決意していた。

これまで一緒に仕事をしてきた市川に対し、先の発言は事後報告に過ぎない。せめて相談してくれていたのであれば、もう少し気が楽だったろう。が、事実は事実として受け止めなければならない。

一人で考えたところで、答えが出るものでもない。引退となると、事態は深刻だ。現段階で二年先まで仕事の予定が入っている。

さすがに真っ直ぐ家に帰る気にはなれず、日報の提出を口実にワタセエージェンシーに向かった。忙しい事務所ではあったが、市川が訪れた時間、所員はほとんど帰っていて静まり返っていた。

自分のデスクに座った市川の頭の上で、点いていなかった明かりが灯る。

「お疲れさまです」

元気な声の主は、ワタセエージェンシー設立当時より、伊関のマネージャーを務める、吉田だった。子どものような満面の笑みを浮かべ、市川に向かってぺこりと頭を下げる。

「こんなに遅くまで大変ですね」

「いえ、そんな、吉田さんこそお疲れさまです。今日はもう、伊関さんのお仕事は終わられたんですか?」

童顔ゆえしばしば大学生に間違われているものの、吉田は外見の印象とは大きく違う、敏腕マネージャーである。頭が非常にきれ、回転も速い。

かつて永見の直属の部下であった時期に腕と人格を認められ、伊関のマネージャーに抜擢された。市川よりも年齢は若いが、この職場では遥かに先輩である。

さらに、中途入社で入ってきた市川の採用を決めたのも、この吉田の一言がきっかけだったという。

「あ、違います。伊関くんの仕事、今、ちょっと僕から離れているんですよ。所長の命令で、しばらくデスクワークと営業周りの仕事をやってます」

大量の書類の束をアタッシェケースから取り出した上司は、近々結婚を控えている。

相手はワタセエージェンシーに市川と同時に中途入社した女性だ。

市川は潮について外回りが多いためにさほど関わりはないが、吉田と同じで常に笑顔を絶やさない彼女は、入社わずかにして、すでにワタセエージェンシーになくてはならない存在となっている。伊関拓朗の大ファンの彼女は、結婚後も当然仕事を続けるらしい。

「ご結婚の準備は順調ですか?」

「まあ、ぼちぼち。なんて言いながら、僕はほとんど何もしていなくて、任せっきりなんですけれど」

結婚の話を切り出すと、吉田はさすがに照れたように頭に手をやった。

「式は一応、六月に軽井沢で予定しています。市川さんもご都合ついたらぜひ出席してください。それから結婚については先輩ですから、色々と教えてくださ い」

「そんな……」

「市川さんはご結婚されて、何年ですか」

吉田につられて市川も照れたように頭に手をやった。

「今年で七年です」

「お子さんもいらしたんですよね。最近忙しいから、お子さん、不満に思っているんじゃないですか?」

「いえ。妻も子どもも東堂くんの大ファンですから、何も言われないんですが……」

ふと頭を過ぎる潮の言葉に、市川の表情は強張る。

「東堂くんのことで、何か?」

市川の表情の変化にすぐ気づいて、吉田は心配そうな声を出した。

「ちょっと」

市川は曖昧な笑みを浮かべる。

「少し話を聞いてもらいたいんですが」

渡瀬にまで話を持っていくとややこしくなるが、吉田なら事情を察してくれるだろう。だから思い切って言うと、吉田はすぐに笑顔になる。

「お腹空いていたんです。この先に美味しい居酒屋があるので、一緒にいかがですか?」

深い追求もせず応じてくれる吉田に市川は感謝した。考えてみたらお互いに忙しく、改まってサシで飲みに行ったことはない。

「吉田さん、お酒はイケる口ですか?」

「まあまあです。市川さんはかなりお強いんじゃないですか?」

「それなりです。体育会大学公認の柔道部で鍛えましたので」

「それはすごそうだな。潰されないように気をつけなくちゃ」

明るく笑う吉田の口調に、それだけで市川は救われたような気がした。


どちらかというとしっとりと飲む人の多い店の奥で市川と吉田は向かい合わせに座って、ゆっくり酒を酌み交わしていた。

最初は世間話から入った。次に伊関の話に移ったところで、潮の話をどう切り出すべきかを考えたものの、結局引退の話をされたのだと、素直に事実を打ち明けることにした。

「引退、ですか」

吉田も潮と溝口の関係は知っていたが、さすがにその単語に、驚きを隠せないようだった。

「市川さんに何か事前にご相談があったんですか?」

「いいえ」

市川は首を左右に振る。

「もちろん溝口さんとのことがありますから、いずれとは思ってはいました。でも実際言われると、どう反応すればいいのかわからなくて…」

「それはそうですよね」

吉田は嘆息する。

「僕なんて、何があろうと伊関くんが引退なんて言い出すわけはないから、その辺りの心配はまったくないんですが……」

伊関と永見の場合に限っては、永見が伊関の一番のファンであるために、何かが起きたら行動を起こすのは、間違いなく永見だ。

「東堂くん、一途そうですね。おまけに相手は、あの溝口さんだし。首根っこにでもくっついてないと、どこ行くかわかんないですもんね……」

吉田はグラスの中の酒をくっと飲む。

相手を思うと、潮の決断はある意味、仕方ないと思えてしまうところが、一番の問題だった。でも同時に溝口と一緒にいて、幸せになれるかも疑問に思う。

「当の溝口さんはそれに対してどう言ってるんですか?」

「おそらくまだ、ご存知ないです」

市川はこの間溝口が帰国したときに、潮が喧嘩別れして帰ってきたことを打ち明ける。

「あー、なんか想像つく」

吉田は苦笑した。

「溝口さん、今すっごい忙しいらしくて、全然捕まらないみたいなんですよ。携帯も持っていないから、まったく連絡取れないって所長がぼやいてました」

電報堂は相変わらず溝口の引き止めに走っている。だが退職の意思は固い。それならばせめて、残っていた仕事を終わらせてからにするように命令された結果、退職までの間のスケジュールがぎゅうぎゅうになったようだ。

「とはいえ大人しく聞くタマじゃありませんから、合間をぬってうまいこと、またすぐ海外に行くらしいですし」

「そうなんですか?」

そんな話を聞いたら、潮は我慢できるわけがない。

市川は絶望的な気分になる。

「正直なところ、市川さんはどうしたいですか？」

「まだ頭の中が混乱していて、明確な結論は出ていないんです」

　市川は半泣きのような表情になる。

「ただ、東堂くんがこれからの人だということは間違いありません。だから、その好機をみすみす捨てるのは、勿体《もったい》無いのではないかと思うんです」

「そうですよね。それは僕も思います」

　ぽつりぽつりと頭の中にある思いを市川が口にすると、吉田はそれに同意する。

「とりあえず今は溝口さんがどう思っているかは置いておきましょう。東堂くんのことだけを考えれば、行かせてあげたいと思うのが本音です。でも、将来、彼の才能を考えると、ひとつの仕事をやり遂げたあとで、心から送り出したい気がします」

「ちょうど映画の話も煮詰まってきたことだし、それを餌に、なんとか引き止めることはできないかなあ」

　それは、市川も考えていた。

　今朝の様子でも明らかに、映画への執着が潮を引き止めている。

　だから映画の仕事が決まれば、引退という二文字を呑み込む、もしくは先に延ばす可能性は高い。けれどまだいかんせん、具体的にいつからと決まってはいないのが難だった。

「でも、あれは……」

「実はあの話、杉山電機に新製品の動きが出てるんです」

　吉田は周囲を気にして声を潜める。

「そのＣＭの制作も兼ねて映画の撮影予定を立てたいと、館野さんから直々にご連絡をいただいたところなんです」

「それは本当ですか？」

　市川は目を剥く。

　杉山電機広報部部長の館野といえば、その業界では知らぬ者のない偉大な存在だ。

　伊関のデビューＣＭの制作も、彼なしには会社が動かなかったという。近年中に、取締役就任を控えているらしい。

「さすがに時間的余裕があまり取れないので、コマーシャルは二本のみ制作し、あとは映画に繋げる予定らしいですよ。映画自体が大々的なコマーシャルの意味を兼ねるという、杉山さんとしてもかなりの冒険になるので、事前の調整に時間がかかったようです。金銭面はほとんど杉山が持つということ。内容は当初の予定どおり、スタッフ配役ともに一切変更はなしです」

「それで、予定としてはいつから……」

「早くて一〇月頃からスタートして、映画の公開は来年の春とのことです。コマーシャルは年末の時期からの放映を狙うそうです」

「ぎりぎりですね……」

潮の口から出た引退という言葉は、溝口の退職時期に合わせてのものだ。

それをあと一年我慢させることができれば、映画の上映までにはなんとか間に合う。絶望感に溢れていた市川の心に、一筋の光が見える。

「……もしかしたら、なんとかなるかもしれません」

頭の中で、綿密な計算がなされていく。

一生役者で生きろとは言わない。

けれど、引退時期を一年延ばすことは不可能ではないだろう。潮にとって意味のない話ではない。役者としても、遣り甲斐のある仕事になるのは間違いない。

「もしかしたらじゃなくて、絶対になんとかなります。頑張りましょうよ、市川さん。良い仕事にしましょう」

吉田は空になった市川のグラスになみなみと酒を注ぎ、自分のグラスをぶつける。

「映画の成功を祈って」

チンとグラスの重なる音が、なんとも市川の耳には心地好かった。


「映画の話が決まりました」

翌朝、市川は早速潮に切り出す。市川にとっては切り札であり、そして潮にとっては、ジョーカーかもしれない話だ。

「映画って、あの」

「東堂くんの待っていた『THE LATEST』の続編です」

わざともったいぶった言い方をする。

「おそらく一〇月頃からコマーシャル撮影に入り、同時に映画の打ち合わせが始まる予定です。杉山電機広報部の館野部長が直々に動かれたことで、話が一気に決まったそうです」

潮の表情が微妙に動く。

「市川さん、俺……」

「昨日の話は、聞かなかったことにします」

あえて潮を突き放す。

「ですから、東堂くんの判断で、どうすべきかを決めてください。その結果、昨日と同じ結論になったときは直接所長に話してください。やはり映画の仕事はするのであれば、何も言わないでください」

市川の発言に、潮は傷ついた表情を見せ、唇をぎゅっと噛み締めた。

その横顔を見て、市川はひとつ目のハードルを越したと確信した。

どうせ引退するなら、日本国中から惜しまれる存在になってから、送り出してやりたい。

「そのために、頑張りましょう、東堂くん」

潮への精いっぱいのエールを送った。

2

吉田の結婚式が行われる六月の第二日曜日は、梅雨入りしたにもかかわらず見事な晴天が広がった。

式自体は、主賓である永見が来る途中で事故に巻き込まれて到着が大幅に遅れたりと、一瞬ひやりとする場面があったものの、結婚する当人たちの人柄からか、全体的に和やかで楽しいものとなった。

永見のスピーチで吉田が大泣きをして、新婦にハンカチを差し出されるという微笑ましい場面もあり、常に吉田が永見に厳しく言われていても、二人の間には確かな信頼関係があったことを証明した。


「綺麗だったな、花嫁さん」

招かれた潮は、前日から軽井沢に入った。

仕事以外では着たことのない礼服は肩が凝った。すべてを終えて潮は部屋に戻ると即上着を脱ぎ、タイを緩めてベッドに仰向けに倒れ込んだ。

「吉田はなんかコントみたいだったな」

同室の男も同じく正装していたが、髭は相変わらずで、黙って立っていると少々怖いものがあった。

「溝口さん」

「普段の背広姿だって決して似合っているとは思わなかったが、白の燕尾服なんて、七五三にすらならねえな」

溝口は昨日昼過ぎにアフリカから帰国した。その足で軽井沢に来たせいか、どことなくもさっとしている。

「でも、似合ってたじゃないですか」

「似合ってないとは言ってねえよ」

ムキになる潮の横にどさりと腰を下ろした溝口は、緩められたネクタイの首元に指を差し入れてくる。

「七五三って言えば、お前も仲間だな」

「何が、仲間なんだよっ」

そして潮の顔のすぐ横で、密やかに笑う。熱い吐息と伸びた髭が潮の滑らかな顎をくすぐる。逃げようとするとしっかり潮の肩を掴み、わざとらしく顎を擦りつけてくる。

「同じお子様って言ってんだ」

小さな疼きによる快感が背筋に走る。溝口と会うのは、二月以来だ。久しぶりすぎる感覚に、潮は悲しいほどに反応してしまう。

「なんだよ、もうサカってんのか？」

潮の下半身に手を伸ばした溝口は、すぐにその変化に気づき、揶揄するような口調で煽る。

「違う……っ」

図星を指されて真っ赤に頬を染めた状況で否定してもあまりに見え透いている。それでも潮は溝口の胸を押し返す。

溝口が今日の結婚式に出席できるかどうか、ぎりぎりになるまで吉田すらわからなかったようだ。

六月初旬になって、溝口はようやく正式に退職が認められた。するとこれまで以上にあちこちの国を飛び回り、誰も連絡が取れなくなった。

溝口から正式に返事が入ったのは、式の前々日の夜になってからだったそうだ。日本に帰国するのは前日で、成田から直接軽井沢に向かうということだった。

『あまりに非常識だ』

その話を聞いていた潮は、嬉しさ半分、それ以上に自分を顧みない男が腹立たしかった。だから顔を見るなり、開口一番に乱暴な言葉を投げつけた。溝口は弁解するでもなく「そうだな」と小さな声で頷いただけだ。その態度にさらに神経を逆撫でされ、ベッドの中に潜り込んだ。

その後会話を交わすことなく翌朝を迎えると、潮は同じ台詞を溝口にもう一度投げる羽目になった。仕事で何度となく世話になった吉田の晴れの日に、溝口はよりにもよってジーンズにシャツという、あまりにあまりな格好で式に参加しようとしていたのだ。

『あまりに非常識だ』

潮はきつい口調で言うと、慌ててホテルのフロントと連絡を取り、貸衣装で礼服を探してもらい、やっとの思いで時間に間に合わせたのだ。

本当は髭も剃ってしまいたいところだったが、自分しか知らない髭のない顔を他の人に見せるのはなんとなく癪だったので、そこはぐっと堪えた。

そしてなんとか無事に披露宴が終わって、今こうして二人で過ごしている。

「昨日から、怒ってばかりだな」

溝口は逃れる潮を追いかけて、首筋に舌を伸ばしてくる。嫌だと言っても、本気ではない。それがわかっていて、愛撫の手を強めていく。

「あんたが怒らすようなことばかり、するから……」

「会うのは久しぶりじゃないか。時間は有効に使いたくないか？」

「な……っ」

　さらに怒鳴ろうとした潮の唇に指を置いて、溝口は喉の奥で笑う。太い指はシャツのボタンを順に巧みに外し、アンダーシャツをズボンの下から引きずり出し、直接肌に触れてくる。鍛えられた腹筋を撫でる掌の温もりが徐々に移動していく。

「な、に言ってんだか」

　顔に似合わない甘い言葉に、潮の理性はあっさり溶けかかる。でも、言わなくてはいけないことがある。潮は失いかける理性を引きずり戻し、溝口の手から再び逃れる。

「……どうした？」

「溝口さんと一緒に、海外旅行したいな」

「やめとけ。俺と行ったって面白くねえぞ」

　溝口はやんわりと潮の申し出を拒む。でもそれですぐに諦めたりしない。

「そろそろ正式に退職するんですよね。そうしたら、俺を連れていってください」

　シャツの下を動く掌が、瞬間、ぴくりと止まる。

「助手でも器材持ちでもなんでもします。こう見えても結構力あるし役に立つと思う」

　溝口の反応が怖くて、冗談めかした口調でしか言えない。

「何ばかなこと言ってんだか」

　そんな言葉を溝口が本気に取るわけもなく、おかしそうに笑う。

「退職は確かに決まった。だが、それとこれとは話は別だ。だいたいお前みたいなお坊ちゃんに、あんな重い荷物、持って歩けるわけねえだろう」

「嘘じゃないよ」

　溝口の手の動きは止まらない。そこから生まれてくるもどかしい感覚を堪えつつ、さらに訴える。

「本気だよ、本気で、一緒に行きたいと思ってる。駄目ですか？」

「駄目も何もねえって」

「だったら」

「あんまりわけわかんねえこと言うなら、やめるぞ」

　溝口は本当に面倒くさそうに、そして強い口調で言い放った。潮はショックだった。不満だった。無性に悔しかった。

「なんだよ、その顔」

　指の腹で胸の突起をいたぶり、思わせぶりに攻める。

「したくないなら、やめるぞ」

「――したくないとは言ってない」

溝口が腰の上に跨っただけで、潮の下肢は疼いている。

溝口のきっちりした服の襟元から覗く逞しい胸の筋肉を目にするだけで、体温が上昇する。こんなに淫乱だったのかと驚くほど、溝口に抱かれたくて仕方がなかった。

それでも素直になれない。悔し紛れに強く言うと、溝口の首にしがみつき自分から強引に唇を重ねる。唇が触れるだけのものではなく、口腔内を弄《いじ》り、舌を絡め合い、どろどろに理性が蕩け出すまで唾液を飲み干す深いキスだ。

「潮」

重ねた唇の間から零れる唾液は、ベッドのシーツに小さな染みを作る。

激しいキスの合間、溝口に優しく名前を呼ばれ、全身に電流が走り抜けたような感覚を覚える。身体の細胞が疼く。全身で潮は溝口を欲している。

「溝口さん……」

甘えるように男の名前を呼び、自分で邪魔なシャツを袖から抜き、ズボンのファスナーに手をかけた。同時に溝口は潮の上から離れ、ベッドの横ですべてを脱ぎ去る。

露になった裸体に、潮の目が吸い寄せられる。

元々逞しかった身体が、もう一回り大きくなったようだ。アジアやアフリカなど陽射しの強い地域を中心に回っているせいか、健康的に焼け、野性味を増している。

海外を飛び回っている姿は、まるで水を得た魚のように生き生きとしている。これこそ溝口本来の姿なのだろう。

あの腕に抱かれ、何度も逞しい熱に貫かれた記憶を呼び戻すだけで、甘い痺れが蘇る。

でも記憶だけでは我慢できない。

溝口がベッドに膝をつくと、ぎしりとスプリングが軋む。ゆっくり覆い被さってくる男の下半身に、潮は躊躇なく手を伸ばす。それはすでに熱かった。熱く息衝く猛っているものを飼い慣らす。でも一筋縄にはいかない。

暴れ馬のように強く、熱がある。浮き上がる血管を指でなぞり、そっと撫でる。

「ずいぶん積極的じゃないか」

その声を無視して、躊躇せずに先端から根元に向かって舌を伸ばし、丹念に嘗め上げ、慈しんでいると、口の中で溝口は体積を増す。熱く脈動していく肉塊を見つめているだけで、潮も熱くなる。溝口はそんな自分のものを預けたまま、形の綺麗な潮の臀部に指を伸ばした。

柔らかい曲線を過ぎ、窄まった中心に爪の先が触れた瞬間、びくりと身体が震える。

「あっ」

「すぐには入れねえ。ゆっくり慣らして、可愛がっていたぶって焦らしてからだ。安心してしゃぶってろよ」

会えなかったこの数か月の間に、溝口のいやらしさには磨きがかかったらしい。恥ずかしい台詞を平気で口にして、潮を言葉だけで犯していく。

「この…熊男！　何、ほざいてんだよ」

眉間に皺を寄せて抗議をしても溝口の指からは逃れられず、強烈な快感が背筋を走る。

「文句ばっか言わないで、たまには素直にイイって言えよ。そのほうが、ずっと可愛いぞ」

首の後ろから熱い息を吹きかけて、溝口は本格的に潮の身体を強く愛撫し始める。

手の甲の傷痕に触れられると、忘れた痛みが潮の脳裏に蘇る。しかし、同時に生まれる快感があることを、溝口は知っている。だから音を立てて、舌の全体を使ってその傷痕を嘗める。

「溝口さん、溝口さん……」

潮は苦しい息で、自分を支配する男の名前を呼び続ける。

「思い切り感じちまえ。声も殺すな」

「や……そこ、や、だ……っ」

「やだじゃねえだろう?」

ぐっと溝口の太い指が身体の奥に進む。

襞に触れた指先が熱を生む。だが指の太さだけでは潮は満たされない。

「……溝口さ、ん……」

甘くねだるように逞しい身体に爪を立てる。

「早、く……早く……っ」

二人の腹の間に疼く欲望に溝口は小さく苦笑し、潮の足を高く掲げ、そこに猛った己のものの先端を突き立てた。

「あ」

小さく潮は声を上げ、身体を大きく震わせた。

お湯の立てる音に、潮は目を覚ます。心地好い湯の中、溝口と向かい合わせで浸かっていた。ベッドで二度果てたあと、卒倒していたらしい。そのまま溝口に浴室に連れてこられたようだ。全身を溝口の手で洗われているうちに再び盛り上がって、潮は自ら溝口を中へ導いて、腰を上下させた。

バスタブぎりぎりまで入っていた湯が、周りに飛び散る。

「潮。少し、落ち着けって」

潮は激しく腹の上で動く。快感を堪えた溝口の弾む声を聞いて、潮はさらに舞い上がり、目の前にある肩に歯を立ててきた。

「……っ」

溝口が小さく呻いて腰を強く突き上げると、潮はあえなく達する。

透明な湯の中に自分の放った愛液が広がる。少し遅れて、二人が繋がった部分からも溢れるものがあった。射精してなお猛々しさを失わない溝口の存在を感じながら潮は呼吸を整える。

「……ったく、しょうがねえな」

溝口は苦笑しながら、己を引き抜こうとするが、潮はそれを拒んだ。

「駄目……抜いたら、ヤだ」

「ヤだって……お前、もう、腰くだけだろ？」

「そうだけど…でもまだ、欲しい」

会えなかった間の時間を埋めるように、ありったけで甘える。叫びすぎたために声は嗄れ目は潤んでいるが、それでもまだ疼きは消えない。

「もうちょっと。そうしたら、俺……イケるから」


強く強く溝口を締めつける。

「無茶するなよ。これで明日動けなくなって市川から怒られるのは、俺なんだぞ。ただでさえ、先に釘を刺されてんだから」

困ったような口調になる男に、潮は上目遣いの視線を向ける。

「もしかして最近、市川さんに会ったの？」

溝口の台詞に、潮は小さな引っかかりを覚える。

「ああ、昨日、成田まで来たんだ、あいつ」

「嘘。なんで市川さんが……」

初耳だった。

当初市川も吉田の結婚式に出席する予定だった。しかし仕事の都合がつかず、都内で行う会に顔を出すことになったのだ。

それなのにどうして、成田に行ったのか。

「そんなこと聞かれたって、俺が知るわけねえだろう。他の仕事のついでか、渡瀬になんか言われたからじゃねえの？」

そんなわけはない。溝口と会って話をするために、市川は無理矢理成田へ行ったはずだ。

「……何を話したんですか？」

真剣に問う。

「疑い深い奴だな。なんでもねえって、本当に。仕事のついでで来てくれて、電報堂からの書類を届けてくれただけだ。他にはなんにもねえ」

溝口は無意識に顎を擦りかける。だが潮の視線に気づいて、その手を慌てて胸に伸ばした。

「何やってんの？　俺、真面目に聞いてんのに」

「やめるなって言ったのは潮だろう？」

話を逸らすべく、溝口は再び潮の胸にかじりつき、腰を抉るように下から突き上げた。不意をついた激しい行為だったが、体内の溝口は一発で潮のいい場所を突き当てたらしい。

「そ、こ……駄目だ、よ。溝口さん……あ、あ、あ」

前触れなしに訪れた激しい快感に、潮は甲高い声を上げる。

数え切れないほど溝口とセックスしている。だが何も考えられなくなるほどの快感を覚えるのは、それほど多くない。その快感が今、訪れようとしている。

「や、あ……ん、ん」

暴れ回る溝口の周りに、内壁がまとわりついていく。繋がった場所から細胞がすべて溶けていくかのように、全身が蕩けそうになる。

激しく溝口の背中をかき抱き、嫌だと言いながらすがりつき、深いキスを求め、強い繋がりを求めて足を相手の腰に巻きつける。

後頭部が落ち何度も湯の中に沈みかけながら、潮は激しい快感を訴えた。

「溝口さん……溝口さん……っ」

次第に輪郭が薄れていく男の腕の中で、完全に意識を失った。


溝口は潮を風呂から上げ、丁寧に身体を拭ってから浴衣を肩から羽織わせると、ベッドの中に押し込んだ。

少々手荒に扱っても目を覚ます気配がない。さすがに心配になったが、熟睡しているだけのようだ。

「ったく、張り切りすぎだよな。いくら久しぶりだからって」

自戒の言葉を口にする。

自分と潮では、一回り以上の年齢差がある。大人である自分が制御しなかったら、潮に堪えが利くわけがない。しかし、すべては後の祭りだ。

疲れ果てて眠る潮の姿に軽い後悔の念に駆られながら、溝口はソファに座って煙草の火を点け、持ってきた鞄の中から一通の手紙を取り出した。

潮に追及されたとおり、市川が成田まで出向いてきた用事は、自分に会うためだった。話をする時間がないから、この手紙を軽井沢に行く前に読んでくれと言われた。

必死な表情から、中身は予測できていた。

自分が退職をするに当たって、潮が芸能界を引退して、溝口についていきたいと言っている。潮の気持ちを考えれば了解したい気もするが、でもまだその時期ではないのだと、市川は思っている。

自分についていきたいと潮の口からも言われた。

「まったく、どうして俺についていきたいなんて言うんだか」

溝口はため息をつき、市川に渡されてから何度も読んでいる手紙を封筒にしまう。

ニコチンが小さな肺胞にまで染み渡っていく感覚が好きで、煙草をやめられそうにない。

潮にとって自分も、煙草のようなものではないかと思う。

以前、成田まで追いかけてきた潮に対して言ったことを、忘れたわけではない。潮の一途な気持ちを受け入れるから、待っていてほしい。そう言っておきながら、自分の気持ちを伝えてはいない。

先日成田に迎えに来てくれたときには、驚きとあまりの恥ずかしさに素直になれず、結果潮を怒らせ喧嘩別れする羽目になった。

だが本当に雑踏の中で潮の姿を見つけたとき、溝口は自分の目を疑った。潮がこんなところにいるわけがないと否定したのに、名前を呼ばれたとき、現実のことだと実感した。

はにかんだ笑みを見せる潮が愛しくて可愛かった。許されるのなら、あの場所で抱き締めてキスをしたかった。自分がどれだけ潮のことを愛しているか、思い知らされた瞬間だったのだ。

タイにいる間も、ふとした瞬間に潮の笑顔が蘇った。何かにつけ潮の言葉が聞こえてきた。

出がけに格好つけた言葉を残してきたが、本当に潮のことを受け入れられる自信はなかった。

将来を台無しにする恐れはないか、幸せにできるのかと改まって考えると、躊躇することばかりだった。潮は若いが子どもではない。懸命に自分のことを考え、そして溝口を愛していると言いきる一人の男だ。

適当にあしらえないし、邪険にも扱えない。大切に思うからこそ、どうしたらいいのかわからなかった。

そして結局答えは見つからず、今日になってしまった。

正直に言えば溝口はまだ恐れているのだ。潮の気持ちを受け入れることはすなわち、彼の人生を担うことになる。伊関や永見のようなつき合い方は、自分たちには当てはまらない。最近になって知ったことだが、溝口はどうやら、潮を猫っ可愛がりしたいらしいのだ。

自分でもその事実に気づいたときに、絶句した。

甘えられるのが嬉しい。傍にいてほしいと願ってしまう。

遠くにいて互いを想い合うことなど無理だ。可能だとしても潮にとって幸せなことなのかは、疑わしい。

大切な相手だからこそ躊躇する。潮のことを考えれば考えるほど、どうしたらいいのかわからなくなる。

だから今日もセックスに逃げた。もちろん、離れていた間の想いを確認したかったのは事実で、自分でも信じられないぐらい潮が欲しかった。それは潮も同じで、縋ってくる瞳があまりにいじらしくて、無理をさせてしまった。

溝口は短くなった煙草を灰皿でもみ消し、深い眠りについている潮の頭をくしゃりと撫でつける。

「お前、もっと小さくなっちまえよ」

そして、優しく語りかける。

「小さくなっちまえば、どこにだって連れてってやるよ。役者なんてやってなくて、アイドルなんかじゃなくて、単に東堂潮って普通の人間だったら、誰がなんと言おうと一緒に連れ回してやるのにな」

散々子ども扱いしてきたが、潮は着実に成長している。それはおそらく、自分の横に立って一人前になるためだろうが、大人になって一人立ちしていく姿を見ると、溝口は勝手なことに寂しさを覚える。

溝口は潮の才能に惹かれている。潮の中にある未知の光がすべて放たれる日を、心待ちにしてもいる。

もし東堂潮が、なんの取り柄もないただの二〇歳の青年だったら、まず二人は出会えなかったことも知っている。

「あーあ。まったくどうすりゃいいんだか」

溝口は独りごちてから、着ていた浴衣を脱ぎ捨て、ジーンズに足を通し穿き替える。


荷物を持って廊下に出たところで、ちょうどバーから戻ってきた伊関に出食わす。

「あれ。溝口さんどうしたんですか？」

「明日、東京で朝一の仕事がある。今からタクシーで帰れば間に合う」

軽井沢から都内まで、タクシーでいくらかかるのか。金額は考えたくないが、深夜ならばさほど時間はかからない。

「朝一の新幹線じゃ駄目なんですか」

「電車、苦手なんだ」

溝口は子どものように言って、肩を竦める。

「あの、潮は、知ってるんですか」

伊関は周囲を気にして声を潜める。

「何を」

「溝口さんが、今夜帰られること」

　平気な顔をして痛いところをついてくる伊関に対し、溝口は苦笑するしかない。

「寝てるんだ、あいつ。明日の朝落ち込んでたら、申し訳ねえが慰めてやってくれないか。拓朗以外には頼めねえ」

　伊関はそれに対しては何も言わない。

「しばらく日本にはいらっしゃるんですか」

「どうかな。俺の六月のスケジュールは電報堂が握ってるが、とりあえず明日からの仕事が終わりさえすれば、御役御免ってとこだな」

「具体的に退職の日は、いつ、ですか」

「二二日前後だろう。そうしたらもう、俺は電報堂の社員じゃなくなる」

「寂しくなります」

　伊関の言葉に溝口は肩を竦める。

「何しけた面してんだ。電報堂を辞めたところで、俺とお前の関係は変わらねえだろう」

　あからさまに落ち込んだ様子を見せる伊関に、溝口はにやりと笑う。溝口と伊関の間には、友情といえる関係が育っている。でも、溝口が電報堂の社員でなくなれば、会う機会は格段に減る。


「ただでさえうるさい姉さん女房がいるところに、さらに小うるさいガキまで押しつけて悪いけど、人助けだと思って頼む」

　溝口の言葉に、伊関は静かに頷くしかなかった。もちろん溝口の不在で消沈する潮に、何ができるかもわからない。それでも、自分のできる精いっぱいで応えたかった。

「日本にいるときには、必ず声をかけてください」

「もちろん。どうせ、しょっちゅう内外を行き来する。これが永遠の別れってわけじゃねえし、またゆっくり飲みに行こう」

　そして溝口は手を上げて去っていく。

　大きな背中を見送って、伊関は潮の部屋の扉を見つめる。

　今頃潮は、溝口との甘い夢でも見ているのだろうか。

　二人の実際の関係はわからない。

　でも、つい先日売り出された潮の初の写真集を見れば、互いの気持ちはわかる。お互いを信用しているからこそ撮れる絶妙な表情が、潮の新しい魅力を写し出していた。この写真集で、潮のファンは幅広い年齢層に広がるだろう。

「潮、お休み」

　伊関は扉に向かって静かに告げると、溝口の言うところの「姉さん女房」が待つ自分の部屋へ戻った。

3

潮が二一歳の誕生日を迎えた一〇月一六日、当日はドラマのロケ先でスタッフと共演者が、さらに三日後に、事務所で誕生日を祝ってくれた。

事務所の会に残念ながら伊関は出席していなかったが、吉田経由で時計をプレゼントしてくれた。市川からは、鞄。渡瀬からはスーツ、吉田からはネクタイが贈られた。

ファンの子からも数知れないプレゼントが届いていた。ひとつずつ安全のためすべて事務所で開封されてはいたが、ほぼ元の状態に戻されていた。

『開けるのもまた楽しみのひとつだから』

アルバイトの子に言われ、もっともだと思う。

料理の最後は、極上のスイーツだった。満足して帰ろうとしたところで、市川からもうひとつプレゼントを渡される。

「誰からですか?」

ほろ酔い気分で尋ねると、市川は苦笑する。

「永見さんからです」

「え?」

聞き間違いかと思った。

「他の人に見られるのが嫌だからと、私に託していかれました」

どうやら本当に永見かららしい。何が嫌なのか不思議な気持ちになりながら包みを開けて、潮は思わず笑ってしまう。

身の丈二〇センチぐらいの熊のぬいぐるみだった。耳についているボタンとタッグには、ブランドらしい名前が入っていた。きっと永見なりの優しさなのだろう。

幸せを胸いっぱいに抱えつつも、誰もいない家に帰り着くと、ほんの少し寂しさが生まれる。家族からのプレゼントは、当日合わせで届いていた。大勢の人に盛大に祝ってもらいながら、寂しいと言うのは贅沢だと思う。でも、一万人の祝いの言葉よりもたった一人の言葉が欲しいと願ってしまう。

部屋に入ってから、ポストに入っていた郵便物の一通を目にして手が止まる。

見慣れた文字に、潮の目が潤んでくる。

映画に関する確証めいた噂は、八月末から週刊誌やワイドショーを賑わせていた。しかし関係者は一様に口を割らず、固く沈黙を守っていた。

潮も同様に、知らぬ存ぜぬで通していた。

杉山電機の広報部部長であり、実質的なプロデューサーでもある館野が、一〇月に入り表立って動き出したことで、人々の注目度は一気に上がった。

クランクインはいつか。コマーシャルと映画の関連性はどうなるのか。配役は前回と同じか。

杉山電機のみならず、ワタセエージェンシーにも連日連夜マスコミ各社から問い合わせが入り、代表電話は常に鳴りっぱなしの状態が続く。

所長の渡瀬もしばらくはノーコメントを通していたが、さすがに日常業務に支障をきたすことを理由に、近々合同の記者会見を行うことを約束した。それにより一応の落ち着きを取り戻した。

「まったく、他に話題ないのかしら」

電報堂で永見の同期だった渡瀬美穂は、三〇代半ばにして、ワタセエージェンシーを切り盛りする女性社長である。ショートボブに派手めな造りの顔にきっちりした化粧を施し、仕事のデキる女性を演出している。

もちろん外見だけでなく非常によく仕事のできる女性であり、唯一永見を顎で使える人間でもある。


「大体ねえ、映画の上映なんて来年春じゃない。そんな先の話を追いかけるぐらいなら、もっと世のため人のためになるような仕事をしろって言うのよね」

「って、所長。伊関くんが出演している杉山電機のコマーシャルに映画と言ったら、社会現象となったぐらいですよ。マスコミ各社が注目するのも、仕方ないじゃないですか。それにありがたい話です」

吉田は宥めるように言うが、渡瀬の不機嫌は直らないらしい。

「それはわかってんの。わかってるけど、面倒なものは面倒だし、鬱陶《うっとう》しいものは鬱陶しいのよ。大体、なんでうちが記者会見のセッティングまでしなくちゃいけないのよ。今回の仕事の首謀者は杉山さんと電報堂でしょ？　館野さんなんか、いっつも自分は素人だからとか言って逃げて、面倒な話はぜんぶうちに回してくるんだから。大体永見も永見よ。なんでもかんでも仕掛けるだけ仕掛けておいて、後は知らんふりなんてあり得ない。なんでうちがあの二人のしたことの尻拭いをしなくちゃいけないのよ。あー、もう。またスーツ新調しないといけないじゃないのよ。苛々する」

渡瀬は一気にぶちまけると、そのまま自分の部屋に入った。

時間潰しで市川と事務所に寄った潮は、渡瀬と吉田のやりとりを眺め、ぽかんと口を開けていた。

「驚いた？」

「え、ええ。ちょっと」

所属事務所の所長とはいえ、渡瀬と顔を合わせる機会は、それほど多くない。

そしてその数少ない場面では、渡瀬は常に冷静で上品な年上の女性だった。

「たまにキレるんです。ああいうときは、触らぬ神に祟りなしです」

吉田の妻が、苦笑まじりに潮に耳打ちする。

「もちろん、本当にごくたまにですよ。相手が永見さんだと、もっと辛辣になります」

「へぇ……」

噂では、永見ですら渡瀬に頭が上がらないらしいと聞いているが、今の姿を見ていると納得できる。

「そんな話は置いておいて、こちらが今度の映画の資料です」

大量の書類が渡される。潮は椅子に座り、ざっと目を通す。

まずは年内のうちにコマーシャルの撮影に入り、年末に放映。年明け一月下旬から、映画の仕事に移行するらしい。

スタッフ配役とも、ほとんどが前回と同じメンツだ。

ただ今回は、脚本に永見が関わっていないため、ストーリーは主要スタッフが考えたオリジナルとなる。続編ではあるが、新しい顧客を動員するために、工夫されている。

簡単に目を通しているだけでも、興奮してくる。早く演じたい。

「東堂くん。そろそろ時間です。行きましょう」

市川に呼ばれはっとする。

「あ。はい」

資料を鞄に詰めて、市川とともに事務所を出る。

映画の話が具体的に動き出した頃から、引退については話していない。もちろん今も、溝口のもとへ行きたいという気持ちは宿っている。

潮と溝口の間にはなんの約束もない。彼から、最終的に自分に対する気持ちも聞いていない。

悲しいぐらい、溝口と会えていない。

それこそセックスは、吉田の結婚式で軽井沢を訪れたときにしただけだ。おまけに目覚めたら溝口の姿はなく、伊関の口から、電報堂での勤務最終日を聞かされ、ショックを受けた。

退職が許可され六月中に会社を辞めることもわかっていたが、もう本当に溝口を日本に繋ぎとめる理由がなくなったことが、とても辛かった。

ここまで焦らされると、もはや潮から問いかける勇気は湧いてこない。

もしかしたら、潮の気持ちを受け入れられないから、何も言わずにいるのではないか。そう考えても仕方ない状況だ。もう駄目なのだと諦めようと思うたびに、見計らったように溝口は曖昧な行動を仕掛けてくる。

それこそ誕生日には、三日遅れだったが、葉書が届いている。溝口は決して筆マメとは言えない。

それでも自分の撮った写真を、大きめに現像して作った手製の葉書の裏に、乱暴な殴り書きのメッセージが書かれていた。

「Ｈａｐｐｙ　Ｂｉｒｔｈｄａｙ」

それだけで幸せになれてしまう自分が、悲しかったけれど愛しかった。

引退してついていきたいと思った気持ちに嘘はないし、今もできることならそうしたい。

潮の足は今、どっちつかずで宙に浮いている。

このままの状態では、映画の仕事に入っても、いい演技ができるとは思えない。

このままでは駄目だと、自覚している。でもどうしたらいいのか、わからない。

市川も、引退が駄目なら駄目とはっきり言ってくればいいのに、コメントしないのが、無言の意思表示なのだろう。

自分は誰にも必要とされていないのかもしれないという不安が、急激に押し寄せてくる。

俳優としても、そして溝口にも。自分は、いらない存在なのだ、と。

そうではないと思いたくて、溝口からもらったピアスに手を伸ばすが、心は晴れないままだった。


仕事を終えて祐天寺のマンションに帰り着いても、気分は晴れなかった。

でも留守電にメッセージが残っていることに気づくと、潮の気持ちは一瞬躍る。慌てて電話まで走るが、いざ前に立つと全身が緊張してしまう。期待しているのは溝口からの連絡だ。

ボタンを押す指が情けないほど震えていて、笑いが零れてくる。

『もしもし、潮。久しぶり！』

甲高い女性の声に、落胆すると同時に安堵する。

相手は松田美咲だった。着信時間を確認すると、すぐに折り返す。

二回のコールで、電話は繋がった。

「俺。潮だけど」

『今、家？』

相変わらず美咲は元気がいい。周囲がかなり賑やかだ。外にいるのだろうか。

「家。たった今、仕事から帰ってきたとこ」

『ねぇ、明日の仕事って早い？　よかったら今から出てこない？　久しぶりに話そうよ』

珍しいことがあるものだ。電話はもちろん美咲と個人的に会うことなど、かつて伊関の舞台を観に行って以来のことかもしれない。

「どうしたの？　何があった？」

だから思わず尋ねる。

『別に。ただ一緒に話したいなって思ったのよ』

返事はこれまでとまるで変わらない。本当に、ただ会おうという誘いだろう。

潮は明日の予定を確認した。

『今六本木にいるの。潮の家からならそれほどかからないでしょう？　待ってる』

店の大体の場所と名前をメモすると、マンションを出る。

タクシーに乗り込んでから、こうして個人的に遊びに行くのがものすごく久しぶりだと思い出す。

三〇分ぐらいで店には着いた。こぢんまりとした入り口は気を抜くと見逃してしまいそうだった。でも中は、雰囲気の良い店だった。美咲はその店の奥のソファに一人で陣取っていた。

「潮！」

すぐに潮に気づき、ひらひらと手を振ってきた。

「なんだ。酒、飲んでないの？」

上着を脱いで美咲の前に座った潮は、手の中のグラスの中身がジュースだと気づく。

「ちょっとね、あんまり体調良くないのよ」

オレンジ色の間接照明のせいか、美咲の表情がいつもと違うように見えた。具体的に何がというわけでもないのだが、どことなく大人びているというか、勝ち気な性格がなりを潜めているように思えた。

「でも、気にしないで潮は飲んで。ただ、一人で家に帰れる程度にしておいて」

潮が酒に強くないことを知っていて、美咲は嫌がらせのように笑う。

「そんなことを言うために、こんな時間に呼び出したのか？」

「まさか、そんなわけないでしょ。ほら、お酒注文しなよ」

楽しそうに笑う美咲の表情に潮はほっとする。

潮はモスコミュールをウォッカを少なめにしてもらい、美咲のジュースと乾杯する。

「今日ちょうど、美咲の名前を見かけたよ」

つまみを口に運びながら、潮は今日見た資料を思い出す。

「どこで？　雑誌か何か？」

「映画のキャスト表」

客はまばらだが、念のため声を小さくする。

「ああ、そうか。この間の資料ね」

美咲も当然知っているのだろう。でもなんとなく反応が鈍い。

「そうかって、嬉しくないの？」

「ま、さか。って、あたしにそんなこと言ってる潮だって、浮かない顔してるじゃない」

一瞬、表情を繕えない。

「あ。図星だ」

美咲は苦笑する。

「なんかあったんでしょ？　あたしより、潮、映画の仕事、すっごいやりたがってたよね。それこそ他の仕事全部放り投げても、絶対やりたいって。もうやりたくないの？」

「そんなことない」

間髪入れずに首を横に振るが、美咲には表情でばれてしまう。

「でも、なんか引っかかってることがあるのね？」

先回りした美咲の言葉に、諦めて潮は素直に頷く。

「伊関拓朗。次が演技。潮にとって、そのふたつと天秤にかけて勝つことと言ったら……」

そこでもったいぶって一度言葉を切り、潮の顔を真正面から覗き込む。

「あのバカ熊のことね」

「なんだよ、その言い方」

咄嗟に言い返してからしまったと思う。してやったりという美咲の表情に、なんだか敗北感を味わう。

「何。バカが気に食わない？　それとも、熊？　どっちにしても、間違いじゃないんだからいいじゃないの」

「熊は仕方ないかもしれない、でもバカってのはないだろう」

ここはもう開き直るしかない。

「だって当然でしょ。潮みたいにいい子を置いて、海外ほっつき歩いているような男。バカ以外の何者でもないもの」

当たり前のように言い放った美咲は空になった潮のグラスの追加を頼む。

「――美咲」

「何よ、その顔。文句あるの？」

「溝口さんがバカなんじゃなくて、俺がバカなんだ」

「ったく、どうしてそんなこと言うの？　大体、あんたの目、曇ってるわよね」

美咲は思い切り呆れたように言う。

「いい？　とりあえずあんたが溝口さんのことを好きっていう部分は置いておいて、一般的な話をするわよ。と、その前に、お酒」

運ばれてきたグラスを渡され、言われるままに潮は一気に飲み干す。

「あんたたち二人って、傍から見ると、どうしたって美女と野獣なの。拓朗さんほどじゃないにしても、潮は今、すっごい女の人から人気あるの。そんな人が、どうしてあんな、熊みたいな男のことを好きだって言うのか、あたしからしたら不思議でたまらない」

「でも、溝口さんは……」

「確かに溝口さんってカメラマンとしては超一流だし、野性味溢れててちょっといいなって思わないでもない。でも、熊じゃない」

途中まできちんとした論理展開をしながら、最後の最後、結論は「熊」。潮は思わず噴き出してしまう。

「美咲の基準って、そこ？」

「笑わないでよ。あたし、真剣に言ってるんだから」

強い口調で言われて、潮は笑うのを止める。

「潮が本気であの人のことを好きだって言うなら仕方ないと思う。恋愛は自由だし他人に言われてどうこうできるものじゃないから。でもね、あたしは本当に、潮に幸せになってほしいの」

美咲は真顔で、グラスを持つ潮の手に自分の手を添えてくる。ひんやりとした指の感覚に潮は驚いた。

「美咲、どうしたの？」

自分を見つめる視線に、少し、違う色が込められているような気がする。まるで母が子どもを見つめるような、そんな不思議な感覚だ。

「なんか、変だ」

「そんなことない。ごめん。あたしばっかり喋っちゃって。お説教はここまでにする」

美咲は慌てて潮の手に添えていた手を離し、またいつもの調子で明るく振る舞う。

「それで、潮の話、聞かせて。何をそんなに悩んでいるの。映画の話が決まったのに嬉しくなさそうにしている理由、あたしで相談に乗れることなら、なんでも話してみて」

多少の引っかかりを感じながらも、潮は大まかに溝口とのこれまでの経過を話す。もちろん溝口の過去は省略して、でも二月にタイに旅立つ際、「待っていてほしい」と言われたことを告げ、さらにその後のことを語る。

最終的な結論は自分で出すにしても、なんらかの言葉が欲しい。自分だけではない第三者の判断が聞きたい。そして自分の存在価値を認めてほしかった。

「それで溝口さんからは、何も聞けていないの？」

潮が話し終えてから初めて、美咲は確認してくる。

「う、ん……」

「だったら、私には何も言えないな」

美咲は細くて白い指同士を絡ませて、握ったり開いたりを繰り返す。

「どうして」

「溝口さんが本当に何を考えているのかなんて、本人にしかわからないじゃない」

そして、あまりに当然のことを言われてしまう。

「明確な意思表示をされていない以上は、潮が追いかけていって幸せになれるかなんて、誰もわからない。どちらかと言えば、不幸せになる可能性のほうが高いんじゃないかと思って、心配になってしまうの」

それは確かだ。潮自身、拒絶されたときのことを考えるから怖くて、最後の一歩を踏み出せないでいる。

誰かの言葉が欲しいのも、自分だけでは決められないからだ。

「だから、潮が幸せになりそうな、より強くて確かな理由のある道を勧めてしまう」


「幸せになりそうな、確かな理由って？」

漠然とした美咲の言葉の意味がわからない。

「たとえば、映画の続編。ずっと潮、やりたがってたよね。あの映画が無事に出来上がれば、潮には間違いなく将来への道が用意されるし確固たる地位ができる。今のあたしたちと違って、多少のスキャンダルがあっても、跳ね返せるぐらいの存在になれる」

「そんなこと、わかんないよ」

「ううん、これは間違いない。予言とか予測じゃないの。拓朗さんのときも、そうだったでしょ。すべてのことが良いほうに良いほうに進んでいくの。今の潮はあのときの拓朗さんと同じ。だから今あたしが与えられている材料の中で潮に何かを言えるとしたら、これしかない。絶対に成功するだろう映画の仕事にまず取り組んだほうがいい。それなら後悔しないでしょ」

ぼんやりした状態の潮の頭の中に、美咲の言葉はまるで何かの呪文のように溶け込んでいく。

「溝口さんのことを追いかけるのは、それが終わってからで大丈夫。溝口さんが、潮のことをなんとも思っていないんだったら、もっと前に意思表示をしていると思う。溝口さんは中途半端な人じゃない。だから、今回の映画だけは頑張ろう。精一杯やろう。あたしも、自分のこと、頑張るから」

いつになく力強い言葉のあと、美咲は潮の手をしっかりと握り締めてきた。真摯な美咲の言葉で、潮の中の不安が少し小さくなった気がする。他のことは何も言えなくても、映画の仕事をやりたいと思っている気持ちだけは確かだ。

「うん、そうだね。精いっぱい、やりたい。楽しみにしていたんだ。だから……」

「そうだよ、潮。頑張ろう。溝口さんのこと、好きなのはわかってる。でも大丈夫。あの人は逃げてかない。絶対、待っててくれる。だから映画、やろう」

　自分の指先を握る美咲の手は、指先が冷たかった。酔いのせいで火照《ほて》った身体にはその冷たさが心地好くて、潮は眠くなってきた。

「潮、この間誕生日だったよね」

　半分眠ったような状態の潮に美咲は確認する。

「二一歳、おめでとう」

　頬を優しく撫でて、美咲は今さらながらに誕生日を祝ってくれる。

「ありがとう」

　潮はなんとか美咲に礼を言うと、タクシーに乗り込んだ。

　マンションに辿り着き、上機嫌のままお金を払った。そして、自分の部屋に入って服のままベッドに沈む。

　今日は久しぶりに、熟睡できそうだ。美咲の笑顔が、脳裏に刻まれている。

『頑張ろうよ』

「うん、頑張る。頑張るよ」

　夢の中でも励まされ、潮は何度も何度も、美咲の言葉に応じた。


　それからしばらく、潮は自分でもわかるぐらい調子がよかった。ここ最近の不調を間近に見ていた市川には、驚かれたぐらいだ。

「何かあったんですか？」

「へへ。内緒」

　美咲と会って映画の仕事への決意を固めたことぐらいは伝えたほうがいいだろうか。そう思いつつ、なんとなく言いづらくて話を逸らしてしまう。

　しかし、市川も引退の話を特にしようとしない。だからお互い様だと思った。

　映画の仕事のスケジュールが具体的に決まると、事務所は仕事の調整をつけ始めた。

　市川が考えていたように、今がまさに旬である潮のスケジュールは、かつての伊関に勝るとも劣らない状態だった。

さらに今回、主題歌を潮に任せることが、内々で決まっていた。当然のことながら役者志望で児童劇団出身の潮は、歌手の仕事をやりたいと言ったことはない。けれど、何かのために歌の練習をしていた。

しかし前作で伊関が主題歌を担当していたため、潮は固辞していた。

でも潮が嫌だと言ったところで拒否権があるわけもなく、市川は先にボイストレーニングのための時間も用意していた。さらに気が早いというか、レコーディングが入る可能性も考えてスケジュールを組んでいたのだ。

吉田はそれを知って、思わず「すごいな」と声をかけたが、市川は当然のように応じる。

「吉田さんを見習っただけのことです」

そんな大人の事情を知らない潮は出来上がった大体のスケジュール表を見て、満面の笑みを浮かべる。

「わくわくするな。もうすぐですね」

「本当なら、映画の仕事だけで絞っていきたいところですが、君の場合は……」

「その先は、言われなくてもわかってます」

潮は市川の言葉を途中で遮る。

「伊関さんぐらいにスケジュールに余裕を持たせるには、やっぱりもう少し世間の認知度を高めなくちゃ、ですよね」

「そうです」

耳にたこができるほど繰り返されている台詞を口にした潮に、市川は大きく同意する。

市川は、ほっとしていた。

潮もようやく、「今」がとても重要な時期だということがわかったに違いない。長い目で見れば、映画の仕事は、絶対に潮のためになる。将来、後悔することにはならない。

市川は確信して、打ち合わせで決まった詳細を、口頭で潮に伝えていく。それを潮は、真剣な顔で聞いた。


映画やコマーシャルの撮影自体は一二月に入ってから本格的に始まる。しかし、渡瀬が先日文句をたれていたように、マスコミ関係各社の要望により記者会見を行わざるを得ないため、一〇月下旬にスタッフたちに招集がかけられていた。

潮は緊張した面持ちで、招集場所のホテルに向かった。そこで見慣れた顔に出会うと、最初のときの緊張感が、今さらながらに蘇ってくる。

「よろしくお願いします」

一人一人と握手しながら、潮は前回の映画のことを思い出す。

杉山電機のライバル会社のコマーシャル出演が駄目になったとき、どんなツテを使ったかはわからなかったが、急遽決まった仕事だった。周囲のすべてが敵に思えた潮の味方は、右の目尻に小さな傷のある、悲しい目をした男一人だ。

『潮』

普段はまるで忘れているのに、ふとした瞬間に掠れた声が蘇る。

来生澄雄という、永見を愛したことで、一生を台無しにしてしまったかわいそうな男と過ごした時間はわずかだった。けれど、潮にとってそれは密な時間だ。

人を愛することの怖さと強さを教わった。愛と憎しみが表裏一体の感情であることも、知った。

彼は今、どうしているのだろうか。

あの当時とほとんど変わらない人たちの顔を見て、潮は心を来生に向ける。

「潮。早いね」

やがて部屋に入ってきた伊関の周囲にはやはり明らかに周囲と違う空気が流れている。ジーンズにジャケットという普通の格好をしていても、どうしようもなく目立つ。己の魅せ方を心得た人間の歩き方や仕種は、潮にとって見本になる。

「おはようございます。またよろしくお願いします」

かつて憧れの象徴だった伊関も、今は心を許せる友人の一人だ。しかしこの場所では共演相手であり、尊敬する俳優だ。潮は改まって深々と頭を下げて挨拶をする。

「こちらこそよろしく」

照れ臭そうではありながら、伊関も潮に応じて頭を下げてくる。

スタッフが集まってくるまでの間、潮は伊関が永見と一緒に休みを取って出かける話を聞いて、羨ましい気持ちになった。

やがて監督の佐々木と演出の高遠が到着すると、スタッフ全員の姿勢が正される。ほぼ同じスタッフとの舞台の仕事は経験していても、やはり舞台と映画では、規模や雰囲気がまるで違う。伊関は彼らの前に向かい、しっかりと手を握り合う。

「よろしくお願いします」

強い言葉で確認して、笑顔になる。みんな待っていた。これほどまでにスタッフや役者が待ち望んでいた仕事も、そうそうないだろう。全員のやる気が、部屋全体に漲っている。

「これで全員揃ってますか?」

誰かの声に、潮は美咲の姿がないことに気づく。この間あれだけ力強く映画の仕事を確認したのに、この場に来ないということはないだろう。他の仕事が押しているのかもしれない。

「美咲が来ていません」

潮が言うと、佐々木は口を開く。

「松田くん、今回、降板したよ」

潮は思わず「え?」と短い声を上げげる。

「どうしてですか? 美咲も一緒に出るって聞いてたんですが……」

事前に渡されていた資料には、美咲の名前があった。そしてこの間会ったときにも、あれほどやる気に満ち溢れた様子で潮と語り合っている。

少なくとも、美咲自らこの仕事を降りるなどということは、ありえない。だとしたら、なんらかの理由で、「やめさせられた」のではないかと思う。

「潮」

伊関はすぐにでも監督に詰めより兼ねない潮の腕を掴み、戒めるように名前を呼んだ。

「この間会ったときに映画の話になって、すっごい喜んでいたんですよ。また一緒に頑張ろうって二人で約束して。それなのに、降板だなんてあり得ない。彼女が映画に出ると、何か不都合でもあるんですか」

潮は自分でもわけがわからないほど、混乱していた。

あのとき迷っていた潮を力づけ、背中を押してくれた彼女が、どうしてこの場所にいないのか。

「僕たちも、できれば出演してもらいたかったんだ。でも、事情を聞けばやむを得ない状況だったんだ」

潮の剣幕にはまるで押されず、淡々とした様子で、佐々木は美咲のことを話す。

「やむを得ない事情ってなんですか。美咲にとって、伊関さんと一緒の映画以上に、大切な仕事なんて、絶対ないはず……」

「妊娠三か月なんだそうだ」

「妊娠……?」

明かされる事実に、潮は短い声を上げる。美咲が妊娠しているという。それも、三か月。潮と同じ年の美咲にはかつてロマンスの噂が絶えず流れ、中絶しているという話も聞いた。

彼女と友達関係にありながら、誰とつき合っているとか、そういった話はしたことのない潮にとって、まるで知らない話題だった。

「……だ、だって、美咲、まだ結婚もしてなくて。それで、えっと……」

「先日、入籍も済ませたらしい。あまり体調が良くないため、今から出産までの間、休業することにしたそうです」

佐々木の言葉を、高遠がフォローする。

妊娠に入籍。相手は、かねてより名前の上がっていた、美咲のアルバム制作などを担当している敏腕プロデューサーだという。美咲よりも二〇歳近く年上だ。

年齢を考えれば、美咲が結婚してもおかしくはない。妊娠も望んでのことなら、喜ぶべきことだ。それはわかっているが、潮は混乱していた。

一応佐々木に食い下がるのはやめたものの、潮は奥歯ががちがち鳴るのがわかっていた。

「佐々木さんに言ったところで、しょうがない。美咲ちゃんが自分で決めたことなんだから」

「わかってます、そんなの。わかってるけど、でも駄目なんです。俺、美咲に会ってるんですよ、ほんの少し前に。溝口さんのことがあって、ほんと、色々なこと相談して、美咲と二人で、映画頑張ろうって言ったばかりだったのに……でも、妊娠、そのときにわかってたんじゃないかって思うんです。でも美咲、そんなこと、一切話してくれなかった」

潮は伊関に訴えながら、何が一番ショックなのかを自分で認識する。美咲が降板したことではなくて、彼女があのとき、事実を隠していたことだ。

自分は映画に出ない。それなのに、どうしてあんな嘘を吐いたのだろうか。

握り合った手の感触は今も忘れていない。

あんなに楽しみにしていた映画の話が、すべて耳を通り過ぎていくような気がしていた

4

美咲が妊娠している。

当人の口からではなく他人から突然聞かされた。ほんの一か月前に個人的に会って、恋愛について語り合ったばかりだ。きっとあのときすでに、美咲のお腹の中には、新しい生命が芽生えていたはず。そして彼女自身、その事実を知っていたに違いない。

けれど、一切潮に打ち明けることなく、ひたすら聞き役に回っていた。

「どうして……？」

幼い頃から同じ劇団に属し、伊関拓朗という俳優に憧れ共に夢を語り合った美咲は、性別を超えた親友だと信じていた。

でも突然にこんな現実を突きつけられ、潮は初めて気づいた。

親友だと思っていたのは自分だけで、美咲は露ほども考えていなかったのかもしれない。だから、伊関との映画の仕事さえ断って休業する事実を、教えてくれなかったのだ。

潮は映画の打ち合わせが終わると、即ホテルの会議室を飛び出した。そして、携帯電話を握り締め、登録してある美咲の番号に連絡するが、留守番電話サービスに切り替わってしまう。

「東堂くん。少し落ち着いて……」

「もう仕事終わったんだし、放っておいてよ」

後ろでずっと自分を待っていた市川に、潮は乱暴な言葉を投げる。市川が一瞬傷ついた表情を見せたのがわかったが、今は美咲のことが最優先だった。

しかし、何度電話しても結果は同じだった。

「ったく、どこにいるんだよ、美咲！」

潮は苛々しながら電話を切ると、それを鞄の中に突っ込んで、大股に歩き始める。

「どこへ行くんですか」

「どこだっていいでしょう。これからはプライベート。俺がどこに行こうが誰と何をしようが、市川さんには関係ない」

「では、マネージャーとしてでなく東堂くんの一友人として、お伺いします。どこに行くつもりですか」

市川の言葉に、潮は足を止めた。

「誰と誰が友達なんですか」

「東堂くんと、私です」

眼鏡をかけた実に人の良さそうな顔をした市川は、実に真面目腐った表情であっさり言ってのけた。友達なんかじゃないと返そうとして、ふと考える。

去年の九月に市川がマネージャーとなってから今日まで、ほとんど毎日欠かさず顔を合わせ、様々な話をしてきた。溝口とのことも、潮が親友だと思っている美咲よりも詳しい事情を、彼は知っている。

同時に、潮は市川の家族の話をよく知っていた。奥さんが何が好きで、どんな料理が得意なのか。目の中に入れても痛くないほど愛している娘が、幼稚園で何をしたかも聞いている。

改めて考えなくても、潮と市川との間のつき合いは、仕事を超えたところまで突っ込んだものになっている。引退の話を口にしてからなんとなく気まずい雰囲気が流れていても、おそらくそれでも潮の家族より、市川は今の潮に詳しいだろう。

「友達とは認めてもらえませんか」

市川は追い討ちをかけるような問いを投げてくる。違うとは言えないことを、彼は当然わかっている。

「友達にだって言えないことはあるはずだ」

潮は半分悔し紛れに言って、踵を返す。両手を強く握り締め大股に歩き出すと、潮よりも背が高く足も長く、コンパスの大きい市川は、さりげなく横に並んで歩き出した。

「言えなくても構いませんが。これから松田さんのお宅へ行くつもりですか」

「……わかってるなら、いちいち聞かないでよっ」

潮の行動パターンなど、すべて市川にはお見通しだ。

「でしたら、彼女のマンションに行っても無駄ですよ」

「無駄かどうか、行ってみなくちゃわかんないだろう。いいから放っておいてよ」

「無駄です。昨日、ご主人のマンションに移られたばかりですから」

「……どういうこと？」

その言葉に潮は足を止め、市川に顔を向ける。

「言葉のとおりですが」

「ちょっと待って。どうして市川さんが、そんなこと知ってんの？　もしかして、前から美咲の妊娠知ってて、俺に黙ってたってこと？」

急激に頭に血が上ってきた。全身が怒りに震える。なぜ、自分の知らない美咲のことを知っているのか。どうして美咲は、自分に何も言ってくれなかったのか。それほどまでに、自分は頼りない存在なのか。

何かを思う間もなく、目から涙が溢れ出す。まるで滝のように、頬を涙が伝っていく。

「と、東堂くん」

「ひどいよ。俺だけ仲間外れにして……ひどいよ」

こんなことで泣き出すなんて、あまりに子どもじみている。自分がどうしようもない子どもだから、みな潮を外して話を進めていくのだと頭でわかっていても、感情がついていかない。

潮は両手で顔を覆って、その場にしゃがみ込んだ。

「どうせ俺はガキだよ。溝口さんがいっつも言ってた。美咲も俺のこと、ガキ扱いして、永見さんだって伊関さんだって、他のスタッフだって……みんな俺が子どもだって言う。市川さんも、そう思ってんだろう」

周囲が自分を子ども扱いすることがずっと不満だった。周りが思うほどに子どもじゃないとどれだけ言っても、わかってくれない。

溝口がいつも言う「ガキ」という言葉が、今さらながらに、胸に深く沈んでくる。

あの男からすれば、確かに子どもなのだろう。いつかは溝口を見返すぐらいの大人の男になって、認めてもらうつもりだった。

でも、同じ年である美咲の今度の仕打ちは、あまりにきつすぎる。男としてのプライドまで、削ぎ落とされたようだった。

一八〇センチに僅かに足りない身長の市川は、自分の目の前で膝を抱える俳優の小さなつむじを見つめてから、ゆっくり腰を下ろし目の高さを合わせた。

「お伺いしてもいいですか」

それからいつもと変わらぬ口調で、そっと尋ねる。

潮はぴくりと肩を震わせながらも、顔を上げようとはしない。

「東堂くんは、何が嫌なんですか。子ども扱いされることですか。それとも、自分が子どもであることが、ですか」

市川の言葉は端的で、核心を突いていた。

潮は一瞬啜《すす》り上げるのをやめ、市川の言わんとしていることを懸命に理解しようと努力した。

「私は君が子どもだとは思っていません。ただ、子どものように純粋で素直な部分を持っているとは思っています。もちろん、こうやって人前であるにもかかわらず、周りを気にせず泣き出せるという部分を見せられると、子どもだなあ、と思わないでもありませんが」

市川はさらに言葉を続け、潮の肩に大きな手を置く。

ワタセエージェンシーに来る前、警備会社に勤めていた柔道の有段者は、大きくて節の太い手を持っている。温かい掌の温もりが、触れられた場所から全身に広がっていく。かつても潮は、こうやって市川の前で、泣きじゃくったことがある。

冬の寒い夜。溝口を追いかけた渋谷の街。

ぼろぼろに傷ついた潮に特別優しい言葉をかけるでもなく、ただ市川は自分が思っている真実だけを、淡々と綴ってくれた。下手な慰めよりよほど、胸の奥の深いところまで落ちていく言葉に救われた。

誰よりも自分を理解してくれている存在なのだと、掌の温もりが教えてくれた。

少なくとも市川は、東堂潮というベールに覆われた存在としてではなく、一人の人間として扱ってくれている。

それなのに、自分は。

「……市川さ、ん……っ」

顔を上げると、頬まで涙でぐしゃぐしゃになっていた。市川は眼鏡の奥の目を細め、指先で潮の涙を拭ってくれる。

その仕種の優しさに、潮は市川の大きな手を強く掴み、そのまま男の胸にしがみついた。

これまで色々な場面を市川と過ごしたが、この男の胸に縋って泣くのは初めてだった。

突然の行動に市川は驚いたが、おいおい声を上げて泣きじゃくる子どもを引き離せず、恐る恐る背中に手を伸ばす。

　市川は決して潔癖な男ではない。大恋愛の末結婚した妻との間には、可愛い子どももいる。彼女たちに存分の愛を注ぐ自分に、余分な感情は残っていない。しかし、胸で縋って泣く潮の華奢なうなじを見つめ、微かに動揺する心臓の鼓動が耳に痛かった。

　後ろめたい感情が生まれているわけではない。ただ少し、良心が疼くだけのことだ。

　頭の中に、髭を生やした野性味溢れるカメラマンの姿が浮かぶ。あの男は一回り以上も年の離れたこの少年に、どんな気持ちで接しているのだろうか。

　さぞかし、大変だっただろうと思う。

　本人は嫌がるだろうが、潮は芸能界にいる他の同じ年の少年たちとは明らかに違う純粋な部分を持っている。無邪気で可愛らしいと思えるその素直さに、良い意味でも悪い意味でもズルい大人になった人間は、嗜《し》虐《ぎゃく》心を煽られる。

　きっと美咲も、潮の中にある、そのピュアな部分を大切に思っていたに違いない。だから今回のことも言えなかったのだろう。

　決して潮の言うように、子どもと思っていたからではない。

　彼女は彼女なりに、潮の中にある自分のイメージを大切にしたくて、汚したくなくて、そして彼女自身潮の中でくらいピュアな人間でいたくて、言わなかったに違いない。

　実際の美咲は、潮が思うよりも大人の女性だ。そんな微妙な気持ちを、潮は理解できるだろうか。

　市川は小さなため息をつき、子どもを慰めるように背中を擦ってやった。

「行きましょうか」

「どこへ」

　頭の上で聞こえる声に、泣き疲れただろう潮が力なく尋ねる。

「君の行きたい場所です。ここからなら、車でたいした時間はかかりません」

　美咲のいるところだ。

「でも、引っ越したって……」

「そうですよ。前のマンションは引き払って、今はご主人と一緒に住んでいるんです。先ほど、そう申し上げたじゃないですか」

「そ、う、だけど……」

　市川の胸から顔を上げた潮の鼻と目は、泣き腫らしたせいで真っ赤になっていた。

「先日、事務所にご連絡をいただいて、新しい住所は確認済みです。東堂くんには改めて、個人的にお葉書を送ってくれるそうです」

市川は事務連絡のように告げると立ち上がり、車の鍵を持った。

「何をぼけっとしているんですか。あまり遅くなると、ご迷惑になりますよ。それとも、行かないんですか？」

「い、行く。行くけど、でも……」

潮は服の袖で顔をごしごし拭い、市川のあとを追いかける。

「泣いたの、ばれちゃうかな」

「一発でばれますね」

さも当たり前のように言うと、市川は背広のポケットからハンカチを取り出した。

「でも松田さんは、今さら君の涙を見たぐらいじゃ驚きません。飾ったりせず、ありのままの君の姿でぶつかっていけばいいんですよ」

「市川さん……」

ハンカチを受け取った潮は、また涙を溢れさせた。

車は、とあるマンションの前で停まる。そこは以前、美咲の住んでいたマンションから程近い場所だった。

「こちらの最上階です。お部屋の番号は、一五三三。オートロック式ですのでメインエントランスで部屋番号を押してください。松田さん……山科《やましな》さんはすでにご存知ですから」

「どういうことですか？」

何もかもわかったような市川の台詞に、潮は首を傾げる。

「すぐにわかります。私は帰りますので、お帰りの際はタクシーを呼んでください」

市川は潮を一人置いてその場から去ってしまう。潮は市川を見送ってから、マンションのエントランスに向かい、言われたとおりの番号を押した。

『はーい』

すぐに美咲の声が聞こえてきた。

「あの、俺……」

いざとなると、何をどう言えばいいのかわからなくなってしまう。

だから口籠っていると、目の前の扉が開く。

『三番のエレベーターで部屋まで上がってきて』

躊躇いを覚えながらも、潮は中に進み、指定されたエレベーターに乗り込む。エレベーターが上昇するのに合わせて、心臓の鼓動が速まってくる。妊娠したという美咲と、いったいどんな顔で会えばいいのか。緊張ゆえに掌に汗が滲み、口の中が乾いてきた。

『ＹＡＭＡＳＨＩＮＡ』

エレベーターを降りたフロアには三部屋しかない。そのうちのひとつの部屋の前で潮は大きく息を吸い込む。おめでとうと言えばいいのか。それとも……。

「潮！」

潮の前で、突然に扉が開く。目の前には美咲が立っていた。映画の撮影のために一度切ったが、それ以降また伸ばしている髪の毛を首の後ろで軽くひとつにまとめた彼女は、ジーンズにトレーナーというラフな格好だった。

それにもかかわらず、やけに輝いて見えるのはどうしてなのか。

「み、さき」

「突っ立ってないで中に入って。市川さんから電話をもらって、潮が来るのを待ってたの。今、山科もいるのよ。だから……」

山科というのは美咲の結婚相手だ。

美咲は満面の笑みで潮を部屋に招き入れようとする。でも潮はそれを拒んだ。

「顔、見にきただけだし……」

「……怒ってる？」

潮が何も言えずに俯くと、美咲は肯定したと解した。

「当然だよね。でもね、あのときの潮には、妊娠していること、言えなかったの」

核心を突く話に、潮は全身を震わせる。

「溝口さんとのことで潮が悩んでいるの、知ってた。潮があの人のことを想っているの知ってた。だから言えなかった。自分だけ幸せになってしまうこと」

さらに潮は強く身体を震わせた。

「それからあたしの場合、潮みたいに決して純粋な恋じゃなかったの。潮みたいに、一途に一人の人を想い続けているのが羨ましくて、自分がちょっとだけ恥ずかしかった」

美咲ははにかんだ笑みを浮かべながら、胸の前で握った手を震わせていた。その左手の薬指に、マリッジリングがあることに気づく。

「おかしいかもしれないけど、あたし、潮の前では、綺麗でいたかった。潮みたいに純粋な人間でいたかったの。うわべだけでもね」

美咲はそこまで言ってから、不意に潮の手を掴み自分の腹に持っていく。

「み、美咲！」

美咲とは高校時代から五年以上のつき合いになるが、スキンシップはほとんどなかった。だから、掌に触れた柔らかい感触に、潮は激しく動揺した。

「いるんだよ、この中に赤ちゃん。まだ動かないけど」

潮に語りかける美咲の目は、すでに母親のそれになっていた。その表情と視線は、これまで見てきた中で、一番幸せそうだ。

あのときこんな表情を見せられていたら、きっと潮は平静でいられなかっただろう。

美咲なりの見栄とプライド、それから潮に対する思いやりに、潮は唇を噛《か》む。

「――女優、退《や》めるの？」

美咲は即答した。

「退めないよ。お休みするだけ」

「でも」

潮は顔を上げる。

「一番出たいって言ってた拓朗さんの映画を、降りたじゃないか。他の仕事なんかどうでもいいけど、あの映画だけは絶対に出たいって、言ってたのに」

堪えきれない想いが、潮の口を突く。美咲の気持ちがわからないわけではない。でも、まだすべてを納得したわけではない。

「あのとき言ったことは嘘じゃない。本当に、拓朗さんや潮と一緒に、仕事がしたいと思ってた。それは、あたしの本当の気持ち」

美咲は言葉を選びながら、ゆっくりと口を開く。

「でもっ」

「潮の言いたいことはわかる。だから、すぐにわかってほしいなんて、都合のいいことは言わない」

美咲はそこで一度言葉を切る。

「あたしは潮のこと、とても大切な友達だと思ってる。だから潮には幸せになってほしいと思ってる。でもね、あのときにあたしが本当のことを話したら、潮、どうした？　自分も役者、退めるって言い出さなかった？」

美咲の言葉に潮は息を呑む。

「あたしは、潮には退めてほしくない」

「だって……」

「潮の気持ちはわかる。だけど、あたしは一通りのことはやったし、この先は見えている。でも、潮は違う。あたしと違って、潮は大きくなる。絶対、いい俳優さんになる。それこそ拓朗さんみたいな俳優になる。だから、絶対に今の段階で、役者、退めてほしくない。潮が『退めていい』ってあたしに言ってほしいのがわかってたから」

美咲は小さな声で続け、潮の手を離す。

「あたしはあたしの道を選ぶ。そして、潮には潮の道がある」

心からの真実の言葉に対し、潮は何も言えない。

おめでとうも、ごめんも、それからありがとうという想いも、言葉にならず消えて、頭の中から消え失せていく。

「そんなこと……そんなこと言われたって、わかんないよ」

必死に言うと、潮は美咲の部屋を飛び出した。

「潮……っ！」

自分を呼ぶ声に咄嗟に振り返ると、閉まる直前の扉の奥に、美咲の夫らしき姿が目に入る。

ポロシャツにパンツ姿の、黒縁の眼鏡の男。どこかで見たことのあるその男は、潮に向かって深々と頭を下げた。

潮は前に向き直り、やってきたエレベーターに飛び乗った。

背中を壁に押し当て、その場に蹲る。

美咲の言葉が、頭の中をぐるぐると回る。一度決意した気持ちが、大きく揺らいでいた。

溝口が電報堂を辞めて海外へ行くと言ったとき、ついていきたいと思った。役者としての楽しさを覚えていた。それより溝口の傍で生きていきたいと思ったのだ。

それを押し留めた大きな理由となったのは、美咲の言葉だった。あれはほんの一月前のことだった。

『潮に退めてほしくなかったから』

言わなかったのだという。

『退めてもいいってあたしに言ってほしいのがわかってたから』

それは否定できない。違うと強く言えなかった。

溝口を追いかけたい。同時に、役者でありたいとも思う。自分でどうしたらいいかわからなかった。だから誰かに背中を押してほしかった。

マンションを出ると、冷たい風が潮の頬を撫でた。

「子どもだって言われるのも仕方ないかな……」

潮にはまだ、美咲が自分に真実を打ち明けられなかった本当の理由が、わかっていない。

美咲の部屋の明かりが、今の潮の目には眩しかった。


「で」

眉間に深い皺を刻んだ男は、寝ていたところを叩き起こされ、実に不機嫌極まりない声を発した。

「どうしてうちに来るんだ」

台所のテーブルの前に座り、熱いコーヒーを飲んでいる潮の顔を眺めるのは、永見潔だった。

「だって、一人でうちに帰りたくなかったんだもん」

そんな永見の視線を向けられつつも、潮はまったく気にせずに応じる。

「だってじゃないだろう、だってじゃ。潮、君はいったい幾つになったんだ」

「この間、永見さんが熊のぬいぐるみをくれたときに、二一歳になりました」

「え、何、それ」

「ば…か、もの。何を……」

潮の口から出た言葉に、伊関は驚きの声を上げる。

「潮の誕生日に熊のぬいぐるみなんてあげたの？　俺が一緒にプレゼントを選ぼうって言ったとき、全然関係ないって顔してたのに」

永見は思わず額に手をやり、イタズラっぽく舌を出す潮の横顔を睨みつけた。

伊関はそんな永見の横顔を見つめる。

「どんな熊だった？　大きいの？」

「大きさはこのぐらいで、耳のところに黄色のタッグがボタンで留まっているんです。友達に聞いたら、たぶんドイツの有名なぬいぐるみじゃないかって言ってました」

「あ、わかった。へー、そうか」

「何がそうかなんだ」

意味深な部分で話を止めて言葉尻を濁す伊関に、永見は視線を向ける。

「別に」

言いつつ、伊関のにやにや笑いは治まらない。

「不愉快だ。風呂に入る」

永見はむっとしたように言うと、浴室に向かって大股で廊下を歩いていく。

「知らなかったんですか？」

永見の後ろ姿が見えなくなってから、潮は伊関に小声で尋ねてくる。

「全然」

「だったらまずいこと、言っちゃったかな」

「別に潮が気にすることじゃないよ」

テーブルに置いてある煙草に手を伸ばし、それに火を点けながら伊関はほくそ笑む。

「ああ見えても、怒っているんじゃなくて、照れてるだけだから。俺の前ではともかく、潮に対してはまだ優しい態度を取らないことが多いだろ？　でもね、実はすごく気にしているんだよ、潮のこと」

「そうなんですか？」

「ここだけの話、事務所経由で引退の話が聞こえてきたとき、どうするんだろうかって渡瀬さんに確認してたよ。だから今回の映画に出演するって聞いて、安心してた」

「へ、え……」

初めて明かされる事実に驚くより他ない。

「役者、この先も頑張って続けるんだろう？」

しかし白い煙をゆっくり吐き出しながら零れ落ちる伊関の言葉に、潮は動きを止め、そして静かに首を横に振った。

「潮……」

「頑張ろうって美咲と話をして決めたつもりだったのに、気が抜けちゃって」

潮の目が微かに潤み、涙が溢れそうになっていた。

「本当なら、ここで酒でも飲みながらって言いたいところだけど、潮、弱いもんな」

伊関は自分の後輩の細い肩を軽く叩く。

二〇歳になる前から、何かと仕事の関係で酒の席につき合わされることは多かった。しかし元々あまり酒に対する免疫がなく、ある限度を超えるとたいそうな酔っ払いと化す。

溝口に初めて想いを打ち明けたのも、酒の勢いに任せてのことだった。

あれ以来、溝口が一緒のときにはほとんど酒は飲ませてもらえず、仕事の打ち上げでもつき合い程度に留めるようにしていた。

実際、飲んでいる途中は気持ち良いが、翌日の身体のだるさを考えれば飲まないほうがいいに決まっていた。

でも今夜は違う。飲んで、酔って、一瞬でもいいから何もかも忘れてしまいたい。

「一杯ぐらいなら」

だから、潮はほんの少し躊躇いながらも、伊関の誘いを受ける。

「明日の仕事、大丈夫？　市川さんに怒られるの、嫌だよ」

そう言いつつ、伊関は嬉しそうに酒の用意を始める。

伊関はかなり酒に強いが、永見はその数倍上手を行く。潮はまだ永見とはとことん飲んだことはないが、一度酒の席に同席してみたいと思っていた。しかしついさっき風呂に入ったばかりの男は、まだ出てくる様子を見せない。

目の前にバーボンと水、それから氷が用意される。

「ごめん。最近、潔がバーボン以外飲まないんで、他の酒がないんだ。大丈夫？」

「いいです。薄めてゆっくり飲めば、大丈夫だと思うから」

潮はそう答えたものの、酔っ払い路線まっしぐらだろうと思った。

「美咲の一言で、気持ちが左右されたわけじゃないんです」

潮はグラスをゆっくり揺らしながら、今日思ったことを、素直に言葉にした。

「うん、それは知ってる。溝口さんの退職が決まってからずっと、悩んでいたんだろう？」

　潮は頷く。

「あの人が俺の気持ちに応えようとしてくれるってわかったときから、一緒に行きたいって思うようになったんです。具体的に引退のことを考えたのは、もうちょっとあとになってからだけれど。溝口さんて元々すっごい人だし、ほんとだったら、会社の専属カメラマンで収まっている人じゃないってわかってたから。海外に行って現地で生きている人の写真を撮りたいっていうのも、らしいなってすっごい思ったんです」

　溝口がこれまで電報堂の専属カメラマンで居続けたその理由は、大半が永見のためだった。

　しかし彼への感情を吹っ切ったことで、押し留めていた仕事に対する欲望が一気に燃え盛ったのだろう。実際この数か月の間に溝口が海外で撮りためた写真には情熱が溢れている。

「溝口さんってあの風貌だし、それこそジャングルにいても、違和感なさそう」

「アフリカにも行ってるみたいです」

　溝口からたまに送られてくる葉書は、おそらくその場所場所で彼が撮った写真なのだろう。広大なサバンナで寝そべる野生のライオンやゼブラの群れ、満面の笑みを浮かべている地元の人々。写真からでも伝わってくるエネルギーに、潮は感動している。

「楽しそうなんです。人生を満喫しているっていうか、生活を楽しんでいるっていうか、天職を見つけて、それこそあの人、写真を撮って生きていたら、幸せなんだろうな。誰にも止められないんだろうって……思う」

　そんな人を好きになってしまったら、どうしたらいいのか。人生の楽しみを知ってしまった人と一緒にいたいのなら、その人の楽しみを一緒に味わうしかない。

「一緒にいて、何がしたいってないんです。ただ、傍にいたい。溝口さんが何を見て何に感動しているのか。それを近くで見たいんです。あの人の感動を、一緒に味わいたいんです。あの人と一緒にいたいなら、自分が追いかけるしかないんです」

「確かにそうかも」

　事実なだけに、伊関はそれ以上コメントしようがなかった。

「……なんて、それは表向き。本当は、自分に自信がないんです」

　思い切ったように言った潮は、グラスの中の酒を一気飲みする。

「あ……」

「溝口さんの口から、本当の気持ちを聞いたわけじゃないんです、実は」

潮はテーブルに両肘を突き、顎を載せる。頭がクラクラする。

「本当の気持ちって……潮に対する？」

伊関は、早くも酔いが回り始めている潮を見て、大丈夫なのかと気にかけながらさらに尋ねる。

「そう、です。好きだとか…嫌いだとか…そういう具体的な気持ち」

「だって、潮と溝口さんって……」

溝口が海外に出る前から二人の間に身体の関係は存在していたはずだ。それも、伊関が来生に刺され、腹に傷を負って入院していた当時からだ。

それなのに、どうして今さら、根本的な部分に問題が遡ってしまうのか。

「不思議でしょう？」

その疑問がわかっただろう潮は、テーブルに突っ伏して、そのまま上目遣いで伊関の顔を見る。酒で潤んだ大きな目には素直だからこそ生まれてくるなんとも言えない艶っぽさが存在していた。

「俺と溝口さんって、ずっとセックスフレンドだったんです。俺は最初っから溝口さんのことが好きだったけど、あの人は俺に来生さんを忘れさせるために、同情で抱いてくれてた。それでいいやって、思っていられたうちは楽だったんですけど」

「同情？」

「そう。ずっと同情でした。溝口さん、好きな人がいて。その人のことが忘れられないでいたんです。本当に、つい最近まで。やんなっちゃうでしょう」

潮は悲しいことをへらへら笑いながら言って、空になったグラスを伊関の前に差し出した。お代わりを要求されているのはわかったが、果たしてこのまま飲ませていいものか、伊関は悩む。

「飲ませなさい。私が面倒を見るから」

躊躇している伊関の横から伸びた細い手が、潮のグラスを取った。

「潔。でも」

風呂から出てきて完全に目が醒めた永見は、バスローブ姿で甘い香りをさせていた。

「先に飲ませたのは拓朗だろう。こうなることを想像していたんだから、最後まで付き合ってやりなさい」

冷たく突き放すような言葉を投げながら、永見は手際よく水割りを作って潮の手に戻した。

「あー、永見さんだ。一緒に飲みましょうよ」

「言われなくても飲む。元は私の酒だ」

永見はむっつりと言って、潮用の水割りとはまるで色の異なる水割りを作る。

「私のことはいいから、話を続けなさい」

自分のグラスを見つめる潮に、永見は先を促す。

「先って……」

「潮が溝口さんについていきたいって思ったきっかけ。何かあるんでしょ？」

「あるには、あったけど」

「けど？」

潮は照れたように俯いて、永見に作ってもらった薄い水割りをちびちびと飲む。

「二月にタイに行くときに、俺の気持ちを受け取れると思うから、待っててって言われて」

「それで……」

「迎えに行ったんだ、帰ってきた日に。それなのに、あのバカ熊。俺の顔を見るなり『どうしてこんなところにいるんだ』ってふざけたこと言って。空港でそのまま喧嘩別れ」

「それって、照れてたんじゃ……」

「かもしれないけどさ、すっごい不安と期待があった人間に向かって『どうして』なんて、言う？」

溝口は普通の人間ではない。だから言えるかもしれないと思うものの、伊関は一応首を左右に振ってみる。

「でしょう？　それでさ、そのあとだって機嫌取りにきてくれるわけでもないんだよ。喧嘩別れしたその日に、俺はうちで一人寂しく寝てんのに、あのバカ、どっかの誰かと飲みに行ったっていうし。そのあとはまた海外行ってて、すれ違いばっか。吉田さんの結婚式で会えたのだって、直前まで来るかどうかわからなかった」

ちなみに、帰国したその日に、バカ熊と一緒に飲みに行ったどっかの誰かは、当然のことながら永見である。

「だから俺、溝口さんが本当に俺の気持ちを受け取ってくれるつもりがあるのかわかんないんだ。一緒にいなかったら、俺のことなんていつでも忘れられちゃうんじゃないかって、ものすごく不安」

離れていることで強まる想いと逆に、離れて和らぐ想いがある。

潮の場合、互いの間にある気持ちをまだ、信じられていない状態だ。だから、不安でしょうがない。いつ忘れられてしまうのか。置いて行かれてしまうかもしれない。自分など、彼にとって必要ではないのかもしれない。

潮のそんな切ないまでの不安がわかってしまった伊関は、なんと慰めていいのかわからなかった。

「あの男は、潮が引退してついていきたいと言っていることを、知っているのか？」

　すると、それまで黙っていた永見が口を開く。

「うん……吉田さんの結婚式のあとで、俺、言った。溝口さんが退職して海外に行くなら、助手でも器材持ちでもするから、一緒に連れていってって」

　永見相手でも、さすがにこの状況では素直になれるらしい。

「それで、あの男はなんて言った」

「何をバカなこと、言ってるんだって笑った。だから俺は、真剣に言ってるって繰り返した。でも……全然本気に取ってくれなかった」

　潮の目からは、音もなく涙が零れ落ちてくる。酔いが回っただろう目はすでに焦点が合わず、どこかふわふわした口調になっている。

「どうだろう」

　しかし永見は、そんな酔っ払った潮に対し、真面目に話を続ける。

「どうだろうって」

「あの男は、それほどまでにバカか？　潮の真剣な言葉の意味が理解できないほど、バカな男か？」

　真正面にある永見は、彫像のように滑らかな頬を持ち、息を呑むほどに美しい。この男の顔を見るたびに、何度も敵わないと思わされてきた。溝口の愛した相手であり、ずっと、振り切れなかった男だ。

「それってつまり、溝口さんは俺の気持ちがわかっててわからないフリをしたってことですか」

「私はその場所にいたわけではないし、当事者でもないからわからない。ただ、その可能性はないのかと尋ねている」

　潮も、何度かそれを考えた。わかっていて、あえて知らないフリをしているのかもしれない、と。

　しかし考えれば考えるほど、悲しくなった。もしそうだとしたら、どうして潮の気持ちを受け入れてくれないのか。どうしてわからないフリをして話をはぐらかすのか。

「わからないよ、俺にだって……」

　大粒の涙が溢れてくる。

「わからないならわからないなりに、溝口がそうした理由を考えなかったのか」

「俺のことがいらないからだ」

　感極まった潮には、冷静な判断力は残っていない。永見は小さく嘆息する。

「だったら、立場を変えてみよう。引退の話は市川には当然しただろう？」

　永見は口調をまるで変えない。同情する様子を見せず、淡々とした態度を貫いている。

どうしてそこで市川の話になるのか不思議になりながらも潮は永見の言葉に応じて頷く。

「そのとき、あの男はなんと言った」

「特に良いとも悪いとも言われなかった。安易な気持ちで言っているのかと聞かれたから、そういうわけじゃないと言った。そのあとで映画の話になって、六月に引退するのも映画の仕事をするのも、俺の判断に任せるって。それで映画の仕事をするならそのままでいいけれど、辞めるなら所長に直接言うようにと、突き放された」

そのあと結局映画の仕事を取ったから、話はうやむやになっている。

でもあのとき以来、なんとなく潮の中では市川への後ろめたさが拭えていない。

「市川がどうして突き放した言い方をしたと思っている？」

あえて触れていない部分を追及され、あのときの痛みを思い出す。

「俺のこと、どうでもいいと思ったから……」

「どうでもいいとはどういうことだ？」

「恋人でもない、それも男を追っかけて引退したいなんて思うタレントは、つき合いきれないって思われたんだと」

「本気でそう思っているのか？」

永見は強い口調で潮の言葉を遮る。

「潔」

伊関は永見を宥めるべく肩に手を置いた。永見は伊関に目で合図して潮に向き直る。

「答えたまえ」

「そんなの……わからない」

あのとき、潮は心の中で本当に突き放されたと思った。呆れられてしまったのだと、思ってしまったのだ。

「本当にわからないのか？　市川が、東堂潮という人間のマネージャーを務めてきた男が、どうしてそこで自分の意見は何も口にせず、潮に判断するように言ったのか。溝口義道という、超一流カメラマンが、どうしてわからないフリをするのか。つき合いきれないという理由だけで、あの男たちがそんな風に言うと本気で思っているのか？」

「でも……」

「市川はこれまで、どんな風に潮に接してきていた？　潮がどういう気持ちで溝口のことを好きだったのか、知らないのか？　潮の気持ちを、ばかだと思うような男か。その程度にしか理解していないと思うのか」

たたみかけるような言葉に、潮は今日の市川の行動を思い出す。そして自分の気持ちも思い出す。

最初のときから市川は、マネージャーとしてだけでなく、一人の人間として潮と接してくれ、潮のことを考えてくれていた。そんな市川が、考えなしに潮のことを突き放すだろうか？　そう思いつつも、まだ潮は自分に自信を持てないでいる。

「俺ぐらいの俳優なんて、いくらでもいるじゃないですか。拓朗さんみたいにすごい人なら別だけど……」

「自分を卑下するのはやめたまえ」

強い口調で言われる。

「それに拓朗と比べること自体、すでに間違っている。君は君、拓朗は拓朗だ。そんな風に自分を卑下していたら、君のために必死になって働いている人間に対して、あまりに失礼だと思わないか」

永見の言葉で潮ははっとする。

これまで自分のことに精いっぱいで、相手の立場になって他の人の意見を考えたことはなかった。

「市川の見る目も、溝口の見る目も超一流だ。そんな男が、どんな気持ちでいるのかわからないのであれば、今後芸能界にいたところで意味はない。さっさと引退して、海外でもどこへでも行けばいい」

「ちょ、……潔！」

あまりに辛辣な言葉に、伊関は慌てた。

「拓朗は黙っていなさい。潮はあまりに甘すぎる。こんな考えで、厳しい世界を渡っていけるはずもない。自分のことを理解せず、周りの気持ちも理解できないくらいなら、他人に迷惑をかける前に、さっさと引退してくれたほうがせいせいする」

最後まで言い捨てると、永見はグラスに残っていた酒を一気に飲み干した。

「不愉快だ。私は寝る」

そして最後まで面倒を見ると言っておきながら、一人で寝室へ向かってしまう。

もちろん、それなりの考えがあるのはわかっている。冷たい態度を装った恋人の背中を見送ってから、伊関はゆっくりと潮を振り返る。案の定潮は唇を強く噛み締め、今にもまた泣き出しそうな顔をしながらも今は必死に涙を堪えていた。

「潮……」

そっと肩に手を伸ばそうとするが、潮は思い切り身体を後ろに引いた。

「永見さん……やっぱり俺のこと、嫌いなんだ」

嗚咽を堪えた低い声で呟く。

「嫌いだから、あんなこと……」

「それは違うよ、潮。さっきも言ったけど、潔は潮のこと、認めてる。本当に潮のことを考えているから、正直な気持ちを言ったんだと思う。ちょっときつすぎることは俺も思ったけど」

伊関は肩を竦め、永見の言動をフォローする。

「潔はシビアな人間なんだ。だから、基本的にどうでもいい相手には、どうでもいい応対しかしない。逆に自分が認めている相手には、その相手のためを思って、ためになると思うからこそ、自分から悪役を買って出る。だから、さっきの発言だって、潮を想う気持ちから出てる」

「でも……さっさと引退してくれたほうが、せいせいするって」

永見の言葉を反芻して、ものすごく悲しくなった。お前はいらない人間なのだと、最後通牒を突きつけられた気分になった。

「待ってよ。もうちょっと前の言葉から、考えてみな。そうしないと、本当の意味が見えてこない」

「もうちょっと前？」

「市川さんが『どうして』潮を突き放しているのか、その理由がわからないぐらいならって、きちんと前置きしただろう」

「だから、俺、わからないから……」

「本当に？」

俯いている潮の顎を上げて、伊関は目と目を合わせ、確認を取る。

「……拓朗さんには、わかってるの？」

「たぶん、だけどね。でも、潮だってわかってるはずだ。美咲ちゃんに何を言われたのか、思い出してごらんよ」

高校生のとき、初めて舞台を観てからずっと惹かれてきた俳優に見つめられながら、潮は美咲の言葉を思い出す。

どうして潮に妊娠の事実を伝えなかったのか。彼女は、潮にどうしてほしいと言ったか。

けれど、思い出しても、まだ見えてこない。

「わからない。俺はバカだから……子どもだから、難しくてわかんない」

都合のいいときだけ子どもになるのはズルい。

でも本当にわからないのだ。

頭がぼんやりとしてきた。堪えていた涙が溢れ、激しい酔いに眠気が襲ってくる。

伊関が何を言おうとも、頭の中に入ってこない。今日は色々なことがありすぎて、潮の思考は今にもパンクしそうだった。

その場で突っ伏した潮をソファに寝かしつけてから寝室に戻る。

「潮は寝たのか？」

　真っ暗な中から声が聞こえてくる。

「まだ起きてたの？」

　ベッドサイドの明かりが灯された中に永見の顔が浮かび上がる。自分の横の布団を持ち上げ、伊関が入ってくるのを待って広い胸に頭を押しつけてくる。

「様子は？」

「潔の言葉がかなり効いたみたい。あのあと思いきり泣いて、飲んで疲れ果てて眠った。あの調子だと、明日二日酔いだよ」

「少しきつく言い過ぎただろうか」

　永見にしては珍しく自分の言葉を後悔しているらしい。

「うん……ちょっとそうかもね。何しろ免疫ないから。でも、わかってくれると思うよ」

　永見はその言葉に、小さく息を呑む。

「心の底から、引退してくれたほうがせいせいすると思っているわけではない」

「わかってるよ、もちろん」

　伊関は宥めるように永見の額にキスをする。

「溝口や市川ほどではないかもしれないが、私も潮の実力は認めている。前回の映画で拓朗の相手が違っていたら、失敗したかもしれないと思うほどだ。けれどいかんせん未開花な部分が多いのが勿体無いと思う」

「俺もそれは思う。もっと自分に自信を持って、仕事に貪欲になれれば変わってくるかもしれないんだけど」

　潮は子どもの頃から劇団にいたこともあり、演技力については言うまでもない。けれどそれだけではなく、俳優として必要な天性のカンとカリスマたり得る光を合わせ持っている。

　ただ今は、それが時々しか表に出てこない。でも何かのきっかけさえあれば、美しい華を咲かせるだろう。

「きっかけが何になるかはまだわからない。でもそれほど遠い将来の話ではないだろう。だから私は、引退するのならその華が見事に咲いてからのほうがいいと思う。だが本人に自覚がないのであれば、周りが何をどう言っても意味がない」

　華を咲かすどころか、その前の段階で自ら刈り取ってしまうのであれば、最初から水をやらないほうがましだ。永見はだから、きつい言葉を口にした。

「潮はばかじゃない。だからきっと、頭が冷めたら、自分がどうしたらいいのかわかるんじゃないかな」

　今の潮は、いつ溝口に置いていかれるかという不安に苛まれている。

　しかし、傍から見ればそんな心配はまるで不要だ。

溝口は潮のことを、とても大切に想っている。それは恋愛という感情であり、恋人に対するものだ。

潮の不安がわからないわけではない。けれど今の溝口は、心の底に潮という大切な存在があるから海外を飛び回っていられるのではないか。

潮は無自覚のうちに、間違いなく溝口の心の拠り所となっている。そうでなかったら、潮を見る溝口の目があれだけ優しいわけがない。目に入れても痛くないだろう、優しくて慈しみに満ちた目を、伊関は何度も見ている。何よりも溝口が撮った潮の写真が、すべてを物語っている。

あんな写真を撮ってもらっていて、どうして溝口の気持ちを疑うのか。正直、それが伊関には理解できない。

溝口が最後の結論を出さずにいるのはおそらく、潮の成長を待っているからだろう。

「あの二人、幸せになれるといいね」

呟いてみるがすでに眠りについた永見からは、なんの返事もなかった。

「おやすみ。潔」

そして、おやすみ、潮。

伊関は、一人で眠る後輩に、心の中で声をかけた。

5

溝口の帰国は、突然だった。

永見はその情報を仕入れると、持てる情報網すべてを使って溝口を会社まで呼び寄せた。

「まったく相変わらず手段を選ばない奴だな」

成田に着いた途端、まるで拉致されるかのような状態で、溝口は電報堂まで連れてこられた。車に乗り込んでからようやく、永見からの命令だと聞かされて納得したものの、溝口を迎えに行った人間は顔や身体にいくつもの傷を負っていた。

「最初っから、永見の使いだって言ってくれれば、手荒な真似はしなかった」

「私からの用だと言ったら、絶対に逃げただろう?」

「そんなことないぜ」

言いながら溝口は苦笑する。

「とにかくこうでもしなければ、貴様とはゆっくり話せないと思ったんだ。フリーになるのはいいが、せめて代理人を設けて、その人とは密に連絡を取れるようにしろ」

永見が差し出した煙草を受け取り、火を点ける。

「そういうのに懲りてフリーになったんだから、仕方ねえだろう」

二人は電報堂の応接室で、向かい合って座っていた。

アジア諸国を回っていた溝口は、髭は常になく顔全体を覆い、髪もだらしなく伸びている。服は全体的に薄汚れ、ジーンズはあちこち擦りきれていた。

しかし、そんな格好が溝口には似合っていた。頬が若干こけ、身体つきが全体的に引き締まったように感じられる。

「楽しいか」

「ああ、楽しいよ。おかげさまで毎日が充実していて、人間ってのはこういう生き物だったんだって、改めて実感している」

溝口は服と同様ぼろぼろの袋の中から、大量の写真を取り出す。

「あっちにはきちんとした現像室がねえから、出来はあんまり良くない。でも、雰囲気はわかるだろう」

自慢気な男の手から受け取った写真の束を、永見は一枚ずつ丁寧に目を通す。溝口の言うように決して出来上がりは良くないものの、そこに写る人々の表情からは、エネルギーが感じられる。

人間を撮りたいと思う溝口の心が、手に取るように伝わってきた。引き止めても無駄だ。それを改めて永見は実感する。

「――またすぐ、海外に行くのか?」

「こっちの仕事が終わり次第、だけどな」

「なんの仕事だ?」

「これまで海外で撮ってきたものを、まとめてくれる奇特な出版社があってさ。売れねえよって言ったんだが、それでもいいから作ろうって言ってくれたんだ。だから、その打ち合わせがある」

「なるほど」

長い間電報堂の専属カメラマンとして、その腕は各界から認められていた。にもかかわらず、自分名義で出した写真集は、わずかに二冊。一冊は伊関の写真集の企画で、もう一冊が今年の春、溝口が電報堂を退職する際に発行された、潮の写真集だ。

潮の写真集は映画とタイアップして作られた伊関の写真集ほどに評判は集めなかった。しかし、映画の話が再浮上する今になって、売り上げが伸びていると聞く。

アイドルから一人の俳優として成長していく潮の姿が、溝口の目を通して語られている。ある意味であの写真集は、溝口の潮へのラブレターでもあった。

「それで、お前さんの用ってのはなんだ？　あんな無茶して俺に連絡を取ってきた以上、半端な理由だったらただじゃおかねえぞ」

「私から言わなくても、およその見当はついているんじゃないか？」

笑う溝口に対し、永見は真剣な表情になる。

「だからもったいぶったりせず、はっきり言ってくれ。なんだ。また電報堂の仕事の話か。それとも」

「潮のことだ」

瞬間、眉が上がる。

「潮が、どうしたっていうんだ」

「自分の胸に聞いてみろ」

永見は常になくきつい口調で言い放ち、鋭い目で溝口を睨みつけた。

笑い飛ばそうとした溝口だが、さすがに永見の真剣な口調と視線に、逃げるのは諦めたらしい。

おそらく溝口は、本当にわからなかったのだろう。

市川や伊関の口からなら、潮の話が出てくるのもある意味当然と言えた。しかし、よりにもよって永見の口から、潮の名前が出てくることがあるなど、想像もしていなかった。

もちろん、なんだかんだで文句を言いつつも、永見が潮のことを気に入っていて、彼の実力を認めていることは溝口も知っている。しかし、二人の仲、つまり潮と溝口の関係を決して快く思っていなかっただろう永見を知っていたから、想像もしなかったのだ。

「悪いが、わからない。潮のことについちゃ、身に覚えがあり過ぎるんでな」

顎に髭を蓄えた男は、そこを擦りながらなんとも情けない表情を作った。

「なんだ、その身に覚えというのは」

「いや、その、まあな。人様には言えねえ、色々なことがあってさ」

「私が聞いているのは、そうやって言えない部分のことではない」

永見はぴしゃりと言って、テーブルをドンと叩いた。

「今年の二月、タイに旅立つ前に、貴様は潮になんと言ったんだ」

「なんだよ、あいつ。そんなことをお前に喋ったのか」

「正確には私相手に喋ったのではない。酔った勢いで拓朗に喋ったのを、横で聞いただけだ」

状況はどうであれ同じことじゃないかと思いつつ、溝口は黙っている。

「二人の間でどういった約束がされようと、それは他人の知ったことじゃないし、それこそ余計なお世話だとわかっている。しかし、あれから、どのぐらい月日が過ぎている？」

「下手すりゃ、そろそろ半年以上だな」

「そうだ。わかっていて、その上で貴様は知らないフリをしているのか」

永見はばっさり溝口の言葉を切って捨てる。相変わらず容赦がない。

「知らないフリなんてしてねえよ」

「だったらどうして、頻繁に帰国しているくせに、潮に会いに行かないんだ」

「故意に会わないわけじゃねえ。仕事のタイミングが悪いだけだ」

「一番最近会ったのはいつだ」

「……吉田の結婚式んとき、だな」

「だったら、抱いてやったのは」

そこまでプライベートに関する話を永見にしなくてはいけないのかと疑問になりつつも、溝口はむっとしつつも応じる。

「同じときだ」

「私が同じ年だと思っているだけで、貴様はもしかして、すでに枯れているのか？」

永見は表情を変えることなく、あっさりと驚くことを口にする。溝口はあっけに取られつつ返す。

「誰が枯れてんだ」

「そうだろう。吉田の結婚式以来、セックスしていないということじゃないのか？　いや、もしかして、他に相手がいて……」

「人聞きの悪いことを言うな。浮気なんてしてねえ」

「だったら、病気でも」

「だから！　どうしてすぐそうなるんだ。いたって俺は健康体だ。どこも悪くないし、浮気もしていない」

「それなら、どうして潮を無視する？　もう潮に対する愛情はないのか。飽きたのか」

「飽きるなんてこと、あるわけないだろう」

無遠慮過ぎる永見の言葉に、さすがに溝口はキレた。二人の間にあるテーブルを強く叩き、途切れる様子もない永見の言葉を遮った。

しかし永見はまるで動じない。

「どうして抱いてやらない？　潮が本気だということはわかっているだろう？」

正直な疑問。溝口が一番逃げているところに、永見は土足で踏み入ってくる。

「前々から嫌な奴だとは思っていたが、大概、性格悪いな」

溝口は大きなため息をつくと口元を手で覆った。

「悪かったな。こんな私の性格を、それでも可愛いと言ってくれる人もいるんだ」

「言ってろ」

真顔で惚気《のろけ》る男に嫌みが通じるわけもなかったし、思い切り身体から力が抜けた。

「私は本来他人の恋愛に首を突っ込んだりしない。だが、今回は少々事情が異なる。私と貴様のつき合いは長い。だから、溝口義道がどういう人間かよく理解しているつもりだったが、どうやらまだ私の知らない部分があるようだ」

永見は冷静な口調で、自分の中の疑問を口にする。

「潮を受け入れられないと言うのなら、それはそれだ。だが、そういうわけじゃないんだろう。だったらどうして、何も言ってやらないんだ？　何か言えない理由でもあるのか」

本当に永見は容赦がない。溝口が逃げようとしているのがわかっていて、その逃げ道を塞いでくる。

「理由なんか、こじつけようと思えば山ほど出てくる。どこの国行ってたって、あいつのことを考えない日なんてない。ここに一緒にいたら、あいつなら、何を思うだろうかって、そんなこと考えてる自分に気づいて、何度も空しい気持ちになってる。俺はずっと一人で生きていける人間だと思ってた。誰かに縛られて生きるなんて、面倒なだけだと思ってた」


過去、大切な人に先立たれた上に、愛しいと思った男との間には、告白すらできない関係になっていた。

これまでに、女性から結婚を迫られたことがないわけではない。一夜の遊び相手は星の数ほどで、何年かのつき合いを続けてきた相手もいないわけではない。

しかしいずれの場合も、溝口はその相手と結婚はおろか、常に傍にいたいと思ったことはなかった。一緒にいるその時間だけ楽しめればそれでいい。自分は自由に生きるのが好きだから、相手にもそう望んでいるつもりでいた。

「でもそれは、俺が勝手にそう思い込もうとしていただけのことかもしれない」

本当は違う。心の底では、相手を縛り、相手にも縛られる関係を望んでいた。その事実を潮に出会い愛したことで、自覚した。

自分の感情に素直で純粋な潮に甘えられることを嬉しいと思った。一緒に生きていきたいと初めて思ったのだ。

自分の気持ちを打ち明けようと思った二月の段階では、潮の気持ちを素直に受け入れようと思っていた。でもその後二週間を一人で過ごしているうちに、ふと不安が生じた。

「俺が傍にいてほしいって言ったら、あいつはそのとおりにするだろう。自分のしたいことがあっても、一緒に来て俺と暮らすって言うに決まっている。それに気づいたとき、どうしようかって慌てた」

潮はまだ若い。今はいい。お互い相手のことが好きで仕方がなくて、その事実に酔っている段階だ。でも少し時間をおいて気持ちが落ち着いたときに、潮は自分の選択を後悔するかもしれない。

自分の好きな写真をやり、好きな相手を傍にいさせているのだから自分はいい。

でも、潮は？

自分と一緒にいるために、潮は俳優としての仕事を退めざるを得ない。彼の一番大切な仕事を、自分のわがままのために、奪ってしまうのだ。

「退めろとは、言ってないんだろう？」

「言えるわけがない。今の段階なら絶対に、潮はそんなこと構わないって言って、後先考えずに飛び込んでくるに決まってる。そういう奴だからこそ俺は潮が大切で、そんなところに惚れている」

でも同時に、だからこそ溝口は自分の気持ちを伝えられなくなってしまった。

「本当に似た者同士だな」

永見は大きなため息をつく。

「似た者同士？　誰と誰が」

「貴様と潮だ。二人して、勝手に自分の思い込みだけで話を進めようとするところなんか、そっくりだ」

思い切り呆れた様子で永見は言い放つ。

「潮の将来を思って考えているのはわかる。だが潮の決意も考えてやれ。潮は私たちから見れば確かに子どもだ。だが貴様が思っているほど幼くないし、何も考えていないわけでもない」

「そうか？」

「そうだ。大体、お前がそんな風にわけのわからない態度を取るから、潮はもう駄目なのかと思って、めそめそするんだ。この部分についてはてんでガキだ。でも、懸命に周囲のことを考えて足掻いている姿は、自分勝手な子どもじゃない」

「……俺にどうしろってんだ」

「だからとりあえず、一度しっかり会って、互いの腹の中に収めている苛々や不安をぶちまけるべきだ。そうすれば、要らぬ誤解や不安は消え失せるし、他人に迷惑をかけることもなくなる。考えてみろ。市川がどれだけ今回のことで振り回されているか。今にもストレスで胃に穴が空くんじゃないかと、吉田が心配している」

「互いの腹の内を、ぶちまける、か……」

溝口は永見の言葉を頭の中で反芻する。確かに言われるとおりだ。あれから自分の思惑だけで様々なことを考えてばかりいて、相手の言葉や気持ちなど確認しようとはしていない。

正直、確認するのが怖かった。

「ついでに、他に溜まってるものも吐き出してしまえ。まったく、まだ枯れてないくせに、そのままにしていたら、使えるものも使えなくなるぞ」

真面目な顔で告げられる言葉に溝口はぎょっとする。

「……永見よお。どうしてそう真顔で、下世話なことが言えるんだ？」

「セックスの話がどうして下世話なんだ。性欲は人間の三大欲求のひとつで、本来人間はその欲望に忠実に生きるべき存在だと常々私は思っていて……」

「実践してるわけだね、君は。ああ、わかったよ。幸せで何よりです。はい」

これ以上続きを話させると惚気を聞く羽目になり兼ねない。あの永見がと思うと不思議な気分だが、それだけ幸せだということだ。溝口はほんの少しの寂しさを覚えつつ、荷物を持って立ち上がった。

「溝口」

「忙しいところ、わざわざ済まなかった」

同じように立ち上がった永見に、溝口は心からの礼を言う。

「俺も、このままでいいわけはないとずっと思ってた。だが、どうしたら二人のために一番良いのかわからなくて、悩んでたんだ」

「それで、吹っきれたのか？」

「…まあ、そうだな。とりあえず、逃げてないで会って話をする決意だけはついた」

照れたように溝口が肩を竦めると、永見は「そうか」と応じる。

「それから、上司からことづけがあったんだ。忘れていた」

「なんだ」

重い荷物を肩に背負った状態で、溝口は返事をする。

「近々テレビ制作会社と共に、アフリカサバンナのドキュメンタリー番組を撮る予定らしい。同時に写真を雑誌に載せるらしいんだが、その仕事を依頼したいそうだ」

溝口は思わず生唾を呑み込む。

「いつの話だ」

「はっきりしたことは聞いてないが、帰国している間に時間があって興味があるなら、間を繋いでやろう」

嬉しそうな表情を見せる溝口に、永見は冷たい視線を送る。

「なんだよ、その目は。確かに潮と話はするって言った。だが、すぐには無理だ。あいつだって仕事あるだろうし」

「言い訳は見苦しい」

「言い訳じゃねえ」

溝口は譲ろうとしない。

「わかった。この仕事がしたければ、今回帰国している間に潮と話をしろ」

「な……っ」

「その上で、潮から私に連絡させろ。いいな？」

永見は問答無用に言い放つと、テーブルの上の電話を取る。誰にかけるのかと思っていると、すぐにわかる。

「永見です。忙しいところ申し訳ない。今、東堂くんの仕事は……そうですか。場所は、はい、ええ。わかりました」

事務的に話を終わらせた永見は、何かを書きつけたメモを溝口に渡す。

「ちょうど潮は今日の仕事を終えたそうだ。タイミング良かったな。これからすぐ家に市川が送るそうだから、今からタクシーを飛ばせば、ちょうど会える」

メモに書いてあるのは、潮の祐天寺の住所だ。溝口はそれを横目でちらりと見ただけで肩を竦める。

「まったく、お節介な奴だな」

もはや苦笑する以外にない。

「要らないのか」

「引っ越してねえならわかる」

振り返らずに答えると、溝口は大股で歩いていく。

いかんともしがたい怒りが、溝口の腹の中に渦巻いていた。

会って話をすることに決めたとはいえ、まだ心の準備ができていない。それなのに永見に勝手に状況を整えられてしまった。

潮は、今溝口が日本にいることなど知らない。しかしいずれなんらかの形で、潮の耳に入るのは間違いないだろう。帰国していながら、自分の家に来なかった。その事実を聞いて、潮が傷つくのは目に見えている。

そして、もう駄目なのだと解釈してしまうだろう。

溝口自身にはそんな気持ちはないのに。

周囲の状況が勝手に物事を進めてしまう。

「ったく、あのやろう」

苛々しているのは、自分自身に対してだ。永見に対して文句を言いつつも、彼の行動がなければまた先延ばしにしていたのは事実だった、感謝すべきかもしれないが、それでも納得いかないものはいかない。

溝口は辺りの壁や扉に八つ当たりしながら、会社を出て、そこにいたタクシーを拾う。

「お、お客さん、どちらまで」

　バックミラーで溝口の形相を確認した運転士は、おどおどしつつ行き先を尋ねる。

「運命の分かれ道まで」

「は？」

　わけのわからないことを言う、まるで熊のような風体の男を、運転手は思わず振り返った。

「運命の分かれ道って……あの」

「祐天寺だ祐天寺。近くまで行ったら指示するから、とりあえずそっち方面に向かってくれ」

「は、はい、祐天寺ですね。かしこまりました」

　まともな返事に安心したらしく、車を発進させた。

　運命の分かれ道。それは溝口にとってではなくて、おそらく潮にとって。

　ここで溝口が行かなければ、伸ばしかけた手を戻せば、潮には違う道が残される。俳優として成功し、いずれ自分以外の誰かと巡り合い、幸せな家庭を築くだろう。でも、溝口の手を取ってしまったら、輝かしい未来はない。

　潮の手を今取ってしまったら、もう二度と放せない。潮ではなく自分のほうが執着し、愛しいと想い、腕の中に抱き留めておきたい気持ちが強い。他の誰にも渡せない。自分だけのものにして、自分だけが愛してやる。それが潮にとって幸せな道なのか、いまだ溝口の心の中に迷いがないわけではない。

　そろそろ冬が近づいている。

　西に傾いた太陽は、綺麗なオレンジ色に染まっているが、アフリカで見た地平線に沈む太陽とは、その美しさは比べ物にならない。世の中には美しいものがたくさんある。それらの中には、日本にいては決して見ることのできないものが、数多く存在している。

「見せてやりてえな」

　やがて灰色がかってきた空を見つめ、ぼそりと呟く。心は決まった。迷いはすべて捨てて、望む道に進む。幸せになれるかどうかわからないのではなく、自分が幸せにしてやればいいのだ。

　どこまでも遠く広がる青い空。サバンナを走るゼブラの群れ。広大な大地。汚れた川。それでもそこで生きる人々は、自由奔放に生きている。

　そんな人々や偉大な自然を見て、潮はどんな表情を見せるのだろう。

　溝口は潮の笑顔が好きだった。彼の嬉しそうな表情を見るのが、何より好きだった。

　その笑顔を永遠に自分のものにするための決断の道が、自分の前に真っ直ぐ一本だけ伸びている。

「今の電話、誰だったんですか？」

家路へ向かう途中で、潮は市川にかかってきた電話の相手を尋ねる。

「永見さんです」

答えながら市川は首を傾げ、携帯を見つめる。

「永見さんから？　何か、映画の仕事でまずいことでも起きたんですか」

いくら永見がワタセエージェンシーとの関わりが強くても、市川に個人的に電話をかけてくることは基本的にない。だから咄嗟に映画関係のことで、問題が起きたのだと判断したのだ。

「それが東堂くんの仕事を聞かれまして。終わって帰るところだと答えたら、どこにいるのかと……」

「なんで永見さんが、俺の動向なんて気にするの？」

「さあ。それこそ東堂くん、私が知らない間に、永見さんや伊関さんに対して、何か悪いことをしませんでしたか？」

「え。そんな、悪いことなんて……」

していないと言おうとして、潮は言葉を詰まらせる。

つい先日、伊関の家に押しかけ、寝ているところを叩き起こし酔っ払った上に、泣き上戸になり絡んだばかりだ。

「口籠るところを見ると、何かしたんですね？」

間髪入れず問い詰められ、潮はぐっと息を呑んだ。

「そんな、たいしたことじゃないです」

潮はそう思っていても、果たして永見がどう捉えているかはわからない。

「無理にとは申しません。ただし事情を知らなければ、万が一何かがあったときに、一切私は庇ってあげられませんけれども」

市川の言葉は、最後のとどめを刺す。

この間、話をしたあと、自分の考えの甘さについて落ち込んだ。

自分の俳優としての将来の話である以上、市川にも関係のある話だ。いずれ改めて話さなくてはと思っていた。

「あの」

潮の声に市川は振り返る。

「お話ししますから、ちょっと、うちに寄ってください」

「わかりました」

市川はいつもと変わらぬ表情で応じた。

潮が一人で住むマンションは、いつ訪れても生活の臭いがあまりしない。市川はそう思いながら、居間のソファに座った。

飲み物を用意するという潮を席へ座らせて、「それで」と早速話を切り出す。

「何があったんですか」

静かな優しい口調で、潮を促す。

「最初は美咲のことで、文句を言っていたんです」

どこからどう話をすべきか考えながら、潮はゆっくり口を開く。

美咲がどうして、妊娠の事実を教えてくれなかったのか。彼女にとって自分がどんな存在だったのか。これまで信じていたものが崩れたような気がしていた。

潮はただでさえ、恋を選ぶか、仕事を選ぶかで悩んでいたに等しい状態だった。同じ状況にいた美咲は、最終的に恋を選んでいる。にもかかわらず潮には仕事を選べと言った。その理由が、わからなかった。

「潮の気持ちはわかる。だけどあたしは一通りのことはやったし、この先は見えている。でも、潮は違う。あたしと違って、潮は大きくなる。絶対、いい俳優さんになる。それこそ拓朗さんみたいな俳優になる。だから、絶対に今の段階で役者、退めてほしくない。潮が『退めていい』ってあたしに言ってほしいのがわかってたから」

潮は自分とは違う。大きくなるから、いい俳優になるから、今の段階で役者を退めてほしくなかった。

美咲が口にした言葉の意味を、改めて考えると、市川や溝口が自分に対して何を思っているのか考えてみろと言った永見の言葉に重なった。

誰もがみな、役者をずっとやり続けろと言っているわけではない。ただ「今」が退めるその時期ではないというだけで、待ったをかけているのだ。

溝口を追いかけたい気持ちがわからないわけではない。けれど、それによってあとで悔やまないか、誰もがそれを心配している。

誰もが潮の本当の幸せを望んでいるため、今すぐに役者を退めるべきではないと言っているのだ。

「俺は、自分がそんな大した俳優だとは思ってないです」

みんなに言われるほど、自分は大した俳優なのかどうか考えた。

伊関ならわかる。まだ売れない劇団にいた当時から、潮は全身が震えるほどの感動を覚えていた。伊関が万が一にも役者を退めると言ったら、潮は全力で引き止める。

伊関拓朗という卓越した才能と絶大なるカリスマ性を持ち合わせた俳優など、今後そう簡単には現れないだろう。存在が奇跡である以上、何がなんでも退めてほしくない。

では自分は、どうか。伊関と比べること自体間違っている。もし伊関と比べなかったにしても、たいした役者だとは思えない。

自分程度のルックスに演技力を持つ役者やタレントは、それこそ掃いて捨てるほどいる。その中で自分が注目を浴びているのは、伊関の映画に共演したからだ。けれどどこの間の永見の言葉で、もう一度自分に向き直った。

『そんな風に自分を卑下していたら、君のために必死になって働いている人間に対して、あまりに失礼だと思わないか』

あまりにもっともで重い言葉だった。

自分自身を否定することはつまり、自分を評価してくれている人たちも、否定することになる。当たり前のことが、今の今までわかっていなかった。それが恥ずかしい。

「溝口さんに告白したのを無視されて、雪の中で泣いた俺に市川さんが言ってくれたこと、覚えてますか？」

「もちろん、覚えています」

あのときのことは、忘れようとして忘れられるものではない。それほど痛ましく、悲しい光景だった。あのまま溝口が潮の前から何も言わずに消えていたら、市川は彼に何をしていたかわからない。あのときのことがひとつのターニングポイントとなって、市川の中で潮はかけがえのない存在となったのだ。

だからと言って、市川にできることなど少しだ。だから精一杯の気持ちを言葉にした。

『君を待っている人は、この世の中にたくさんいます。君のことが好きな人もたくさんいます。私も、その中の一人です』

そのとき、溝口に振り向いてさえもらえない自分などいらないと、潮は強く思っていた。

『君は一個人であると同時に、東堂潮という君を好きな人の共有の存在でもあります。だから、辛くても頑張らなくてはいけません。君を見て、どんなに辛いことがあっても耐えている人がいます。幸せを覚えている人もいます』

市川の言葉でぎりぎりのところで自分を取り戻し、もう一度頑張る気力を得た。だが、その言葉の本当の意味に気づいてはいなかった。

今回のことがあって初めて、市川の言葉に込められた部分に触れた。市川が自分のことを、なんの理由もなく突き放すわけはない。

「わかったフリしていただけで、実はなんにもわかっていなかった。自分のことに精一杯で周りの人の気持ちなんて、考えていなかった」

　市川がどれだけ自分のためを考えていてくれるか。美咲が何を自分に期待しているのか。それがわからないぐらいなら、すべてが無意味になると永見は言ったのだ。

「東堂くん」

「俺ね、市川さん。もうちょっとだけ頑張ってみることにする。どこまでできるかわからないし、頑張ってみたところで結果は同じかもしれない。でも、もうこれ以上できないって思うぐらいまで、役者、やってみたい。自分で自分に納得がいってからそれから、溝口さんを追いかけることにする」

　考えて考えて考えた。そしてやっと辿り着いた答えを、今初めて口にする。大きな瞳は潤み、揺れていた。

「東堂くん」

「なんてね、そのときになって、もう溝口さんが俺のことなんて知らないって言う可能性はあるけど、くじけない。一回振られてるし。俺、溝口さんのことが好きな自分のこと、すっごい好き。溝口さんに俺のことが嫌いだから、追いかけるなってはっきり言われるまで、ずっと追いかける。ちょっとストーカーっぽいけど、好きなんだからしょうがないよね」

　そう語る潮の表情は、とても晴れ晴れしていた。

「頑張って結果が出ないことなんて、ありません」

「そうかな。市川さんに迷惑かけちゃうかもしれないよ」

「君に関することなら、どんなことでも迷惑だなんて思いません」

　市川は満面の笑みを浮かべる。

「一緒にいけるところまでいきましょう。最高の段階まで上り詰めて、伊関さんを追い越してやりましょう」

「そんな、さすがに無理だよ、それは」

　熱弁を振るわれて、潮はさすがに照れた。

「無理じゃないですよ。頑張れば、追い越せます」

　どんな根拠があって力説するのかわからなかったが、潮はとりあえず頷く。喋ると泣いてしまいそうだった。だから必死に歯を食いしばった。

「大丈夫です。それに溝口さんは絶対待っていてくれます。そういう人だから、東堂くんは溝口さんのことが好きになったんでしょう？」

　市川は、潮が一番気にしている部分に触れる。

「もし万が一、待っていてくれないなら、私が文句を言いに行きます。どうして東堂くんみたいないい子を待っていられないのかって。そんなことしたら一生後悔するってお説教してあげましょう」

市川はどうしてこんなに優しいのか。

潮は嗚咽を堪え何度も頷き、目元を覆った。

「ありがとう、市川さん……ありがとう。それから、ごめんなさい」

「謝ることなんて、ありません。それにお礼を言うのは、私のほうです。ここで東堂くんに引退されていたら、私は妻と子どもを抱えた状態で、寒空に放り出されるところでした。監督不行届きということで二度と事務所には戻れなかったでしょう」

市川はそうやって笑うが、実際に引退していたら、冗談では済まない話だったかもしれない。

相談に乗ってくれた吉田も、その後吉田から話を聞かされたらしい渡瀬も、市川が何かを言うまで何も聞いてこなかった。

でも今日ようやく、市川は潮の決意を、彼らに話すことができる。

誰もが満足いくまで頑張れたら、そのときには一緒に潮を笑顔で送り出してほしい。マネージャーの立場ではなく、東堂潮の幸せを願う一人の人間として、頼むつもりだった。

「明日はオフです。だから今日はゆっくり休んで、また明後日元気な姿を見せてください」

市川は潮の肩を軽く叩くと、部屋を出た。

玄関の前まで来たところで、市川は足を止める。確か部屋に上がったとき鍵は閉めたはずの扉が開いていたのだ。訝しげに扉を押したところで、そこにある人影に驚いた。

「あ、なた……は」

「し。聞こえる」

長身で肩幅の広い、口や顎一面に髭を生やしたその男こそ、潮の愛する溝口だった。

「いつ、帰国されたんですか」

そして永見が突然に電話をかけてきた理由に思い当たる。

「ついさっきな」

「どうやって、中に入られたんですか?」

市川の問いに答えるように、溝口は手の中の鍵を示す。確認するのもばかだった。合鍵を持っていても不思議ではない。

「話、聞かれていたんですか?」

目の前の男に、たくさん文句があった。けれど、市川はとりあえずそれらをすべて呑み込んだ。

「たぶん、最初から」

溝口は深い皺を眉間に刻み、市川の顔を見た。

「何か言いたいこと、ありそうだな」

が、溝口にはお見通しだ。でも市川はそれぐらいで怯んだりしない。

「東堂くんに言わなくてはいけないことがあるのは、溝口さんのほうじゃありませんか？」

　市川は強い口調で、溝口に言い返す。反論されるか逃げられるかを予想していたが、男は困ったように顎を擦りながら肩を竦めた。

「まったく、どうして潮の周りには、こう、お節介な奴ばかり揃ってんだか」

　困ったように吐き出される言葉に市川のガードが少し外れる。

「それは、東堂くんがとてもいい子だからです。貴方もおわかりでしょう」

「参ったな」

　本当に参った様子を見せる溝口は、背中を壁に預ける。溝口自身、どこかいつもと雰囲気が違う。

「彼の決意、どう思われますか？」

「いいんじゃないのか。あいつは本気さえ出せば、絶対に得るものがあるだろう。次の仕事で早速、成長するんじゃないか」

「それで、東堂くんが成長したら貴方はどうされるんですか」

「そうだな」

　溝口は呟いて、ほんの少し寂しそうに笑う。

「潮が成長したときに、まだ俺のことを好きでいてくれるか心配だが、でもそうなってからも見守ってやりたいと思う」

　それが溝口の、正直な気持ちなのだろう。飾り気もなく、格好つけてもいない言葉には、少しだけ寂しさが含まれている。

「あいつ、俺のほうが不安だってこと知らねえだろうからな。いまだに、なんでこんな汚ねえ中年のことが好きなのか、不思議でたまらない」

「気づいてますか？　それ、十分惚気ですよ」

「そうか？」

　呆れたように市川が言うと、溝口は驚いた顔をする。

「東堂くんは、溝口さんにふさわしい人間になるために努力しているんです。彼が頑張って大人になった暁《あかつき》には、今度こそ受け止めてあげてください。お願いします。そのときには、私はもう引き止めません。お願いします」

　市川は深く頭を下げる。

「お前、本当に苦労性だな」

「そうさせているのは誰ですか？」

　市川は頭を上げて苦笑する。

「誰に頼まれなくても、もとよりそのつもりだ。今も、そのまま奪ってやりたいぐらいなんだ」

それが溝口の本音だ。互いに笑い合い、市川は家路へ向かい、溝口は潮の部屋に入る。


「市川さん？　忘れ物でもしたんですか？」

玄関の扉が開く音に気がつくと、潮は涙声で応じる。頬を服の袖で拭いながら、潮は玄関まで向かう。そして、玄関に立つ人の姿に息を呑む。

「……どうして？」

玄関に立っていたのは市川ではなく、潮が会いたくて会いたくて仕方がなかった溝口だった。

「よう。久しぶり」

溝口は勝手に部屋の中に上がると、抱えていた荷物をその場に置いた。

「仕事か何かで帰国したんですか。あの……」

状況がわからない潮の手を掴み、溝口はそのままどかどかと大股で寝室へ向かう。

扉を開け、そのまま大きなベッドに潮の身体を放り投げる。そして驚きに目を見開いている潮の身体に覆い被さった。

「溝口さん」

「黙ってろ」

溝口は威圧的な口調で言うと、半開きの唇に自分の唇を強引に重ねる。

本当は話をするつもりだった。

市川との話を全部聞いた。待ってる。だから、誰も文句を言わないぐらいに早く大人になれ。

そう、言葉で伝えるつもりだった。しかし、潮の顔を見た瞬間、どうにも止まらない激情に襲われ、我慢できなくなった。

「溝口さん、溝口さん」

しかし、それは必死に溝口に応える潮も同じだった。

吉田の結婚式のときのように文句を言うことなく、ただひたすらに与えられるキスを貪り、もどかしげに身体を捩り、いやらしく腰を押しつけてくる。

『ついでに、他に溜まってるものも吐き出してしまえ。まったく、まだ枯れてないくせに、そのままにしていたら、使えるものも使えなくなるぞ』

永見の言葉が溝口の頭に蘇る。不能なわけでも病気なわけでもない。悲しいぐらい正直な性欲は持っている。ただ、相手が限定されている。誰彼構わず欲情するわけではない。たった一人の前に立てば、堪えられないぐらい、激しい感情が湧き上がってくる。

着ているものすべてを脱がすことさえもどかしく、

溝口は潮の下半身だけ露にして腰の後ろに指を回し、そこを探った。

「あっ……ま、だ」

そこは狭く、指の侵入すら拒む。

「駄目か、このまんまだと……」

泣き出しそうな表情と身体の反応に畜生と唸り、肩で荒い呼吸をする潮の顎を持って上に向けた。

「ローションでもハンドクリームでも油でもなんでもいい。持ってねえか」

潮が慣れてくるまでほぐす余裕などない。溝口の切羽詰った口調に、潮は真顔になった。

「少しだけ待っててください」

潮は疼く身体を堪えて寝室を出て行き、手にバーボンのフォアローゼズを持って戻ってきた。

伊関と永見の家で初めて飲んだバーボンを、自分への戒めと決意を強くするために、買ってきておいた。

腸に直接アルコールを流すと、その酔いは半端ではない。潮はおそらくそれを知らないのだろう。

しかし、溝口は何も言わずに受け取ると、栓を開けて直接口をつけてラッパ飲みをする。酒に強い溝口でさえ、ストレートで呷れば喉の焼けるような感覚を覚える。

「うまい」

一度口から放すと、唇から零れた酒を、潮の指が拭い取っていく。

「俺にも飲ませてください」

甘い誘いに応じて、溝口はもう一口アルコールを含むと、そのまま潮にキスをする。唇の隙間から少しずつアルコールを流し込むと、潮は目に涙を溜めながら、喉を上下させてそれを飲んでいく。

唇を放すと軽く咳き込み、苦しそうに表情を歪めながら「もっと」とせがむ。その淫らで愛しい姿に、胸が締めつけられるようだった。

「今度は、こっちに飲ませてやるよ」

溝口は、こっち、すなわち潮の尻を指で示し、三度酒を呷った。そして膝を左右に開き溝口を待つ潮の中心に、アルコールで濡らした指を伸ばす。まるでそこだけで命があるような場所は、溝口の指を待って収縮を繰り返す。

これほどまで、自分を待っている潮が、愛しくて仕方がなかった。溝口は潮の膝をさらに大胆に開くと、頭をそこへ沈め、舌先をまず中心に伸ばして、少しずつ口に含んで温かくなったアルコールを流し込んでいく。

「溝口さん……」

なんとも言えない感覚が、潮を襲っていた。

逃げ出したい気持ち悪さと、快感が混ざり合っていた。目の前に勃ち上がっている潮自身に愛撫を加えながら、最後の一滴まで、中へと流し込む。

「どうだ？」

「なんだか、ものすごく、熱い。火傷しそう」

溝口の問いに潮は素直な感覚を訴える。

「どんな風に熱いか、わかるか」

「中でじわじわ燃えるみたいに、疼いてて……」

潮はもどかしげに腰を動かして、溝口にしがみつく。

「なんとかしろよ……あんたのせいなんだから」

もはや堪えられない感情に、潮はかつてのように、わざと生意気な口調で溝口を煽る。

そうすれば、男は潮の欲しいものを与えてくれる。身体の奥底まで届きそうな熱の固まりで自分を貫き、そして身体の中をどろどろに溶かし、何も考えられなくしてくれる。

「まったく、相変わらずだな」

溝口はふっと潮のその言葉に笑い、頬を撫でる。優しい温もりに潮の気が遠くなりそうになった次の瞬間、固く熱いものが、アルコールで火照った部分に押し当てられた。

全身が張り裂けそうな苦しい感覚に歯を食いしばって堪え、少しでも溝口を楽に受け入れられるよう何度も何度も深呼吸を繰り返す。

肉の擦れ合う刺激が、痛みから快感に摩り替わったのはいつだっただろうか。内臓が引っ張られるような感覚すら、溝口から与えられるものであれば、それは快楽に繋がる。永遠にこうして繋がっていたい。気が遠くなるぐらい溝口を感じていたい。

溝口のもので自分が淫らな生き物に変化したことを、潮は知っている。でも、そんな自分が嫌いではなかった。

「いっぱい、だ」

身体の中が溝口で満たされ、なんとも言えない感覚が生まれる。

「きついぞ、少し緩めろ」

溝口は本気で痛みを感じているらしく、目を細め腰の位置を少しずつ変えている。

「あ、動いた、ら、駄目……出る。溶けそう」

これまで以上に快感が強い。

「出そうなら出せよ。何度でもイかせてやるから。出るもんが一滴もなくなるぐらい、全部俺が吸い取ってやる。だから思う存分、イけよ。俺で感じろよ。ドロドロに溶けちまえよ」

わざといやらしいことを耳元で囁き、いっぱいに張り詰め天を仰いでいるものを大きな掌の中で扱《しご》き射精を促す。手の中で疼く潮が可愛くて仕方がない。

「そんなこと、言ったら、駄目、だっ」

次の瞬間、あっけなく放ってしまう自分に軽い嫌悪を覚えて、潮は潤んだ目で溝口を睨む。

「なんだよ。いいから出るんだろう？　だったらもっと出せよ。全部俺がそうさせてやるんだから、恥ずかしいことなんてない。俺は、潮が離れられなくなるまで、やってやってやりまくってやるんだからな。覚悟しろよ。会えなかったぶんのセックス、一日でやってやる。お前の身体、全部俺のモンだって、思い知らせてやる」

真剣な口調で言うと、潮から放たれたもので濡れた手を顔の前でもったいぶりながら舌で嘗め上げる。舌の淫らな動きに、萎えた潮はすぐに力を取り戻し、溝口の腹を弾く。

「二度と、忘れられないほど甘い夜にしてやる。二年経っても三年経っても忘れられないぐらい、俺を味わえ。俺を覚えておけ」

抉るような腰の動きに、潮はふと気づく。もしかしたらこの男は、市川との話を聞いていたのではないか。

「溝口さん、もしかして……」

「今は余計なこと、考えるな」

しかし溝口は、潮の言葉をそのまま奪い取り、深いキスを与え舌を根元から吸い上げる。

「全部わかってるから。俺が悪かったのもお前が悩んでいたのも、それから、お前がどうしたいのかも全部わかってる。俺は狡い男だし、薄情な男だ。でも全部わかってる、今は何も言うな。ただ、俺のことだけを考えろ。お前のことを抱いている俺のことだけ、考えて、感じて、声を上げろ。どろどろになっちまえ。俺の熱で溶けちまえ」

続いて訪れた激しい突き上げ。

目いっぱい張り詰めた溝口は常になく激しい動きを見せ、潮は快感より先に痛みを覚えた。

生理的な涙が溢れ、嗚咽が零れる。

「痛い……痛いよ、溝口さん」

「やめるか」

首にしがみついた潮の耳に、荒い息と共に声が聞こえてくる。切羽詰った男の声は、泣いているように思えた。溝口の目には、涙はない。でもきっと、潮と同じ気持ちでいる。

「やめたら嫌だ」

だから潮は痛みを堪え、両足を溝口の腰に強く巻きつけ、自分から深い繋がりを求めた。引き裂かれる痛みがさらに強くなる。内腿に流れる生暖かい液体は、血液。傷ついた場所は、溝口が動くことでさらに広がれ、張り裂けていく。

激しい痛みが走る。でも、潮は離れたくなかった。

「もっともっと、溝口さんを俺にください」

今この瞬間、死んでしまっても幸せだと思えるほどの、愛情を注いでほしい。

「溝口さん」

「愛してる。潮……。俺の全部をやれるぐらい、愛してる。お前以外、考えられない」

荒い呼吸に混じる、初めて聞く溝口の愛の言葉。

「俺の一生、全部やる、から、お前の全部をくれ。俺に。心も身体も。肉も血も」

強く身体を抱きしめる腕に、微かな震えが走る。触れ合った肌から心臓の激しい鼓動が伝わってくる。

なんでもあげよう。望んでくれるなら。貴方が愛してくれるというなら。それこそ潮が待っていた言葉だった。

生きる身体から、血の滴る心臓をあげても構わない。溝口が自分のものになってくれるなら。

「あげる全部、あげる。だから、俺にも溝口さんを全部、ください」

そして潮も正直な気持ちを伝える。

お互いすべてわかっていて、求め合う。嘘じゃない、純粋な気持ちを。


「でも、少しだけ、待って」

指一本すら動かせない状態で、潮は溝口の背中に声をかける。彼の背中には、赤いミミズ腫れが、いくつも伸びている。それはすべて、潮がつけた傷。愛の軌跡。

「絶対、全部あげるから。でも、少しだけ……」

最後まで言えない潮の頭を、溝口は身体の向きを変えて自分の腕の中に抱え込み涙を掌で拭う。

「全部わかってるって言っただろう。お前は何も気にすることはない。思う存分やりたいことをやって、それから俺んとこに来い」

「うん……うん……」

温かく優しい言葉に、潮は泣きじゃくりながら頷く。何もかもが幸せで嬉しかった。これ以上の幸せはない。それが嬉しくて仕方がない。

「泣くなよ。お前はもう、俺のもんなんだから。どこにいたって変わらない。俺はいつもお前のことを考えている。忘れるなんて絶対ない。今度こそ本当に誓ってやる。だから……」

言いながら溝口の指先も震えている。

落ちてくる甘いキス。これが永遠の別れではないとわかっていても、離れがたい感情が、二人の胸に満ち溢

ている。

「愛してる……」

これほどまでに愛しいと思える存在に出会えるとは思ってもいなかった。そして、ここまで自分を愛してくれる存在に出会えるとも思っていなかった。

ふと脳裏に浮かぶ顔がある。それは永見であり、かつての恋人であった。彼らの顔が消え、最後に潮の笑顔だけが残る。

溝口はもう一度潮に優しい告白をしたあと、潮の髪を撫で、ゆっくりと身体を離した。

※※※

『三月。日本アカデミー賞授賞式は、高輪にあるホテルの宴会場で行われる。ノミネート作品は多数。その中でも各賞有力候補は、昨年すべての注目を集めた、『ＮＥＵＥ　ＪＡＨＲＥ』。ドイツ語で「新しい時代」を意味する、伊関拓朗主演映画、第二弾であった。

当然のことながら伊関拓朗の演技は見事だったが、特筆すべきは共演の東堂潮の成長ぶりだ。彼はこれまでアイドル的俳優としての役割を多く担っていたが、ここにきてその本来の実力を存分に発揮し始めていた。舞台やテレビドラマに数多く出演し、そして訪れた映画。

前回の映画でも好演していたが、どうしても伊関拓朗と比較されて彼の陰に隠れがちだった。だが今回は違う。圧倒的な存在感を持つ伊関拓朗を覆い隠すことはさすがになかったものの、場面によってはより東堂潮のほうが、強い光を放つこともあった。

彼は役者として、もてる才能のすべてをこの映画で発揮したと言っても、それは過言ではないだろう。

東堂潮という真の俳優の誕生を、私は心から喜びたい。』


成田空港に降り立った男は、その新聞記事を見て小さく笑う。

空港内にある美容院で髪をセットするついでに髭を綺麗に剃ると、髭があるときよりもかなり若く見えた。

さらにジーンズにブルゾンというカジュアルな格好から、リムジンバスに乗って高輪に辿り着くと、フロントに頼んでおいたスーツに着替えを済ませ、見事な紳士に生まれ変わる。

「日本アカデミー賞の受賞者の控え室は、どちらになりますか？」

　名刺を渡してから男が尋ねると、担当者は「どなたの控え室でしょうか？」と返す。

「東堂潮」

「東堂潮さんでしたら、新館のほうになっております。エレベーターホール先に担当者がいますので、そちらでもう一度お尋ねください」

「ありがとう」

　男は担当者に礼を言ってから、頼んでおいた花束を途中で花屋から受け取り、さらに用意していたフォァローゼズの瓶に、花屋でもらった赤いリボンを結ぶ。

　絨毯が敷き詰められた廊下を歩きながら、自分の心臓の鼓動が激しくなるのを感じていた。

「何、緊張してんだか」

　腕の中の花は、真紅のバラ、一八本。バラの名前を持つバーボンが示す本数を足して初めてそれは、相手の年の数になる。

　プレゼントされる主は、そのからくりに気づくだろうか。

　男は、新館のロビーに辿り着くと、即、一人の人物を見つける。

　別れた頃よりも髪が伸び、そして身長も少しだけ伸びたかもしれない。礼装姿の体格は華奢だが、男らしい線に変化したようだった。

　けれど変わらないのは、子どものような笑顔。耳には小さなピアスが見える。誰かと話をしていたが、ふと何かに気づいたように視線をさまよわせ、やがて表情を強張らせた。


「嘘」

　遠目にわかるほどはっきり、彼は唇をそう動かした。完全に動きを止めた彼に向かって、男は花を揺らす。

「潮」

　名前を呼ぶと、彼は今にも泣き出しそうに目を潤ませ、首を左右に振った。

「どうして」

　彼の唇は微かに震えている。

「だって、嘘、でしょう」

　自分でも何を言いたいのかわからないのだろう。彼は戸惑いながらも男に向かって足を一歩踏み出し、さらにもう一歩進める。

軽く小走りになって、両手を男に向かって伸ばす。

躊躇することなく男の胸に向かって走ってくる彼を抱き留めるために、男は花とバーボンを持った両手を、左右に大きく開いた。


「溝口さんっ」

今にも泣きそうな顔をした彼は、その年の日本アカデミー賞最優秀助演男優賞を獲得した。けれど受賞式には彼の代理人であるマネージャーのみが出席し、彼自身は姿を見せることがなかった。


その後。伊関拓朗のもとに一通の絵葉書が届く。

大判に焼き出した写真の裏に切手が貼られた手作り葉書。

「どうした。誰からだ」

横から覗き込む永見に、伊関は笑顔でその写真を見せる。

「幸せそうだよ。俺たちみたいに」

「本当に幸せそうだ」

永見はその写真に写る人物の姿を見て、素直に伊関の言葉を肯定する。同じ葉書は、ワタセエージェンシーで働く市川の元にも届いた。

背景はどこまでも青い空。

そしてどこまでも続く草原。遠くに見える動物は、ゼブラ。

そんな羨ましいほどの自然の中に、二人の人物。

一人は、下手すれば現地の人間と見まごうばかりに日に焼けた逞しい男。そしてもう一人は、その男の腕に横抱きにされて、両手を男の首に巻きつけた、ぼさぼさ頭で健康的な小麦色に焼けた青年。

二人して大きな口を開けて、満面の笑みを見せている。極めつけは、メッセージ。


『俺たち、とっても幸せです。溝口義道&東堂潮』

bare foot

日本アカデミー賞授賞式会場である、高輪にあるホテルは、その瞬間、騒然とした。

「東堂さんが、何者かに拉致されました」

早速打ち合わせをしていた、東堂潮のマネージャーである市川高雄の元にその情報は入ったが、彼は特別驚いた様子は見せなかった。

「どこでですか？」

「先ほど、会場で。背広姿の背の高い男性に」

「拉致ということですが、彼は嫌がっていましたか？」

「それは…」

情報を聞いただけの係の者はそこまでの事情を知らず、口籠った。隣にいた、潮の所属事務所であるワタセエージェンシーの、市川の先輩である吉田は、市川の平然とした口調になんとなく事情を悟っていた。

「伊関くんなら、何か知っているかもしれませんよ。聞いてきましょうか？」

しかしその申し出に市川が返事をする前に、携帯電話が鳴る。

市川はその場を立って少し離れた場所で電話に出ると、何か会話してから再び戻ってくる。

「確認する必要はありません」

そして吉田と係の者に笑顔で語る。

「え……でも」

「もしかして」

吉田の言葉に、市川は笑顔で応じる。

「ええ。今の電話、拉致した当人からです。心配はいりません」

「じゃあ、式が始まるまでには戻られると……」

「いいえ、戻ってきません」

市川はほんの少し寂しそうな瞳で、あっさりと応じる。

「東堂くんは、もう帰ってきません」

わかっていた。この日がいずれ訪れることが。そしてきっと、数日の間だということも、想像できていた。

市川が目に入れても痛くないくらいに見守ってきた少年を拉致していった男は、海外を中心にさまざまな写真を撮っているフリーカメラマン。

潮が愛し、そして潮を愛している男、溝口義道。彼らの間には、無言の約束があった。潮が役者としての才能をすべて開花させたとき、溝口は潮を迎えにやってくる、と。

昨年末に公開された伊関拓朗主演映画において、潮は、彼の持てるすべての才能、実力を発揮した。これ以上ないほど、というよりは、それほどまでに才能があったのかと驚くほど、魅力を発揮した。

そして日本アカデミー賞最優秀助演男優賞の最有力

候補として、間違いないと言われていた。市川は映画の撮影が始まったときから、なんとなくわかっていた。

何かを吹っ切った潮は最初から、これまでにないほど自由に演技していたのだ。すべての枷《かせ》から解き放たれ、彼は思う存分、自分の思うとおりに感情を表に出し、伊関にぶち当たっていった。

そして今日、彼を迎えにやってきた溝口。彼が帰国した情報を電報堂の永見から聞いて先に知っていた市川は、彼の宿泊先であるホテルに、潮の荷物を送っておいたのだ。

今日の日のことをすべてわかっていた市川ではあるが、いざ実際、自分の元から潮が飛んでいった事実を突きつけられると、寂しさを実感する。

「幸せにしてあげてくださいよ」

幸せにならないわけはないとわかっていても、願わずにいられない。

今頃彼らはどこにいるのだろうか。

幸せそうな笑顔を見せているだろう潮を想像しながら、ほんの少しの寂しさを市川は感じていた。

彼と出会いマネージャーの仕事についてから今日までの、日々。

彼と仕事をする日は、もう二度と戻ってこない。

しかし市川の中に不満はなかった。一生分の仕事を、この数年の間にやり尽くしたという実感があった。

日本アカデミー賞最優秀助演男優賞という、形のある賞の受賞が、市川と潮の仕事の確かな足跡である。

※※※

潮は、高輪にあるホテルにやってきた背広姿の男と共に会場を飛び出し、タクシーに乗り込んだ。首都高速道路を走り辿り着いた先は、成田空港にほど近い場所に位置するホテルだった。

彼は無言のまま部屋の鍵を受け取ると、潮の腕を掴んだまま部屋に向かう。

そして部屋に入って即振り返った溝口は、後から入ってきた潮の身体を無言のまま抱き締める。

「溝口、さん……」

逞しい腕で息もできないほど強く抱き締められ、潮は必死に相手の名前を呼ぶ。上質の背広の背中に両手を回し、必死になって大きな身体にしがみつく。

会場で姿を目にしたときには、夢かと思った。けれど、その夢は潮の身体をしっかりと抱き締め、痛いばかりに腕を握り、会場を逃げ出してタクシーまで連れていった。

そして今、逞しい腕が、しっかりと潮の身体を抱き締めている。鼻を掠める匂い。

久しぶりに会っても、忘ることはない。

かつてはほとんど見たことのない背広姿で、顎に髭はなくとも、聞こえてくる男の声はまるで変わらない。

「潮……潮……元気だったか」

溝口は両腕の中に抱き締めた相手の名前を呼び、頬に顎を擦りつける。

トレードマークともいえた髭は綺麗に剃られているが、微かに感じる感触に不思議なくすぐったさが生まれる。

潮は両腕を男の首に回し、しっかりと縋りつく。触れ合った肌から伝わる体温。目の前にいる男の感触に、これが現実なのだとわかってくる。

「夢じゃないんだ」

思わず言葉が溢れてくる。

夢でも幻でもない。頭の中はまだ呆然としているが、腕の中にある温もりは、毎夜のように見ていた夢とは違い、消えてなくなるどころか、潮の身体を強く抱き締めてくる。

「潮」

「元気だった。元気だったけど、心でいつも溝口さんのこと求めてた」

胸に押さえつけていた顔を上に向け、潮は満面の笑みでもって訴える。男の大きな手が潮の頬を撫で、髪を撫でていく。

「そうか」

髭がなく、髪も綺麗にセットされ背広姿だとどこか知らない人のようだが、顔をくしゃくしゃにして目を細める表情は、潮のよく知っている男のものだ。

「そうかって、それだけ?」

言葉少ない男に文句を言うと、彼は一瞬目を見開き、それから潮の身体をさらに強く抱き締め頬をすり寄せた。

「言わなくてもわかってるだろう」

耳元で熱い台詞を囁く。

身体が密着することで腹に押しつけられる硬い感触に気づいて、潮は苦笑する。

「本当だ」

自分を抱いて溝口が性欲を露にしている。それに気づいて潮も、どうしようもなく身体が熱くなってくる。出会ったときは、驚きが先行した。それからじわじわと彼に会えた喜びを感じ、とうとう「その時期」が訪れたことがわかった。

そして今、愛しい男と抱き合いたいという強い衝動が心の中に生まれている。

　溝口と最後に抱き合ったのは、一昨年の秋。あのときには、次に会えるのがいつになるか、潮は想像すらできなかった。

　会うことも声を聞くことすらできない状況ではあったが、二度と会えないという不安はなかった。

　しかし、次に会える日が約束されていない状況で、不意に蘇る寂しさに泣く夜は何度もあった。

「……溝口さん……溝口さん」

　けれど、そんな夜はもう終わりだ。二度と離れることはない。男の広い背中にしっかりと両手を回して、潮は何度も相手の名前を呼ぶ。

　会えなかった間、忘れることはなかったけれど、声に出して名前を呼ぶことはなかった。会いたくて会いたくて、でも会えなくて。

　恋しくて死にたくなるほど胸が痛んだのは、初めてのことだった。

「抱いて。溝口さん……お願いだから、抱いて」

　潮は心からの切ないまでの叫びを、やっとのことで言葉にして、それを声にして相手に伝える。言わなくてもわかる相手もいる。

　きっと溝口は、潮が今この瞬間に何を考え何を願っているかなど、すべてわかっているに違いない。それでも、潮はあえて自分の「声」と自分の「言葉」で伝えたかった。

　会えなかった間、どれだけ溝口に会いたかったか、どれだけ欲しかったか。別れたときから変わらず、どれだけ溝口を愛しているか、伝えなければならない。

「潮……」

「わかってるでしょ。俺もあんたのこと欲しくて、身体中が熱い。今にも爆発しそうなぐらい……こうしているだけでも幸せだけれど、もっともっと溝口さんのこと、感じたい」

　顔を上げ必死になって心のうちを告げると、溝口はそれまでの笑顔を泣き出しそうなものに変え、冷えた唇に自分の唇を重ねた。

　息もつけぬほど、唇が吸い尽くされてしまうほど激しく口づけされて、潮は目眩《めまい》を覚えた。

　繰り返し角度を変えキスをしながら、潮が身に着けている服は一枚ずつ脱がされていく。同じように、潮も溝口の服に手をかけた。

　がむしゃらに服を破いたりはせず、もどかしいまでの時間をかけて一枚一枚を丁寧に剥がしていく。ようやく直接肌に掌が触れて二人でベッドに沈んだときには、頭の中は破裂しそうな状態にまで互いへの想いに満ちていた。

「生きてるか？」

溝口は荒い呼吸をしながら、潮に確認する。潮の身体を抱く逞しい胸には汗が浮かび、二人の腹の間では、互いの気持ちを明確な形にしたものが、ぶつかり合っている。

「なんだよ、何もしてねえのに、こんなになりやがって」

潮のものを手で撫でながら、溝口は喉の奥で笑いを堪える。潮はそこへの直接的な刺激から生まれる快感に堪えられない声を上げ、ぎりぎりで快感を我慢する。

「み、ぞぐちさんだって……人のこと、言えないだろう。こんなになってて」

仕返しのように潮は溝口のものの先端を弾くと、二人で顔を見合わせ睨み合う。が、それも長くは続かない。指の微かな動きで吐息が零れてしまう。

「意地悪なしにして」

強気に出るのは早々に諦め、潮が甘えた声でせがむと、溝口はこれ以上ないほどに目を細めて見つめる。

「ちょっと見ない間に、ずいぶん可愛い性格になりやがったな」

「前から俺は可愛い性格しているよ。ただ、溝口さんが、意地悪なこと言うから反発していただけで……」

溝口の言葉にすぐ潮は反論しかけるが、口元を手で覆われ、それ以上先の言葉は途中で呑み込んだ。

「んなこと、わかってる。お前は、ずっと前から可愛いよ。俺なんかのことを好きなのがもったいないぐらいにさ」

その手で頬を撫で瞼にキスをして、溝口は丹念に潮の顔を慈しむ。

一方の掌では身体をゆっくりと愛撫していく。首筋を撫で胸の突起を指先で摘み爪で弾き、形の良い臍《へそ》を辿る。

堪えきれずに先走りの液を漏らしているものは丹念に根元から先端までを指と掌で辿られ、今にも爆発しそうなほど、熱を溜めていく。しかし溝口は、ぎりぎりのところで指を離し、内腿に手を移動させる。

「……まだ？」

「先にイッてもいいけど……あとちょっと、我慢できないか？」

溝口は潮の耳朶を軽く噛み、潮が自分のモノに伸ばしかけた手を退けた。

「も、苦し……」

「あとちょっとだから……せっかくなんだ。一緒にイきたくねえか？」

溝口の大きな手が内腿からさらに内側に潜り、双丘の間にある場所を探る。指先で固く閉ざされたところを指で突き、そこを押し開いてきた。

「力入れないで、足、開いてろよ。悪いようにはしないの、わかってるだろう?」

「そう言われても……でも……溝口さ、ん」

はちきれそうなものを堪え、もどかしい痛みを伴う刺激を我慢するのは苦しい。潮が生理的な涙を浮かべるのを見ると、溝口は眉間に皺を寄せ、頬を辿る涙を舌で拭う。

「痛い、わけじゃないよな?」

潮は首を左右に振るが、はっきりと言葉では伝えられない。

「だったら、足、開け。すぐに良くしてやるから」

溝口は途切れ途切れの言葉で訴え、親指を潮の奥深くへさらに潜り込ませ、そこをほぐしていく。

「痛い、よ、溝口さん……」

内側を広げるようにされると、ぴりっとした痛みが潮の腰に広がる。思わず息を呑み、しがみついた溝口の背中に爪を立てる。

「無理か。仕方ねえ。ちょっと待ってろ」

溝口はそれ以上無理に突き進むのを諦めると、潮から離れてベッドを下りていく。潮はその場で上半身を起き上がらせ、溝口の背中を見つめる。

彼は先に置いてあった大きな鞄を開けると、その鞄の底を探って何かを探し出す。そして「あった」と呟きを漏らし、急いでベッドに戻ってくる。

彼の手にはゼリーのチューブ。いつ買ったのかわからないようなぼろぼろの物だ。

「どこで買ったの?」

「日本にいたとき」

溝口はぼそりと言うと、蓋を開けて中のものを指で押し出す。

「日本にいたときって、いつの話だよ。そういうものって、使用期限、ないの?」

「知るか、そんなもん。あったとしても、今は気にしてられねえな。傷つくよりはましだろう?」

潮はその台詞に何も言えず、男の指先に出てきたゼリー状の液体をじっと見つめ、それがどこへ塗られるのかも目で追った。

「なんだよ」

溝口は潮の視線に気づいて、頭を上げる。

潮は自分の両膝の間で、真面目な顔をする溝口の目を見たとき、泣きたくなっていた。

溝口と最後に抱き合って以来、自分でさえほとんど触れていないそこを、太い指が丹念にほぐしていく。

痛みを伴うなんとも言えない違和感に、潮の腰は無意識に後ろに下がっていく。

抉る指の動きに、なんとも言えない声が零れる。

「もう、いいから……」

潮は思わず上から覆い被さるようにして溝口の頭を抱き締め、先を促す。耳朶を噛み頬にキスすると、溝口はくすぐったそうに肩を竦めた。

「もう少し」

しかしそこで流されることはなく、溝口はさらに奥まで指を潜らせ、自分と潮を繋ぐ場所をほぐした。

気持ちだけではなく身体も溝口を受け入れる準備が整ったことがわかってやっと、半ば起き上がらせてい る潮の上半身を再度横たわらせ、細い足を左右に広く押し開いた。

「潮」

見つめ合った視線が、逸れることなく絡み合う。潮は両手を伸ばし溝口の首に絡め、自分を押し開き貫いてくる身体をさらに受け入れるよう、きつくしがみつく。

長い間触れ合っていなかった肌でも、こうしていると思い出す。

挿入されるだけであえなく射精し、奥まで貫かれ動かれるとすぐにまた熱が満ちる。

引き裂かれ征服されていく感覚に連れていかれそうになりながら、潮は必死に溝口を追いかけていく。


「どうだ。まだ大丈夫か？」

潮の膝をしっかり抱えた状態で、溝口は確認する。

顔を横へ向け喘ぎを漏らしていた潮は、その声の主に顔を向けて小さな頷きで応じる。

「もっと……もっと……して。強く、溝口さんが欲しい」

やがて理性は溝口にもたらされる刺激に消えていくだろう。けれどそのぎりぎりまで、潮は溝口に抱かれて快感を覚える自分を見ていたかった。

「ねえ……ねえ、溝口さんは？」

潮は絶え絶えの息で溝口にも尋ねる。

「なんだ？」

乱れる潮の前髪をすき、頬を撫でる溝口の目は、慈しみに満ちている。ゆっくりとした腰の動きは、まだ彼の余裕を示している。

「気持ちいい？　俺と、して」

会えなかった間、溝口を愛しく思い、彼との行為を懐かしんで苦しかった夜が何度もあった。他の誰かに逃げることなどできず、彼の熱さを思い出して、もどかしさに泣いた。

別れのときに、溝口は言った。

自分を思い出して泣きたくなるぐらいに、抱いてやると。ならば同じだけの思いを、溝口も感じていただろうか。同じだけ、自分を思って切ない夜を過ごしただろうか。

潮の真摯な瞳に、溝口は満面の笑みを浮かべる。そして潮の頭を腕の中にぎゅっと抱き締めてから、そこをぐりぐり撫でる。

「どうしてそう、可愛いことばかり言うんだよ」

溝口は両方の目を閉じて、これ以上ないほど愛しみをこめて呟く。

「誰が必死になって我慢してたと思ってんだよ。タクシーの中……いや、違うな。会場でお前の顔を見てからずっと、お前のこと抱きたくて抱きたくて、大変だった。今だってもっとひどくしちまいそうなところ、明日からのことを思って我慢しているってのに」

「我慢なんてしなくていいよ」

潮は溝口の心臓の鼓動を肌で直に感じながら、うっとりした口調で応じる。

「俺だってずっと我慢してきたんだ。だから、もっともっと溝口さんを感じさせて。もっと強く抱いて」

「そんなこと言って、知らねえぞ。辛いのはお前のほうなんだからな」

「そうかもしれないけど、でも今は我慢できない」

潮は細い足を溝口の腰にしっかりと絡みつけ、深い繋がりを求める。

「なあ……お前、薔薇の数、確認したか？」

「一八本、でしょう？」

あっさり潮は応じる。溝口が持っていたバーボン、フォアローゼズの名前が示す「四本の薔薇」をプラスして、潮の年の数になるのだ。フォアローゼズの意味も何もかもわかっている。

離れていた間の時間、溝口も忘れてはいなかった。自分が待っている間、溝口も待っていた。愛している。そして愛されている。

「大好き」

溝口の耳元で囁くと、体内の溝口が大きくなり、彼の口から小さな喘ぎがもれた。

「感じた？」

潮が苦笑混じりに尋ねると、溝口は片方の目を閉じて「こんにゃろう」と言った。

「余裕かましてんじゃねえか、こいつ」

頭をくしゃりと撫でつけひとしきりじゃれたあとで、溝口は本気で潮を追い詰め始めた。それまでの穏やかな動きではなく、溝口は潮を頂上まで導いていく。

強い突き上げに、手足の指先が痺れるほどの快感が生まれ、潮は息を呑んだ。中で一瞬硬直する溝口が、体内に思いを解き放ったのがわかった。

「……悪い」

やがて力が抜け、沈む男の体温と汗の匂いが、潮の心を包み込む。真っ白になっていた頭の中で、溝口の姿だけが鮮やかな色を伴って浮き出てくる。

「何、を、謝って、ん…の？」

潮は力が戻ってきた腕で溝口の背中を撫でる。掌が、男のかいた汗で濡れてくる。

「冷静なつもりだったけど、そんなことなかったみたいだ。すっかり、ゴム使うの忘れちまってた」

溝口は一度放出をしていても、変わらず力を保っている己の存在に、苦笑を浮かべた。

彼が自分のものを引き抜こうと身体を動かすと、そこから一緒に溝口の吐き出したものが零れ落ちてくる。

「あ……っ」

内腿を濡らす感覚と、内壁が引きずられる感覚に、潮は堪えられずに声を上げる。

「まだいいのにっ」

「言われなくてもそのつもりなんだけどな…とことん抱いてやるためには、やることきちんとしないとな」

しがみついてくる潮の頬を撫で、溝口は一度身体を離す。そして先に浴室へ向かい、タオルを持ってきて、テーブルの上に置かれていた薬局の袋から未使用の箱を取り出した。

潮が横たわるベッドに戻ってくると、彼は包みを破ったゴムをサイドテーブルに用意してから、タオルで潮の足を拭っていく。

冷静な頭で考えると滑稽な行為かもしれないが、潮には、溝口のそんなひとつひとつの行為が嬉しくて仕方がない。

その場の勢いで一度は自分を抱きながら、もっとじっくり抱き合うため、少しでも潮が楽になれるよう、彼は色々考慮してくれている。

溝口は十分に汚れを拭ってから、凝り固まった潮の身体を揉み解《ほぐ》すようにマッサージを始めた。足の裏かららつぼを刺激するように押し、脹脛《ふくらはぎ》、太腿へと、だんだんと場所が上がってくる。

「あ、気持ちいい」

性的な快感とは違う気持ちのよさが、潮の全身に広がっていく。

「若いくせに、俺よりもよっぽど凝ってるぞ」

「ここのとこ、アカデミー賞のことでずっとインタビューが続いてて、身体が緊張しっぱなしだったんだ。だからだと思う」

さらに溝口は、丹念に腰や肩までを揉み解していく。

「溝口さん、マッサージうまいね」

「そうか？　自己流なんだけどな。色々な場所へ一人で行ったとき、何かあったら自分で対処しないといけないから、なんとなく覚えていったのかもしれねえな」

　掌から伝わる体温が、潮の身体に力を与えてくれる。

「じゃあ、俺も覚えられるかな」

　潮は顔をシーツに沈めたまま、目だけ溝口に向けた。すると彼は腕の動きを止めて、潮の顔を確認する。

「……そうだな」

「何、その一瞬の間は」

　すぐに応じてもらえると思っていた潮は、溝口が言いよどんだ様子に、むっとして身体を起こす。

「もしかして、また、俺のこと置いていくつもりじゃないよな？　今度こそ、あんたの行くところに、一緒に連れていってくれるんだよねっ」

　身体を反転し溝口の腕を両手で掴み、潮は必死な口調で訴える。

「もちろんだ。それはそのつもりなんだがな、ひとつ忘れてたことがあってな」

「何を忘れてたの？」

　潮は強気な態度を崩さなかった。

「そう、喧嘩腰になるなって」

　溝口は潮の頭をくしゃりと撫で、細い肩を自分の胸に抱き寄せる。

「でも……っ」

「一応、明日の朝の飛行機の航空券を取ってあるんだ。だがな、行き先に問題があってな」

「どこ？」

「アフリカなんだ」

「いいよ、どこでも。俺、溝口さんと一緒なら、どんな国でも大丈夫」

　胸の中で可愛いことを言う潮をさらに強く抱き締めて、溝口は苦笑する。

「そりゃ、俺だって、お前が嫌だって言っても首根っこ捕まえて連れていくつもりなんだけどな……俺やお前の気持ちだけじゃ、どうにもならねえことがあるんだ。市川に言われるまで、すっかり忘れてたんだけど」

「市川さん、なんか、言ってた？」

　その名前に、潮は思わず声を潜める。

　俳優という仕事について、もう何も心残りはない。他に、やりたかったことも、溝口と比べてみたら、秤《はかり》にかけて勝ることなどない。

　けれど市川のことは、少しだけ、気がかりだった。

　今回の映画の仕事が終わったとき、彼は満足したように、「よくやりましたね」と言ってくれた。そして、「もう十分だ」とも言ってくれた。

　それが何を意味するものか、彼と一緒にそれまで歩んできた潮は、十分わかっていた。

だから市川がこの期に及んで、自分を引き止めにかかることはないとも思っていた。

しかし、彼の今後を考えると、潮は申し訳ない気持ちになる。自分のマネージャーとして入社している。

その彼が自分がいなくなったあと、どうしていくのか、気になってしまう。もちろん、潮より遥かに年上で大人の男であるから、潮が心配するまでもない。そう思いながらも、ふとした瞬間に、市川のことが頭を過る。

「なんて顔してんだ」

溝口はそんな潮の不安に気づいて、安心させるように背中を撫でる。

「市川と会ったのは、お前のパスポートなんかをもらうためだ」

「え……？」

潮は思わず息を呑む。昂ぶっていた気持ちが一瞬にして萎えていく。

溝口に会えた喜びだけでここまで来たが、いざ一緒に海外へ行こうとしたら、航空券が必要で、その航空券を購入するためにはパスポートが必要だ。

仕事がら、潮のパスポートは事務所に預けている。

「そう、だったんだ……」

「ナンバーは事前に確認して、航空券も手に入れておいたのに、俺としたことが、どっかしら有頂天になっていて抜けていたらしい。これから連れて行こうとしている国な、予防接種が必要なんだ」

「予防接種？」

「コレラと黄熱病。コレラは二回打つんだよな、確か。それが終わってからさらに、黄熱病の注射を打たなくちゃいけなくてな」

溝口は困ったように、セットされた髪をくしゃくしゃとかきむしる。すべて万全の態勢で進めてきたつもりでいながら、最後のツメの甘さに、彼自身困っているようだ。

「じゃあ、市川さんに感謝しなくちゃ」

「今さら言われなくても、もう十分市川には感謝している。あいつには、一生頭が上がらない。航空券のことでも何でも、本当に世話になった。一通りの荷物だって用意してもらってるんだ」

「それだけじゃない」

潮は胸に込み上げる想いに、溝口の首にしがみつく。

「なんだ、どうした。何を泣いてんだ？」

子どものようにしがみつく潮の背中を撫でながら、溝口は優しい声をかける。

「俺、いつでも行けるよ」

「だから、気持ちはそうでもな……」

「注射、打ってある。だから……大丈夫」

その言葉に驚き、溝口はゆっくり潮の身体を引き剥がした。

「なんで」

「溝口さんと別れたすぐぐらいに……市川さんに言われて、定期的に注射打ちに行ってた。溝口さんのことだから、いつ突然帰ってくるかわからない。それがいつでも慌てないようにって…調べてきてくれたんです」

あのときは、まだまだ先のことだと思っていた。けれど市川の心遣いが嬉しくて、潮は彼の言うとおり、どこへ行くにも困らないように予防注射を定期的に受けていたのだ。

「そっか」

溝口はしみじみ言って、潮の頭をもう一度抱き締めた。

「市川には、一生、頭、上がらねえな。あいつ、本当に潮のこと、大切に思ってたんだろうな……」

しみじみ紡がれる溝口の言葉に、潮はぼろぼろ大粒の涙を流しながら、大泣きした。そんな潮を、子どもをあやすように慰めながら、溝口は言葉を続ける。

「市川の秘蔵っ子もらってきちまったんだから、幸せにしないとバチが当たるな」

「絶対幸せにしてよ」

潮は溝口に、強い言葉で訴える。

「絶対絶対、幸せにしてよ。俺も、溝口さんのこと幸せにするから」

「当たり前だ」

やっと自分だけのものになった潮の頭を抱き、溝口は再び甘いキスをしてから、肌を愛撫し始めながら、今後の予定を告げる。

「明日は昼過ぎの飛行機でフランクフルトまで飛んで、そこで二、三日滞在してからアフリカに向かう予定でいる」

「フランクフルト、で、何を、するの？」

「お前のモンがなにもないから、とりあえず必要なものを揃えようと思ってる」

マッサージで存分に解された身体は、すぐに皮膚の下に熱を集めていく。溝口から与えられる感覚に少しずつ意識を委ねる。

途中で止まっていた行為の先を続けるために、溝口は再び潮の腰を指で解し、奥の奥までを抉るようにして愛撫する。部分的に乾いたところを補うために、溝口は再びゼリーをそこに塗り、あっという間に固くなった己にゴムをかぶせてから、先端をそっと当てた。

押し開かれる感覚に、潮は息を呑み、身体を固くする。

「潮、力、入れんな」

「わかってる、んだけ、ど、つい……」

なだめるように頬を撫でられ潮は軽く深呼吸をするが、それでも強張った身体の力は簡単に抜けていかない。

このままでは互いに辛い。最初、全身が引き裂かれるような痛みを感じても、やがて快感が訪れる。先ほど思い出した感覚を頭の中でシミュレートしながら、潮は何度も何度も深呼吸を繰り返した。

やがて、閉じた瞼の前で、男の笑う気配がした。

「どうしたんですか」

「二人して、真剣だなって思ってさ」

自分も当然含まれている。

「たかがセックスなのに……笑えるぐらいに真剣になれるってのは、幸せだな」

溝口は潮のものを愛撫しながら、しみじみと言う。

真面目腐った顔で、真面目に吐き出された溝口の言葉に、潮はそのままの格好で頷いた。

互いが互いを望み、こうして抱き合える喜び。それを今溝口も、実感している。

「愛してる」

潮は呟いて、溝口に強くしがみつく。

両足をできる限り開き、溝口に協力する。

固く閉ざされていた場所からは少しずつ力が抜け始め、先端をゆっくりと内側へ包み込み取りこんでいく。

誰よりも愛しい男。

ずっとずっと会いたかった、たった一人の男。

自分を抱いているのは、その男だ。何も怖がることも逃げることもない。すべてを男に任せ求めればいい。

「よーし、いい子だ。そのまんま、俺のモン、飲み込めよ」

溝口は潮の細い腰をしっかりと抱え、猛った己をさらに奥へ挿入していく。先ほどよりも硬く大きな溝口の感覚が、じわじわ潮の内側に広がる。抉られ、満たされ、侵される。欠けていた部分が補われるような、そんな充足感に、痛みが消えて甘い刺激が生まれる。

「溝口さん……」

零れてくる声色にも、それは明らかだった。溝口に愛撫されているものもどんどん高ぶり、天に向かってそびえていく。

「一緒にイこうな」

耳朶を軽く噛み誘う声に、潮は何度も何度も頷く。

軽く律動を始める溝口のものに擦られ引きずられ、突かれる場所から快感の火が灯っていく。

「イイよ、溝口さん……いい」

心も身体も気持ちよくて気持ちよくて堪らない。

素直にそれを口にして、潮はもっとと求める。次から次へ生まれてくる甘さに、頭の中はどろどろに溶け出していた。


成田空港でチェックインを済ませると、溝口は空いている椅子を見つけ、自分の肩に頭を預けるようにして歩く潮を座らせた。

「大丈夫か？」

溝口はその潮の前にしゃがみこみ、額に下りた前髪をかき上げた。明らかに青ざめた顔の潮は、それでも笑顔を作った。

「大丈夫って言いたいけど、さすがに辛いや」

潮の返事に、溝口も曖昧な笑みを浮かべる。

「一緒にいてやりたいんだが、どうしてもこれから、人に会ってこないといけねえんだ。一時間もしないで戻ってこられると思うが、一人で置いていっても平気か？」

「そのぐらいは、なんとかなると思う」

本当は心細いが、さすがにそこまで溝口に迷惑はかけられない。潮は何度も振り返って自分を心配そうに眺める溝口を、手を振って送り出す。

潮の不調の原因はあまりに明らかだ。

出会ってからそれこそホテルを出る一時間ほど前まで、眠らずに抱き合っていれば、身体ががくがくになって当たり前だ。最後までしたのは最初の二回だけだったが、そのあとも腰から先が溶けてしまうぐらい、潮は何度も溝口にイかされた。

愛されていると強く実感できた行為を後悔してはいないが、今のこのだるさとはまた別の話だ。

立っているのは辛いが、椅子に座ると痛烈に腰から痛みが広がってもっと辛い。座る方法によってはなんとかなるが、ふと気を緩めた瞬間に、叫びたいぐらいに痛い。

「どっかで円座でも買ってもらおう」

飛行機のシートはありがたいことに、ビジネスクラスらしい。うまく座ればなんとかなるだろう。

人目を避けるように前髪を下ろしつばのある帽子を深めにかぶった潮は、ジーンズを穿いた両足を前に投げ出すようにして座っていた。しかしやはり我慢できずに立ち上がる。ただ立っていても気は紛れず、近くをうろうろ歩いて、ふと公衆電話が目に入る。

「電話してみよっかな」

家族にも何も言っていないことを昨夜思い出したが、

それ以上に潮の頭の中には気になる人の顔がある。

生活に必要な最低限の物、たとえば財布や手帳は、溝口が市川から渡された荷物の中に入っていた。けれど頭の中にある人の携帯電話の番号は、手帳を調べなくても覚えている。潮は一瞬躊躇しながらも、電話ボックスの前に立って受話器を持った。

それから番号を押して、遠くで鳴る呼び出し音を聞いていると、心臓が激しく鼓動し始める。

「仕事中かな。忙しいかな」

たいてい彼は、呼び出しが鳴って二度ぐらいで出る。それが今は、少々時間がかかっている。

「……あと、二回」

それで出なかったら、受話器を下ろそう。潮は萎えてきそうな気力を振り絞ってじっと堪えていた。

『お待たせしました。市川です』

聞こえてきた、すでに懐かしいと思える声に、潮の全身が震えた。話さなくてはならない、そう思っていながら気ばかりが焦って、頭の中に言葉が出てこない。

「あ、あの……」

受話器を強く握り耳に押しつけた手は震え膝も笑う。電話の向こうからは、忙しそうな音が聞こえてくる。電話の音、ファックスの音。叫ぶ人の声に、笑い声。市川は今、事務所にいるようだ。

『もしかして……東堂くん、ですか?』

潜められた声が、尋ねてくる。

潮は耳に直接聞こえてくる声と自分の名前に、鳥肌が立った。

「は、はい、そうです」

慌てて応じてから、「どうしてわかるんですか」と聞くと、電話の向こうの相手は小さく笑った。

『わからないわけがありません』

市川は静かな声で、当たり前のように応じる。

『今、どちらですか? 声は近いようですから、まだ日本ですよね?』

「はい……」

潮が説明するよりも前に、市川が先に口を開く。

『ずいぶん声が沈んでいますが、何かありましたか。早速喧嘩でもしたのですか』

「いいえ……」

『それなら、どうしたんですか。せっかく会えたのに、嬉しくないんですか?』

「嬉しいです……市川さん」

『なんですか』

淡々と潮のことばかり心配する市川の優しさが胸に染み入ってくる。

潮は軽く息を吸って、受話器を強く握り締めた。

「市川さんは、大丈夫ですか」

　自分がいなくなったことで、彼は困った立場にないか。事務所から責任問題を追及されていないか。それが気になっている。

『何を心配しているんですか？　もしかして、元気がないのは、私のことを心配しているせいですか？』

　素直に頷かない代わりに、潮は無言で肯定する。その通りだと言ったら、市川に対して失礼なような気もする。でも、実際潮が気にしているのは、市川の今後のことだ。

『私が君を引き止められなかったことで事務所に何か言われるとでも思っているのですか？　大丈夫です、安心してください。今回のことは以前から所長に話してあり、所長も吉田さんも十二分にわかってくれています』

　これまで市川は潮のマネージャーとして主に動いていたが、今後しばらくは中の仕事を手伝っていくことになると説明する。

『またいずれ、新しい人のマネージャーをするかもしれませんが、今のところ、その予定はありませんので。しばらくは東堂くんのことを思い出しながら、仕事をしようと思っています』

「ごめんね、市川さん」

『どうして謝るんですか？　謝らなくてはならないのは、本来私のほうですよ。おうちの方にも私から、一応連絡は入れておきますから』

　泣きそうな潮を宥めるように、市川は言う。その場の言い逃れなどではない。彼が心から思っている言葉が、潮を包んでいく。

『もっと早く、一緒に行きたかったでしょうに、私との約束を守り頑張ってくれました。でももう、君を引き止めるものはありません。思うように、生きてください』

　市川の言葉に潮は何も言えず、ただ受話器を強く握り締めて、何度も何度も頷いた。

「待たせて悪かったな。腹、減らないか。機内に乗り込めばすぐ食い物にありつけるが、なんか軽く食いたい気がするんだが」

　待合所の椅子に座ってうなだれていた潮の前に、Tシャツにジーンズ姿で、大きなカメラバッグとリュックを背負った男が戻ってくる。彼は重い荷物を床に下ろして潮の顎を捕らえ下を向いている顔を上に向かせる。

「何を泣いてんだ？」

　そして潤んだ目に気づき、溝口は慌てて潮の前に跪いた。両手で潮の頬を拭い、うろたえた表情を見せる。

「身体痛いのか？　やっぱり昨日、無茶したせいか。こればっかりはどうしようもねえしな。どっかで薬、買ってくるか。それとも、飛行機、一便遅らせるか？」

潮の頬を何度も何度も撫でる男の手の温もりに、幸せな気持ちが溢れ出してくる。溝口の言葉に潮は首を左右に振って、違うのだと訴える。言葉は出てこない。あまりに幸せ過ぎて、何を言えば良いのかわからない。

「潮……？」

唇を噛み締めて物を言わぬ年下の恋人の表情に、溝口はさらに狼狽した。泣くのならまだしも、何も言わずただ首を左右に振るだけでは、何が言いたいのかわからなかった。痛みではないという。しかし、何かを訴えようとしている。

「腹が痛いか？」

潮は首を振る。

「だったら、俺と行くことを、後悔しているのか？」

窺うような言葉に、潮は強く首を左右に振る。

周囲に人がいるのはわかっているが、潮はそれを気にせずに溝口の肩に両手を伸ばし、しっかりと厚い胸にしがみついた。

「潮」

「後悔なんてしてるわけ、ないじゃないか。なんでそんなこと、こんなときに言うんだよっ」

潮は怒鳴りたい衝動を堪え、囁きでもって訴える。強く握った拳で胸をがむしゃらに叩く。

「どうした。潮、何があった？」

「なんにもない……」

市川に電話をして話をしただけ。市川の優しい言葉を聞いただけ。溝口に愛されている自分を改めて自覚しただけ。幸せであると実感しただけ。

溝口はそれ以上何も言わず、ただ潮の身体をしっかりと抱き締めただけだった。

やっと手に入れた幸せは、二度と潮の掌から離れていくことはない。

潮は頬を強く男の胸に押しつけて、目を閉じた。

潮にとっての新しい人生が、ゆっくりと再び始まろうとしている。一人ではない。誰よりも愛し、誰よりも一緒に過ごしたい男との生活が待っている。

不安がまるでないわけではない。しかしそれ以上に、潮は溝口と共に過ごす日々を夢見て、幸せな気持ちになっていた。

自分が幸せになることこそ、自分をこれまで見守ってきてくれた人への恩返しになるだろう。

「溝口さん……ありがとう」

背中の手の温もりに、潮は呟いた。

目覚めた潮は今日が何曜日か、そして何日かもわからなかった。

窓から零れる強い陽射しで、潮は浅い眠りから目を覚ました。

「うたた寝していたのか」

固い椅子の上で眠っていた潮は、両足を地面に下ろし、辺りを見渡した。

空気が乾燥しているからなんとか過ごせるものの、昼の時間、南の空から焼かれる地上の温度は、時に四〇度を超える。

潮は全身にかいている汗をタオルで拭って、部屋の中を一通り見渡し、微かに開いている窓から外を眺めた。どこまでも続く平原に、淀みのない青空。この景色を眺めていると、時間の感覚がなくなる。

「溝口さん、どこ?」

この国でたった一人知る人物の名前を、潮は口にする。大きめのTシャツに、膝丈で切ったジーンズ。日本から履いてきたスニーカーは、すっかりぼろぼろになっている。

潮はだるい身体を起こして、立て付けの悪い扉を押し開いた。

一歩外に出ると、強い陽射しが潮を襲う。

「よう、起きたか」

逆光を受けた背の高い男の顔が、潮を見つけて笑顔になる。細められた目、目尻に寄った皺。真っ黒に焼けた肌。太い顎を髭が覆い、ランニングに短パンというラフな装いが、実に似合っている。

彼の手には大型のカメラ。肩にもいくつかのカメラの紐がかかっている。潮が眠っている間に、早速どこかへ撮影に出ていたのかもしれない。

「どっか、行ってたの?」

「ああ。良い天気だったから、その先までな。どうだ。調子は」

「大丈夫」

潮ははにかんだ笑みを浮かべ、肩を竦める。体調が悪い原因は、昨夜の激しい情事のせい。溝口も同じくセックスしているはずなのに、彼にはまるで疲れが見えない。もちろん身体への負担は潮のほうが辛いのは当たり前なのだが、自分の体力のなさを、ここに来てから痛感している。

溝口は潮の身体を気にするように戻ってくると、伸びた前髪を大きな手でかき上げ、腰を抱えるようにして部屋の中に戻る。

そして後ろ手で扉を閉め、重いカメラを床に下ろして潮の身体を抱え、髭の生えた顎を頬に押し当てる。

「溝口さん」

潮は溝口の首に腕を巻きつけ、小さなキスをする。甘えるように頬を自分からすり寄せて、肩口に頭を預けた。

「この間撮った写真、現像したんだ。見るか？」

溝口は潮を抱えたまま椅子に腰を下ろすと、テーブルの上に大量の写真を取り出す。中には、動物や風景の写真、それから潮の笑顔。

「こんなの、いつ撮ったの？」

ベッドで熟睡する自分の姿に、潮は照れたように溝口を睨む。

「いつだったかな、忘れた」

「何が忘れただよ」

あっさり言ってのける男の頬を抓って、潮はさらに新しい写真を見る。そして最後の一枚を見つけ、潮は溝口を振り返る。

「ねえ、この写真、大きく引き伸ばしできないかな？二枚」

「大きくってどのぐらい？」

「葉書サイズ」

それで潮の意図は伝わった。

「いい考えだな」

溝口は微笑む。

日本を離れてからまだ一度も、潮は手紙を書いていない。何度か便箋と睨めっこするものの、その数分後に便箋はゴミ箱に直行した。

自分が幸せであることを知らせなければならない人がいる。その人たちに何度も手紙を書こうとしながら、文章がまとまらなかった。

けれど、この写真を見せれば、余計なことは書かずともすべてが伝わるはずだ。潮はそう考え、引き伸ばしてもらった写真の裏に日本の住所を書くと、一言だけメッセージを添えた。

それを溝口に見せたら少し恥ずかしそうに「俺の名前も書くのか」と言ったが、潮が頷くとしょうがなさそうに言われるままに従った。

『俺たち、とっても幸せです』

そのあとに、溝口の名前と自分の名前をつけ足した。

写真の中の二人は、自分で見ても幸せそうだ。

「幸せです。だから、安心してください」

潮は小さく呟いた。

going to Japan

「日本に帰ろう」

溝口が不意に言ったのは、四月中旬過ぎ。ベッドの中で潮の身体を存分に味わったあと、まだ消え去らぬ温もりを名残惜しげに手の中でいたぶりながらだった。

「……日本に？」

潮は半分夢の中にいる状態で尋ねる。

アフリカの大地を訪れたのが、今から一か月ほど前の話。フリーカメラマンとして仕事を続けている溝口は、電報堂を退職したあとも、海外を飛び回りながら日本の仕事もしている。そのため、不定期に帰国していた。

今回の唐突な帰国の話も、そういう事情からだろうと思って潮は聞いていた。

「今度はなんの仕事？」

溝口の胸に頬を預けていた潮は、顔を上げた。

「別に仕事じゃねえよ」

「じゃあ、何？」

自分の顔を見る潮の前髪を、溝口はくしゃりと撫で上げる。

大きな黒い瞳に映る自分の姿に、溝口はなんだかくすぐったい気持ちになる。

「お前さ、こっちに来ること、両親にきっちり説明してきたか？」

不意に忘れていた話を指摘されて、潮は僅かの間を置いてから首を左右に振った。

あの状況を考えれば、潮が両親と話をする時間がなかったことなど、溝口も当然知っているはずだった。

「って、そうだよな。俺が拉致してきたんだから、言う時間なんてなかったよな。悪い」

潮の髪を撫でて、溝口は苦笑を漏らす。

「俺もお前もやっと一緒になれて有頂天になってたけどさ、ちょっと落ち着いてみると、お前の家族から、大切な潮を取り上げちまったわけだよな。それを考えたら、急にお前の家族に対して申し訳ない気持ちになってな」

らしくなく改まった口調で、溝口は髭を擦りつつ、自分の心の中にあった言葉を口にした。

潮もまるで忘れていたわけではない。溝口と一緒にこの地を訪れてすぐには考える暇もなかったが、足を地につけられる段階になって、日本のことを思い出すようになった。

きっと市川が何らかの連絡を取ってくれているだろうことは間違いないが、それでも自分から話さなければならないことだ。

自分のことだから、今幸せだと自分の言葉で伝えたい。会って、伝えなくてはならない。

潮はそう思いながら、溝口に言い出せずにいた。

「だから、今度一緒に帰国して、潮の両親に頭下げてこようかと思っているんだが……どう思う？」

「え？」

潮は思いもしなかった言葉に、目を剥いた。

「頭下げるって……？」

「そうだな。やっぱりこう、きっちり背広を着込んで、玄関の三和土部分に両手を突いて、『潮くんを俺にください』って頭下げるのが一番かと思うんだが……なんだよ、その顔は」

自分を眺め呆然としている潮の額を、溝口は指で弾く。潮は「痛い」と抗議の声を上げてから、溝口をもう一度見つめ直した。

「どうして人が真面目に聞いてるのに、そうやって茶化すんだ！」

「俺は大真面目だ。茶化してなんてない」

「でも、俺をくださいって……そんなの」

「だから、真面目に言ってるって」

頬を染めて顔を背けようとする潮に、溝口は苦笑混じりに告げる。

「それとも、なんだ。親兄弟には、俺とのことを隠しておきたいのか？」

潮の肩に手を置いて、溝口は顔を覗き込んでくる。潮は咄嗟に首を強く左右に振って、その言葉を否定する。

「そんなわけじゃない」

いずれはと思ってはいたが、いつと、具体的に頭の中で決めた何かがあったわけではない。

突然夢から現実に引き戻されたような気持ちで、潮は何をどう言えばいいのかわからなかった。溝口は潮の表情の意味を悟り、ふわりと笑う。

「お前は心配することない。ただ、潮の家まで連れていってくれて、両親を紹介してくれるだけで十分だ。あとは俺に任せておけ」

潮の頬を両手で挟み込み、溝口は、満面の笑みを見せる。

「溝口さん……」

「大丈夫だ。そんな顔するな。なんにも心配はいらねえよ」

溝口は笑顔のまま潮の鼻の上に小さなキスをして、それから唇にキスをする。

一度離して潮の表情を確認し、再び唇を重ねる。触れるだけの啄《ついば》むようなキスが何度も繰り返されているうちに、潮の身体の内側に熱が籠ってくる。

つい先ほど何度も抱き合っていても、即熱くなれる身体が、なんとも潮は不思議だった。

「……もっとキスして」

それから、もっと強く抱き締めて。

何も不安な気持ちにならないように。

二人だけの世界で過ごしていると思いながら、まだ自分にはしなければならないことがあった。溝口と幸せに暮らすために、越えなければならない山がある。

その山が大きいのか小さいのかわからないが、潮はその山の存在にようやく気づいた。

「潮……安心しろ。なんにも怖いことはない」

溝口は、潮のそんな不安を知っているかのように、頬を撫で身体を抱き、優しく侵していく。

「溝口さん……」

潮は男の背中をしっかりと抱き締めた。


突然決まった帰国の話は、溝口を待つ電報堂に、逸早く届いていた。

空港に到着草々、顔見知りである電報堂の社員が溝口の腕を捕まえ、そのまま拉致するように引っ張っていく。

「おいおい、また永見の差し金か？」

「その通りです。申し訳ありませんが、これから数時間、私たちにおつき合いください」

背広姿の社員は、これまでの経験から、そう簡単に溝口の抵抗に合わないよう心得ていた。

「俺には、今回ものすごく重要な理由があってなっ」

「それも十分承知しています。こちらの用事は、数時間で終わりますので、その後すぐお送りいたします。東堂さん、申し訳ありませんが、溝口さんをお借りします」

「は、はい」

「潮、そこで頷くな！」

状況がわからずに頷いた潮に、溝口は文句を言う。

「そんなこと言われても、仕事だって言うんだからしょうがないだろう？　俺、ホテルで待ってる」

先に家に行っている勇気はない。潮の不安そうな表情に気づいて、溝口は目を伏せる。

「すぐに野暮用済ませるから、先に何かしようなんて思うなよ。いいな？」

「うん」

傍から見たら凶悪犯人を連れていくかのような光景を潮は後ろから見送って、一人、ホテルに向かうリムジンバスに乗り込んだ。

日本に帰国する段階で、市川にも連絡した。彼に実家の様子を尋ねると、一瞬口籠った。

『ご家族には、一応、有名なカメラマンの方と海外に行っていると伝えてあります』

嘘ではない。

けれど、そのカメラマンとどういう関係かまでは説明できていないという。両親は潮が突然いなくなったことで多少慌てたものの、市川の説明で仕事だと思ったらしく、それで納得したようだった。

溝口は帰国する飛行機の中でずっと、潮の手を握っていてくれた。

何も心配することはない。全部うまくいくから。

彼の手の温もりが、潮にそう語り掛けていた。

あれから、具体的に何をどう話すつもりなのか、溝口は説明しなかった。

「どうするんだろう……」

両親の顔を思い出すと、突然、全身が緊張する。

ホテルに辿り着いてからも、緊張は解れなかった。

潮は落ち着いて椅子に座っていられず、見知らぬ家に連れてこられた犬がごとく部屋の中をうろついて、溝口の帰りを待つ。

「溝口さん……早く帰ってこないかな」

それこそ主人の帰りを待つように、ホテルの部屋の扉の前に椅子を置いて座り込んだ。背もたれを扉側に向け、そこに両手を置いて顎を載せて座る。


潮と家族は、本来、仲が良い。来生の陰謀により悪役に徹していたときも、彼らはずっと潮を応援してくれていた。

たまに実家に戻ると、心の底からほっとした。

それなのに潮は、そんな家族の愛よりも、溝口の愛を選んでしまった。

以前、潮が正月の前後に、まとめて休みを取って帰ったときには、潮の部屋のみならず、家の中にある壁という壁にポスターが貼られ、家族は小さな記事が出ている雑誌も購入していた。それはデビューの頃から変わらない。

新しい映画が公開され、日本アカデミー賞の最優秀助演男優賞の受賞が確定だろうという情報を聞いたときにも、家族はそれこそ潮よりも数倍喜んでいた。

『受賞できなくても、ノミネートされただけでもう十分。潮のことを、みんなが認めてくださったということですものね』

万が一受賞できなかったときの、潮への負担を少しでも軽くするためにかけられた言葉ではなかった。両親も姉も、心からそう思っている。

姉は昨年、学生時代の同級生と結婚した。

潮はちょうど映画のキャンペーン時期で、披露宴には参加できず、式のみに顔を出したとき、彼女は言ったのだ。

『潮も幸せになってね』

一生の内でもっとも美しい姿の姉は、大きな目に涙を浮かべ、潮の頬を白い手袋に覆われた手で撫でた。

頬に触れた温もりから伝わってくる優しさに、潮の胸に熱い感情が込み上げてくる。その場ではなんとか堪えたものの、迎えに来た市川の車に乗り込んだ瞬間、一気に涙が溢れ出してきた。

哀しみからではなかった。言葉ではうまく表現できない、家族という絆で結ばれた人たちへの愛情と家族から自分に向けられる愛情を改めて実感して、涙が止まらなかった。

その家族に対して潮は今、不義理をしている。無償の愛を注いでくれた人たちのことを忘れるぐらいに、溝口と一緒にいることが嬉しくて仕方がなかった。

家族に反対されたとしても、もはや離れることはできない。

けれど、自分の意思で、溝口と一緒にいることだけは、なんとかして伝えたいと思っている。

日本にいて、何百、何千、何万というファンに愛されるよりも、たった一人、溝口義道という男に愛されることを選んだのだ、と。

強い決意で、溝口の腕に飛び込んだ。何があろうとその気持ちに揺らぎはなくても、こうして家族のことを考えていると、落ち着かない気持ちになる。

「早く帰ってきて」

潮は再び呟いた。


いつの間にか、眠っていたらしい。

はっと目覚めた潮は、自分がホテルのベッドの中にいることに気づいた。慌ててその場に起き上がり、辺りを見回す。

「起きたか?」

窓際に置かれた一人掛けソファに座った溝口は、煙草を吸っていた。薄明かりの中、外を眺めている横顔からでは、どんな表情をしているのか窺えない。

「いつ帰ってきたんですか?」

拳で目を擦りながら、潮はのそりとベッドから抜け出て、溝口の背中に回って、そこに手を滑らせた。

「三〇分ぐらい前かな」

溝口は潮の頭をくしゃりと撫でながら、顔を背ける。吹かしていた煙草を灰皿に落とし、自分の肩に回っている潮の手をさりげなく自分から剥がした。

「溝口さん……」

「悪い。ちょっと疲れてんだ。このまま風呂に入る」

なぜか妙に素っ気ない態度を取る。今日、空港から拉致されていった溝口は、何か嫌なことがあったのかもしれない。

潮は心配になった。

「なんかあった？」

「なんでもない」

言いながら溝口は潮のほうを見つめることなく、そのまま浴室へ向かおうとする。

「なんでもないって……でも……」

潮は慌てて溝口の後を追いかけ、閉められる寸前に浴室の扉の隙間に身体を差し入れる。

「なんかあったんでしょう。黙ってないで教えてよ」

怒鳴った潮は、やっと溝口の顔を真正面から見ることができた。そして自分の視界の中に入ってきた男の顔を見た瞬間、思わず息を呑んだ。

「どうした、んですか、その、目」

「ああ、見られちまったか」

溝口は慌てて大きな手で自分の顔を覆ってみせたが、わずかに遅かった。潮の言葉に手をはずし、指摘されたほうの目を軽く閉じた。

目尻の際から頬骨にかけての部分が、青紫色に染まっていた。明らかに、誰かに殴られた痕だ。潮は思わず眉を顰め、その部分におそるおそる手を伸ばした。


改めて溝口の姿を見てみると、三月に潮を迎えに来たときと同じように、きっちりと背広を着ていた。そして髭も、空港に着いたときとは違い、綺麗に剃られている。

「痛い？」

「いや、大丈夫」

潮の手を握り締め、溝口は笑う。

「今日、電報堂の仕事じゃなかったんですか？　そこで何かあったんですか？　それとも、まさか誰かと喧嘩でも……」

「違う。お前には関係ない。だから気にするな」

「気にするなって言われても無理です。何があったんですか。溝口さん、何を俺に隠しているんですか」

やけに歯切れの悪い溝口に、潮は食ってかかる。不安な気持ちを一人で過ごしている間、溝口は溝口で、顔を殴られるなんらかの事態に出遭っている。

「隠しているわけじゃないんだが……」

「だったら教えてください。今日、仕事してきたんじゃないんですか。何か、まずいことに巻き込まれているんですか？」

「まずいことって、お前、何を想像してんだ？」

呆れ顔で溝口は言いながら、ソファの端に腰掛けて、自分の膝の上に潮を招き寄せた。

「あんまり格好いいもんじゃねえから、できればなんとか隠して、明日の朝にでも話をしようと思ってたんだけどな」

溝口は膝の上に潮を置いて、柔らかい髪の毛を指ですきながら話し始める。その様子はどこか照れくさそうだ。

「……怒らねえか？」

そして、潮に確認を取ってくる。

「俺が？　何を」

「何をっていうか、う～ん……」

溝口は顎を擦りながら、口籠る。潮の顔を覗き込むようにして、遠い目をした。

「溝口さん？」

「俺、今日、お前ん家、行ってきたんだ」

「…………え？」

溝口の言葉に、潮は目を見開く。

「俺の家って、なんで？　だって、一緒に行くって話、してたのに……」

潮は困惑する。

「いや……まあ、な。親御さんに何も言わずに連れていっちまった手前、まずは先に、俺がきっちり挨拶するべきだろうと思って……」

帰国の話を潮に切り出したときには既に、溝口は電報堂を通じて潮の家との連絡をつけていた。

そして今日、永見に足を頼んでいた溝口は、潮には内密に事を進めたのである。

「誰に会ってきたんですか」

「親父さんとお袋さん。それから、姉ちゃんも来てた。お前と姉ちゃん、よく似てるな。写真ではそう思ったことなかったけど、実物見てびっくりしたよ」

溝口はまじまじと潮の顔を眺めて言った。

「それで……父さんたちに、何を」

「何をって、一から十まで、全部話したぞ。最後に両手ついて頭下げて、お宅の息子さんを俺にくださいってな」

「……嘘」

「嘘じゃねえよ。この痣が、その証拠だ」

ということは、つまり。

「もしかして、父さん？」

「違う」

潮の予想を、溝口はあっさり否定する。

「お前の姉ちゃん」

「え？」

「性格までそっくりなんだな。驚いたよ。女から殴られたことはこれまでにも何度かあったが、こう、拳に全体重をかけてってのは、生まれて初めてだ」

「……姉ちゃん、が？」

そのときの光景を想像して、潮は言葉を失う。

姉は強い女性だ。荒っぽいのではなくて、芯の強い、正義感に溢れた人だ。それも、世の中一般の正義ではない。彼女なりの正義をしっかり持っていて、それに反することは絶対にしない。

「お前と同じ大きな目に涙いっぱい溜めてさ、殴ったあと、潮は幸せなのかって俺に聞くんだ。だから、当然幸せだって答えたら、泣き出した。腕なんか細くて、握ったら折れちまいそうなのに、パンチは見事だった。痛かったけど……痛くなかったな」

潮は溝口の顔を見つめたまま、何も言うことができなかった。

「お前は幸せな家族の中で、みんなに愛されて育ったんだな。お前を見てればどんな家族か想像できたが、思っていた以上に素敵な家族だった。あの幸せな家族からお前を奪ったからには、家族の中で暮らす以上に幸せにしてやらなかったら、バチが当たるな」

楽しそうに溝口は言って、潮の頭を腕の中にしっかりと抱き締め、後頭部を大きな手で何度も撫でる。姉の姿を想像するだけで涙が出そうだった。

「姉ちゃん、元気だった？」

「メチャクチャ元気だった。親父さんもお袋さんも元気だった。改めて明日の土曜日に会いに行くって約束してきたからさ、一緒に行こうな」

「……溝口さん」

「大丈夫だ。最初はみんな驚いてたけど、きっちり説明してきた。もちろん歓迎されたわけじゃないが、何より潮が幸せならそれが一番だって、みんなわかってくれた。でも、ひとつ、悪い知らせがある」

溝口はそこで声のトーンを落として、口調を変えた。さらに潮の顔を上へ向かせ、神妙な表情を見せる。

「悪い知らせって……？」

「親父さんが……潮のことを勘当するって言ってた」

「え」

思わぬ単語に、最高潮に幸せだった潮の気持ちが、急激に沈んでいく。これまで溝口が言っていた話とは、まるで違う言葉ではないか。それはつまり、父親は心の底では反対しているということではないか。

「籍からも抜くって言われて……」

「そんな」

そこまで言われてしまっては、もはや潮には言葉が紡げない。何かを思う前に涙が一気に溢れ出てくる。全身が震え、頭の中が真っ白になる。どうしようもなく苦しかった。胸が痛かった。

「……泣くな。潮」

「泣くなって言われても、だって……」

「悪い。俺が話をもったいつけたのが悪かった。それには先の話があってな、勘当して籍を抜くから、俺のところにもらってやってくれって言われたんだ」

「………溝口さん？」

潮は溝口の顔を、ぼんやりと、濡れた大きな目で見つめた。

「だからな、俺からも改めて」

溝口は潮の頬を流れる涙を親指で乱暴に拭ってから、確認する。

「俺の息子にならねえか」

「息子……？」

「息子っていうか……まあ、俺の籍に入れるには、息子って形にしかならねえらしいんだよ。だから、本音を言えば、俺と一緒にならねえかっていうか……」

なんと言えばよいのかわからず、溝口は言葉を選びながら告げる。

「わかりやすく言えば、結婚みたいなもんかな」

照れながら今はない髭を撫でるようにして、溝口はやっとのことでその言葉を口にした。

「結……婚……？」

改めて潮が繰り返すと、溝口はさらに困ったような顔をした。


「一応な、親父さんたちにも話してきたが、潮さえ良ければ、喜んでって言われた。お袋さんもおんなじに、許してくれたよ。さすがに俺が、東堂の籍に入ることには難色を示されたんでこういう形になったんだが、それも仕方ないよな」

「……もしかして溝口さん、先に、そんなこと、言ったんですか？」

「そこまではっきり言ったわけじゃねえけどな、似たようなことを頼んだ。そうしたら、勘当をするからってことに話がなってな。潮が幸せになるなら、一番それがいいってな。これで親公認だ。もう不安に思うことなんてねえぞ。安心しろ」

溝口の言葉を通じて、家族全員の優しさが潮の身体を包み込む。愛されている。その気持ちが潮を幸せにしてくれる。

そして何より溝口が、自分を幸せにしてくれる。誰よりも愛してくれる。

結婚など、自分たちが男である以上、それは不可能なことで、考えたことすらない。お互いの言葉があって、一緒にいれさえすれば、十分だと思っていた。

「絶対もう離さない。俺はお前の親父さんと違って、息子を勝手にさせておくような人間じゃねえ。ずっと俺のそばに置いて、離してやらない。覚悟しておけよ」

溝口はそう言って笑う。

この男は、潮が何も言わなくても、潮の一番欲しい言葉をわかっている。

そして何も言わなくても、潮が一番喜ぶことを知っている。溝口と過ごす時間だけ、彼は潮を幸せにしてくれる。

「溝口さん……」

「なんだ。まだ何か聞きたいことがあるか？」

見上げてくる潮を、溝口は蕩けそうなほど優しい視線で見つめる。

この男を愛して、良かった。何度振られようと、何度くじけそうになろうと、この男を追い続けて良かった。

潮は改めてそれを実感しながら、ありったけの想いを込めて囁いた。

「……抱いてください」

改まって頼まずとも、二人の間でセックスという行為は当たり前のものとなっている。それでも潮は、自分の口ではっきり言葉にして、溝口を求める。

「ああ、もちろん」

溝口は潮の顔を優しい目で見つめ、口元を綻ばせる。髭のない顔は、軽く五歳ぐらいは若く見える。

溝口は潮の唇に貪るような激しい口づけを与えた。身体の芯から燃え上がるキス。口腔内を舌で弄られ、溢れる唾液を耐えられなくなる。全身に熱が生まれ、やがてキスだけでは堪えられなくなる。

「溝口さん、溝口さん」

自分の身体の隅から隅まで知り尽くした男の名前を切なく甘い声で呼び、潮は先の行為をねだる。

キスの合間に服を脱ぎ捨て、もどかしげに腰を相手に押しつける。

「ベッドに行こう」

焦る恋人を宥めるように溝口は言って、軽々と潮の身体を抱き上げた。

そしてベッドに静かに下ろすと、ゆっくりと潮の上に覆い被さっていく。

アフリカの強い陽射しに焼かれた逞しい筋肉に、潮の身体が包まれていく。

丹念な愛撫ののちに、溝口の火傷しそうに熱く高ぶったものが、潮の内腿に当たる。

「ちょっと待ってろ」

ぎりぎりに上り詰めた状態で、溝口は一瞬潮の身体から離れていこうとする。彼が何をするのかわかって、潮は咄嗟に自分よりも数段太い腕を掴んだ。

「あれ、取ってくるだけだ」

「要らない」

潮は首を左右に振った。全身を快感に赤らめ汗を浮かべた状態で、潮は溝口に訴える。

「要らないって……明日、うちに戻るのに無理だろう」

「無理じゃない」

「潮」

「無理でもいい。俺は……そのままの溝口さんが欲しい……俺に溝口さんをいっぱいください」

潮は激しい羞恥心に襲われながらも、必死になってその台詞を口にする。

ただ、抱き合いたいのではない。今日は、彼の存在を感じたい。自分が愛している相手のことを、感じたいのだ。

溝口は潮の真摯な表情をじっと眺めてから、目尻を下げ苦笑する。そしてベッドの上に戻り、あまりに健気な年下の恋人の唇にキスをする。

「知らないぞ、明日辛くても」

「……いい。大丈夫」

どこまで潮の気持ちを理解しているのかはわからないが、溝口はそのままの状態で行為を続けることに決めた。

一度萎えた身体を再び熱く高め、閉ざされた腰の最奥を指でほぐす。それから指の数を増やし、溝口を受け入れられるように準備を整える。

「痛いか?」

溝口は自分の欲求を満たすことだけでなく、潮の状態を確認する。一瞬の快感に流されることはなく、二人が昂まれるようにする。もちろん、当然例外もあるし、溝口の我慢がきかないこともしばしばだ。

「痛くない」

潮の身体は、溝口を夢中にさせるには十分だった。強い心の繋がりがあるから余計、セックスによる快感は強くなる。

来生によって開発され、溝口によって目覚めた身体は、あらゆる刺激を快感に変える術を心得、自分を貫く相手も、天国に導いていく。

「本当に、お前……可愛いよ」

溝口は潮の半開きの唇に深いキスを落としてから、立たせた膝を、左右に大きく開かせ、その間に自分の腰を入れた。潤滑剤の代わりに、唾液を存分に塗り込んだ。

猛った自分のものをそっと入り口に押し当て、溝口は潮の表情を確認しながら、奥へと進んでいく。

「……どうだ?」

下から潮の顔を覗きこむようにして、溝口は尋ねた。

潮は目いっぱい自分が広がって溝口のものを銜えこんでいる感覚に、身体が慣れてくるのを待った。

「もう、ちょっと、待って」

痛みと異物が挿入されている違和感。なんとも言いがたい感覚を、潮は快感へと変えていく。

潮を下手に刺激しないよう慎重に、溝口は身体の角度を変え、潮を貫いているものの位置をずらす。

そして、ほんの僅かな潮の表情の変化を見逃さずに、ゆっくりと腰を動かし始めた。軽く額に汗を浮かべ唇を噛む溝口にも、余裕はなくなっている。

硬くなった溝口のものは、潮の中で強い刺激を受けてさらに硬くなり、内壁を侵食していく。

「……あ」

潮が快感を覚えて甘い声を上げると、溝口が唇の端に笑みを浮かべた。

「ここんとこ、いいか？」

「う、ん……うん」

意識は白濁し、理性は喜びに覆われていく。溝口と繋がった場所から全身に広がる感覚に、潮は目に涙を浮かべて声を掠れさせる。溝口の問いに強く頷き、もっととねだっていく。

「わかったから、落ち着け。もっと強くしていいのか？」

先を求める声の代わりに、潮は強い頷きで応じる。溝口の腰に強く足を絡め、甘い締めつけで訴える。

自分を拒むどころか、さらに強く内側へ引き入れられるような変化に、溝口も理性を奪われていく。

傷つけてはいけない。無理をしてはいけない。初めはそのつもりでいても、すぐにそんな冷静な気持ちは消え失せてしまう。

「……溝口さん、溝口さん」

潮は強い濁流にのまれまいと、溝口の背中に爪を立てる。追いたてられれば追いたてられるほど、強く。

「いいか……もっと良くなっていいぞ。感じて感じて感じまくっちまえ」

「溝口さん……」

耳朶を甘く噛まれ執拗に嘗められ、腰を激しく上下させる。潮はきつく目を閉じて、零れてきそうな涙を堪える。

「たくさん、ください……俺の身体が蕩けるぐらいに、溝口さんをいっぱい……中に出して……ください」

潮は自分の身体を抉る男のものをさらに強く締めつけ、体内に射精することを望む。あとで辛くなるとわかっていても、男のものを身体の中に取り込みたかった。

「……潮」

「俺の身体全部、溝口さんでいっぱいにして」

　途中から潮は、自分でも何を言っているのかわからなくなっていた。それでも、自分を抱いている男に対する愛しさだけは確かだった。自分を下半身から穿っている存在も、確かだった。

　強く強く抱き締められて、目眩を覚えどろどろに蕩けそうになりながら、潮は溝口だけを求めた。

　もう何があっても、絶対に大丈夫。不安になることもない。自分が溝口を信じ、そして溝口に愛されている限り、自分はずっと幸せでいられる。溝口のことも幸せにできる。

「……愛してる」

　潮は精一杯の気持ちを込めて呟いたあと、幸せな気持ちの中、静かに意識を手放した。


「……本当に、大丈夫か？」

　当初よりも実家に挨拶に行く時間を遅くしたが、それでも潮はひどく体調が悪そうに見えた。

　溝口は明らかに半分は自分のせいでだるそうな潮の姿に、おろおろとうろたえていた。

「大丈夫だって言ってるのに……」

　何度も何度も同じ台詞を繰り返す、大きな身体の男に対して、潮は苦笑する。下半身のだるさに閉口しているし、このまま寝ていたいのは事実だが、自分が望んだことだ。

　潮は心配げに伸びてくる溝口の手から逃れると、浴室へ向かい、ためておいた湯の中に先に沈み込む。

　だるい手足をバスタブの中で伸ばし、天井を眺めて大きなため息をつく。腕の内側、そして足の内側にも、昨夜の情事の痕跡が残っている。

　行為の最後、潮は意識が途切れてそのまま眠ってしまったが、溝口が後始末をしてくれたらしい。

　身体と髪を時間をかけて洗い、着替えをしようと鏡の前に立つと、首元にも赤い痕が見えた。

「…………これ、目立つなあ」

　潮は鏡に顔を近づけ、その痕を確認する。タオルで拭ってみても、消える様子は見えない。

「なんだよ、溝口さん。うちに行くからどうのって先に言ってたくせに、こんな目立つところに痕つけやがって」

　潮はぼやきながらも、思わず笑ってしまう。何もかもが、幸せな自分たちを象徴しているようで、笑えてしまう。

　シャツを羽織り、濡れた髪はそのままに浴室から出ると、扉が開く音に気づいて、溝口が慌てたように走り寄ってくる。まさに血相を変え、額に汗を浮かべ、眉間には皺が寄っている。

「まだ髪、濡れているじゃないか。お前の髪の毛、きちんと乾かさないとくしゃくしゃになるの、わかってるだろう」

太い指が、潮の髪をタオルで拭っていく。

「今日、お前のうちに行くことになってるけど、どうしても身体がだるいなら、無理をすることは……」

「しつこいよ、溝口さん」

タオルの中で強い口調で言った潮はそこで顔を上げ、上目遣いに睨みつける。

「潮？」

「これ、わざと？」

潮は自分の首元に指を当てると、溝口は何事かと眉を上げ、横から覗き込んで確認する。

「………悪い」

そして、すぐに謝罪の言葉を述べる。

困ったように眉間に皺を寄せ、タオルを拭っていた手を離す。

肩を竦める溝口の姿に、潮は苦笑する。

「服着ても隠れないみたいなんだ。父さんと母さんに何か言われたら、溝口さん、きちんと説明してね」

「………う」

潮に冷たく言い放たれ、溝口は言葉を失う。

説明してくれと言っても、本心から言ったわけではない。それを真に受けて困っている溝口の姿に、潮は笑いたくなった。

「何を着てけばいいんだろう。俺、服持ってきてないよ」

「ああ、用意してある」

溝口は潮の言葉に反応して、慌ててスーツを出してくる。

「どうしたの、それ」

「市川に頼んで、新しいスーツを買っておいてもらったんだ」

潮が大好きなブランド、エムアイの、最新型のスーツだった。袋の中から真新しいそれを取り出して、溝口の顔を見つめる。

「面倒だから、着替えさせて」

明らかに甘えた口調で頼むと、溝口は一瞬驚いたように眉を上げてから、満面の笑顔になった。

「しょうがねえな。息子だもんな」

溝口は嬉しそうに潮の正面に立って、白いシャツのボタンを留めていく。

「溝口さん……」

真面目な顔をして、太くて決して器用ではない指で、ボタンを留める溝口の名前を、潮はそっと呼ぶ。

「なんだ」

優しい声色。この男と一緒で、本当に良かった。潮はそれを実感しながら、男の厚い胸に額を押しつける。

「潮……」

「何があっても、一緒にいてくださいね」

ぎゅっと目を閉じて溝口に告げると、男は優しく頭を撫でて、笑顔になる。

「当たり前だ。嫌だって言われても、もう絶対に離さねえよ」

あたかも当然と言ってのけられた言葉に、潮は幸せになる。

きっと潮の家族は、この男に初めて会った昨日、驚きながらも安心したのだろう。

どうして潮がこの男に惹かれたのか、家族から離れてまでこの男の元へ向かったのか、それを理解してくれただろうと思う。

心の中で小さく残っていた不安をすべて消し去り、潮は自分の家に帰ることができるような気がしていた。

「日本に帰ろう」

溝口がアフリカの地でおもむろに口にした言葉の結果が、こういう形になるとは、想像もしていなかった。

※※※

月曜日。潮は東堂の籍を抜け、溝口義道の息子として、姓はそのままに、籍を入れた。

幸せな彼らの報告は、それから何か月かして、満面の笑顔の写真と共に届けられたのである。

the next dream

久しぶりに二週間を超えるヨーロッパ出張を終えて自宅マンションに帰り着いた永見潔は、テーブルの上に放置されている雑誌に気づいた。

同居している恋人の伊関拓朗は、元はかなりずぼらな性質だった。

本や雑誌は読んだら読みっ放し、脱いだ服も脱ぎっ放しで放置することが多かったものの、二人で暮らすようになってからは、明確なルールを作り、整理整頓を心がけるようになった。

特に今住んでいるマンションは部屋数も多くそれぞれ自室があるため、個々の物は個々の部屋に片づけている。

おかげで今はすっかり習慣づいて、大抵の場合、部屋の中は綺麗に保たれるようになった。

だがもちろん例外はある。本や雑誌、そしてDVDなど、相手に見せたい物であれば共用スペースであるリビングに置いている。

だからこの雑誌も、そういった類のものだと思っていたのだ。

だから本当に何気なくネクタイの結び目を緩めながら雑誌を手に取った瞬間、永見は動きを止めた。

それは、いわゆる不動産情報雑誌だったのだ。パラパラとページを捲っていくと、何か所かドッグイアがつけられていた。

「どういうことだ？」

疑問を口にした永見は、この雑誌を伊関が放置していた意味を考えた。

二人の間でこれまで家について真剣に話し合ったことはない。だが、立地条件もセキュリティの面でも今のマンションに申し分はない。それに特に伊関は今や日本のみならず海外でも評価されている役者だ。伊関の出演する映画の舞台挨拶など、チケットは常に瞬殺。舞台のチケットも毎回プレミアム化しているほどだ。

住居についても、周辺への影響を考えて、それなりの条件が課せられる。

となると、引っ越しについても、そう簡単にできないというのが正直なところだった。

永見は今のマンションになんら不満はない。だが伊関はそうではなかったのか。

もしくは、年老いてきたご両親の住居を都内で探しているのだろうか。

色々考えを巡らせたところで、答えが出るわけではない。永見は椅子を引いて腰を下ろしてドッグイアのつけられたページを確認する。

どこも、一軒家でリビングが広いゆとりの感じられる造りをしている。伊関はこういう家が好みなのだろうかと思っていると、玄関の扉が開く音がした。

しかし熱心に雑誌に見入っていた永見は、帰宅した伊関が己の背後に立っていたことにも気づかなかった。

「真剣に何を見てるの？」

だから突然肩越しから伊関の声が聞こえた瞬間、飛び上がるほどに永見は驚き、咄嗟に開いていた雑誌を閉じた。

テーブルに放置されていた雑誌を見ていたのだから、別に問題はないのだが、なんとなく後ろめたい気持ちになる。実際、伊関は永見が何を見ていたか気づいても特にコメントしなかった。

だが永見はかえって気になってしまう。

「拓朗……」

「ただいま、潔。それから、お帰り。今回の出張はどうだった？　寒かったんじゃない？」

伊関の指摘で、永見は自分が出張から帰ってきて、スーツケースも開けていなかったことを思い出す。永見にとってはそれだけ、この住宅雑誌が気になってしまったのだ。

「それなりに見応えはあった……」

「多忙な中、行った甲斐があったね。お土産は？」

伊関は永見の頬に軽く口づけながら、隣の椅子に腰を下ろした。

「言われた物は大体買えたと思う……それで……」

「本当？　良かったー。時計はすごい人気だから、手に入らないかもと思ってたんだ。嬉しい」

伊関は伸ばした手を取って甲に口づけてくる。

甘いキスに翻弄されそうになりながら永見は視線を雑誌に向ける。

「潔……？」

心ここにあらずの永見の状態に、ようやく伊関は気づいたらしい。

「何かあった？」

「……いや」

「って、そんな顔してて、何もないわけないでしょ？　言いたいことがあるなら言って」

伊関に促されて、永見は今まで見ていた雑誌をゆっくりテーブルの上でスライドさせる。

「これが何？」

「チェックされている」

「うん……だから？」

伊関の反応に永見は若干の苛立ちを覚えた。

「一人でこんな雑誌を見ていて、どこかに引っ越すつもりなのか？」

「……………え？」

ようやく伊関は永見が何を怒っているのか理解した

らしい。椅子から飛び上がるほどに驚いたようだ。

「違う。違うよ、潔。何を勘違いしているの？」

「本当に勘違いなのか？　もしかしたら私と暮らすのに嫌気がさして、一人で暮らす場所を探していたわけでは……」

「そんなこと、あるわけない。なんでそんなありもしないこと考えるのかな」

伊関は慌てて雑誌を手前に引き寄せると、その中のタグのつけてあるページを開く。

「このページ、見なかった？」

示されるページに永見はちらりと視線を向ける。そして、そこに走り書きされているメモに気づいて小さく息を呑む。「潔の部屋」「俺の部屋」などと書かれている。

「まあ、これはあくまで想像でメモしてただけで、この家がすごく気に入ったわけではない」

「拓朗……」

それでもこのメモが何を意味するかぐらい、永見にもわかる。

「俺たち、一緒に暮らして結構経つだろう？　この家、立地もいいし設備も整ってるから暮らしやすいと思ってる。でも、そろそろ俺たちの家を持ってもいいんじゃないかと考えてた」

実際に伊関は想いを言葉にする。

「もちろん潔と相談するつもりだった。ただ俺の中でもまだ具体的なイメージがなかったから、まずは一軒家で過ごす利点やリスクを自分なりに考えて、十分に考えを固めてから話をしたいと思っていた。だから決して、一人で住む家を探していたわけじゃない」

そして伊関はテーブルにある永見の手に自分の手を添える。

「ごめん。出張から帰ってきて疲れていたのに、不安にさせて」

永見は無言で首を横に振った。

「謝るべきは私だ。拓朗を信用せず、余計なことを勝手に考えてしまった」

「そんなことないよ。もし逆の立場だったら、俺も何事かと驚くと思う……というわけなんだけど」

伊関はそこで永見の顔を横から覗き込んでくる。

「いい機会だから、潔の意見も聞かせてもらえるかな？　突然のことだし、考えもまとまらないかもしれないけど」

もちろん、マンションを出て一軒家に住むことに対する永見の意見だ。

「今、拓朗に言われるまで、考えたことはなかった。私はともかく拓朗の立場を考えたら、このマンション以上のセキュリティが必要になるだろうから」

「それは俺も考えてる。セキュリティの面は最初にクリアしなければならない問題だと」

「だが……正直、嬉しいのも事実だ」

素直な想いを言葉にしていると、自然と恥ずかしさに頬が熱くなってくる。

「ホント？」

「私も以前、軽くではあるが、どこかに別荘を買うことを考えたことがあった」

「別荘か。さすがにそれは考えたことなかったけど、ありだね。日本じゃなくて、ハワイとかどこかのリゾートにでも」

何気ない永見の言葉にも、伊関は本気の表情で乗ってくる。

「聞いてもいいか？」

「もちろん、なんでも聞いて」

「一軒家について考え始めたきっかけが、何か具体的にあるのか？」

「きっかけ？　うーん……漠然と、子どもの頃から一軒家に住んでいたから、いつかはと思ってたけど……具体的に考え始めたのは、この間の映画の撮影のときかな」

伊関は数か月前、ハリウッド映画出演のため、丸一か月、渡米していた。

「そのとき、共演者の役者さんが、自宅に招いてくれたんだ。ビバリーヒルズの超のつく高級住宅街の一軒家。なんかもう、すごい家でね。自分の住みやすいようにデザインして設計して……って聞いたら、俺もそういう、『自分たちのための家』が欲しくなったんだ」

伊関は瞳をキラキラと輝かせている。

「俺と潔がこの先の人生を過ごすための、二人のための家。考えただけで、幸せじゃない？」

初めて出会ったときからずっと、伊関は永見にたくさんの幸せをくれている。

出会えたことが奇跡で、こうして一緒にいることも奇跡だといまだに思っている。これ以上のことを望んでもいいのかと不安になりながら、当然のように「二人の」将来を語る伊関が頼もしくて仕方がない。

「ゆっくり、考えていこう」

永見は伊関に伝える。

「そうだね。焦らず、ゆっくり……ね」

永見の言葉に応じた伊関は、目の前の恋人の唇に、約束のキスをした。

あとがき

ｅｎｇａｇｅの主人公である、伊関拓朗と永見潔が生まれたのは、一九九三年です。この二人の話を基本に、ｅｎｇａｇｅの一巻が発行されたのは、一九九五年。

あれから二十年近く経ってこうして再び本の形になるというのは、なんとも感慨深いものがあります。

ｅｎｇａｇｅという作品がなかったら、今までこの仕事を続けていることはなかっただろうと思います。

伊関と永見は、いまだにバレンタインデーに読者様からチョコレートをいただけるという類まれな、かつとても幸せなキャラクターです。

この二人の話については、「話を作っている」という感覚で書いたことがありませんでした。個々の登場人物が勝手に話し、勝手に動き回る。私はそんな彼らの姿を文章にしているというイメージでした。

今回、商業誌と並行して個人的に発行していた同人誌より、いくつかのエピソードを一緒にまとめていただきました。

改めて時系列ごとに彼らの人生を追いかけながら、胸がいっぱいになりました。

復刊のお話を、ダリア編集部の初代担当様よりいただいたのが、二〇〇五年でした。

そのあと二〇〇八年頃にかなり改稿したものを、改めて今回加筆修正いたしました。

が、今とあまりに文章が違いすぎること、さらには、当時の文章だから書けたこともあるだろうと信じて、基本的に当時の文章を尊重することにいたしました。

時代設定についても、かなり今とは違います。

携帯電話はありますが、機能は電話を掛けることと、最低限のメール機能程度しかありません。今より不便で、だからこそ必死になっていた部分もありました。

既にｅｎｇａｇｅをご存知の方にも、今回初めて知ってくださった方にも、一人でも多くの方に何か感じていただけることを、心より祈っています。

初版当時お世話になりました皆様、そして今回の復刊に当たって大変お世話になりました、現担当のＩ様を始めとする、ダリア編集部の皆様、ご多忙の中、挿絵をご担当くださいました、水名瀬雅良様、出版に関わってくださいました皆様、そして何より、ｅｎｇａｇｅの復刊を私と一緒にずっと待っていてくださった皆様に、心からの感謝を捧げます。

ありがとうございました。

ふゆの仁子

「嬉しい誤算だ。楽しみが増えたよ」
交差する互いの思惑と巧みな駆け引き、手強い大人の恋。
広告代理店に勤める敏腕プロデューサー・永見潔は俳優の伊関拓朗と惹かれあって想いを通じ合わせる。しかし仕事の多忙さで、気持ちは次第にすれ違っていき…。
大好評発売中!!
engage《エンゲージ》1
君だけを愛す
engage《エンゲージ》2
離れざる想い
「この恋を、手放さない」
過去に翻弄されすれ違う二人、互いの絆が試される時。
永見は伊関に言えない過去がある。ある日、永見に執着する兄が、その過去である来生、さらに新人俳優の東堂潮を利用し策略を巡らせてきて!?

全3巻購入特典

「engage」書き下ろしペーパー 応募者全員プレゼント!

ここでしか読めない書き下ろし短編を掲載したペーパーをお届けします。

応募方法

① 「engage1」「engage2」「engage3」の帯折り返しについている応募券(コピー不可)を応募用紙(コピー可)に貼り、必要事項を黒か青の油性ペンで記入のうえご応募ください。

② 82円切手と①を封筒に入れ、下記へお送りください。
記入事項に誤りがあったり、送料が不足していると発送できないのでご注意ください。

〒173-8561　東京都板橋区弥生町78-3
(株)フロンティアワークス　ダリア編集部
「engage」応募者全員プレゼント係

応募締切 2015年3月31日(火) 当日消印有効

発送予定
商品の発送は2015年6月下旬頃を予定いたしております。
なお発送は日本国内に限らせていただきます。
応募状況によっては発送が遅れることがありますのでご了承ください。

ダリアシリーズ「engage」全員プレゼント応募台紙 (コピー可)

下記の枠に応募券3枚を貼り、必要事項をご記入ください。

〒□□□-□□□□

ご住所　都道府県

フリガナ
お名前　様

※ここには何も記入しないで下さい。

電話 (　　　)　　　-

1巻応募券

2巻応募券

3巻応募券

キリトリ

応募締切 2015年3月31日(火) 当日消印有効

※ご記入いただいた項目は商品の発送および今後の商品企画の参考のため使用させていただき、それ以外の目的では使用いたしません。

この本をお買い上げいただきましてありがとうございます。
ご意見・ご感想・ファンレターをお待ちしております。

＜あて先＞
〒173-8561　東京都板橋区弥生町78-3
(株)フロンティアワークス　ダリア編集部
感想係、または「ふゆの仁子先生」「水名瀬雅良先生」係

初出一覧

LOSER：株式会社ビブロス発刊「LOOSER」を大幅加筆修正

LOOSER：株式会社ビブロス発刊「LOOSER」「LOOSER2」を大幅加筆修正

heart：株式会社ビブロス発刊「pure heart」を大幅加筆修正

bare foot：自費出版物を大幅加筆修正

going to Japan：自費出版物を大幅加筆修正

the next dream：書き下ろし

Daria Series

engage3 番外編 LOOSER

2015年1月20日　第一刷発行

著　者 ── ふゆの仁子

発行者 ── 及川 武

発行所 ── 株式会社フロンティアワークス
〒173-8561　東京都板橋区弥生町78-3
[営業] TEL 03-3972-0346
[編集] TEL 03-3972-1445
http://www.fwinc.jp/daria/

印刷所 ── 中央精版印刷株式会社

装　丁 ── nob